Isaac Asimov's SCIENCE FICTION MAGAZIN

41. Folge

ausgewählt und herausgegeben
von
Friedel Wahren

Deutsche Erstausgabe

WILHELM HEYNE VERLAG
MÜNCHEN

HEYNE SCIENCE FICTION & FANTASY
Band 06/5018

Deutsche Übersetzungen von
Vincenzo Benestante, Reinhard Heinz, Margret Krätzig,
Jürgen Langowski, Hendrik P. Linckens, Peter Pape,
Birgit Reß-Bohusch und Susi-Maria Roediger
Das Umschlagbild malte Karel Thole

Redaktion: Friedel Wahren

Printed in Germany 1993
Umschlaggestaltung: Atelier Ingrid Schütz, München
Technische Betreuung: Manfred Spinola
Satz: Schaber Satz- und Datentechnik, Wels
Druck und Bindung: Elsnerdruck, Berlin

ISBN 3-453-06599-9

INHALT

INHALT

Pamela Sargent

DANNY FLIEGT ZUM MARS

»Der Mars liegt im Grunde auf dem gleichen Orbit [wie die Erde]. Er ist praktisch genauso weit von der Sonne entfernt, was sehr wichtig ist. Wir haben Bilder, auf denen wir Kanäle ausmachen können und Wasser. Und wo Wasser ist, da ist auch Sauerstoff. Und wo Sauerstoff ist, da können wir atmen.«

J. Danforth Quayle, Vizepräsident der USA, so zitiert im *Mother Jones* vom Januar 1990.

Der Vizepräsident hatte es geahnt. Dieses Arbeitsessen im Weißen Haus würde anders sein. Erstens hatte es Dan schon immer nervös gemacht, wenn der Präsident abwechselnd wie Mr. Roger und dann wie John Wayne redete, und zweitens störte es ihn, daß der frühere Oberbefehlshaber der Streitkräfte unter den Gästen war.

John Sununu mochte öffentlich erklärt haben, wie gut Dan sich eingearbeitet hatte, aber abseits der Kameras konnte sich sein großes M.I.T.-Hirn nicht mal ein schnödes Hallo für den Vizepräsidenten leisten. Das hatte freilich nichts zu bedeuten, denn Nunu, das war sein Spitzname im Weißen Haus, hatte fast alle Mitarbeiter wie Luft behandelt, es sei denn, er war wütend auf den Betreffenden gewesen. Fast alle hatten aufgeatmet, als man ihn aus dem Oberkommando bugsiert hatte.

Jetzt war Big John wieder im Weißen Haus und saß in dieser intimen Runde, wie jemand, der nach wie vor das volle Vertrauen des Präsidenten genoß. Vielleicht war der Präsident auf seine Hilfe angewiesen, in irgendeiner technischen Angelegenheit; Dan hoffte, daß es das und nichts Politisches war. Er blinzelte und dachte an Robert Stack. Das war das Richtige, dieses Robert-Stack-Gesicht aufsetzen, mit dieser Miene, die sagte: Ich bin ein umgänglicher Bursche, aber laß mich bloß in Ruhe.

»Ein Angeber«, sagte der Präsident, »ein richtiges Großmaul. Hätte fast eine Schlappe erlitten. Die Demokraten — schlimm genug. Aber Attacke von rechts — das Schlimmste. Natürlich haben wir noch einen Joker im Ärmel, und was für einen, mit *dem* rechnet keiner, wetten?«

Der Vizepräsident gab sich redlich Mühe, Aufmerksamkeit zu signalisieren. Manchmal kam er nicht dahinter, worüber der Präsident redete. Früher hatte ihm das Kummer bereitet, bis er herausgefunden hatte, daß es vielen im Weißen Haus so erging.

»Der Wahlausschuß und — äh — auch diese Weltraumsache — da sind *Sie* natürlich unser Mann«, sagte der Präsident gerade. Marilyn hatte das vermutet. Der Präsident spielte mit dem Gedanken an ein Weltraumspektakel, und Big John, bei allem, was ihm für die politische Arena fehlte, war einer der wenigen Ratgeber mit der nötigen Sachkompetenz. Alles reimte sich auf den großen Durchbruch bei der Entwicklung eines Triebwerks für die Raumfahrt. Dan wußte nicht genau Bescheid, wie das Ding funktionierte, aber es konnte beinah über Nacht ein Schiff zum Mond befördern — wenn man davon absah, daß es im Weltraum weder Tag noch Nacht gab.

»Mars«, sagte der Präsident. »Zur richtigen Zeit.«

»Mars?« Dan setzte sich auf. Das war noch besser als nur zum Mond zu fliegen.

»Wir strecken unsere Fühler aus.« Der ehemalige

Oberbefehlshaber der Streitkräfte rückte die Brille zurecht, ganz so, als ob die Idee zu dem Projekt von ihm stamme. Vielleicht war das so; vielleicht hatte er sich damit die Gunst des Präsidenten zurückerobert. »Die Japaner haben durchblicken lassen, sie übernähmen den Löwenanteil der Kosten, wenn ein japanischer Astronaut mit von der Partie wäre. Den Rest wollen die Saudis bezahlen, für den Fall, daß einer ihrer Männer an Bord ist. Die Russen tun alles, um ihre Leute von dem Disaster da drüben abzulenken, und würden uns eins von ihren Langzeit-Modulen zur Verfügung stellen, die sie als Mannschaftsquartiere entwickelt haben. Und wenn wir als Gegenleistung dafür einen Kosmonauten in die Crew nähmen, käme uns das erheblich billiger, als noch mehr Wirtschaftshilfe in dieses Rattenloch zu stecken.«

»Beeindruckend«, sagte der Präsident. »Würde uns kaum was kosten.«

»Wir könnten das noch in der ersten Halbzeit in Gang setzen«, brummelte Big John. »Amerika greift wieder zu den Sternen — das sollte eine verdammt gute Publicity sein, und außerdem könnten Sie damit Völkerverständigung und Brüderlichkeit demonstrieren.« Er rückte den stämmigen Körper im Stuhl zurecht. »Ein Sofortprogramm zum Bau des Schiffes schüfe Arbeitsplätze. Crew und Schiff könnten bis Sommer 95 startklar sein. Zwei Wochen oder weniger bis zum Mars, je nach Konstellation, und lange vor den Vorwahlen wieder zurück.«

»Mit dem neuen Kernspaltungs- und -verschmelzungs-Impulsantrieb«, sagte Dan, »ist das durchaus machbar.« In den Sitzungen des Ausschusses für Raumfahrt hatte er ein paar Sachen aufgeschnappt. Er war ein bißchen verärgert, weil niemand auch nur die Möglichkeit einer Marsreise angedeutet hatte, aber er erfuhr die Dinge ja immer als letzter. »Mit diesem Antrieb braucht man, sagen wir, von Merkur bis Jupiter nicht mal hundert Tage.« Das hatte einer von den NASA-Burschen behauptet. Oder hatte er ›dreißig‹ gesagt? Nicht, daß das viel Unterschied machte. Zumindest nicht für Dan.

Der frühere Oberkommandierende hob überrascht die Brauen. Sununu pflegte ihn mitunter so anzusehen — so, wie Dans Lehrer auf der Highschool oder seine Professoren am College es getan hatten, wenn Dan tatsächlich eine korrekte Antwort zustande gebracht hatte.

»Aber Sie wissen«, fuhr der Vizepräsident fort, »daß Sie die Mannschaft auch länger trainieren und das ganze Marsprojekt während der Vorwahl durchziehen könnten. Mir wäre es offengestanden lieber, wenn es später erst richtig losginge, während ich kandidiere.«

»Zwei Amtsperioden«, sagte der Präsident und klang diesmal viel eher nach John Wayne als nach Mr. Rogers. »Eine gerade Linie seit Achtzig. Zweitausendeins will ich einen Republikaner im Weißen Haus. Bei der Vereidigung könnte die Navy-Band dieses Stück spielen, na — diese Musik aus diesem Film ...«

»Also sprach Zarathustra«, sagte der frühere Oberkommandierende auf deutsch, dann wandte er sich an den Vizepräsidenten. »Das Leitthema von *2001.*« Er hatte dieses sonderbare Lächeln im Gesicht, wodurch seine Augen noch kälter wirkten.

»Ich wollte damit nur sagen«, sagte Dan, »daß die Leute ein kurzes Gedächtnis haben.« Das war ein Happen politischer Weisheit, den er aufgeschnappt und nicht wieder losgelassen hatte, nicht zuletzt weil sein Gedächtnis auch nicht besser war. »Es ist vielleicht nützlicher, wenn das Schiff mitten in den Vorwahlen auf dem Mars ist. Wenn man darüber Reden halten könnte, das wäre bestimmt eine Hilfe, und ...«

»Vorausgesetzt, es geht nichts schief. Eine Katastrophe könnte die ganze Kampagne ruinieren.« Big John verschränkte die Arme vor der breiten Brust. »Aber wir brauchen ja nur aufzupassen, daß das nicht passiert. Außerdem *muß* unser Baby vor den Vorwahlen zurück sein.« Sein Lächeln verblaßte. »Sehen Sie, die Sache ist doch die ...«

»Was die Crew angeht, Dan«, unterbrach der Präsident. »Sie sind noch jung und gut in Form — wird schon werden.«

Der Vizepräsident setzte die Gabel auf. »Was wird schon werden?«

Der ehemalige Oberbefehlshaber der Streitkräfte nahm die Arme von der Brust. »Der Präsident meint, daß er es gern sähe, wenn Sie mitflögen.«

Dan saß wie gelähmt. Es verschlug ihm die Sprache.

»Natürlich nur, wenn Sie wollen«, sagte der Präsident.

Der Vizepräsident suchte Halt an der Tischplatte und hoffte, daß seine Augen sich nicht wieder zu diesem Bambi-im-Rampenlicht-Blick geweitet hatten. Big John sähe es ähnlich, ihn an Bord eines Schiffes zu schubsen, das zum Mars flog, Hauptsache, das brachte ihn ins Weiße Hause zurück, aber der Präsident war ein Ehrenmann; auch wenn er kein Mann von Prinzipien war, er vergaß es nie, sich schriftlich zu bedanken, und ein solcher Mann zwang seinen Vize nicht zu einer riskanten Raumfahrtmission.

»Naja.« Dan zog die Stirn in Falten. »*Muß* das denn sein?«

Big John sagte: »Vielleicht können Sie die Wahl nur so und nicht anders gewinnen. Es müßte mit dem Teufel zugehen, wenn Sie dadurch nicht einen Vorsprung bekämen, und Sie brauchen einen. Der Präsident bekam einen Steigbügel von Rechts, aber Sie werden einen von den gemäßigten Republikanern brauchen.« Er grinste. »Es ist schließlich nur die Rede von einem zwei- bis dreiwöchigen Ausflug, kaum mehr als ein Shuttleflug. Vom Mars zurück, und Sie wären nicht mehr bloß der Vizepräsident — Sie wären ein Held.« Er sagte das wie jemand, der an seinen eigenen Worten zweifelt.

»Schwer, gegen einen Helden anzutreten«, sagte der

Präsident. Er preßte die Handflächen gegeneinander, dann warf er sie auseinander. »Die Gemäßigten — ein Problem. Aber es liegt bei Ihnen, Dan. Ich finde, Sie schaffen das mit dem Mars — werde dafür sorgen, daß Sie gute Leute in der Crew haben —, aber *Sie* entscheiden.«

Der Vizepräsident schluckte und versuchte es wieder mit dem Robert-Stack-Gesicht. Er wollte gerade sagen, daß er die Sache noch mit Marilyn besprechen müsse, aber dann würde er sich wieder einen dieser spöttischen Blicke von Big John einhandeln, und er ließ es bleiben.

»Ich werde es mir reiflich überlegen«, sagte er. Wenn Marilyn es für eine gute Idee hielt, würde er sich damit abfinden.

»Tun Sie das«, sagte der frühere Oberkommandierende der Streitkräfte leise.

Später legte er seiner Frau alles auseinander. Für die Trainingsmonate in Houston würde er ein Haus zur Verfügung haben, so daß die Familie ihn besuchen konnte. Sie konnten ebensogut vorübergehend umziehen, doch darauf wollte Dan nicht bestehen. Für seinen Sohn Tucker, der auf dem College war, spielte es kaum eine Rolle, wo sie wohnten, doch für Corinne und Ben möchte der Umzug eine kleine Katastrophe werden.

»Einerseits sehe ich es ein«, sagte er. »Wenn ich es tue, bin ich vielleicht unschlagbar. Andererseits — bei John Glenn hat es nicht funktioniert.«

»Aber diesmal geht es um den *Mars,* Liebling«, sagte Marilyn. »John Glenn ist nicht zum Mars geflogen.« Sie wischte sich eine braune Haarlocke aus dem Gesicht und runzelte die Stirn. Dan hatte das flaue Gefühl, daß die ganze Angelegenheit schon längst entschieden war. Wie sehr er die Reise auch fürchtete, er fürchtete sich mehr davor, dem Präsidenten ins Gesicht zu sagen, daß er nicht mitmachen wolle. Nebenbei würde die ganze

Raumfahrtchose dem ewigen Gespött ein Ende machen. Vielleicht verstummten dann die Witzeleien über seine lausigen Abschlüsse und seine Golftrips und seinen Bierkonsum als Nationalgardist. Vielleicht hörte dann dieser Bastard Garry Trudeau endlich damit auf, ihn in seinem *Doonesbury*-Comic als Feder darzustellen.

»Ich werde dich sehr vermissen«, sagte Marilyn.

»Ich werde dich auch vermissen.« Er legte ihr den Arm um die Schultern. »Aber es ist schließlich keins von diesen überholten Projekten, die drei Jahre für Hin- und Rückflug ansetzen. Dann hätte ich auf der Stelle nein gesagt. Das hier soll eine todsichere Sache sein.«

Sie legte ihm den Kopf an die Brust. »Da könnte keiner mithalten. Ich glaube kaum, daß du danach noch einen Herausforderer hättest, ich meine in den Vorwahlen, und die Demokraten hätten kein leichtes Spiel, sie würden aus allen Wolken fallen. Selbst wenn …«

Er war es Marilyn schuldig. Ohne sie wäre er nicht so weit gekommen; eigentlich verdammt schade, daß sie nicht mitkommen konnte zum Mars. Sie hatte ihre Anwaltstätigkeit in Indiana aufgeben müssen, als er zum ersten Mal in den Kongreß gewählt wurde, und später ihre Hoffnung, einen neuen Job zu finden, als er für das Amt des Vizepräsidenten kandidiert hatte. Sie hatte ihn gut beraten nach seiner Wahl in den Senat, als die Geschichte mit seinem Kollegen Tom Evans und dieser Parkinson-Schnepfe publik wurde; hätte er auf Marilyn gehört, dann wäre er an jenem Wochenende nicht mit ihnen in Palm Beach gewesen. Sie hatte ihm immer zugearbeitet und hatte viel geopfert für seine Karriere. Das mindeste, was er tun konnte: sie zur First Lady zu machen. »Was soll ich tun?« fragte er.

Marilyn zog sich von ihm zurück und setzte sich auf. »Es gibt nur eins«, sagte sie leise. »Die Entscheidung ist eine Nummer zu groß für uns, also müssen wir sie in Gottes Hände legen. Er wird uns den Weg zeigen.«

Er faltete die Hände, beugte den Kopf und brachte ein

Gebet auf den Weg. Kein Zweifel, diesmal war er auf den Beistand des Herrn angewiesen, doch Dan ahnte bereits, daß Gott und der Präsident in dieser Sache einer Meinung waren.

Als Dan sich dafür entschied, Astronaut zu werden, war ihm, als habe er sich einer schweren Last entledigt. Die Ankündigung hatte die erwartete Berichterstattung in Presse und Fernsehen zur Folge und brachte ihm unterschiedliche Reaktionen bestürzter Kommentatoren ein, doch man kam übereinstimmend zu dem weisen Schluß, daß er seinen Pflichten als Vizepräsident wahrscheinlich ebensogut in Houston wie auf dem Mars oder sonstwo nachkommen könne.

Er und die anderen vier Mitglieder der Crew mußten eine Pressekonferenz und mehrere Interviews über sich ergehen lassen, doch er überstand das alles ohne größere Schnitzer, bis auf den Lapsus linguae, daß er die Marsmonde Photos und Zenit genannt hatte. Diese Rotznase George Will hatte versucht, ihn auf ein paar alte Bemerkungen festzunageln, die er über den Roten Planeten und seine Kanäle verloren hatte, doch Dan hatte mit dem statistischen Material, das er auswendig gelernt hatte, und mit einem Kommentar über den unleugbaren Einfluß einiger Kurzgeschichten von Ray Bradbury den erforderlichen Nebel verbreiten können. Sein Team hatte gut daran getan, ihn mit dem Zeug aus Bradburys *Mars-Chroniken* und den übrigen Informationen zu füttern. Will hatte nicht nun wie ein Nestbeschmutzer dagestanden, sondern den Zuschauern wurde überdies der Eindruck vermittelt, daß ihr Vizepräsident wahrhaftig Bücher las.

In Houston brauchte er gottlob nicht so viele Interviews zu geben, weil darunter das Training hätte leiden können. Doch einige Reporter scheuten keine Mühe, ständig nach irgendwelchen Lecks zu suchen, aus denen Informationen über seine Fortschritte sickerten.

Es gab nicht viel zu entdecken für sie. Überraschenderweise war das Training nicht annähernd so hart, wie er erwartet hatte. Der andere Amerikaner in der Mannschaft war eine Frau namens Ashana Washington, sie war Physikerin und zugleich erfahrene Pilotin; genaugenommen war sie die Kommandantin der Expedition. Prinz Ahmed war ebenfalls Pilot, obwohl das Schiff während der Reise automatisch gesteuert wurde. Sergei Vavilov und Kiichi Taranaga trugen wissenschaftliche Titel, die auf zwei ansehnliche Hirne schließen ließen. Und da die beiden ebenso wie Prinz Ahmed fließend Englisch sprachen, mußte sich der Vizepräsident zu seiner Erleichterung nicht mit dem Erlernen einer Fremdsprache herumschlagen.

Dan machte sich nichts vor: Im Grunde würde er nicht viel mehr als ein Passagier sein. Aber es war immer noch interessanter, etwas über das Marsschiff und dessen Fähigkeiten zu lernen, als Kabinettssitzungen beizuwohnen; und an den NASA-Computern herumzupfuschen, erinnerte ein bißchen an die Videospiele von Tucker und Ben, an denen er sich manchmal beteiligt hatte. Die Crew mußte körperlich fit sein, aber er hatte schon immer gejoggt und eine anständige Portion Tennis gespielt. Zwar vermißte er Marilyn und die Kinder, aber während politischer Kampagnen waren sie auch in der Vergangenheit schon öfter mal getrennt gewesen, und die gemeinsam verbrachten Wochenenden waren mehr als eine Entschädigung dafür. Er mußte nicht mit Journalisten reden, doch gelegentlich machte er sich nichts daraus, mit NASA-Anzug und Robert-Redford-Grinsen für die Fotografen zu posieren. Einmal in der Woche landeten ein paar Mitarbeiter aus seinem und des Präsidenten Gefolge, um ihn über die verschiedensten Dinge zu unterrichten, doch oft genug rückte Washington in weite Ferne.

Er hatte sich gefragt, ob seine Mitastronauten ihn akzeptieren würden; immerhin mußten sie gut zwei Wochen auf engstem Raum und von der Außenwelt isoliert miteinander auskommen — vielleicht auch länger, wenn die NASA sich für einen längeren Aufenthalt in einem Marshabitat entschied, was durchaus möglich war, falls sie dort etwas wirklich Interessantes entdeckten. Doch binnen drei Wochen nach seiner Ankunft in Houston spielte er zweimal in der Woche Golf mit Kiichi, joggte nach dem saudischen Frühgebet mit Prinz Ahmed und spielte mit Sergei Tennis; der kleine Kerl spielte eine verteufelte Rückhand.

Nur vor Ashana schreckte er noch ein klein wenig zurück. Die großgewachsene, gutaussehende schwarze Frau war ihm viel zu gescheit und viel zu genau, als daß er sie als richtige Frau akzeptieren konnte — auch wenn er als verheirateter Mann und künftiger Präsidentschaftskandidat nicht dazu neigte, sich irgendwie mit ihren unübersehbaren weiblichen Vorzügen zu beschäftigen. Vielleicht nahm Ashana für ihre Position als Kommandantin das gleiche Motiv in Anspruch, wie Clarence Thomas für ihren Sitz im Obersten Bundesgericht. Und das war für Dan ein weiterer Grund, auf Distanz zu bleiben. Es würde seine Chancen fürs Weiße Haus nicht eben verbessern, wenn aus Ashana eine zweite Anita Hill würde.

Er hätte ihr auch weiterhin nichts als reservierte Höflichkeit entgegengebracht, wenn da nicht nach anderthalb Monaten Trainingszeit dieses improvisierte Basketballspiel gewesen wäre, für das er sich zusammen mit einigen NASA-Offizieren aufstellen ließ. Ashana suchte ihn auf und, ehe er sich's versah, war sie dabei, ihm gute Ratschläge zu erteilen, wie er seinen Sprungwurf optimieren konnte.

Basketball wurde der Stoff, aus dem ihre Freundschaft bestand, aber Dan hätte es beinah verpatzt, als ihn Ashana am Wochenende in seinem Haus besucht hatte, um seine Familie kennenzulernen und die Übertragung eines Spiels zu sehen. »Ich hätte es wissen müssen«, sagte er, als sie es sich in seinem Sessel bequem machte. »Du bist ein Basketballfan.«

Ashanas Miene gefror plötzlich, und Marilyn, die ganz in ihrer Nähe auf dem Sofa saß, verdrehte die Augen und setzte ihre Es-ist-kaum-zu-glauben-Miene auf.

»Und was genau hätte dich darauf bringen sollen?« fragte Ashana mit dünner und irgendwie ängstlicher Stimme.

»In deiner offiziellen Biographie — ich meine, du bist doch in Indiana aufgewachsen. Da sind sie doch alle närrisch auf Basketball.«

Ashana entspannte sich, aber Dan begriff bis heute zu nicht ganz, wieso sie daraufhin so hart gelacht hatte.

Er gestand es sich ein: Wenn er ein Held sein mußte, um die Wahl zu gewinnen, dann war das hier seine Chance. Seine vier Kameraden waren die wirklichen Experten, also konnte er ihnen getrost alle größeren Entscheidungen überlassen. Er würde freilich alles tun, was in seiner Macht stand, um ihnen zu helfen. Sergei würde ihn als medizinisches Versuchsobjekt benutzen, und er konnte Kiichi dabei zur Hand gehen, die Bodenproben zu sortieren. Nicht auszudenken, wenn sie auf dem Mars tatsächlich Leben finden würden, selbst wenn es sich dabei nur um eine Art Schimmelpilz handeln würde, wie er sich zuweilen in der Residenz des Vizepräsidenten zeigte.

Die Marsmission erzeugte landauf landab neue Hoffnung und Zuversicht. Der Bau der *Edgar Rice Burroughs,* wie das Schiff inzwischen hieß, die Arbeit an ihren Systemen und die Erweiterung der russischen und amerikanischen Raumstationen, um Platz zu schaffen für die Menschen, die im Orbit an der *Burroughs* arbeiteten, all das gab der Wirtschaft neuen Auftrieb. Es lag nur zum Teil an den neuen Arbeitsplätzen; vor allem lag es daran, daß die Nation ihr Selbstvertrauen zurückgewann. Diese Marssache würde ihn auf einer Woge des Optimismus ins Weiße Haus spülen, und er, Dan, würde das Land im Laufe seiner zweiten Amtsperiode ins zwanzigste Jahrhundert steuern. Inzwischen würde die Hefe eines wiederbelebten Raumfahrtprogramms die Wirtschaft weiterboomen lassen. Dan war sich zwar nicht darüber im klaren, wie das vonstatten gehen sollte, doch spätestens wenn seine Berater darangingen, seine Reden zu schreiben, würde man die Zusammenhänge klären müssen.

Wenn er darüber nachdachte, war es schon erstaunlich, daß die Marsmission einen derart breiten Zuspruch fand. Es gab natürlich die Nörgler, wie etwa die Demonstranten am Johnson Space Center oder auf Cape Canaveral, die gegen die Technologie des Antriebs protestierten; letztere gehörten zu der Sorte Menschen, die in Panik gerieten, wann immer der Begriff ›Kernspaltung‹ auftauchte, zumal daneben noch ›und -verschmelzung‹ stand. Ein Komiker in David Lettermans Show hatte die Anwesenheit des Vizepräsidenten an Bord aus der Sicht eines Drogensüchtigen kommentiert und fand, man hätte das Schiff statt auf *Edgar Rice* besser auf *William S. Burroughs* taufen sollen. Dan wußte nicht, was so lustig daran war, aber es interessierte ihn auch nicht. Die meisten Presseausschnitte, die Marilyn mitbrachte, fanden optimistische Worte für die Mission und enthielten Kommentare verschiedener Leute über seinen Mut und seine Fortschritte beim Training.

Ehe er sich's versah, wurden er und seine Mitastronauten nach Florida geflogen, wo sie die letzten Tage vor dem Start verbringen würden; ein Space-Shuttle würde sie zur *Burroughs* bringen. Dort würde sie der Präsident erwarten, zusammen mit mehreren Botschaftern und jenen Würdenträgern, denen es gelungen war, eine Einladung zu ergattern. Ein ganzes Kontingent Familienangehörige und Freunde aus Indiana war unterwegs, um sich den Start mitanzusehen, den Kamerateams und Reporter aus aller Herren Länder belagern würden. Bislang war eigentlich alles reibungslos verlaufen, obwohl man spät dran war mit dem Start zur *Burroughs;* man hatte den Start der Raumfähre auf Oktober verschoben, teils wegen ein paar kleiner Verzögerungen beim Bau und bei den Tests. Dennoch hatten Schiff und Systeme schließlich alle Hürden mit Bravour genommen, was eine Reihe von Artikeln zu der Feststellung inspiriert hatte, nun habe der amerikanische Arbeiter endlich mal wieder in die Hände gespuckt und etwas Großes zustande gebracht. Mehr Schüler entschieden sich wieder für Naturwissenschaften und Mathematik. Es wurde gemunkelt, das *Time-Magazin* hätte sich bereits für Dan als den ›Mann des Jahres‹ entschieden.

Lediglich ein einziger dunkler Fleck verunzierte seinen bevorstehenden Triumph. Dieser Schleimer Garry Trudeau zeichnete ihn jetzt als Feder, die in einem Astronautenhelm schwebte, und nannte ihn nur noch ›der Kandidat vom Mars‹.

Die *Burroughs* war völlig anders als die glänzenden Schiffe, die Dan aus Weltraumfilmen kannte. Ein Rahmen hielt alles zusammen: zwei schwer gepanzerte Wohnmodule, das Landefahrzeug und das Marshabitat. Im Heck des Rahmens saß die große Metallkugel mit dem Impulsantrieb. Das Ganze erinnerte ihn ein bißchen an eine riesige Tootsie-Rolle, die mit einem Ende in einem gigantischen blinden Goldfischglas steckte, doch er fühlte sich sicher, während er durch eine offene Schleuse in das Mannschaftsquartier segelte. Der Präsident und Barbara hatten ihm alles Gute gewünscht, und Marilyn und die Kinder waren sichtlich stolz auf ihn gewesen. Hätte er gewußt, wie leicht es war, Mut zu beweisen, vielleicht hätte er es schon früher versucht.

In dem riesigen tonnenförmigen Habitat waren ganz in der Nähe von Wandbildschirmen fünf Sitze verankert, und zwar da, wo während der Beschleunigungsphase der Boden sein würde. Er stieß sich ohne jede

Nervosität zu einem der Sitze und schnallte sich an. Die *Burroughs* schwang um die Erde, dann entfernte sie sich wie in einem Traum; Dan, in den Sitz gepreßt, sah ehrfürchtig zu, wie der Globus auf dem Bildschirm zur Größe einer Murmel schrumpfte.

Nicht lange, und das Schiff würde 1 g erreichen. Das war der Augenblick, da die Crew aufstehen und herumgehen konnte. Die *Burroughs* würde weiterbeschleunigen, bis sie auf halbem Weg zum Mars mit der Verzögerung beginnen würde. Wenn Dan seine Hausaufgaben richtig gemacht hatte, dann sollte die Gravitation im Schiff um so größer sein, je rascher es beschleunigte. Auch wenn es irgendwie Spaß gemacht hätte, in der *Burroughs* herumzuschwimmen, so war ihm doch ein bißchen übel geworden beim Aufstieg mit dem Shuttle, und so war er nicht minder glücklich, daß er auf der Reise von der Schwerelosigkeit verschont bleiben würde. Er hatte zu viele Geschichten über die Raumkrankheit gehört und über die Auswirkungen der Schwerelosigkeit auf Gaseinschlüsse; er hatte keine Lust, bis zum Mars unentwegt reihern und furzen zu müssen.

Dan blieb nicht viel Zeit, die Bildschirme zu betrachten, als er sich endlich aus seinem Sitz erhob. Die anderen hantierten bereits an den Computern herum und bereiteten Experimente vor und taten, was immer man von ihnen erwartete; seine Aufgabe bestand vorerst darin, den Funkverkehr mit der Erde zu führen.

Er sandte Grüße zurück, deren Wortlaut er in den letzten Tagen einstudiert hatte. Er hatte nun mal nichts wirklich Beeindruckendes zu sagen über die Situation hier draußen, doch eine Menge Astronauten verstanden sich nicht aufs Reden. Er wollte die Verbindung schon unterbrechen, als ihn die NASA-Leitstelle zu Marilyn durchstellte.

Sie hatte James J. Kilpatricks jüngste Kolumne ausgeschnitten, um sie ihm vorzulesen. Der Kolumnist hatte geschrieben: »Lloyd Bentsen hat einmal über den Vizepräsidenten gesagt: ›Sie sind kein Jack Kennedy.‹ Das hat sich auf eine Weise bewahrheitet, wie es Senator Bentson unmöglich voraussehen konnte. Dieser Mann ist kein Jack Kennedy. Nein. Er tritt vielmehr in die Fußstapfen eines Kolumbus, in die Fußstapfen der wahrhaft großen Forscher der Vergangenheit.«

Das war genau das, was ein Bursche wie er brauchte, um sich großartig zu fühlen.

In der *Burroughs* gab es so gut wie keine Privatsphäre. Die aufwendige Abschirmung, der Antrieb, das Landefahrzeug und das Marshabitat, das man absetzen würde, falls sich die NASA für einen längeren Aufenthalt entschied, all das schien nun mal keine geräumigeren Mannschaftsmodule zuzulassen. Dagegen würde das nächste Schiff, das bereits im Bau war, über den Luxus eines Erholungsmoduls mit separaten Schlafabteilen verfügen; offenbar hatte die NASA, aus welchen Gründen auch immer, an der *Burroughs* gespart.

Das Bad, einschließlich Toilette und Dusche, war nicht größer als eine kleine Kammer; die Betten, die aus der Wand gezogen wurden, lagen im zweiten Modul; es gab keine Trennwände zwischen den Betten. Es roch überall wie in einem Umkleideraum, vielleicht weil die Module Teil der russischen Raumstation gewesen waren, bevor man sie eigens für diese Mission umgerüstet hatte. Das Essen schmeckte sogar noch schlechter als das Zeug, das Dan in der Kantine der Arbeiterwohlfahrt hatte essen müssen.

Man hatte aber ihr Bedürfnis nach Komfort nicht gänzlich ignoriert; es gab CDs mit Musik und Filmen und auf Mikropunkt gespeicherte Bücher. Binnen vierundzwanzig Stunden hatten Dan und seine Gefährten einen Dienstplan ausgeheckt, der jedem eine gewisse Zeit einräumte, in der er im Schlafabteil mit sich allein sein konnte, um zu lesen, Musik zu hören oder ein Nikkerchen zu machen. Sie mußten sich im Lauf der Reise nicht gegenseitig auf die Nerven fallen, und eine Prise Einsamkeit war die beste Medizin gegen Spannungen.

Am dritten Reisetag suchte Dan in der ihm zugeteilten Zeit das Schlafquartier auf, um sich *Ferris Bueller's Day Off* anzusehen, einen seiner Lieblingsfilme. Er konnte sich auf eins der Betten fläzen und trotzdem den Bildschirm an der hinteren Wand im Auge behalten. Gerade als Ferris Bueller, gespielt von Matthew Broderick, seinen Freund Cameron anrief, nickte Dan ein; bei den Klängen von ›Twist and Shout‹ wachte er auf. Matthew Broderick kreiselte auf einem Plateauwagen mitten in einer Chicagoer Parade.

Dan hatte den größten Teil des Films verpaßt. Er war wohl müder gewesen, als er gedacht hatte, obwohl er doch weniger um die Ohren hatte als die anderen. Sergei hatte von einem medizinischen Test gesprochen. Er sah auf seine Uhr, die wie alle Chronometer an Bord Eastern Standard Time anzeigte. Es war später als 20 Uhr. Er starrte auf den Bildschirm und fragte sich, wieso der Film noch lief, bis ihm einfiel, daß der Player automatisch den zweiten Durchgang gestartet hatte. Jetzt gehörte das Abteil eigentlich Ahmed; wieso war der Prinz nicht hier und machte seinen Anspruch geltend? Außerdem war niemand gekommen und hatte ihn zum Essen geholt.

Er setzte sich langsam auf. Ein sonderbares Gefühl beschlich ihn, ein bißchen so wie die Nervosität damals, bevor er seinem Vater eröffnet hatte, daß er sich um Aufnahme in die Nationalgarde bemühen wollte. Er schwang die Füße vom Bett und kletterte die Leiter hinauf; sie führte in den kurzen Schacht, der die beiden Module miteinander verband.

Die Luke am Ende des Schachts stand offen; als er den Kopf hinausstreckte, saßen seine Kameraden an dem Tisch, an dem üblicherweise gegessen wurde; sie waren zusammengesunken, die Gesichter lagen auf den Schalentabletts. Dan schlich zu ihnen und fragte sich, ob das wohl ein Jux sein sollte. »Okay, Jungs«, sagte er, »ihr könnt jetzt damit aufhören.« Sie waren entsetzlich still, und Sergeis Zeigefinger hatte mit dunkler Soße kyrillische Buchstaben auf die Tischplatte geschrieben. »Okay, okay, ihr habt gewonnen. Nun macht schon!« Dan blieb hinter Kiichi stehen und stieß ihn an, dann bemerkte er, daß der Japaner nicht mehr atmete. Sehr langsam ging Dan um den Tisch herum und prüfte bei jedem den Puls. Die Arme waren schlaff, die Körper kalt.

»O mein Gott!« murmelte er. »O mein Gott.« Er sank zu Boden, grub das Gesicht in die Hände und saß für eine lange Zeit da, bis eine Stimme aus dem Lautsprecher rief.

»Houston an Burroughs. Houston an Burroughs.« Er erhob sich und wankte zur Konsole. *»Bitte melden, Burroughs.«* Er setzte sich und schaltete den Bildschirm ein.

Sallie Werfel, Verbindungsoffizier der Leitstelle, starrte ihn aus dem Bildschirm an.

»Sie sind tot«, platzte er heraus. »Sie sind alle tot.« Noch während ihm die Worte über die Lippen kamen, fiel ihm ein, daß die NASA für heute abend eine Life-Übertragung geplant hatte. »O mein Gott!«

Sallie, ein breites Lächeln auf dem Gesicht, starrte ihn unverwandt an. Es würde eine Weile dauern, bis seine Worte sie erreichten, denn die Signale mußten jede Menge Raum überwinden. Plötzlich verschwand ihr Lächeln, und sie wandte sich ab und rief nach jemandem, dann wandte sie sich wieder an Dan.

»Wir sind unter uns«, sagte sie. *»Schießen Sie los! Was zum Teufel wollen Sie damit sagen, daß ...«*

»Sie sind alle tot«, erwiderte er. »Hier am Tisch. Schalten Sie die Kameras ein und sehen Sie selbst. Sergei hat irgendwas neben sein Tablett geschrieben, aber auf russisch.«

Sallie flüsterte mit einem Mann in ihrer Nähe. Zeit verstrich. *»Also gut, Dan«*, sagte sie ganz ruhig. *»Ich* *möchte, daß Sie genau da bleiben, wo Sie im Augenblick sind. Wir haben die anderen jetzt im Bild. Und Sie sind wirklich überzeugt, daß sie — äh — tot sind?«*

»Ja.«

Weitere Minuten verstrichen. *»Wir sehen uns eben Sergeis Botschaft an. Ein paar von unseren Leuten hier können Russisch, das heißt, wir erfahren jeden Moment die Übersetzung. Inzwischen möchte ich wissen, was genau Sie in den letzten paar Stunden getan haben, Dan.«*

»Nicht viel«, sagte er. »Das heißt, ich war mit der Privatzeit dran — wir hatten so was wie einen Zeitplan für das Alleinsein, verstehen Sie? Ich bin in das andere Modul geklettert und wollte mir einen Film ansehen.« Er hatte auf der Zunge zu sagen, daß er sich *Ferris Bueller's Day Off* angesehen hatte, ließ es dann aber bleiben. »Ich kann mich erinnern, daß Ashana auf der Tretmühle gejoggt hat; Sergei und Ahmed waren dabei, irgendwelche Zahlen zu überprüfen, und Kiichi war auf dem — äh — im Bad. Ich bin eingeschlafen, und als ich wach wurde und auf die Uhr sah, war es schon nach dem Abendessen. Dann bin ich hierher und ...« Er schluckte einen Kloß hinunter. »O mein Gott!« Er wartete.

»Beruhigen Sie sich, Dan«, sagte sie schließlich. *»Gleich steht die Direktverbindung zum Weißen Haus.«*

Ein Alien, überlegte er. So ein Schleimkügelchen, wie in diesen alten SF-Filmen. Es war irgendwie an Bord gelangt. Er malte sich aus, wie es sich aus irgendeinem Spalt zwängte und dann seine ahnungslosen Gefährten umbrachte. Es hielt sich irgendwo versteckt. Es wartete auf eine Gelegenheit. Es gab Nischen und Winkel hier, wenn auch nicht viele. Oder es hatte sich inzwischen im Landefahrzeug eingenistet und wartete da auf ihn. Er fröstelte. Nein, es konnte kein Alien sein. Nichts und niemand konnte mir nichts, dir nichts hier eindringen.

»Wir bekommen eben eine Übersetzung«, hörte er Sallie sagen. Dan zwang sich dazu, sich wieder auf den Bildschirm zu konzentrieren. *»Wir wissen jetzt, was Sergei ge-*

schrieben hat.« Ihre Augen glitzerten; Dan hielt den Atem an. *»Nicht das Essen — Fieber — ist wie Influenza.«*

»Influenza?«

»Influenza. Grippe.« Sie nahm die Fingerspitzen an die Schläfe. *»Er wollte uns sagen, daß es nichts mit dem Essen zu tun hatte — daß es sich anfühlte, als ob sie irgendwas ausbrüteten.«*

Alles war schrecklich schnell gegangen. Die ganze Angelegenheit konnte ebensogut ein heimtückischer Mordanschlag sein; vielleicht hatte jemand ausbaldowert, wie man das Lufterneuerungssystem des Hauptmoduls vergiften konnte. Es war reiner Zufall, daß er nicht mit den anderen am Tisch gesessen hatte. Aber warum sollte ihm jemand nach dem Leben trachten? Davon profitierten höchstens die Demokraten, und die hatten so viele Maulhelden, daß sich irgendwer längst verplappert hätte.

Als Sallie sich eine Stunde später wieder meldete und ihm die Hypothese der NASA mitteilte, wußte er nicht, ob er erleichtert sein sollte oder nicht. Man vermutete, daß seine Kameraden einem extrem virulenten, aber kurzlebigen Virus zum Opfer gefallen waren — virulent, weil sie so rasch gestorben waren, und kurzlebig, weil Dan, obwohl er im selben Modul dieselbe Luft atmete, immer noch lebte. Man war auf diese Erklärung gekommen, nachdem man die Russen konsultiert hatte; die hatten zugegeben, daß ihre Kosmonauten hin und wieder an weniger gefährlichen Viren erkrankt waren. Die geschlossene Ökologie ihrer Module war nie perfekt gewesen. Das hieß nichts anderes, als daß die Verhältnisse im Innern ziemlich lausig werden konnten.

Die dringlichste Aufgabe war jetzt, die Leichen loszuwerden. Dan legte seinen Raumanzug an und vermied es tunlichst, in die mit Nahrung verschmierten Gesichter zu blicken, während er seine Kameraden einen nach dem anderen in die Luftschleuse zerrte.

Sie verdienten ein Gebet. Kiichi und Ahmed hätten bestimmt nichts gegen ein christliches Gebet gehabt. Dan kannte nun mal keine anderen Gebete, und Sergei war vermutlich religiöser gewesen, als er vorgegeben hatte. Dan sprach leise das Vaterunser und dann noch ein Gebet, das er häufig vor dem Frühstück gesprochen hatte. Ihm fiel zu spät auf, daß ein Tischgebet eigentlich fehl am Platze war, nachdem seine Kameraden bei Tisch gestorben waren.

Er sah von den Leichen auf, als das äußere Schott gemächlich aufglitt und die Schwärze des Raums enthüllte. Seine Kameraden verdienten ein paar zusätzliche Worte, bevor er sie der Finsternis überantwortete.

»Ihr vier«, sagte er leise, »ich zähle euch zu den besten Freunden, die ich je hatte. Ihr wart mit Sicherheit die gescheitesten.«

Es dauerte eine Weile, bis er die Körper hinausgeschafft hatte. Während er zusah, wie sie vom Schiff forttrieben, stiegen ihm Tränen in die Augen. Er begann sie zu vermissen.

Sallie meldete sich wieder, kurz bevor der Präsident sich in einer Ansprache an die Nation und die Welt richten wollte. Für Dan war es jetzt am wichtigsten, Selbstkontrolle zu zeigen, wenn er auf Sendung ging. Die NASA-Wissenschaftler waren ziemlich sicher, daß Dan nicht dasselbe Schicksal wie seine Kameraden erleiden würde; das Risiko, daß das mysteriöse Virus wieder auftauchen und ihn infizieren würde, wurde als gering eingeschätzt. Er fand darin wenig Trost, denn das Risiko für seine Kameraden war auch nicht größer gewesen.

»Tun Sie mir einen Gefallen, Sallie«, sagte Dan. »Wenn es mich erwischen sollte, verhindern Sie, daß die Aufzeichnungen in die Medien kommen. Ich möchte nämlich nicht, daß Marilyn und die Kinder die Sache im CNN sehen können.« Er wartete. Die Hin- und Rücklaufzeit für die Signale wurde immer länger.

»Versprochen, Dan.«

Der Präsident begann seine Ansprache. Eine Stunde später durfte Dan zeigen, daß er noch intakt war. Er hielt keine vorbereitete Rede, entscheidend war, daß er besonnen und nicht hysterisch wirkte. Das gelang ihm, hauptsächlich weil er zu betäubt und zu leer war, um vor den Abermillionen von Zuschauern zusammenzubrechen.

Nach seinem Auftritt unterhielt sich Sallie mit ihm. Ashana Washingtons Eltern und ihr Bruder hatten sich bereits einen Rechtsbeistand genommen, und man rechnete mit langwierigen Prozessen. Er hätte sich denken können, daß die Rechtsanwälte sofort zuschnappen würden.

»Am wichtigsten ist«, sagte Sallie, *»daß wir Sie jetzt so rasch wie möglich wieder nach Hause bringen. In vier Tagen werden Sie Ihr Ziel erreichen.«* Sie verengte die Augen. *»Die* Burroughs *ist bereits so programmiert, daß sie automatisch den Mars umkreist, also brauchen wir nichts weiter zu tun, als das Schiff aus dem ersten Schlenker heraus zur Erde zurückzuholen. Sie können bereits in ...«*

»Ich soll nicht landen?« fragte er und mußte diesmal noch länger warten.

Sallie setzte sich auf. *»Landen?«*

»Ich will landen, Sallie. Können Sie das nicht begreifen? Ich kann nicht mehr zurück. Meine Kameraden erwarten das von mir — ich *muß* landen, ihnen zuliebe.« Er suchte nach einer anderen Phrase. »Dann wären sie wenigstens nicht umsonst gestorben. Ich *kann* landen — ihr könnt das Landefahrzeug programmieren, und ich kann zur Oberfläche runter. Kann sein, daß ich bei den Experimenten und was da sonst noch vorgesehen war, passen muß, aber ich kann die Kameras aufstellen und Bodenproben mitbringen. Schon der Versuch lohnt sich. Und wenn ich ins Gras beißen muß, dann lieber so.«

Er wartete auf die Ankunft seiner Worte. *»Dan«*, sagte Sallie schließlich, *»Sie überraschen mich.«*

Auch der Präsident würde aus allen Wolken fallen. »Ich muß einfach landen, Sallie«, sagte er. Er runzelte die Stirn, das Denken fiel ihm schwer. »Sehen Sie, meine Landung wird die Welt zu größeren und besseren Anstrengungen in der Raumfahrt motivieren. Wir bekommen den Bau der großen Raumstation durch, auch die ehrgeizigeren Schiffe werden vom Stapel laufen. Aber wenn man mich jetzt einfach nur zurückholt, dann fangen sie wieder an zu lamentieren, diese Verrückten — was für eine Verschwendung, werden sie sagen, und vier Menschenleben, wofür? Für nichts, werden sie sagen.« Er wartete.

»Ich tue, was ich kann, Dan.« Sie schüttelte den Kopf. *»Ich habe nicht viel zu sagen in dieser Angelegenheit, aber ich werde mich für Sie einsetzen. Das letzte Wort hat natürlich der Präsident.«*

»Dann verbinden Sie mich mit ihm, jetzt.«

Und er besprach die Sache mit dem Präsidenten. Das Gespräch wurde durch die langen Laufzeiten der Radiowellen verzögert, Dan lauschte den Einwänden, und Dan appellierte im Namen der Toten. Als der Präsident, der angespannt und noch galliger als sonst wirkte, das Gespräch mit der Formel beendete, er müsse erst noch seine Ratgeber konsultieren, da wußte Dan, er hatte gewonnen. Er war nicht überrascht, als es zwölf Stunden später hieß, er dürfe landen.

Na ja, hätte der Präsident Dan nicht weitermachen lassen, hätte er damit der Öffentlichkeit gleichsam eingestanden, daß er einen Inkompetenten ohne angemessene Schulung an Bord lanciert hatte. Der Präsident, der sich endlich seinen Platz in der Geschichte gesichert hatte, wollte zu guter Letzt nicht noch als Trottel ins Buch der Rekorde eingehen.

David Bowie sang über Major Tom und die Bodenkontrolle. Kiichi war ein Fan von David Bowie gewesen, was erklärte, wieso sich an Bord eine Menge Bowie-Musik befand, und zwar alles von der *Ziggy-Stardust*-Phase bis zur *Tin Machine.* Dan hatte sich nie für David Bowie begeistern können, der ihm irgendwie zu feminin war, doch dieses Lied sprach ihn an.

Zuweilen, während seiner Arbeit mit dem Raumfahrtausschuß des Präsidenten, hatte Dan sich gefragt, warum einige von den frühen Astronauten nach ihrer Heimkehr irgendwie als exzentrisch gegolten hatten. Es handelte sich um Testpiloten, nüchterne Profis, Typen, von denen man weder erwartete, daß sie überschnappten, noch daß sie mystische Anwandlungen bekamen. Aber als er so im Schiff herumwanderte, in dem es, abgesehen von dem leisen rhythmischen Gebrumm des Antriebs und einem gelegentlichen Piepser an den Konsolen, für gewöhnlich sehr still war, fing er doch an, sich ein bißchen wunderlich zu fühlen — als ob sich sein Geist irgendwie außerhalb des Körpers bewege.

Er hatte nie viel über Gott gegrübelt. Nicht, daß er je daran gezweifelt hätte, daß Gott irgendwo da draußen seinen Geschäften nachging; er hatte nur nie so viel über Ihn nachgedacht, ausgenommen in der Kirche oder beim Beten. Als kleiner Junge hatte er sich vorgestellt, der liebe Gott sei so wie sein Großvater Pulliam, ein zorniger alter Mann, der alle liberalen Demokraten, Kommunisten und anderen Mächte des Bösen in ihre Schranken weisen konnte. Später, als er älter und reifer war, hatte sein Gott eher einem Basketballtrainer oder Golfprofi geähnelt.

Wenn er jetzt auf den Mars starrte, diesen rostroten Punkt inmitten des schwarzen Bildschirms, dann hatte er das sehr unbehagliche Gefühl, daß er Gott nie wirklich begriffen hatte. Gott hatte all das erschaffen, die Planeten und den Raum und die Sterne, die so weit weg waren, daß selbst die Entfernung unbegreiflich war. Gott hatte in mancherlei Hinsicht viel mit den Computern der NASA gemein, doch er war mehr als das. Dan kam nicht zu Rande damit; solche Sachen waren schwer zu erklären. Das mußten jene mystischen Anwandlungen sein — wunderliche Empfindungen, die man nicht in Worte kleiden konnte. Und der Glaube wollte glauben machen, was niemand bei klarem Verstand glauben würde, selbst wenn es die Wahrheit war.

In den Wachzeiten hielt ihn die NASA in Trab; das Landefahrzeug wurde programmiert, und die Systeme wurden durchgecheckt. Nach dem Mittagessen feilte er meist an seiner Rede herum, wobei er einige Anregungen unterbrachte, die ihm von seinen Schreiberlingen übermittelt wurden. Die Rede, die man ihm mit auf den Weg gegeben hatte, war nicht mehr zu gebrauchen. Die Situation erforderte vor allem ermutigende und anspornende Worte.

Dennoch überkam ihn zeitweise die Einsamkeit; dann spürte er wie nie zuvor in seinem Leben, was es bedeutete, völlig allein zu sein. Er sagte sich zwar, daß er in Wahrheit gar nicht allein war, weil irgendwo in seiner Nähe Gott sein mußte, doch es gab Momente, da schien die Leere des Weltraums förmlich in ihn hineinzusikkern.

Der Mars wuchs heran, bis er den Bildschirm ausfüllte, und dann fiel das Schiff um den Planeten herum. Schwerelosigkeit war jetzt nicht mehr zu vermeiden; die *Burroughs* hatte auf halbem Weg mit der Verzögerung begonnen, und der Antrieb war längst abgeschaltet. Dan legte den Raumanzug an und schwamm durch den Tunnel, der die Mannschaftsmodule mit dem Modul für das Marshabitat verband. Man würde das Habitat allerdings lassen, wo es war, denn die NASA wollte tunlichst vermeiden, daß er sich da unten allzulange herumtrieb. Er gelangte in das letzte Modul, in dem sich das Landefahrzeug befand.

Er preßte die Handfläche gegen das Eingangsschott; es glitt beiseite. Im Landefahrzeug gab es Nahrungsvorräte, eine kleine Toilette und Gerätschaften für Experimente. Es gab sogar ein kleines offenes Marsauto, mit dem er auf dem Mars herumkutschieren konnte. Seinen Aktivitäten waren freilich enge Grenzen gesetzt; er sollte nur eine Reihe von Aufnahmen machen und einige Bodenproben sammeln. Entscheidend war, daß er landete, seine Rede hielt, ein Weilchen herummurkste, ein Nickerchen machte und dann zur *Burroughs* zurückkehrte.

Er schnallte sich in einen der Sitze. Angesichts der vier leeren Sitze war ihm, als ob die Geister der anderen bei ihm waren. Die NASA hatte jedem der Astronauten erlaubt, irgend etwas Persönliches mitzunehmen, um es auf dem Mars zu deponieren, und Dan hatte alle diese Dinge bei sich. Ahmed hatte einen Koran mitgenommen, Kiichi einen kostbaren Louisville-Schläger mit eingravierter Unterschrift von Joe DiMaggio, Sergei einen Satz russische Püppchen und Ashana ein Paar Nike-Schuhe, die von Michael Jordan signiert waren. Es schnürte ihm die Kehle zu.

Das Behältnis öffnete sich; er spannte die Muskeln. Vor ein paar Stunden erst hatte der Präsident mit ihm gesprochen und ihm versichert, daß alle Welt auf die erste Übertragung von der Oberfläche des Planeten wartete. Trotz der Tragödie hatte Dans Entschlossenheit, die Landung durchzuführen, die ganze Nation begeistert. Wenn er das schaffte, ließe sich die Menschheit durch den Rückschlag nicht mehr entmutigen; der Vizepräsident hätte den Weg geebnet. Der Bau des nächsten Schiffes ginge voran; es würde bestimmt schon im Frühling raumtüchtig sein, und die zweite Marsmission würde Dans Kandidatur noch einmal kräftig Vorschub leisten. Unter diesen Umständen würde er bei den allgemeinen Wahlen wahrscheinlich auf der ganzen Linie siegen, in allen Bundesstaaten und selbst in Washington D. C.

»Asteroiden«, hatte der Präsident gesagt. *»Eine Unmenge Rohstoffe. Ein solches Ding in den Erdorbit geholt, da-*

mit wir rankönnen, die alte Bergbaumanier, und dann funktioniert die angebotsorientierte Wirtschaftspolitik.« Wenn ich erst Präsident bin, freute sich Dan, und wenn sich die Dinge weiter so entwickeln, dann ergeht es mir wie Eisenhower, und mir bleibt eine Menge Zeit zum Golfspielen.

Das Landefahrzeug glitt in den Raum hinaus und näherte sich der neuen Welt.

Der Mars sprengte seinen Bildschirm. Dan stemmte sich in den Sitz zurück. Er hatte gewußt, was ihn erwartete; im Training hatten sie mit einem Modell des Marsautos Manöver absolvieren müssen, in Gegenden mit einer Bodenbeschaffenheit, die der des Mars ziemlich nahekam. Trotzdem schüchterte ihn der unmittelbare Anblick der realen Landschaft ein. Der Mars sah aus wie das größte Sandloch im Universum.

Sein Sitz bebte unter ihm, als er landete. Dan wartete, wollte sichergehen, daß alles seine Ordnung hatte, ehe er sich losschnallte. Es war Zeit, den Kontakt mit der Erde herzustellen, aber vor lauter Aufregung hatte er vergessen, was er sagen sollte.

Er räusperte sich. »Leute«, sagte er, »ich bin unten.« Das mußte genügen.

Es verstrichen mehr als vier Minuten, ehe er zu hören bekam, was wie Hoch- und Hurrarufe in der Leitstelle in Houston klang. Sallie sagte etwas, aber er konnte sie nicht verstehen. Inzwischen fahndete er verzweifelt in den großen Taschen seines Raumanzugs nach den Karten, auf der seine Ansprache stand.

»... alle aus dem Häuschen«, sagte Sallie. *»Ich gratuliere, und Gott segne Sie — Sie wissen ja nicht, wie viel ...«*

Er seufzte, als er sich endlich damit abfand, daß er die Karten vergessen hatte. Er hätte es sich eigentlich denken können; im wichtigsten Augenblick seines Lebens würde er improvisieren müssen.

Dan wartete in der kleinen Luftschleuse, bis das äußere Schott beiseite glitt. Über ihm der blaßrosa bis rot gefärbte Himmel einer fremden Welt. Eine rostfarbene öde Landschaft erstreckte sich bis zum Horizont. Der lag viel zu nah, bemerkte Dan, dann fiel ihm ein, daß der Mars kleiner war als die Erde — er war nicht nur kleiner, er hatte auch eine geringere Anziehungskraft. Dan kam sich federleicht vor.

Er kletterte die Leiter hinunter, betrat den Mars und atmete langsam ein. »Wauu!« sagte er laut. Die vollbrachte Leistung überwältigte ihn — und der Kummer, daß seine Kameraden diesen Moment nicht mit ihm teilen konnten. »Jesus!« Dann preßte er plötzlich die Lippen zusammen, als ihm bewußt wurde, daß man in den Geschichtsbüchern die ersten Worte eines Menschen auf dem Mars mit ›Wauu!‹ und ›Jesus!‹ verzeichnen würden.

»Naja, hier bin ich«, sagte er und wußte, er durfte jetzt nicht steckenbleiben. »Ich kann es kaum glauben, daß ich hier bin. Mann, wenn mir das einer gesagt hätte, als ich noch ein Kind war — daß ich zum Mars fliegen würde, ich hätte ihn ...« Er stockte. »Na, egal. Was ich sagen will, ist, ich wünschte, die anderen wären jetzt bei mir, denn sie waren diejenigen, die diesen Erfolg wirklich verdient hätten. Ich meine, ich fange erst richtig an, sie zu vermissen, aber eins steht fest, ich werde sie nie vergessen. Ihretwegen bin ich hier. Mit anderen Worten, ich glaube, ich mußte einfach landen, und wenn es nur war, um sie hier zu vertreten.« Ihm fiel ein, daß er jetzt irgendwo die Flagge der Vereinten Nationen aufpflanzen sollte, und zog die Stange unter dem Arm heraus. »Jetzt heißt es, nach vorn blicken.« Die Worte, die er sich für diesen Augenblick zurechtgelegt hatte, besagten etwas ähnliches. »Und eines Tages werden andere hierherkommen und zu Marsianern werden.« Dan räusperte sich. »Ich finde, wir sollten uns mal ein bißchen umsehen.«

Er fuhr mit der Kamera die Landschaft ab, dann kehrte er zum Landefahrzeug zurück. Inzwischen gratulierte ihm der Präsident, dann meldete sich Marilyn. Er war glücklich, die Stimme seiner Frau zu hören, auch wenn durch die ständige Zeitverzögerung kein richtiges Gespräch zustande kommen wollte. So weit von der Erde entfernt, hatten die Signale eine Unmenge Raum zu überwinden.

Das Marsvehikel war auf der anderen Seite des Landefahrzeugs mittels einer Plattform abgesenkt worden. Weil er nichts weiter tun konnte, als Aufnahmen zu machen und Bodenproben zu sammeln, wollte die NASA, daß er wenigstens herumfuhr und das an den verschiedensten Stellen tat. Dabei sollte er sich nicht zu weit vom Landeplatz entfernen oder sonst ein überflüssiges Risiko eingehen; und vielleicht, nachdem er so etwas wie eine Rede vom Stapel gelassen hatte, konnten jetzt die Bilder der Marslandschaft für sich sprechen.

Also kutschierte er herum — darauf bedacht, nicht zu schnell zu fahren, weil es in der näheren Umgebung ein paar tückisch aussehende Felsen und Ränder von kleineren Kratern gab —, bis der orangerote Himmel merklich eindunkelte. Bevor er mitsamt den Bodenproben wieder ins Landefahrzeug kletterte, war der Himmel nahezu schwarz und die Sonne ein Lichtstrudel am Horizont.

Ich habe es wahrhaftig geschafft, dachte er, dann überfiel ihn jählings die Erinnerung an seine Kameraden.

Er schlief gut, dann stand er auf, um dem Roten Planeten Lebewohl zu sagen. Rostiger Planet wäre treffender gewesen, dachte Dan. Noch eine Rundfahrt, noch ein paar Aufnahmen, noch ein paar Bodenproben, und er war fertig hier. Die NASA-Wissenschaftler löcherten ihn förmlich mit Fragen; hoffentlich waren sie nicht allzu enttäuscht über die Antworten. Verdammt noch mal, hier war einfach *alles* ungewöhnlich, vorausgesetzt, man hielt inne und dachte darüber nach.

Schließlich stieg er wieder die Leiter hinauf und schnallte sich in seinen Sitz. »Fertig zum Start«, sagte er. Er brauchte bloß zwei Knöpfe zu drücken, und er hatte in den letzten Tagen an Bord der *Burroughs* fleißig geübt, damit ihm nur ja kein Fehler unterlief. Er drückte den einen Knopf, wartete ab, bis der aufleuchtete, dann drückte er den zweiten. Er wunderte sich, wie geräuschlos und vibrationsfrei das Modul abhob, bis er bemerkte, daß es sich gar nicht vom Fleck gerührt hatte.

»Äh — Mars an Houston«, sagte er und wartete auf Sallies Bestätigung. »Ich sage es ungern, aber ich klebe immer noch am Boden. Soll ich diese Dinger noch einmal drücken?«

Knapp zehn Minuten später bekam er Sallies Antwort zu hören. Das erste Wort war ›Mist‹.

Egal, wie oft er die Knöpfe drückte, nichts geschah. Die Leitstelle in Houston äußerte verschiedene Hypothesen, doch keine verhieß Gutes. Dan beschlich der Verdacht, daß er gestrandet war. Nach vierundzwanzig Stunden, die diesen Verdacht nicht entkräften konnten, bekräftigte Sallie ihn. Man konnte das Problem aus dieser Entfernung nicht dingfest machen. Man wollte nichts riskieren mit dem Landefahrzeug. Man rief ihm ins Gedächtnis, welche Knöpfe er zu drücken hatte, um das Marshabitat herunterzuholen.

Es hätte schlimmer kommen können, sagte er sich. Da er allein war, reichte der Proviant im Landefahrzeug für mehr als einen Monat. Und mit den Vorräten des Marshabitats konnte er es aushalten, bis Rettung kam.

Man wollte eine Rettungsmission starten. Das hatte ihm der Präsident versichert, auch Sallie hatte das gesagt. Gut zwei Monate, und das Schiff würde unterwegs sein. Das Wunderbare war, daß diese Mission trotz der Tragödie auf ihre Weise ein Erfolg war, auch wenn ihn die persönlichen Widrigkeiten von dieser Tatsache ablenken wollten. Immerhin hatte ein Mensch es bis hierher geschafft und stand jetzt auf dem Mars, und das Schicksal seiner Kameraden hatte die steigende Flut aus Zuversicht und Hoffnung nur vorübergehend bremsen können. Der Mensch würde zum Mond zurückkehren und die Hände nach den Planeten ausstrecken. Künftige Raumfahrergenerationen würden sich an Dan erinnern, der auf eine Landung bestanden hatte, anstatt einfach nur umzukehren.

Wie sich seine mißliche Lage auf die Wahlen auswirken würde, wurde nicht besprochen. Der Präsident hatte lediglich angedeutet, man würde ihn, Dan, schon noch rechtzeitig zur Parteiversammlung wieder daheimhaben. Jetzt, da Dan ein richtiger Held war, schien eine Opposition bei den republikanischen Vorwahlen so gut wie ausgeschlossen.

Dan versuchte, darin Trost zu finden, obwohl die Kampagne und alles andere schrecklich weit weg waren.

Ein Objekt von der Form eines Federballs fiel aus dem Himmel. Seine Triebwerke feuerten; es landete etwa zwei Kilometer von Dan entfernt auf der mit Kratern übersäten Ebene.

Beim Anblick des Habitats seufzte Dan erleichtert auf. Er hatte sich Sorgen gemacht; schließlich hätte auch bei dieser Operation etwas schiefgehen können. Es hatte nämlich einen großen Nachteil, wenn man ein Held war — man mußte gelegentlich dafür sterben. Nun war er in Sicherheit. Bis Rettung kam, konnte er sich von morgens bis abends Filme ansehen, Beobachtungen anstellen, Pläne schmieden und sich fit halten. Er fand es nur irgendwie deprimierend, das Erntedankfest und Weihnachten zu versäumen, obwohl es unter den Vorräten zum Glück ein paar Truthahnmenüs gab und Houston versprochen hatte, eigens für ihn Weihnachtslieder zu übertragen.

Er kletterte in das Marsauto und machte sich auf den Weg. Er wollte sich erst mal in den Zylindern des Habitats umsehen, dann konnte er immer noch hierher zurückkehren und aufladen, was immer er brauchte. Sein Team hatte zugesagt, ihm in Kürze den Wortlaut für die offizielle Ankündigung seiner Kandidatur zu übermitteln, und während der Vorwahlen würde man ein paar weitere Reden von ihm erwarten. Vielleicht war es immer noch bequemer, auf dem Mars zu sein, als durch New Hampshire zu pilgern.

Allen Unkenrufen zum Trotz: In den etwas geräumigeren Abteilen des Marshabitats ließ es sich aushalten. Er gewöhnte sich an die orangerote Einöde und an diesen raschen Sonnenuntergang auf dem Mars. Es gab genug Filme und Musikaufzeichnungen, um sich die Zeit zu vertreiben, obwohl er bald die Erfahrung machte, daß man sich einen Film nicht beliebig oft ansehen konnte, selbst nicht einen so großartigen wie *Ferris Bueller's Day Off*.

Und trotz aller Botschaften und Nachrichten, mit denen die NASA ihn fütterte, gab es Zeiten, da ihn die Einsamkeit übermannte. Es gab nicht eben viel zu tun für einen Burschen, der ganz allein auf sich gestellt war, wenn man davon absah, was man am besten rasch wieder verdrängte. Er hatte ein paarmal mit Marilyn und den Kindern gesprochen, doch die zähen Minuten, die zwischen seinen Worten und einer Erwiderung verstrichen, riefen ihm jedesmal aufs neue ins Gedächtnis, wie weit er von allem entfernt war, was ihm lieb und teuer war.

Vielleicht würde ja alles leichter werden, wenn erst die Kampagne stieg. Er konnte eine ganze Menge ausrichten, selbst aus dieser Entfernung. Sein Team strickte bereits an seinem Auftritt im *Nightline*, der wahrscheinlich aufgezeichnet werden mußte, so daß man die Wartezeiten zwischen Ted Koppels Fragen und Dans Antworten eliminieren konnte. Er rechnete jetzt täglich mit der Übermittlung des Wortlauts für die Ankündigung seiner Kandidatur.

Es war Dan soeben geglückt, den widerborstigen Raumanzug anzulegen, und er wollte gerade den Helm aufsetzen, als die Konsole zu fiepen begann. Vielleicht hatten seine Schreiberlinge das Werk vollendet. Er setzte sich an die Konsole und schaltete den Bildschirm ein.

Er starrte in das Gesicht des Präsidenten. »Äh, hallo, Mister President«, sagte Dan. »Ich wollte gerade aufbrechen und zum Landemodul fahren. Ein paar Sachen holen, die ich hier vermisse.«

»Ich weiß nicht, wie ich es Ihnen beibringen soll, Dan«, sagte der Präsident. *»Etwas ist, sagen wir, ein bißchen schiefgegangen. Hätte mir denken können, daß die Demokraten ein Haar in der ... Sehen Sie, wir müssen wohl oder übel die Ankündigung Ihrer Kandidatur für eine Weile zurückstellen.«*

»Aber wieso denn?«

Er mußte lange auf die Antwort des Präsidenten warten. *»Die Demokraten — sie sagen, Sie müßten auf der Erde sein, um zu kandidieren, Dan. Jemand fand irgendeine Gesetzeslücke oder einen Paragraphen, und man argumentiert, wir könnten Sie nicht als Präsidentschaftskandidat aufstellen, solange Sie auf dem Mars sind. Habe Ihre Leute darauf angesetzt, Dan — denke, sie werden diese Bastarde verklagen — aber inzwischen wird es für Ihre Bewerbung und die Nominierung zu spät sein. Könnte versuchen, sie durch namentliche Eintragung durchzubringen, aber — äh — die Bestimmungen sind von Staat zu Staat anders.«*

Dan kramte in seinem Gedächtnis nach irgendeinem Paragraphen, der diesen Gaunern in die Hände spielte. Er fand nichts dergleichen. Nun war Dan in der juristischen Fakultät nicht gerade das gewesen, was man eine große Leuchte nennt. Vielleicht zogen die Demokraten jetzt wieder ihren John Glenn aus dem Hut, obwohl der Mann inzwischen auch nicht jünger geworden war.

Wahrscheinlich würden sie Ashanas Familie für die Kampagne benutzen; diese Leute hatten viele Gründe, der Regierung eins auszuwischen.

»Sie haben gesagt, ich könnte bis zur Parteiversammlung zurücksein«, sagte Dan leise. »Ich meine, steht es den Delegierten nicht frei, ihr Votum gegebenenfalls zu ändern?«

Die Minuten verstrichen. *»Naja, Sie stehen hoch im Kurs. Natürlich würde man das Steuer herumwerfen, aber ... sehen Sie, die NASA hat da ein kleines Problem mit dem neuen Schiff. Nichts, was ihre Rettung in Frage stellt, Dan, nur eine winzige technische Sache, die man auf jeden Fall ausbügeln wird. Man ist sicher, daß Sie spätestens im Herbst wieder unter Menschen sind, Dan.«*

Dan sah noch mehr Probleme. Die Demokraten konnten ohne weiteres seine mißliche Lage ausschlachten. Sie würden es so hinstellen, daß die Regierung verantwortungslos gehandelt hatte — daß es ihr mehr um Politik und Parteipropaganda gegangen war als um den technologischen Fortschritt und die Erforschung des Weltraums, daß er nicht gestrandet wäre, hätte man ihn nicht auf Biegen und Brechen auf den Mars gebracht. Er konnte nicht im Fahrwasser der Wahlkampagne reisen, um die Bürger zu begeistern und die Namen seiner Kameraden zu beschwören; er war nur eine ferne Stimme und ein körniges Konterfei. Die ganze Sache mochte genauso ein Gigaflop werden wie der Golfkrieg.

»Wie gehen wir also vor?« wollte Dan wissen.

Als der Präsident endlich antwortete, sagte er: *»Man hält hier eine Menge davon, Marilyn zum Kandidaten zu küren.«*

Das war die Lösung. Das war eine glänzende Idee. Dan war verblüfft, daß er nicht von selbst darauf gekommen war. Die Demokraten würden sich keinen Gefallen tun, Dreck gegen die Frau eines Helden zu schleudern, gegen eine Frau, die betend auf die Rückkehr ihres Mannes wartete.

»Ich kann nur sagen«, sagte Dan ruhig, »sie hat meine volle Unterstützung.«

Dan hatte alles eingeladen, kletterte in den Fahrersitz und fuhr langsam zu den verstreut daliegenden Tootsie-Rollen seiner Behausung zurück. Er hatte nicht lange auf Marilyn einreden müssen, damit sie kandidierte; tatsächlich hatte sie weit schneller eingelenkt, als er erwartet hatte. Mit ihr würden die Amerikaner jedenfalls einen verdammt guten Präsidenten bekommen — vielleicht sogar den besseren ...

Er hatte die Glücksbringer seiner Kameraden dabei — die Nikes von Ashana, Ahmeds Koran, Kiichis Schläger und Sergeis russische Püppchen — ihm war, als müsse er diese Mitbringsel seiner toten Freunde bei sich haben. Auch seine Golfbälle und seinen Lieblingsschläger hatte er dabei. Dieser Schläger mit einem Kopf aus Persimonholz hatte eine hübsche Stange Geld gekostet, aber er bevorzugte nun einmal Schläger mit einem Kopf aus Hartholz.

Er hatte eine Eingebung. Er hielt an, stieg aus und nahm einen der Bälle und das Schlagholz heraus. Mit einem Schritt setzte er über einen kleinen Krater hinweg und plazierte den Ball, dann ergriff er den Schläger. Der Raumanzug stand einem glatten, ruhigen Schwung im Weg, aber Dan hatte Selbstvertrauen. Alan Shepard mochte der erste Bursche gewesen sein, der einen Ball auf dem Mond abgeschlagen hatte, doch er, Dan, war der erste, der es auf einem anderen Planeten tat.

Er schwang das Holz und wußte, der Kopf hatte den Ball punktgenau getroffen. Die winzige weiße Kugel stieg über die orangerote, mit Kratern durchsetzte Landschaft und flog in den fernen rosaroten Himmel.

Originaltitel: ›Danny Goes to Mars‹
Aus: ›Isaac Asimov's Science Fiction Magazine‹, Oktober 1992

Deutsche Übersetzung von Hendrik P. Linckens

Diane De Avalle-Acre

FLEDERMÄUSE

Es war der Brauch bei den Schuhputzern von Guanajuato, ein grausamer alter Brauch, wenn nichts Dringendes anstand, Fledermäuse zu fangen und sie rauchen zu lassen. Die Fledermaus wird an den Flügeln an einen Bretterzaun genagelt und kriegt eine brennende Zigarette ins Maul, den sie zum lautlosen Schrei aufsperrt. Die Glut glimmt auf, und der Rauch pafft aus den Nasenlöchern, als würde ihr der *rubio*-Tabak der Gringos schmecken.

Das ist jetzt abgeschafft auf Befehl von Manuel Aceves, dem Anführer der Schuhputzer im Viertel San Martin. Beteiligt waren auch Rose, die Dame mit den weißen Handschuhen, und Dr. Murphy, ein bekannter Arzt in der amerikanischen Kolonie (der freilich nichts ahnte). Rufina, die droben in La Valenciana die Bar *Zotzil* führt, könnte sich etwas zugute halten, aber sie und ihre graue Katze hatten genug um die Ohren und kümmerten sich um so was nicht.

Es war und ist den Gringos eine liebe Gewohnheit, kurz vor Sonnenuntergang aus ihren pinkfarbenen Villen rund um Guanajuato zu strömen, nach La Valenciana hochzufahren und sich am Abend einen zu genehmigen. Sie schwärmen von der Aussicht und meckern über die Waschfrau und die Ersatzteile fürs Auto, die man nicht kriegt. Immer um diese Zeit, wenn das Geld lockerer saß und nicht lange aufs Herausgeben gewartet wurde, stieg Manuel Aceves die Treppen hoch, die sich zur Mine schlängelten, und kürzte die kurvige Straße ab zwischen Feigenkakteen und Yuccapalmen.

Am Abend seiner Offenbarung war er spät dran; es dämmerte schon, und der Boden war kühl im Schatten des Hügels, obwohl die beiden Türme der Kirche von La Valenciana golden in der Sonne hinter dem Berg leuchteten. Manuel hielt sich dabei immer für Kaiser Moctezuma auf dem Weg zum großen Sonnentempel — obgleich er ein waschechter Chichimeca von Guanajuato und stolz darauf war. Heute abend dachte er nicht an den Kaiser Moctezuma, sondern beobachtete die Fledermäuse, die aus der Kirche strömten.

Sie strömten auf als dünne Spirale wie Rauch von einem Feuerchen, dann als gewundene Säule, als Pfeiler, der nach oben hin breiter wurde wie ein Trichter und sich immer schneller drehte. Der Trichter pendelte hin und her im Spiel des Winds. Schließlich strömten die Fledermäuse wie eine Wolke ostwärts über ihn hinweg. Er hörte abertausend Flügelchen flattern, die ihn mit lauter ammoniakalischer Luft befächelten. Mehr Fledermäuse schwärmten aus, eine langgestreckte Wolke gleich der gefiederten Schlange Quetzalcoatl, während der goldene, dann rote Himmel hinterm Berg das klare kalte Grün annahm, das vor dem dunklen Indigo der Nacht kommt.

Schon glich die Kirche einem gehörnten massigen Tier im Schlummer, und das Café *Zotzil* kauerte wie ein Tierlein darunter mit aufgerissenen leuchtenden Augen, als Manuel Aceves die Schuhputzkiste in die Bar hievte. Es war fast voll, und nur Rufina war mit den vollen Gläsern in Bewegung, während die Katze den Tresen hütete unter der Fratze des Fledermausgottes Zotzil.

Manuel bestellte ein Coca-Cola, woraufhin Rufina ihm ein Geschirrtuch nachwarf und wünschte, Zotzil möge ihn vertilgen.

»Komm, Rufina«, sagte er, »die alten Götter sind tot. Die Spanier haben sie getötet. Dann haben wir Chichimeca die Spanier getötet, bis wir es leid waren, und die Gringos bringen wir auch um, wenn wir wollen.«

»Von mir aus fliegst du in den Schacht«, erwiderte die tablettbestückte Rufina.

Die Bar *Zotzil* war im alten Schachthaus der Mine von La Valenciana untergebracht, die seinerzeit so viel Silber gefördert hatte, daß sich damit hundert Kirchen pro Jahr bauen und ausschmücken ließen. Diese Zeiten waren längst vorbei. Die Mine war aufgelassen und die Kirche leer, aber der Schacht existierte noch: als fünf Meter weites Loch im Boden mit einem Geländer darum. Am hellen Sandgrund strömte grünes Wasser. Fische gab's keine, trotzdem behielt die Katze es im Auge, und die Gringos warfen ihre Kippen hinein.

Der braungebrannte Manuel schnitt achselzuckend eine Grimasse hinter Rufinas Rücken und setzte dann die glatte Sonntagsmiene auf für die Arbeit. Zuerst Dr. Murphy. Graue senkellose Schuhe mit Quasten dran, graue Hose, graues Jackett, graues Haar, graues Gesicht mit roten Äderchen. Dr. Murphy trank Whisky in der Bar *Zotzil* von Sonnenuntergang bis zur Sperrstunde, obwohl er die meiste Zeit schlief. Manuel strahlte ihn an. »Schuhe putzen? Schuhe putzen?« Ohne eine Antwort abzuwarten, machte er sich mit dem Lappen ans Werk.

Bevor er fertig war, setzte sich Señora Carol an den Tisch, eine rosige Lady mit struppigem Blondschopf. Manuel hatte sich einmal überlegt, bei ihr mehr zu verlangen, weil sie so große Füße hatte. Sie trug pinkfarbene Krokoschuhe, die ihm eine Denkpause verschafften. Während er in seiner Kiste kramte, lauschte er ihrer Unterhaltung. Manuel verstand besser Englisch, als er zeigte.

Sie sprachen über die Restaurierung der Kirche, ein Projekt, das ihr nach eigenen Worten recht ans Herz gewachsen sei. Manuel glaubte nicht, daß Gringos ein Herz hatten, ein Herz wie andere Menschen. Die Restaurierung der Kirche war ihm nicht ans Herz gewachsen. Wenn deshalb freilich mehr Touristen in die Gegend kämen, nähme er das Geschäft mit. Sollte es dem Kultusminister jedoch einfallen, die Kirche zu einem historischen Denkmal zu erklären, dann würde man die Bettler und Schuhputzer und Frauen vertreiben, die-Spitzendeckchen in Körben verkauften. Also hörte er aufmerksam zu. La Señora wollte Dr. Murphy dazu bewegen, für die Beleuchtung der Kirche zu spenden.

»Als leuchtend gute Tat in einer schlechten Welt?« bemerkte Dr. Murphy. »Dieses in Stein verewigte schlechte Gewissen eines Räuberbarons. Mehr steckt nicht dahinter. Lassen wir sie den Fledermäusen.«

»Äh.« Die Dame befächelte sich mit einer Papierserviette. »Eklig, diese Fledermäuse. Die Beleuchtung wird sie immerhin vertreiben, wenn sie auch sonst nichts bringt. Was meinen Sie, ob sich das Gesundheitsamt an den Kosten beteiligen würde?«

»Wieso?« erkundigte sich Dr. Murphy. Er kippte den Whisky hinunter. »Wenn man mich fragt, so werde ich sagen, daß jedes Jahr beim Picknick in der Kirche mehr Menschen an Kartoffelsalat sterben als an fledermausbedingten Krankheiten in einem ganzen Jahrhundert.«

»Das ist doch nicht dein Ernst! Was ist mit *Vampir*fledermäusen? Die da sind hoffentlich keine, aber die Viehzüchter ...«

»Wenn die Kuh die Wahl hätte, dir ein Steak zu servieren oder der Fledermaus ein paar Tropfen Blut, ließe sie sich lieber der Fledermaus angedeihen! Carol! So'n Quatsch. Der Speichel der Fledermaus enthält sogar ein Antigerinnungsmittel mit antibiologischen Eigenschaften, es würde der Kuh nicht mal schaden. Wohingegen das *Steak* ...«

»Phillip, du mit deinen komischen Ansichten! Ich hoffe, du stellst dich jetzt nicht gegen die ganze amerikanische Gemeinde, wo wir doch echt mal was auf die Beine stellen!«

Manuel polierte die Schuhe mit einem Sonntagslächeln und hielt die schmutzige Hand auf, was Señora Carol tunlichst übersah. Dr. Murphy reichte ihm einen Fünfhundertpesosschein und meinte, er dürfe den Rest behalten, was echt stark gewesen wäre, hätte es sich nicht um einen Hunderter mit angeklebten falschen Ekken gehandelt. Manuel hoffte aufrichtig, daß er Señora Carol auch solches Geld für ihre Restaurierungskasse gäbe.

Er sah sich nach weiteren Kunden um, aber es war ein mieser Tag fürs Schuhputzen. Bei trockener Witterung bleibt der Staub des braunen Bergs nicht haften an den Schuhen, die Manuel am Vorabend geputzt hat. Also nahm er sich ein Coke hinter Rufinas Rücken und hockte sich in eine Ecke.

»Du dicke weiße Mama, die keiner mag, was läufst du mit Handschuhen durch die Gegend?« zischelte Dr. Murphy belustigt.

Rose — die Gringa, die rund wie ein Kürbis oder ein richtiger Mensch war, nicht chilidünn wie die andern Gringos — stakte herein wie eine schwankende Kuh und plumpste auf einen Stuhl. Sie war rot wie die gleichnamige Blume und drückte die behandschuhten Hände an die Brust. Allmählich wurde sie blaß wie eine Glockenblume.

Die andern Gringos mochten Rose nicht, weil sie in der Stadt lebte, über dem Laden, wo es Silber gibt und Türkisvögelchen, und weil sie den Straßenkindern Pesos zusteckte und sie drang, zur Schule zu gehn.

»Trinken Sie ein Glas Wasser. Wo um Gottes willen haben Sie Ihre Tabletten?«

Rose schüttelte den Kopf. Aus einer Plastiktüte zog sie einen Fischkopf und legte ihn der grauen Katze unter den Stuhl. »Ich kann nicht. Hab's Ihnen doch gesagt, ich kann die Tabletten nicht nehmen. Wenn ich sie nehme, kann ich nicht schlafen.«

»Ihr Blutdruck bringt Sie noch um«, schimpfte Dr.

Murphy. Die graue Hand mit dem Glas zitterte. »Es ist mir ein Rätsel, daß Sie überhaupt noch leben.«

Señora Rose wechselte das Thema, weil die Gringos nicht an den Tod glauben. Sie bringen den *Animas* nie Essen an Allerseelen, *nie*. Manuel kannte sich aus.

»Wissen Sie, daß Sie gerade recht kommen für die Beleuchtung von La Valenciana? Jeden Moment wird das Licht angehn.«

Rose wirkte noch kläglicher. »Heute abend?« hauchte sie. »Ich dachte, erst nächsten Monat.«

»Mh, nächsten Monat kommen der Bürgermeister und der amerikanische Konsul und vielleicht sogar der Kultusminister zur Einweihung der Gedenktafel für die amerikanische Kolonie. Aber die Außenbeleuchtung ist fertig. Wird eine Pracht sein, warten Sie nur, bis Sie's sehen.«

Aber Rose war hochgeschossen und taumelte gegen das Geländer um den Schacht. Sie hielt sich fest und sah sich um. Manuel, der einen Blick für günstige Gelegenheiten hatte, stand im Nu neben ihr.

Zuerst zuckte sie zurück, dann stützte sie sich auf den festen schmutzigen Arm. »Du heißt Manuel, nicht wahr? Ich habe einen Job für dich, wenn du keine Angst hast.«

»Ich und Angst? Manuel Aceves, ein echter Chichimeca und der schlimmste Schuhputzer in ganz San Martin!«

»Dacht ich doch«, meinte Rose.

Rufina kam hinzu. »Möchte sich die Señora hinlegen?«

»Nein«, erwiderte Rose. »Ich gehe jetzt mit Manuel in die Kirche.«

»Wird abgesperrt sein. Die Arbeiter sind längst weg.«

»Macht nichts«, erklärte Rose und holte einen großen eisernen Schlüssel aus dem Handtäschchen.

Manuel, der die Dame aus der Bar *Zotzil* bugsierte, wunderte sich nicht, daß sie einen Schlüssel zur Kirche hatte. Wer entsprechend hinblättert, kriegt jeden Schlüssel. Aber wozu? Es gab nichts Wertvolles in La Valenciana. Oder doch? Wußte die Gringa von einem geheimen Schatz unterm Altar? Wer weiß, was die alten Spanier alles versteckt haben in der Kirche, unter den Tonnen von Fledermauskot im Glockenstuhl? Manuel ging schneller.

Hinter dem gelben Lichtkegel der Türschwelle war es dunkel, dunkel wie Rufinas Haarband, obwohl am Himmel die Sterne funkelten.

»Der Seiteneingang«, sagte Rose. »Der da.«

Im Kirchenschiff war es finster wie in einer Grube. Nur der Hochaltar glänzte golden von den Fenstern. Hier ein blinder, nackter Cherubim, dort ein Heiligenschein. Die schwankende, aber zielstrebige Rose kannte offenbar den Weg. Bald führend, bald folgend half Manuel ihr auf eine Wendeltreppe hinter dem Taufstein. Immer höher stiegen sie, bis Manuel merkte, daß sie wohl im Westturm waren.

Ganz oben kamen sie zu einer unversperrten Tür, die Rose aufstieß. Sie atmete kurz und flach, aber Manuel hielt, auf den Schatz gespannt, die Luft an. Gold und Silber, Smaragde, Rubine und Perlen! Mit dem Schatz wollte er ganz Guanajuato kaufen wie eine glasierte Salzteigspeise für Allerseelen: den Markt und das Fort mit den Mumien, die Straßen voller Geschäftsleute in hellen Anzügen, die Taxis und Busse und Autos der Gringos, die Polizisten mit den Karabinern, die Schulen, Banken und Bars, die Häuser, wo die Frauen Schminke trugen und so laut lachten, daß sie im ganzen Viertel zu hören waren.

Obgleich nichts zu sehen war im Turm außer den rechteckigen Schallfenstern, wußte er, daß sie unter den wuchtigen schwarzen Glocken standen. Es roch nach kalter Bronze, Staub, Ammoniak und nach dem Kunststoff der neuen elektrischen Leitungen. Rose stolperte und stützte sich mit ihrem ganzen Gewicht auf seine

Schulter, bis er schwankte. Sie wühlte in der Handtasche.

»Danke, Manuel, kannst jetzt gehn. Hier hast du hundert Pesos.« Sie knipste eine kleine, mit einem Tuch abgedunkelte Taschenlampe an. Riesige Schatten huschten über die Mauern: zwei zu schwindelerregender Größe verzerrte Gestalten, von schwarzem Gebälk unterlegt, das Tonnen von Staub und Spinnweben weichzeichneten. Im Staub auf dem Boden waren Trittspuren wie in Sand: schwere Arbeiterstiefel, Roses Stökkelschuhe, Manuels bare Füße, Rattenpfoten und ganz andere Abdrücke.

Rose setzte sich mit einem Schnaufer hin und schlug die Beine übereinander. »Findest du nicht allein raus, Manuel? Ich brauch dich nicht mehr.«

»Ich möchte bleiben, Señora, ehrlich.« Denn Manuel war ein echter Chichimeca von Guanajuato, und wenn es hier einen Schatz gäbe, dann gehörte er ebensogut ihm.

»Meinetwegen, wenn du keine Angst hast.«

Manuel und Angst? Er hatte noch nie Angst gehabt, seit er denken konnte.

Rose redete leide. Ob sie ihn meinte oder Selbstgespräche führte, wußte er nicht. Sie machte keinerlei Anstalten, einen verborgenen Schatz zu bergen. Er konnte nichts entdecken, was darauf hingedeutet hätte.

»Das Licht«, sagte sie. »Sie haben überall Licht gelegt und die Schallfenster aufgerissen. Es wird Tag und Nacht hell sein. Du wirst nicht hierbleiben, nicht hierbleiben können, Jimmy. Wird das letzte Mal sein, Jimmy?«

Manuel, der am Boden hockte und zuschaute, wunderte sich, daß sie übergeschnappt war, obwohl sie überhaupt keinen Whisky trank in der Bar *Zotzil,* nicht mal Bier. Sie zog die Handschuhe aus und streifte den Ärmel der gelben Bluse zurück. Zitternd legte sie den linken Arm vor sich auf den Boden mit der offenen

Hand nach oben. Und was für ein Arm es war: hell wie eine Melone, lila-rot gesprenkelt, blau geädert, schlaff.

Sie stieß einen Pfiff aus. Einen hellen leisen Pfiff wie für ein Hündchen. Manuel folgte ihren Blicken und sah eine Fledermaus, die nicht kopfüber hing, sondern aufrecht in einem Winkel im Gebälk kauerte. Im Schein der Taschenlampe wurde das Boxergesichtchen mit den gespitzten Ohren sichtbar, die halb aufgefächerten Flügel, die aufgesperrte Schnauze, bonbonpink. Was Manuel am meisten beeindruckte, waren die starren schwarzen Augen, die kein Licht zurückstrahlten wie andere Tieraugen bei Nacht.

»Hier, Jimmy«, flüsterte Rose, und die Fledermaus setzte am Boden auf mit kurzem Geflatter der häutigen Flügel, die Manuels Ellbogen umspannten.

Er bildete sich schon ein, er höre sie antworten, ein fiedriges Säuseln im Ohr. Er hatte dermaßen Schiß, daß er sich bekreuzigte, wie er es das letzte Mal beim Tod seiner Mutter getan hatte, aber es half nichts, denn eine Fledermaus, die im Glockenstuhl einer Kirche lebte, würde weder Tod noch Teufel fürchten.

Die Fledermaus hoppelte auf Rattenfüßen über den Boden, wobei sie sich mit den Daumen an den Flügeln abstützte. Manuel bewegte sich nicht, während sein Gedächtnis jede Einzelheit registrierte wie ein Fensterbild. Die Fledermaus schaute ihn an, schaute ihm in die Augen, wie kein Tier das vermag und kein noch so Reicher in einem Café, und *sah* ihn, Manuel Aceves, als das, was er war. Sie sperrte das Maul mit den dornenspitzen Zähnchen auf.

»Rühr dich nicht!« flüsterte Rose. »Ist nervös wegen dir.«

Und Manuel rührte sich nicht, als hätte ihn ein Bann getroffen, denn das war der Fledermausgott Zotzil in der Kirche von La Valenciana, und er hatte weder an das eine noch an das andere geglaubt.

Die Fledermaus hopste heran und kletterte Rose auf

die Hand, die ganz still lag mit den pochenden, zuckenden blauen Adern. Die Fledermaus koste die Hand hie und da und setzte sich fest. Rose atmete tief und stetig, während sie ausgiebig Blut saugte.

Schließlich hob sie die andere Hand und streichelte das Tier mit den Fingern, wie Rufina ihre Katze streichelte, wenn sie gut aufgelegt war. Die Fledermaus nahm den Kopf zurück, und Manuel sah ein Mal wie einen Tintenklecks auf dem Handgelenk, das nicht blutete.

»Das ist Jimmy«, erklärte sie. »Es kommen noch mehr, aber er ist der einzige Zahme. Probier mal, ob er dich läßt.«

Woraufhin Manuel sich bewies: Er streckte die gebräunte Hand aus und berührte die Fledermaus, die sich warm wie Seide anfühlte, wie feinstes Handschuhleder. Er hörte sich atmen, hörte Rose schnaufen, als mit einemmal das Flutlicht anging, heller als der lichte Tag.

Niemand bemerkte sie, als sie ins Café *Zotzil* zurückkehrten, außer Rufina, weil alle Gringos die beleuchtete Fassade von La Valenciana bestaunten — ausgenommen Dr. Murphy, der mit dem Kopf auf dem Tisch auf dem Stuhl eingeschlafen war. Unter den gleichgültigen Blicken der grauen Katze nahm sich Manuel etliche hunderttausend Pesos aus seiner Tasche und aus dem Handtäschchen der Señora Carol und schlich sich hinaus in die Nacht, den Berg hinunter.

Es gab also doch keinen Schatz, und Rose hatte recht damit, daß die Fledermäuse nicht zurückkämen nach La Valenciana. Ein paar Wochen später starb sie in ihrer Wohnung über dem Laden, wo es Silber gibt und Türkisvögelchen. Manuel trauerte. Aber immerhin war er kein Schuhputzer mehr, sondern Internatszögling in der Schule der Äskulapischen Brüder, denn wer die Macht hat, wer der Welt den Puls gefühlt und gesehen hat, daß sie mehr, viel mehr birgt als Guanajuato, verdient die Bildung, die ihm ermöglicht, das Viertel San Martin hinter sich zu lassen.

Originaltitel: ›Bats‹
Aus: ›Isaac Asimov's Science Fiction Magazine‹, August 1992

Deutsche Übersetzung von Reinhard Heinz

Lisa Tuttle

DIE ANDERE ART

Ich weiß nicht, wie alt ich war, als mir zum erstenmal bewußt wurde, daß ich kein menschliches Wesen bin.

Oh, mein Körper ist der eines Menschen — ich wurde als Kind menschlicher Eltern geboren, Bürger von Keemah und Abkömmlinge der ersten Kolonisten von Ederra —, aber das ist nur ein groteskes Versehen.

Als Junge war ich unglücklich und fühlte mich unbehaglich in meiner Haut und in der Gesellschaft anderer. Ich war ungeschickt bei Spielen und schwerfällig in der Schule. Andere Kinder beachteten mich meist gar nicht, oder sie behandelten mich freundlich oder bösartig, je nach ihrem Charakter. Ich war mir meiner Minderwertigkeit viel zu sehr bewußt, um auch nur zu hoffen, jemals einen Freund zu finden.

Meine Eltern waren ganz normale Menschen. Ich war das einzige Stück in ihrem wohlgeordneten Leben, das fehl am Platz war. Mir erschienen sie wie ferne, ganz mit sich selbst beschäftigte Wesen, die sich nebelhaft in einer Welt bewegten, die sich meinem Verständnis entzog. Das Erstaunliche war, daß sie sich überhaupt dazu entschlossen hatten, ein Kind zu bekommen. Ich muß eine Enttäuschung für sie gewesen sein, aber sie meisterten das Problem mit großem Geschick. Ich hatte alles, was ein Kind nur brauchen oder sich wünschen konnte. Sämtliche Spielsachen und Zerstreuungen, um die meine Altersgenossen lautstark betteln mußten, wurden mir ohne Bitten geschenkt und gewährt. Ich bekam Speziallehrer, Sonderunterricht und Sitzungen bei einer Sprachtherapeutin und Psychologin und für kurze Zeit sogar eine Kinderfrau. Wir haben natürlich immer Dienstboten gehabt, aber diese waren von der mechanischen Sorte. Manche Leute bezogen zwar ihr Personal aus der eingeborenen ederranischen Arbeiterschaft, aber meine Mutter in ihrer heiklen Art fand die Vorstellung ekelerregend, daß ›fremdartige Wesen‹, wie sie sie nannte, für uns kochen und saubermachen sollten. Meine ederranische Kinderfrau war daher ein ganz besonderes Zugeständnis.

Ich nannte sie natürlich Teddy. Meine Teddy. Es gibt Leute, die gegen diese Bezeichnung protestieren und behaupten, daß sie für die Ederraner erniedrigend wäre, aber in meinen Ohren klingt sie lieb und kindlich, ein zärtlicher Spitzname für namenlose Wesen. ›Ederraner‹ nennen wir uns schließlich auch.

Meine Teddy kam zu uns, als ich vier oder fünf Jahre alt war, und blieb eine kurze, nicht meßbare Zeitspanne. Ihre Wirkung auf mich sollte ein Leben lang anhalten.

Sie war die Welt für mich, alles, was ich mir wünschte, was ich brauchte. Zum erstenmal in meinem Leben — und wie ich jetzt weiß, zum letztenmal — war ich wirklich glücklich. Ich saß auf ihrem Schoß und tat mein Bestes, um meine häßliche nackte Haut in ihrem dichten, seidenweichen Fell zu verbergen, während sie mich streichelte und durch die langen, stillen Nachmittage wiegte. Sie nahm es mir nie übel, wenn ich sie an ihren weichen Schlappohren zog oder gebieterisch auf ihrem Rücken ritt und ihr befahl, sich in diese oder jene Richtung zu wenden. Doch diese Spielchen waren nur Unterbrechungen meines wahren Daseins, wenn ich mich in zeitlosem Schweigen an sie klammerte und jegliche Ichbewußtheit im schwachen, warmen Duft ihres Körpers und im spürbaren Schlag ihres Herzens verlor, im Frieden mit mir und der Welt.

Und dann, eines Tages, ohne Ankündigung oder Erklärung, endete mein Paradies. Meine Teddy ging fort und kam nicht wieder. Vielleicht geschah es auf Anordnung der Psychologin; vielleicht war die Überempfindlichkeit meiner Mutter dafür verantwortlich. Möglicherweise befürchteten meine Eltern auch, mich an sie zu verlieren — sie begriffen nicht, daß ich bereits verloren war.

Jetzt beginnt ihr, mich zu erfassen; die Bruchstücke fügen sich zu einem Bild zusammen und ergeben eine vertraute Vorgeschichte. Als Kind von emotional zurückhaltenden Eltern entfremdet, durch körperliche Behinderungen (Sprachfehler, manuelle Ungeschicklichkeit und eine Neigung zu Übergewicht) von Gleichaltrigen isoliert und infolgedessen dazu getrieben, sich in einer kalten Welt an die einzige echte Wärmequelle zu klammern und sich mit ihr zu identifizieren. Später kamen dann selbstverständlich noch die sexuellen Schwierigkeiten hinzu ...

Natürlich, die sexuellen Schwierigkeiten. Ich fühlte mich nie zu meinen eigenen Artgenossen hingezogen, weder zu Männern noch zu Frauen. Für mich lag nie etwas auch nur annähernd Erotisches in einer glatten, nicht von Fell bedeckten Haut, in dem unaufhörlichen Ausstoßen von Worten und Lauten und in den schweißtreibenden Turnübungen, die von den Menschenwesen als Liebesvergnügen bezeichnet wurden. Ich wußte nicht, wie ich mit den sexuellen Gelüsten umgehen sollte, die mich in meiner freudlosen Jugend überfielen. Allein in meinem Bett oder in einer dunklen Kammer eingeschlossen, pflegte ich mich selbst zu streicheln und mir dabei vorzustellen, daß die Hände, die meine Genitalien liebkosten, rauhe Handflächen und weiches Fell auf dem Handrücken hatten. Wenn ich den Orgasmus erreichte, roch ich wieder den charakteristischen Moschusgeruch von ihr, und die Hitze, die meinen Körper durchströmte, hätte von der engen Umarmung meiner Teddy herrühren können.

Aber selbst für einen schüchternen, einsamen Jüngling kann eine imaginäre Geliebte auf Dauer nicht zufriedenstellend sein. Ich weiß noch, wann mir zum erstenmal der Gedanke kam. Ich fuhr mit der Bahn von der Schule nach Hause, saß zurückgelehnt im Polstersitz und starrte gelangweilt auf die Bandschleife, die über die Wand der Kapsel lief — ein alberner Sketch über Zahnhygiene. Dennoch sah ich ihn mir weiterhin an, weil ich bemüht war, die anderen Fahrgäste in der Kapsel nicht zu beachten — einen Jungen und ein Mädchen etwa in meinem Alter, die sich, beneidenswert unbekümmert trotz meiner Anwesenheit, heftig atmend und stöhnend gegenseitig liebkosten.

Als sich die Kapseltüren an meiner Haltestelle öffneten, eilte ich hinaus, erhitzt, beunruhigt und irgendwie neidisch. Sie konnten sich glücklich schätzen, diese beiden Liebenden, weil sie einander hatten. Mein Blick fiel auf eine zottige Gestalt, die mit einer seifegetränkten Bürste sorgfältig die weiße Kachelwand der Station reinigte. Ich starrte auf die arbeitende Ederranerin und verspürte ein so übermächtiges Verlangen, daß ich fast ohnmächtig wurde. Leute drängten sich an mir vorbei, und irgend jemand fluchte; ich stand mitten im Weg.

Irgendwie setzte ich mich zuvor wieder in Bewegung und gelangte zur Straße hinauf, aber ich ging wie im Schlaf. Draußen verhalf mir die kalte Luft zu einem etwas klareren Kopf, und ich konnte wieder denken. Jetzt wußte ich, was ich wollte: Ich wollte eine Teddy.

Ich befand mich in einer Ladenstraße, und die getönten Glasfronten blitzten und funkelten mich an wie Juwelen. Ich war noch nicht bereit, die wenigen kurzen Häuserblocks nach Hause zu gehen und meinen Eltern gegenüberzutreten, und so schlenderte ich langsam die Straße entlang und blieb vor jedem Schaufenster stehen. Statt der Auslagen sah ich jedoch nur mich selbst, widergespiegelt in smaragdgrünen oder rubinroten Tönungen.

Ich haßte mich und verabscheute mein Aussehen:

groß, dick und blond, mit unbehaartem Gesicht und Körper. Mein Gesichtsausdruck war stets kummervoll, und die herabgezogenen Mundwinkel und die tiefliegenden Augen gaben mir etwas Verdrossenes, das Erwachsene aufregte. In einem plötzlichen Anfall von Verzweiflung fragte ich mich, wie ich dieses Wesen, das ich war, irgendeiner unschuldigen Ederranerin aufdrängen konnte. Was menschliche Sexualität anbetraf, mochte ich wohl ein Versager sein, aber immerhin hatte ich einiges daraus gelernt, das bestätigte, was ich bereits durch Holoträume erfahren hatte. Ich wußte, daß Unzucht mit Tieren unrecht war, weil Tiere arglose Geschöpfe sind, die zu sexueller Benutzung durch Menschen nicht ihre Zustimmung geben können. Die Ederraner dagegen waren mehr als bloße Tiere, standen aber nicht auf der gleichen Stufe wie menschliche Wesen.

Dennoch gab es Menschen, die mit Ederranern Geschlechtsverkehr hatten — das wußte ich. Die Ederraner waren sexuell empfänglich für Menschen. Obgleich sie nie aus eigenem Antrieb Begegnungen herbeiführten, schienen sie sexuelle Annäherungen von Menschen zu begrüßen und zu genießen. Sie waren daher keine armen, stummen Opfer, andererseits aber auch keine passenden Partner. Die Ederraner durften sich unter uns aufhalten und unsere niederen Arbeiten verrichten, aber abends gingen sie nach Hause zu ihresgleichen. Es konnte zwischen Mensch und Ederraner ebensowenig zu einem echten intellektuellen Kontakt wie zu einer gegenseitigen Befruchtung kommen.

Trotzdem war die fruchtlose, allerdings mit Stirnrunzeln betrachtete Paarung durchaus üblich. Menschlich-ederranischer Geschlechtsverkehr war nicht offiziell verboten: Leute, die eine Gewohnheit daraus machten, wurden vielleicht deshalb gemieden, aber nicht dafür bestraft. Ich hatte dieses Thema oft in Holoträumen beobachtet. Üblicher Gegenstand, besonders in Komödien, war der erste ungeschickte Versuch eines menschlichen Halbwüchsigen, bei einer großen willfährigen Teddy die Fakten des Lebens zu lernen.

Dieser Gedanke heiterte mich auf. Schließlich war ich doch ein Jüngling und dabei, das Leben kennenzulernen. Als ich mich heimwärts wandte, blickte ich mich mit neuerwachtem Interesse um. Der Himmel zeigte die für die Jahreszeit der Nebel typische schlammig-gelbbraune Färbung, aber der Nachmittag war kühl und klar, und in der frischen Luft deutete nichts auf den dichten feuchten Nebel hin, der in etwa einer Stunde aufkommen würde. Die hohen dünnen Obalilbäume schwankten fast unaufhörlich im Wind, und die Echsennester in den untersten Zweigen verursachten Geräusche, die dem Klappern von Kastagnetten ähnelten. Es waren etliche Leute unterwegs, einige auf den gleitenden Gehsteigen und andere, die sich zu Fuß oder mit dem Fahrrad Bewegung verschafften, aber ich sah keine Ederraner. Das war nicht ungewöhnlich, denn in einer reinen Wohngegend waren Ederraner nur gelegentlich als Hausangestellte oder Gärtner beschäftigt und zu dieser Zeit an der Arbeit; trotzdem war ich enttäuscht. Nachdem ich mich nun entschlossen hatte, mir eine ederranische Geliebte zu nehmen, war ich bereit, mich mit der nächstbesten Ederranerin, die mir über den Weg lief, im Schutz irgendeiner Hecke ins Vergnügen zu stürzen.

Meine Eltern hatten Freunde zu Besuch, als ich nach Hause kam. Normalerweise wäre ich an ihnen vorbei und in mein Zimmer geeilt, um einmal mehr in einen Holotraum zu versinken, aber der Anblick des mit Lekkereien bedeckten Tisches machte mir bewußt, daß ich Hunger hatte. Als mein Vater mich einlud, mich zu ihnen zu setzen, nahm ich sein Angebot an — zu seiner offensichtlichen Überraschung.

Noch im Hinsetzen stopfte ich mir schon ein Stück Kuchen in den Mund, um nichts sagen zu müssen. Das hätte ich mir sparen können, denn nachdem meine Eltern mich den Besuchern, Enoch und Vi, vorgestellt hatten, beachteten sie mich so wenig, als wäre ich zu einem Teil der Einrichtung geworden. Es war ihr übliches Verhalten, und mir war es nur recht so.

»Ich sehe nicht ein, weshalb wir die Einwanderung beschränken sollten«, sagte meine Mutter und nahm damit den Faden der Unterhaltung wieder auf. »Wir haben hier doch reichlich Platz für alle.«

»Wir werden nicht für immer reichlich Platz haben — nicht, wenn wir überlaufen werden. Es könnte uns so ergehen wie Gleya«, entgegnete Vi, eine kleine kahlköpfige Frau mit bemaltem Körper. Ihre Nacktheit stieß mich ab.

»Was ist Gleya?« fragte Enoch, der eine hohe Piepsstimme hatte, die in merkwürdigem Gegensatz zu seinem kräftigen Körperbau stand.

Vi bedachte ihn mit einem Blick voller Verachtung. »Was kümmert es dich? Wenn es nicht gut schmeckt und es auch nicht in Holoträumen vorkommt, verstehst du sowieso nichts davon. Du stellst doch nie etwas in Frage und machst nicht einmal den Versuch, etwas zu begreifen. Du könntest ebensogut ein Teddy sein, wenn du nicht so ungeheuer faul wärst.«

Vi redete sich in Wut, und mein Vater unterbrach sie rasch: »Was hat die Geschichte irgendeines zweitrangigen Planeten mit uns zu tun?«

»Zumindest weißt du, daß Gleya ein Planet ist, und das ist mehr als ...«

»Ich habe das alles in der Schule gelernt. Ich habe Kolonialgeschichte studiert. Welche Rolle spielt das? Ich habe zufällig ein sehr gutes Gedächtnis, sogar für langweilige Fakten.«

»Fakten.« fauchte Vi und spuckte das Wort beinahe aus. »Das willst du wirklich in der Schule gelernt haben? Das glaube ich nicht. Schulen haben nichts mit Wissensvermittlung zu tun. Sie sind Musterungszentren und Trainingslager, die gewährleisten, daß die Gesellschaft aus jedem Individuum den besten Nutzen zieht.«

»Was ist falsch daran?« wollte meine Mutter wissen.

»Nicht — wenn man zufälligerweise zu den Glücklichen gehört. Wenn es bedeutet, daß du die Möglichkeit erhältst, zu wachsen und dich des guten Lebens zu erfreuen, das du so liebst. Aber was ist mit den anderen? Was ist mit den Mißratenen, die leiden und arbeiten müssen, damit es uns gutgeht? Begreifst du nicht, was euer gutes Leben gewährleistet? Daß unsere ganze Gesellschaftsordnung auf Sklaverei gegründet ist?«

»Vi, was ist denn mit dir los?« fragte meine Mutter. »Es gibt keine Sklaverei auf Ederra — und hat es nie gegeben.«

»Sie meint die Teddies«, warf mein Vater gelangweilt ein.

Jetzt horchte ich auf, obgleich ich fortfuhr, meinen Kuchen zu mampfen. Die Teddies — meine Leidenschaft. Was hatte Vi gesagt?

»Ja«, bestätigte Vi. »Die Teddies. Unsere Sklaven. Wenn sie keine Ausgebeuteten sind, dann wüßte ich nicht, wer sonst.«

»Also wirklich«, sagte meine Mutter, »so kannst du doch nicht von den Teddies sprechen! Sie sind keine Menschen, verstehst du? Und sie *müssen* doch gar nicht für uns arbeiten — wir zwingen sie nicht dazu —, sondern helfen uns aus Liebe. Jeder weiß das.«

Ich nickte, denn das war eine Lektion, die sich mir seit meinen frühesten Schuljahren eingeprägt hatte. Die Besiedlung von Ederra war in keiner Weise von blutigen Schlachten begleitet worden, wie sie auf anderen Welten ausgefochten wurden. Die Ederraner hatten uns willkommen geheißen und uns von Anfang an ihre Freundschaft geschenkt. Der jährliche Freundschaftstag wurde zu Ehren der andauernden, friedlichen, fast symbiotischen Beziehung zwischen den beiden Rassen gefeiert.

»Und denk doch nur an alles das, was wir ihnen geben«, fuhr meine Mutter fort. »Die vielen Vorteile der Zivilisation! Sie ziehen es vor, ihre Städte am Rande unserer Städte zu bauen — schließlich könnten sie jederzeit weggehen und in der Wildnis leben —, weil sie gern in unserer Nähe sind. Sie lieben uns, und wir machen sie glücklich.«

»Es geht nicht ums Glück. Und Glück allein ist nicht genug. Es ist möglich, glücklich und trotzdem versklavt zu sein.«

»Und was willst du damit sagen? Daß wir, weil wir klüger sind als die Ederraner, ihnen nicht erlauben sollten, für uns zu arbeiten? Daß wir sie vertreiben und ihnen nahelegen sollten, allein in der Wildnis zu leben? Oder meinst du, daß wir sie in Reservaten halten sollten? Vielleicht hätten wir nie hierherkommen dürfen, aber jetzt können wir nicht mehr zurück. Inzwischen sind wir auf Gedeih und Verderb ein Teil des Lebens der Teddies, und sie sind ein Bestandteil unseres Lebens. Wie kannst du das Sklaverei nennen? Wir haben sie nicht zu den Geschöpfen gemacht, die sie sind ... Es liegt in ihrer Natur, uns zu lieben.«

Einen Augenblick lang wirkte Vi unsicher. »Nun ja«, sagte sie dann, »ich meinte ja nicht ... Sondern eigentlich aber ...«

»Vi meint die andere Art«, warf Enoch ein. »Nicht die *echten* Teddies, sondern die anderen.«

»Was?« stieß ich hervor. Ich konnte mich nicht zurückhalten, aber besser hätte ich den Mund gehalten, denn jetzt bemerkten sie mich und musterten mich stirnrunzelnd.

»Geh wieder in dein Zimmer!« befahl mein Vater. »Dieses Gespräch ist nichts für dich. Mach deine Hausaufgaben oder gib dich den Holoträumen hin — oder was immer. Los, geh jetzt!«

Ich war seit Jahren nicht mehr bestraft worden, aber es war mir unmöglich, meinem Vater nicht zu gehorchen. Kaum aus dem Zimmer, blieb ich jedoch stehen — obgleich ich aus schlechtem Gewissen unangenehmes Herzklopfen hatte — und spitzte die Ohren, um mehr zu hören. Ich mußte unbedingt erfahren, was es mit dieser geheimnisvollen ›anderen Art‹ von Ederranern auf sich hatte.

Ich hörte meine Mutter abwehrend sagen: »Wenn er es tut, wird es seine eigene Entscheidung sein, und es wird ihn glücklich machen. Das kannst du nicht als Sklaverei bezeichnen.«

»Das kann ich sehr wohl und tue es auch. Glück hat nichts damit zu tun. Wenn es wirklich seine eigene Entscheidung wäre ... Aber er ist doch die ganze Zeit über heimlich dahingehend programmiert worden. Das weißt du ganz genau. Die ganzen Jahre über, seit die ersten Untersuchungen aufgezeigt haben, daß er wahrscheinlich nicht die nötige Befähigung erlangen wird ...«

»Aber das ist es doch gerade! Die Untersuchungen haben ihn nicht zu einem Andersgearteten gemacht — sie haben lediglich offenbart, daß er nicht in die Gemeinschaft paßt. Und er ist unglücklich, weil er nicht zu uns paßt. Weshalb sollte er sein Leben lang unglücklich sein? Warum sollte er nicht die Wahl haben? Für uns wäre es nicht erstrebenswert, aber deshalb können wir es doch nicht jenen versagen, die es sich wünschen. Es macht sie glücklich — es hat diesbezüglich alle möglichen Untersuchungen gegeben. Für sie ist es das Beste. Ich habe die ganze Literatur darüber gelesen ...«

Ich fühlte, daß ich rot wurde. Obgleich ich nicht genau begriff, was meine Mutter meinte, wußte ich doch, daß sie von mir sprach. Ich schlich mich davon in mein Zimmer. Ich kam mir schwerfällig und ungeliebt vor und wünschte mir von ganzem Herzen, einen Ort zu finden, wo ich hingehörte, bevor ich starb.

Jede ederranische Stadt hat ihre Teddy-Vorstadt, eine Ansammlung von Lehmhütten und Holzbaracken am

Rand der größeren menschlichen Siedlung. An einem Nachmittag in der Jahreszeit der Sonne machte ich mich auf den Weg zu unserer Teddy-Vorstadt. Ich fuhr mit der Schienenkapsel der Ostlinie bis zur Endstation.

Für mich wie für jedermann ist der Weg hinab in die Teddytown ein starkes mythisches Erlebnis. Andere vor mir haben Kunst daraus gemacht oder zumindest ein interessantes Unterhaltungsprogramm, aber das will ich gar nicht erst versuchen. Meine Gefühle und Gedanken waren echt, aber es klänge abgedroschen, wollte ich versuchen, sie zu beschreiben. Es gibt nichts Besonderes an mir, und ich habe keine kreativen oder künstlerischen Begabungen: Die Tests, denen ich mich regelmäßig während meiner Schulzeit unterziehen mußte, machten dies mit niederschmetternder, unleugbarer Gründlichkeit deutlich. Aber ich will euch die bloßen Fakten erzählen. Für mich leuchten sie in der Erinnerung in einem magischen Schein, und vielleicht könnt ihr sie aufgrund eigener Erfahrung wenigstens mit einer gewissen Überzeugung umkleiden.

Nie zuvor hatte ich mich so weit von zu Hause fort gewagt. Dieser Teil von Keemah, fast an der Peripherie, war mir völlig fremd. Menschen lebten hier nicht. Die massiven Steingebäude ringsum — von der untergehenden Sonne in ein zartrosafarbenes Licht getaucht — waren Fabriken und Warenlagerhallen, zweckmäßig gebaut und nicht mit der Absicht, einen schönen Anblick zu bieten. Nur Fabrikbesitzer und Inspektoren pflegten gelegentlich diese saubere, aber trostlose Gegend der Stadt zu besuchen.

Gerade als ich mich angesichts der leeren stillen Straßen zu fürchten begann, ertönte ein Geräusch, dem Drehen eines großen Rades ähnlich, und in den Seitenwänden der großen unansehnlichen Gebäude erschienen Öffnungen. Eine Masse von Ederranern, stumm und schwerfällig, quoll heraus. Natürlich — die Arbeiter kehrten nach Hause zurück.

Ich schloß mich ihnen an, als sie zur Teddytown wanderten, und meine Haut und meine Nerven prickelten ob ihrer Anwesenheit. Ich war unbeholfen und trunken von ihrer Nähe. Wann immer ich mit einem von ihnen anstieß, durchzuckte mich ein Freudenschock, der fast so stark war wie ein Orgasmus. Ich hatte mir Sorgen gemacht, ob ich den Weg fände, aber jetzt, als ein Teil der großen, sich bewegenden Masse, mußte ich nicht überlegen, wohin wir gingen, sondern ließ mich einfach mitziehen. Heimwärts.

Die Ederraner zeigten kein Interesse an mir, aber auch keinen Widerwillen. Sie hießen mich weder willkommen, noch vertrieben sie mich. Wann immer ich einen von ihnen verstohlen musterte, sah ich das freundliche Tiergesicht geradeaus blicken, heiter und gleichgültig — Teil einer Herde. Mit der Zeit lullte ihre Gleichgültigkeit mich in eine friedliche Stimmung. Der lange Fußmarsch machte mir nichts aus, und es kümmerte mich auch nicht mehr, was geschehen würde, wenn ich mein Ziel erreicht hätte. Ich hatte das Gefühl, für immer so weiterlaufen zu können, ohne Mühe und im Einklang mit der Masse.

Und dann waren wir in Teddytown. Die Siedlung war sauberer, als ich erwartet hatte, aber genauso primitiv, wie sie auf Abbildungen gezeigt wurde. Hütten — einige waren Rundbauten aus Lehm, andere schmale Holzkästen — standen dicht an dicht und ohne ersichtliche Planung zu beiden Seiten der engen ungepflasterten Gassen. Ich fragte mich, ob dies ein ederranischer Versuch war, menschliche Architektur nachzuahmen, oder ob sie schon in solchen Kaninchengehegen gelebt hatten, bevor wir ihren Planeten betraten. Keinerlei Bemühung um Verschönerung war zu entdecken, alles war einheitlich lehmfarben.

Aber wenn es auch nichts Schönes gab, so war ebensowenig Schmutz zu sehen. Auf den gewundenen, etwas schlammigen Straßen lag kein Abfall, und ich bemerkte nirgends Anzeichen von Unordnung, während ich durch diesen Irrgarten ging. Die Schlichtheit meiner Umgebung empfand ich als anziehend.

Was mir am meisten auffiel, war die Stille. Obgleich Keemah in der Ferne geschäftig zu summen schien, sozusagen am Rande meines Bewußtseins, war es in Teddytown still und ruhig. Die Ederraner besaßen keine Fahrzeuge und nur wenige Maschinen. Sie hätten alle Vorzüge der Zivilisation, die wir Menschen mitgebracht hatten, auch haben können, aber soweit ich sehen konnte, hatten sie lediglich unsere Installationsanlagen und die umweltfreundlichen Methoden der Beheizung und Beleuchtung für ihre Behausungen übernommen. Sie hatten kein Interesse an Holoträumen. Sie waren zwar nicht taub, schätzten aber keine unnötigen Geräusche.

Teddies, ohne Stimmbänder geboren, konnten nicht sprechen. Sie besaßen keine eigene Sprache, hatten jedoch ein paar einfache Gesten gelernt, um sich mit den menschlichen Siedlern zu verständigen, und schienen in begrenztem Maß die menschliche Sprache zu verstehen. Sie fühlten sich durch ihr Schweigen nicht gefangen oder eingeschränkt, und so schämte ich mich ein wenig, der Nachkomme einer lauten Erobererrasse zu sein. Ich kämpfte gegen den Drang an, mich zu räuspern, und versuchte, ruhiger zu atmen.

Ich kam mir vor wie ein Spion, als ich durch die fremdartigen Gassen ging und die Eingeborenen in ihrer Freizeit beobachtete. Schuldbewußt und erregt zugleich spähte ich in Hauseingänge und Fenster und sah die Ederraner sich umarmen, Essen zubereiten oder durch die Straßen schlendern. Manche rauchten Pfeifen, einige hielten ein Nickerchen auf den Türstufen, andere kehrten mit riesigen, primitiv gefertigten Besen die Straßen. Das Herz wurde mir eng angesichts dieser Vollkommenheit, und meine Einsamkeit überwältigte mich vollends.

Sie vermittelten mir nicht das Gefühl, ein Eindringling zu sein niemand starrte mich an oder schien meine Anwesenheit als störend zu empfinden; keiner von ihnen zog sich vor mir zurück oder verstellte mir den Weg. Ich war ebenso frei wie sie und konnte sogar nach Belieben ihre Behausungen betreten. Wenn ich durch eines der runden Fenster in ein kleines Haus spähte, begegnete mir der sanfte, anspruchslose Blick eines Tieres. Als ich in einen weiteren Eingang hineinschaute, sah ich zwei engumschlungene Gestalten auf einer Bodenmatte liegen — die eine Gestalt war fellbedeckt, die andere ebenso abstoßend nackt wie ich selbst. Ich eilte hastig von dem Haus fort, und das Herz stach mir wie ein Messer in der Brust. Ich versuchte, mich zu entspannen, zu vergessen.

Allmählich umfing mich die Stille dieses primitiven Ortes, und ich fühlte, daß sich die Knoten in meiner Seele lösten, einer nach dem anderen. Hier gab es keine Regeln, keine Erwartungen, keine Lektionen, die gelernt werden mußten. Für eine Weile konnte ich mir vormachen, dazuzugehören.

Essensgeruch stieg mir in die Nase, und mir wurde bewußt, daß ich Hunger hatte. Aus mehreren Häusern wehten appetitliche Düfte — von backendem Brot, von schmorendem Fleisch und Gemüse, von etwas köstlich Malzigem. Ich schritt einfach durch eine offene Tür. In dem Raum saßen drei Ederraner auf dem Boden, und vor ihnen standen Schalen mit einer köstlich duftenden Suppe. Ich deutete mir auf den Mund und dann auf den Magen, woraufhin sich einer von ihnen erhob und für mich eine weitere Schale mit Suppe füllte. Man beobachtete mich wohlwollend und wartete, bis ich mich verlegen ebenfalls auf den Boden setzte und einen vorsichtigen Schluck von der Suppe nahm. In diesem Augenblick wurde ich zu einem der Ihren, und sie wandten ihre Aufmerksamkeit wieder dem eigenen Essen zu. Ein bisher nicht gekanntes Gefühl von Wärme und Behaglichkeit breitete sich mit der heißen Suppe in mir aus, während wir gemeinsam aßen.

Als ich den letzten Rest der reichhaltigen, würzigen Suppe mit einem Stückchen Braunbrot aufgewischt hatte, blieb ich sitzen und sah den Teddies beim Abwasch des Geschirrs und beim Aufräumen zu. Einer von ihnen zündete sich eine Pfeife an und bot sie mir an zu einem Zug. Schließlich setzten wir uns auf die Türschwelle, ließen die Pfeife hin- und hergehen und beobachteten das Verblassen des Tageslichts am Himmel.

Bei Einbruch der Nacht hatte ich das Gefühl, gehen zu müssen. Ich sprach keine Worte des Dankes aus, denn an diesem Ort waren Worte fehl am Platz und auch unnötig. Ich lächelte sie an, und meine drei neuen Freunde berührten mich leicht, bevor ich ging. Diese kurzen zärtlichen Berührungen sagten mir, daß sie mich angenommen hatten. So einfach und doch vollkommen deutlich war das.

Erst hinterher fiel mir ein, daß ich nicht das erreicht hatte, weshalb ich hergekommen war: Ich war immer noch unschuldig.

Aber das war nicht mehr von Bedeutung, das wußte ich jetzt. Etwas weit Stärkeres und Wichtigeres als bloßes sexuelles Verlangen hatte mich nach Teddytown getrieben. Ich hatte einen Ort gefunden, wo ich mich zugehörig fühlte.

Es wurde mir zur Gewohnheit, jeden Abend Teddytown zu besuchen. Meine Eltern stellten mir keine Fragen — ich glaube, sie waren erleichtert, daß ich endlich angefangen hatte, ein eigenes Leben zu führen. Auszugehen war ein Fortschritt gegenüber meiner früheren Gewohnheit, wie gelähmt dazuliegen, umgeben von holographischen Bildern.

Am Ende der ersten Woche nahm ich bereits Unterschiede bei den Ederranern wahr. Sie waren in meinen menschlichen Augen nicht länger eine gleichförmige

Masse. Ich unterschied jetzt mit einem Blick männliche von weiblichen Ederranern; Einzelwesen wiederzuerkennen, war allerdings weitaus schwieriger. Ich war entschlossen, nicht der menschlichen Angewohnheit zu verfallen, ihnen Spitznamen zu geben. Wenn die Ederraner unter sich keine Namen benötigten, dann brauchte ich auch keine.

Für gewöhnlich nahm ich das Abendessen bei den drei Ederranern ein, die ich bei meinem ersten Besuch kennengelernt hatte, und um ihnen nicht zur Last zu fallen, brachte ich häufig Lebensmittel als Geschenk mit. Ich wußte nicht, in welcher Beziehung sie zueinander standen und weshalb sie zu dritt in einem winzigen Haus lebten, aber unwillkürlich betrachtete ich sie als Familie, als Vater, Mutter und Tochter.

Eines Abends in der dritten Woche nach meinem ersten Besuch änderte sich unser übliches Ritual. Als wir unsere Mahlzeit beendet hatten, gingen die ›Eltern‹ hinaus und schlossen die Tür hinter sich. Die jüngere Teddy und ich waren plötzlich allein in dem kleinen runden Raum.

Das Herz klopfte mir bis zum Hals, und ich wagte kaum zu atmen als sie näher rückte und meinen Arm zu streicheln begann. Ich brauchte keine Worte, um zu wissen, daß dies mehr war als nur eine freundliche Geste. Ich nahm sie in die Arme und erfuhr, was Liebe bedeutet.

Ich benutze absichtlich das Wort Liebe, denn das war es, was ich empfand. Keines der seitherigen Geschehnisse, keine spätere Erfahrung minderte das Erlebnis mit meiner ersten Geliebten.

Auch sie wurde zur Gewohnheit, meine warme pelzige Geliebte, ebenso wie der lange Weg nach Teddytown, das gemeinsame Abendessen und die Pfeife, die ich mit dem ›Vater‹ auf der Türschwelle teilte.

Eines Abends blieb ich bis zum Morgen, und als ich nach Hause kam, fragten meine Eltern nicht, wo ich gewesen war. Aber es lag eine fast feierliche Stimmung in der Luft — trotz meines mürrischen, abweisenden Schweigens. Ich wurde erwachsen, und das freute sie.

Es war mein letztes Schulhalbjahr. Ich hatte das Alter erreicht, da junge Leute im allgemeinen ihre Familie verließen, um sich ein eigenes Heim zu schaffen und ihre berufliche Laufbahn zu beginnen. Ich jedoch hatte keine Zukunftspläne. Ich war für keine Arbeit befähigt und hatte kein Interesse an weiterer Ausbildung. Ich wünschte mir nichts anderes als so weiterleben zu dürfen wie bisher, aber das war natürlich unmöglich.

Ich träumte davon, nach Teddytown zu ziehen, ein unerfüllbarer Traum. Es war Menschen nicht gestattet, Land zu kaufen oder zu pachten, das den Eingeborenen umsonst zur Verfügung stand, und Zonengrenzen sorgten dafür, daß ich meine neugefundene ederranische Familie nicht zu mir in die Stadt holen konnte.

Ich würde arbeiten müssen. Das Taschengeld, das meine Eltern mir gaben, würden sie nicht mehr zahlen, sobald ich die Schule verließ, und wenn ich nicht selbst eine Arbeit für mich finden konnte, würde die Stadt mir als Gegenleistung für Unterkunft und Verpflegung irgendeine Aufgabe zuteilen. Aber ich wollte nicht versorgt werden; ich wollte mein Leben selbst bestimmen und allein mein Glück suchen, und so fuhr ich fort, den Tag der Entscheidung hinauszuschieben.

Eines Morgens erwachte ich wieder wie an vielen anderen Tagen in der warmen Rundhütte in Teddytown und mochte nicht fortgehen. Ich hörte die beiden anderen sich im Raum bewegen, aber ich hielt meine Geliebte fest an mich gedrückt und erlaubte ihr nicht, aufzustehen, selbst nachdem die anderen beiden zur Arbeit gegangen waren. Sie wehrte sich nicht, und als sie verstand, was ich wollte, entspannte sie sich und erfüllte meinen Wunsch. Ich hatte mich schon manchesmal gefragt, wie weit ein Ederraner sich wohl erniedrigen ließe, bis er sich wehren würde. Die Ederraner schienen keine eigenen Wünsche, keinen eigenen Willen zu haben. Es war, als existierten sie einzig und allein, um die Wünsche der menschlichen Wesen in ihrer Umgebung zu reflektieren und zu befriedigen. Das machte das Rätsel, wie sie vor der Ankunft der Menschen gelebt haben mochten, noch verwirrender.

Aber obgleich mir derlei Fragen wohl durch den Kopf gingen, beschäftigten sie mich nicht weiter. Es waren kurze Überlegungen, die ich wieder vergaß, da ich mich eigentlich mehr für meine eigenen Reaktionen interessierte.

Als ich an diesem Morgen meine fügsame Teddy liebte, gab ich mich ganz meinen Gefühlen hin, nicht meinen Gedanken. Ich hatte sie noch nie zuvor im Tageslicht geliebt und sie auch noch nie so deutlich und so nahe gesehen. Als ich ein weiches Schlappohr anhob und es zärtlich streichelte, entdeckte ich dahinter die dünne Linie einer Narbe, und mir stockte der Atem.

Sie spürte die Veränderung in mir und blickte auf. In diesem Moment erkannte ich in ihren Augen ein Bewußtsein und eine Intelligenz, die ich nie zuvor darin gesehen und deren Existenz ich gar nicht für möglich gehalten hätte.

Im nächsten Augenblick hatte sie das Gesicht abgewandt und knabberte sanft, aber fordernd an meinem Hals. Dafür war es jetzt jedoch zu spät, viel zu spät. Ich war vollkommen ernüchtert. Ich stieß sie von mir und flach auf den Rücken, dann beugte ich mich über sie. Verzweifelt versuchte sie, mich mit einem Liebesspiel abzulenken, aber ich gebot ihr scharf Einhalt. Und schließlich ergab sie sich, lag still und ließ sich von mir untersuchen. Was hätte eine Teddy sonst auch tun können?

Jetzt, da ich sie genau betrachtete, waren die Anzeichen überall sichtbar. Wie hatte ich nur die unverkennbar menschliche Natur unter dem Fell und dem äußeren Anschein übersehen können? Ich teilte das seidige Haar an der Kehle und fand den erdrückendsten Beweis von allen: das zurückgebliebene Narbengewebe von der Operation, mit der man ihr die Stimmbänder entfernt hatte. Ich ließ sie in ihren menschlichen Tränen liegen.

Ich war wütend. Ich fühlte mich betrogen, hereingelegt und zum Narren gemacht. Daß ich geglaubt hatte, eine zu lieben, die nichts als eine Täuschung war, eine ehemalige menschliche Mißgeburt, war ein schwerer Schlag für mein von jeher schwaches Selbstbewußtsein. Wenn ich so leicht irrezuführen war, wie konnte ich dann erwarten, wahres Glück zu erkennen — und was brachte mich auf den Gedanken, daß ich Glück überhaupt verdiente?

Eine ganze Woche lang blieb ich Teddytown fern, und der auf mir lastende Druck wurde unerträglich. Meine Eltern drängten mich, eine Arbeit zu suchen, auszuziehen und mein Leben selbst zu gestalten. Was ich tue, sei nicht wichtig, sagten sie, nur irgend etwas müsse ich tun. Ich sei jetzt erwachsen und hatte meine Wahl zu treffen.

Es lag eigentlich auf der Hand, als ich mich endlich entschloß. Unter den Ederranern war ich glücklich gewesen, unter meinen eigenen Artgenossen nie. Ich wollte in Teddytown leben. Für einen Menschen war das nicht möglich, aber ich konnte mich umwandeln lassen. Ich wollte ein Teddy werden.

Ich hielt das für einen tapferen und ureigenen Entschluß, da ich nicht erkannte, daß mein ganzes elendes Leben eine Reise zu eben diesem Ziel gewesen war. Die Wahl war irgendwann in meiner Kindheit für mich getroffen worden, als ich mich an den warmen pelzigen Körper meiner Teddy geschmiegt hatte. Wirklich, ich hätte gar nichts anderes tun können.

Es dauerte jedoch einige Zeit, bis ich den Mut aufbrachte, eine Transformationsklinik zu betreten. Ich erwartete, Verachtung oder Mißfallen zu begegnen, und ich dachte, man werde Psychiater hinzuziehen, die versuchen sollten, mich umzustimmen. Aber alle, mit denen ich sprach, schienen voller Verständnis zu sein. Sie fanden meinen Wunsch begreiflich, nicht ausgefallen. Sogar meine Eltern wirkten fast erleichtert — endlich unternahm ich etwas — und nahmen meine wichtige Neuigkeit sehr gelassen auf.

Natürlich mußte ich mich vielen Tests unterziehen: gesteuertes Träumen, Rückführung unter Hypnose und stundenlange Gespräche mit Beratern, die darauf spezialisiert waren, irgendwelche verborgenen Neurosen oder Unsicherheiten aufzuspüren. Niemand versuchte jemals, mich zu entmutigen, und alle Tests und Besprechungen dienten nur dazu, mich in meiner Überzeugung zu bestärken. Zum erstenmal in meinem Leben hatte ich das Gefühl, normal zu sein. Bisher hatte ich mich immer als Mißgeburt empfunden, weil ich versucht hatte, etwas zu sein, das ich nicht war. Jetzt kannte ich die Wahrheit über mich: Ich war ein Teddy, der das Pech hatte, in einem menschlichen Körper geboren zu werden.

Die Vorbereitungen verliefen komplikationslos und bald wurde ich für die Reihe von Operationen und Behandlungen bereit erklärt, die mich schließlich in das Wesen verwandeln würden, das ich meines Wissens wirklich war.

Ein Haken war allerdings doch dabei — die Kosten. Obgleich die Psychologen mich für unfähig erklärten, in meiner jetzigen körperlichen Gestalt ein erfülltes, glückliches Leben zu führen, wurde das zur Umwandlung in einen Ederraner notwendige Behandlungsverfahren als ›kosmetische Operation‹ betrachtet und war als solche sehr teuer.

Aber andere arme Seelen waren schon vor mir diesen Weg gegangen, und es gab da ein System. Ich brauchte nur einen Vertrag zu unterzeichnen, eine Vereinbarung, daß ich eine festgesetzte Anzahl von Jahren für die Stadt arbeiten würde, dann konnte ich sofort mit den

Behandlungen beginnen. Meine Stellung würde die eines Hilfsarbeiters sein, und ich sollte mit anderen Ederranern in einer Fabrik arbeiten. Nichts hätte mich mehr erfreuen können. Selbst wenn Geld kein Problem gewesen wäre, hätte ich mir gewünscht, mitten unter den Ederranern zu arbeiten. Ich wollte keine besonderen Vorrechte, ich wollte nur einer von ihnen sein und vergessen, daß mir jemals eine andere Art von Leben offengestanden hatte.

Die Umwandlung vom Menschen zum Ederraner würde sich langsam vollziehen. Sie war sorgfältig abgestuft, um dem einzelnen Zeit zu lassen, sich daran zu gewöhnen, und mir wurde gesagt, daß ich bis zur letzten Operation — der Durchtrennung meiner Stimmbänder — an jedem Punkt umkehren könne. Aber ich konnte mir nicht vorstellen, daß ich es mir noch anders überlegen würde. Schon jetzt kam ich mir in meinem menschlichen Körper wie ein Schwindler vor.

Ich zog in einen Wohnblock der Regierung und trat meine neue Stelle an. Die Fabrik, in der ich arbeitete, beschäftigte natürlich Ederraner, aber es waren auch noch andere da, solche wie ich, in verschiedenen Stadien der Umwandlung. Diese mied ich. Sie wirkten abstoßend auf mich und erinnerten mich an mich selbst und so wie ich anderen erscheinen mußte.

An den Abenden ging ich wieder nach Teddytown, wo ich meine Mahlzeit einnahm und neue Geliebte fand. Ich hatte alles, was ich mir immer gewünscht hatte, und ich hätte eigentlich glücklich sein müssen.

Wir liebten uns immer in der Dunkelheit, aber spät in der Nacht, wenn ich zufrieden in warmer Umarmung hätte schlafen sollen, krochen meine Finger stets wie aus eigenem Antrieb unter das dichte Fell, um die verräterischen Narben aufzuspüren. Unter dem Fell fühlte ich auch die menschlichen Knochen, ebenso wie ich jetzt die menschlichen Züge, die menschlichen Sitten und Gebräuche erkannte, verborgen und verzerrt durch die Vortäuschung falscher Tatsachen, aber dennoch und immer vorhanden.

Es wurde zu einer verzweifelten, besessenen Suche. Jede Nacht eine neue Geliebte — und jede war wie ich. Ein Monstrum, eine Mißgeburt, eine Betrügerin.

Wo waren die echten Ederraner? Mieden sie mich? War ich immer noch zu menschlich für ihren Geschmack? Oder hatten die umgewandelten Menschen mit den Jahren diese Teddytown eingenommen und die echten, geborenen Teddies anderswohin vertrieben?

Vielleicht lebten sie in der Wildnis und verschmähten die Städte. Ich hatte nie etwas dergleichen gehört, aber möglicherweise verbarg man die Wahrheit vor solchen wie mir. Ich wußte nicht, wen ich fragen sollte, und auch nicht, wie ich das herausfinden konnte.

Überall auf meinem Körper sproß jetzt das weiche goldfarbene Fell, und mit jedem Tag nahm ich mehr das Aussehen eines Ederraners an. Aber ich wußte, daß meine äußere Erscheinung eine Lüge war, und das quälte mich. Äußerlich veränderte ich mich, aber innerlich nicht. Ich war immer noch ich, immer noch eine Mißgeburt. Ich wußte nicht, in welcher Weise ich anders sein sollte und wie ich mich in meinem Innern ändern konnte. Dafür brauchte ich ein Vorbild — einen echten Ederraner, nicht die nachgemachten falschen Teddies, die mich umgaben.

Ich haßte mich selbst und versuchte schließlich, schüchtern in meiner Unsicherheit (denn Teddies fragen nicht), eine der Beraterinnen in der Klinik zu fragen. Hatte man mich als eine Art Prüfung unter falschen Teddies leben lassen? Wann würde man mir erlauben, den echten Ederranern zu begegnen?

Sie wirkte überrascht und erklärte, ihr wären noch nie Unterschiede zwischen den Ederranern aufgefallen — oh, natürlich konnte sie die männlichen von den weiblichen Ederranern unterscheiden und einige auch wiedererkennen, aber im Grunde genommen sahen sie in ihren Augen alle gleich aus.

Als ich beharrlich blieb und sie sah, wie unglücklich ich war, sagte sie mir, daß ich aufhören müsse, Fragen zu stellen und nach Unterschieden zu suchen. Ich würde niemals glücklich und niemals ein Ederraner sein, solange ich nicht selbst glaubte, daß ich einer sei. Dann setzte sie für mich einige Sondersitzungen an.

Nach diesen Sitzungen war ich noch verwirrter als zuvor. Anstatt meine Fragen zu beantworten, erklärten meine neuen Berater meine Neugier zu einer menschlichen Eigenschaft, die ich ablegen müsse, wenn ich ein Ederraner werden wollte. Drogen und Hypno-Therapie wurden mir angeboten. Das werde mich von meiner Neugier heilen, so sagten sie, indem es mir Vergessen schenke. Ich würde glauben, daß ich niemals ich gewesen sei. Ebenso wie eine neue Zukunft wäre es ihnen auch möglich, mir eine ganz neue Vergangenheit zu geben. Sie könnten mich glücklich machen, wenn ich es ihnen nur erlaube.

Aber es geht nicht nur ums Glück. Und Glück allein ist nicht genug. Ich erinnerte mich, dies gehört zu haben, ohne es zu begreifen. Aber jetzt empfand ich genau das. Ich wollte mehr, noch etwas anderes als Glück. Ich wollte die Wahrheit.

In der Schule hatte man uns gelehrt, daß Antworten in Bibliotheken zu finden seien. Allerdings hatte ich in der Schule auch gelernt, daß es für mich sehr schwierig war, Antworten zu finden. Und als Teddy, das wußte ich, würde mein Gehirn ebenso leer werden wie der blinkende grüne Bildschirm des Computers, sobald ich versuchte, meine Frage zu formulieren.

Als ich mir den Kopf darüber zerbrach, wer mir helfen könne, fiel mir diese Freundin meiner Eltern ein, jene Frau namens Vi. Sie hatte von den Ederranern gesprochen — und von Sklaverei und Glück —, und ich hatte damals das Gefühl gehabt, daß sie etwas wußte, das die meisten Menschen, meine Eltern inbegriffen, nicht wahrhaben wollten. Ich hatte sie ein- oder zweimal flüchtig in Holoträumen gesehen, während eines Vortrags — sie war irgendeine Wissenschaftlerin, eine Kapazität auf irgendeinem Gebiet. Wenn *sie* mir nichts sagen konnte, dann würde mir wohl niemand meine Fragen beantworten können.

Vi öffnete mir die Tür und sah mich auf eine Weise an, die mir inzwischen wohlbekannt war, wenn ich menschlichen Wesen begegnete — mitleidig, aber nicht mit Widerwillen, wie ich erleichtert feststellte. Sie erkannte mich nicht, aber als ich meinen Namen nannte, wirkte sie etwas erschrocken. Sie faßte sich jedoch rasch, bat mich herein und fragte, wie es meinen Eltern gehe.

»Ich sehe sie nicht oft«, antwortete ich. »Sie wissen nicht, wie sie sich mir gegenüber verhalten sollen.«

»Ja«, meinte sie, »das kann ich mir gut vorstellen ... Was führt dich zu mir?«

Ihre Stimme klang scharf und kalt. In meiner Nervosität fiel es mir das Sprechen schwer. »Teddies«, erwiderte ich. »Die Ederraner. Ich will es wissen. Alles über sie wissen.«

Sie musterte mich von oben bis unten. »Du dürftest wesentlich mehr über sie wissen als ich. Du lebst unter ihnen, und du bist dabei, einer von ihnen zu werden.«

Ich schüttelte den Kopf. »Nein. Alle, denen ich begegnet bin, sind wie ich, umgewandelt und nicht als Teddy geboren. Sie geben nur vor, Teddies zu sein. Ich kann keine *echten* Ederraner finden.«

»Was, in ganz Teddytown nicht?«

»Nein.« Ich berührte meinen Hals dort, wo eines Tages der Eingriff gemacht werden würde, und zeichnete eine Linie. »Sie haben alle diese Narbe. Jeder einzelne, den ich getroffen habe. Ich habe mich gründlich umgesehen, das kannst du mir glauben.« Ich hatte den Eindruck, daß sie bereits wußte, was ich ihr da erzählte, daß sie es schon mal gehört oder sogar selbst entdeckt hatte.

»Hör mal, vergiß das doch einfach«, sagte sie. »Ist es so wichtig, daß du sie nicht finden kannst? Schließlich bekommst du, was du dir gewünscht hast, nicht wahr?«

»Es ist wichtig«, beharrte ich. »Verstehst du, ich möchte nicht nur meinen Körper verändert haben, nicht *nur. Ich selbst* muß mich auch ändern, innerlich. Und ich weiß nicht, wie. Ich weiß nicht, wie man zu einem echten Ederraner wird. Wenn ich sie finde, könnten sie es mir beibringen.«

Vi seufzte und schlang die Arme um sich, als wäre ihr kalt. »Du bist, was du bist«, erklärte sie sanft. »Niemand anderer kann dich ändern.«

Es kam mir vor, als spreche sie zu sich selbst. »Sag mir nur, wo sie sind!« verlangte ich. »Erzähl mir, was geschehen ist!«

»Du willst es nicht wirklich wissen«, entgegnete sie, und ich fing an zu zittern.

Sie bemerkte mein Entsetzen, bot mir aber keinen Trost an. »Du weißt es«, meinte sie. »Du hast es gespürt, nicht wahr? Niemand braucht es dir zu sagen. Du hast es gefühlt.«

»Nein!«

Jetzt drängte sie mich zur Tür. »Denk nicht mehr daran«, riet sie mir. »Geh fort und sei das, was du sein möchtest. Stell keine Fragen. Glaub, was sie dir in der Klinik erzählen. Du warst unglücklich, und jetzt hast du eine Chance, glücklich zu werden. Die Wahrheit ist nicht so wichtig.«

»Doch, das ist sie«, widersprach ich, blieb ganz entschlossen stehen und ließ mich nicht mehr weiterschieben.

Sie blickte zu mir auf, in mein häßliches Halb- und Halb-Gesicht. »Wenn du das ernst meinst, weshalb willst du dich dann umwandeln lassen? Warum willst du eine Lüge leben?«

»Ich wollte glücklich werden.«

Vi seufzte, und die Spannung wich aus ihrem Körper. Da wußte ich, daß sie mir alles sagen würde, und auf einmal wünschte ich mir, ich hätte sie nie gefragt.

»In der Wahrheit findest du dein Glück nicht«, sagte sie. »Glaub mir.«

»Glück ist nicht genug«, entgegnete ich.

»Das könnte ich gesagt haben. Aber Teddies stellen keine Fragen.«

»Ich bin kein Teddy. Ich bin weder das eine noch das andere. Sag mir bitte die Wahrheit.«

»Woher wußtest du nur, zu wem du gehen mußt?« fragte sie nachdenklich. »Ich habe bereits ein Leben auf dem Gewissen. Ich dachte, ich könnte ihn mit der Wahrheit heilen, doch sie erwies sich als Gift. Deshalb machte man es auch so schwer, die Wahrheit herauszufinden. Die Wahrheit ist eine gefährliche Droge. Du weißt, daß man dich in der Klinik der Behandlung des Vergessens unterziehen kann. Wenn ich dir etwas erzähle, und du kannst dieses Wissen nicht ertragen, dann kann man es dir wieder abnehmen. Du brauchst nur darum zu bitten. Man kann dir dein Glück verschaffen, aber man wird es dir nicht aufzwingen.« Sie verzog verächtlich das Gesicht. »Das ist eine Ausrede. Dein ganzes Leben lang stößt man dich in eine bestimmte Richtung, um sich dann im letzten Augenblick zurückzuhalten und so zu tun, als wäre alles von Anfang an deine freie Wahl gewesen. Es war deine Entscheidung, sagt man. Dein eigener Wille. Zu sein oder nicht zu sein ... Als ob es dich weniger zum Sklaven macht, wenn du dir die Ketten selbst umlegst.«

»Das ist mir gleichgültig. Ich werde gern ein Sklave sein — wenn ich sie nur finde. Wenn sie mich haben wollen.«

»Wen? Wer?«

»Die Ederraner.«

»Sie sind überall! Sieh dich doch um.« Sie lächelte

traurig. »Wir sind alle Ederraner. Heutzutage sind es mehr als je zuvor.«

»Ich meine nicht deine Art … Nicht meine Art von Ederranern. Ich meine die echten Teddies. Die ersten. Diejenigen, die hier lebten, als die menschlichen Kolonisten ankamen.«

»Sie sind tot.«

Ich wollte widersprechen, da ich dachte, sie scherze mit mir, aber der Ausdruck ihres Gesichts hielt mich zurück.

»O ja«, bekräftigte sie. »Allesamt. Und nicht nur tot. Ausgestorben. Die ganze Rasse. Seit vielen Jahren. Möchtest du dich hinsetzen? Soll ich dir eine Beruhigungspille holen?«

Ich stand starr und stumm. Ich empfand nicht einmal Überraschung.

Vi sprach hastig weiter, als wäre sie froh, es endlich aussprechen zu können. »Es ist wahr. Glaub es, oder glaub es nicht. Glaub es lieber nicht. Ich hätte es dir nicht sagen sollen. Es ist nicht die offizielle Version, nicht das, was den Schulkindern erzählt wird, und vor allem ist es nicht das, was die Leute glauben wollen. Aber es ist die historische Wahrheit. Die Menschen versuchen, ihre Erinnerungen abzuändern oder verändern sie tatsächlich, aber sie können nicht wirklich die Vergangenheit ändern. Es ist geschehen und hat Spuren hinterlassen, die zu finden sind, wenn man sorgfältig genug danach sucht — wenn man die ersten Aufzeichnungen durchforscht, wie ich es getan habe. Die eingeborene ederranische Bevölkerung war gegen Ende unseres ersten Jahrhunderts hier bereits vollkommen ausgestorben.«

»Wieso? Weshalb?«

Vi zuckte mit den Schultern. »Sie konnten es uns nicht erzählen, und unsere Wissenschaftler vermochten es sich nicht zu erklären. Die Eingeborenen schienen ihren Lebenswillen zu verlieren. Es gab Seuchen, und dann hörten sie auf, Nachwuchs zu bekommen. Sie starben ganz einfach, einer nach dem anderen, aus verschiedenen Ursachen. Die Bevölkerungsdichte war von vornherein nicht groß. Vielleicht widerfährt so etwas zu allen Zeiten irgendwelchen Rassen. Vielleicht haben wir es ausgelöst ... Viele der ersten Kolonisten fühlten sich schuldig in der Annahme, daß die Menschen tatsächlich ein tödliches Virus eingeschleppt hatten — oder daß die Anwesenheit der Menschen als solche ein Virus war. Daß die Ederraner auf irgendeiner Ebene beschlossen, lieber Selbstmord zu begehen, als den Versuch zu machen, mit uns zu konkurrieren oder zusammenzuleben.«

»Aber warum ... Warum gibt es dann so viele ...?«

»Eine Zeitlang hatte ich die Theorie — eine paranoide, verrückte Theorie —, daß es sich um ein Komplott handelt. Um die Planung irgendeines Computers von einer perfekten Gesellschaft mit vielen zufriedenen, kuscheligen Sklaven, die der Oberschicht dienen. Unsere Gesellschaft profitiert jedenfalls davon, das steht außer Zweifel. Und es ist auf Dauer angelegt, weil es so nützlich ist, ein billiges, nie murrendes Arbeitsheer zu haben. Außerdem verringert es die Verbrechensrate und den Bevölkerungszuwachs. Deshalb erleichtern wir es manchen Menschen, mit dem Menschsein aufzuhören. Wir sondern schon in einem frühen Alter die Außenseiter aus und suggerieren ihnen, daß sie nicht gut genug sind, um in der menschlichen Gesellschaft bestehen zu können — aber daß es in Ordnung ist und daß sie sich deshalb nicht abzumühen und unglücklich zu sein brauchen, weil es auch für sie ein Plätzchen gibt. Wenn du nicht in die menschliche Gemeinschaft paßt, dann werden dich die Ederraner aufnehmen. Verändere nicht die Welt, sondern verändere deinen Körper.

Die Teddies leben weiter, nicht nur in Holoträumen, sondern in unseren Herzen. In Menschen wie du.« Sie berührte flüchtig mit der Hand meine pelzige Brust.

»Es ist kein Komplott«, fuhr sie fort. »Ich wollte gern glauben, daß es so ist und daß noch jemand außer mir schuld hatte, als mein Sohn ... Aber ich bin eine zu gute Wissenschaftlerin, um mich mit einem Hirngespinst zu begnügen, auch wenn es noch so befriedigend erscheinen mag.

Wir behaupten, daß die Ederraner uns brauchten, aber natürlich brauchten sie uns nicht. Sie starben an uns. Wir sind es, die sie brauchen, nicht nur volkswirtschaftlich und körperlich als Bedienstete, sondern im geistigen Sinn. Gefühlsmäßig. Ich weiß nicht, warum, aber wir brachten es nicht fertig, sie sterben zu lassen. Da wir sie nicht am Leben erhalten konnten, mußten wir sie wiederauferstehen lassen, auch wenn wir dafür unsere eigenen Körper opfern mußten. Soweit ich den Aufzeichnungen entnahm, ließen sich die ersten Menschen im Geist der Sühne in Eingeborene verwandeln. Sie fühlten sich verantwortlich für den Tod der Ederraner, und auf diese Weise trugen sie ihre Schuld ab und erhielten dadurch gleichzeitig die eingeborene Kultur lebendig.

Vielleicht machten sie sich aber auch nur etwas vor. Vielleicht versuchten sie lediglich, genau wie die von ihnen, imitierten Ederraner, rassischen Selbstmord zu begehen. Es könnte eine Art von Todessehnsucht gewesen sein. Ich weiß nicht, was sie dazu trieb. Ich weiß auch nicht, weshalb du dich sosehr haßt und warum du glaubst, kein wirklicher Mensch zu sein. Manchmal denke ich, daß Menschen deinesgleichen viel fremdartiger sind als die ursprünglichen Ederraner.«

»Warum?« fragte ich und meinte damit: Warum ich?

Vis Stimme wurde sanfter, als sie mir antwortete, und ich erriet, daß sie im Begriff war, mir ein Gegenmittel gegen ihre Wahrheit anzubieten, ob es sich dabei nun um eine etwas schmackhaftere Version oder um eine freundliche Lüge handeln mochte.

»Einige Leute — Gelehrte, Psychologen und Philosophen — halten eine andere Erklärung für möglich. Keine Schuldgefühle, kein Selbsthaß, keine kulturelle Programmierung. Ihre Antwort liegt bei den Ederranern. Sie meinen, daß die Ederraner, obgleich körperlich zugrunde gegangen, möglicherweise immer noch unter uns sind. Daß ihre Seelen den Tod überlebten, um in menschlichen Körpern wiedergeboren zu werden. Daß wir in mehr als nur einer Hinsicht die neuen Ederraner sind. Wir haben sie nicht einfach nur ersetzt, sondern wir haben sie uns einverleibt. Und in einigen von uns ist die ederranische Seele zu übermächtig, zu bewußt, um absorbiert zu werden. Sie kann sich nicht in die menschliche Gemeinschaft einfügen, weil sie sich noch immer an die frühere Lebensweise erinnert und sich nach ihr zurücksehnt. Sie fühlt sich in dem menschlichen Körper nicht wohl und ist daher bestrebt, das verschwundene Selbst wiederzuerlangen.

Viele Leute glauben das. Es könnte dir vielleicht helfen.«

Aber sie glaubte es nicht, und auch ich konnte es nicht glauben. Ich war über die Traumgebilde hinaus, die mich während meiner Kindheit aufrechterhalten hatten. Die Wahrheit schnürte mir die Kehle zu, und ich konnte nichts anderes schlucken.

Dennoch kehrte ich in die Klinik zurück, zurück auch zu meiner Fabrikarbeit und zurück nach Teddytown. Was hätte ich sonst tun sollen? Wohin sonst gehörte ich denn? Ich bin eine Mißgeburt, und ich weiß es. Ich lehnte die Drogen und das erzwungene Vergessen ab — es war eine Sache des Stolzes. Ich tat es nicht so sehr deshalb, weil ich mich erinnern wollte, was ich war, sondern vielmehr, um immer zu wissen, was ich *nicht* bin.

Ich bin das, wozu man mich gemacht hat.

Sie machten mich dazu: die Psychologen, meine Eltern, meine Lehrer, die Gesellschaft. Sie redeten mir ein, daß ich als menschliches Wesen ein Versager sei, so als wäre das Menschsein ein Spiel, das ich nicht erlernt hätte. Und ich hatte ihnen geglaubt. Jetzt erkannte ich jedoch, daß das Leben als Ederraner auch nur ein Spiel war — ein einfacheres Spiel, das zwar leichter zu meistern, aber deshalb nicht besser war.

Irgendwie spiele ich weiter mit … Und wünschte, ich könnte noch immer glauben. Aber wohin ich auch schaue, sehe ich menschliches Leid und menschliche Augen, die traurig aus haarigen Masken blicken. Wo ich früher Frieden sah, sehe ich heute Selbsttäuschung. In der gelassenen Stille nehme ich jetzt Spannung und künstlich erzeugtes Vergessen wahr. Ich weiß nicht, wie viele von ihnen wissen, was ich weiß, aber ich kann sie niemals fragen.

Nachts, in meinen Träumen, bin ich glücklich, fühle mich heimisch in einem fellbedeckten Tierkörper und weiß mich geborgen unter meinen Artgenossen. Und dann blicken sie mich an und entfernen ihre Masken, und ich sehe ihre unbehaarten menschlichen Gesichter, die mich angrinsen und verhöhnen. Ich wache auf, weine menschliche Tränen und weiß wieder, daß ich überall ein Fremder bin — und allein.

Originaltitel: ›The Other Kind‹
Aus: ›Isaac Asimov's Science Fiction Magazine‹, Dezember 1984

Deutsche Übersetzung von Susi-Maria Roediger

Deborah Wessell

SPAZIERFAHRT

Becket Bluegreen hatte nicht die Absicht gehabt, den ersten Vertreter einer außerirdischen Spezies, der jemals mit der menschlichen Rasse in Verbindung getreten war, zu entführen. Als sie ihn aber erst mal hatte, wäre es ein ziemlich heikles Unterfangen gewesen, ihn zurückzugeben — und dann später wollte sie einfach nicht.

Alles begann im ›Aqua‹, dem besten Lokal in New Seattle, um Freunde zu gewinnen und Geld zu verlieren. Es war Haien-Nacht, und die Menge brodelte; Spieler und Spaßsucher aus allen Gegenden von Startover; mit heißer Musik in den Knochen und freiem Blick durch die durchsichtigen Kuppeln über den Spielhallen auf die prächtigen Meeresungeheuer, die schnell und fließend vorbeischwammen.

Haie waren nichts Neues für Becket. Sie war vertieft in ein *Riprap*-Spiel an einem Tisch in der Nähe der Bar und versuchte, den Preis eines Tickets nach Hause von einer jungen Offizierin aus Protektion und Purifikation zu gewinnen. Die Offizierin war weniger in das Spiel vertieft als in den Versuch, Lila Never, die schönste Blondine, die jemals das Licht der Welt erblickt hat, zu beeindrucken. Dadurch verlor sie hoch und stetig. Lila war damit beschäftigt, Becket unter dem Tisch heimlich Zweier zuzuschieben — und den alles andere als zweideutigen Blicken der Offizierin auszuweichen.

Dann kamen drei Männer hereinspaziert, und die Lage wurde wesentlich komplizierter.

Männer. Niemand sprach es aus, aber alle dachten es, angefangen mit der alten Senatorin, die ihren Gewinn zählte, bis zu dem kleinen Mädchen, das die Fische fütterte. Es gab *Männer* im ›Aqua‹. Nicht nur Holographien aus den Nachrichtensendungen oder Giganten, vor den Toren der Terranischen Botschaft aus der Ferne erblickt, sondern lebende *Männer,* die an der Bar standen und sich miteinander in ihren unmöglichen Stimmen unterhielten. Alle Frauen verstummten, und die Tanzkapelle, ›Not A Bad Chance‹, stolperte kurz, aber merklich im Rhythmus.

»Abschaum«, sagte Leutnant Daltic, gerade laut genug, daß es alle hören konnten. Die Kapelle hörte auf zu spielen. Einige Touristen packten ihre Kinder und schlichen zur Tür, als einer der Männer, der Größte, sich dem Riprap-Tisch näherte.

»Oberst Cirona, Terranische Verteidigung und Diplomatie, zu Ihren Diensten, Leutnant. Haben Sie mich angesprochen?« Sein Englisch war hervorragend. Es war natürlich die offizielle Sprache aller siebzehn kolonisierten Planeten, aber seit der Zweiten Renaissance auf der Erde zogen die meisten terranischen Aristokraten Italienisch vor. Cirona verbeugte sich mit der Grazie eines Edelmannes.

Leutnant Daltic, so herausgefordert, hielt einen Augenblick lang inne. So lang, daß Becket Bluegreen ausflippen konnte.

»Vielleicht hat sie sich geräuspert«, schlug sie vor, und zwinkerte ihn mit einem hellblauen Auge unter ihrem kupferfarbenen Haar hervor an. Ihr anderes Auge war grün, und diesmal war es Cirona, der innehielt, während sie aufstand, ihre Jetons einsammelte und Lila zunickte. Lila stand auf, und der Oberst bot eine bühnenreife Darstellung eines Mannes, der seine eigenen Zähne hinunterschluckt. Alle taten etwas Ähnliches, wenn sie Lila zum ersten Mal kennenlernten. Sie war einfach so schön.

»Ich heiße Becket Bluegreen, und das ist Lila Ne ... ähm, meine Partnerin, Lila.« Zwecklos, Lilas Nachnamen zu nennen. Dadurch wurde erfahrungsgemäß die Verwirrung der Männer noch größer. »Wir haben das Spiel hier gerade beendet. Vielleicht möchten Sie und Ihre Freunde auch eine Runde Chroma mit uns spielen?«

»Das ist sehr gastfreundlich von Ihnen«, sagte Cirona, nicht übermäßig sarkastisch. »Akzeptiert das Lokal Botschaftsschecks?«

Er schien das Interesse für Lila verloren zu haben, eine Tatsache, die Becket leicht verunsicherte. Ein Mensch, sogar ein Mann, der mehr an einem Chroma-Spiel als an Lila interessiert war, mußte ein irrsinnig guter Chroma-Spieler sein.

»Fragen Sie die Schankwirtin«, sagte sie ihm. »Sie verkauft die Jetons.«

Cirona verbeugte sich wieder und gesellte sich zu seinen Kollegen an der Bar, während die Kultivierten unter den Aqua-Stammbesuchern so taten, als würden sie nicht weiterlauschen. New Seattle wurde allmählich kosmopolitisch. Das neue Abkommen erlaubte einhundert terranischen Männern (terranische Frauen blieben grundsätzlich zu Hause), sich im Botschaftsgebiet als Diplomaten und Händler zu betätigen; sie durften auch Angestellte beschäftigen. Viele Startoveranerinnen hatten also schon Männer gesehen, und einige — darunter Becket Bluegreen — hatten auch bei Gelegenheit kleinere, nicht ganz legale Geschäfte mit dem einen oder anderen Terraner betrieben. Natürlich verachtete jede patriotische Frau auf Startover jeden Terraner aus Prinzip — die Terraner waren die ausbeuterische Vergangenheit, Startover war die glorreiche Zukunft —, aber keine der Patriotinnen im Aqua war dazu bereit, an einem Samstagabend so früh nach Hause zu gehen und einen Skandal oder — noch besser — eine Schlägerei zu versäumen. Die Spiele fingen nach und nach wieder an, und ›Not A Bad Chance‹ stimmten eine langsame, sinnliche Tanznummer an. Die Haie kreisten weiter.

»Es kümmert dich überhaupt nicht, mit wem du spielst, was?« warf ihr Daltic vor. »Es kümmert dich überhaupt nicht, daß sie Aufklärungsschiffe heraufschicken, um eine Invasion vorzubereiten. Oder stimmen die Gerüchte, daß du sogar männliche Gesellschaft *vorziehst?* Vielleicht bist du eine *Mischerin?*«

Bei dieser groben Beleidigung drehten sich alle Köpfe an der Bar zu Daltic hin, aber Becket biß nicht an. Beschimpfungen konnten ihr nichts anhaben; und außerdem war sie gründlich verprügelt worden, als sie das letzte Mal eine Profi herausgefordert hatte.

»Ich habe nichts gegen männliches Geld«, sagte sie schlicht. »Zumindest hatte er zivilisierte Manieren. Das kann man nicht von allen behaupten ...«

Sie kicherte, während Leutnant Daltic wegstolzierte, wurde aber wieder ernst, nachdem sie den bösen Blick Lilas sah. Sie setzten sich hin.

»Hör zu, ich werde nur ein kleines Spiel ...«

»Bist du wahnsinnig?« Lila dämpfte ihre zornige Stimme zum Flüstern. Sie war in ihrer Wut noch schöner als sonst, natürlich. »Weißt du nicht, was die Leute sagen werden, wenn du das tust?«

»Ich weiß, was sie *jetzt* sagen!« Becket strich sich die Haare aus dem Gesicht. »Sie sagen, ich sei eine latente Heterosexuelle mit integrationalistischen Tendenzen. Was zum Teufel können sie *noch* sagen?«

Lila kaute auf ihrer Unterlippe herum und seufzte. »Tut mir leid, Beck. Es ist nur ... was wäre, wenn die Terraner *wirklich* eine Invasion planen? Angeblich hatte ein Aufklärungsschiff auf der Soldi-Ebene eine Bruchlandung.«

»Quatsch«, sagte Becket. »Selbst die Terraner haben nicht genug Springschiffe, um eine Armee auf einen anderen Planeten zu schicken. Und warum sollten sie sich die Mühe machen? Es ist wesentlich billiger, mit Startover Handel zu treiben, als es zu besetzen. Offiziell nennen sie uns Perverse, und inoffiziell bekommen sie eine Menge wertvoller Erze zu Schleuderpreisen.« Sie trank zuerst ihr Glas leer, dann das von Lila. »Den Profis ist es peinlich. Sie können die Terraner nicht wirklich herumstoßen, sonst stoßen die Terraner vielleicht zurück. Aber allgemeine Invasionsangst gibt ihnen die Gelegenheit, sich wichtig zu fühlen; sie können Soldat spielen, statt Räuber und Gendarm. Wahrscheinlich haben sie eins ihrer eigenen Schiffe zu Bruch geflogen und wollten einen Prügelknaben haben ... Nun komm schon, der Oberst und sein Geld warten auf uns.«

Lila unternahm einen letzten Versuch. »Du hast nicht genug Bargeld, um Chroma zu spielen. Die Terraner werden dich ausnehmen!«

»Da hast du dich aber schwer verrechnet, Schatz.« Becket grinste und zog eine Rolle Jetons aus der Hüfttasche ihres abgewetzten weißen Anzugs. »Fünfundzwanzig Rote, Lila, zweihundert Startzüge pro Kopf — und nicht mal gestohlen. Komm, laß uns *reich* werden!«

Chroma, eine Mischung aus Drachenfliegen und Schach, ist mit Abstand das Lieblingsspiel aller Kasinobesitzer der besiedelten Planeten. Die Einsätze sind hoch, die Hausanteile hervorragend, und die spiralförmigen Farbenmuster, die über den Spielern in holographischer Pracht emporsteigen, machen eine Bühnenshow überflüssig. Touristen mögen die Haie, aber sie *lieben* Chroma; und sie konsumieren äußerst teure alkoholische Getränke, während sie zuschauen. An jenem Abend im ›Aqua‹ schauten *alle* zu.

Becket wechselte nach der ersten Stunde des Spiels von alkoholischen Getränken zu Wasser. Cirona war *gut*. Seine Freunde — oder Adjutanten — waren auch nicht schlecht, und Lila war immer zuverlässig, aber als sich die Jetons auf dem Croupiertisch immer höher auftürmten und die Farbenmuster zu einer verwobenen Tapete wurden, stieg ein Spieler nach dem anderen aus, bis nur noch Becket und Cirona übrigblieben und sich vorsichtig über die Spielkonsolen hinweg anlächelten.

Allmählich mochte sie ihn. Seine Adjutanten mit ihrem komischen Gang und ihren haarigen Gesichtern waren schwer auseinanderzuhalten, wie die Botschafts-*Hiwis,* mit denen sie ab und zu schnelle Geschäfte getätigt hatte, aber Cirona hatte schnelle Augen in seinem schlanken, braunen Kopf — und seine etwas unorthodoxe Situation schien ihn zu amüsieren. Sie fragte sich, wie er wohl nackt aussähe. Wie er sich anfühlte. Dann schüttelte sie den Gedanken ab und konzentrierte sich auf das Spiel. Im Augenblick befand sie sich im Nachteil.

»Spielen Sie oft Chroma, Bürgerin Bluegreen?« Cironas Hände bewegten sich geschmeidig über seine Kontrollkonsole. Er ließ einen prismaartigen violettfarbenen Verlauf steigen, der Beckets blaue Progression abschnitt. Die Zuschauer seufzten auf.

»Nicht so oft, wie ich möchte — und selten mit einem so interessanten Gegner.« Sie schickte einen Streifen Indigo durch die Luft, um sein Prisma zu blockieren. Es war ein Risiko, weil ihr Vorrat an Blau ziemlich erschöpft war, aber das wollte sie ihn nicht wissen lassen. Lila begann, an ihren exquisiten Fingernägeln herumzukauen.

»Und was halten Sie von diesem Gerücht über dieses geheimnisvolle Aufklärungsschiff, Herr Oberst?« fragte Becket mit einem leicht süffisanten Blick zu den Zuschauern. Es war eine dumme Frage, aber als Ablenkungsmanöver von ihrem nächsten Zug war es besser, als ihr Glas ›aus Versehen‹ umzukippen. Ein bißchen besser, jedenfalls. »Glauben Sie wirklich, Sie könnten Startover erobern, oder ist das alles lediglich Imponiergehabe?«

»Ich gebe meine Meinungen der Öffentlichkeit nie

preis«, sagte Cirona fast freundlich. »Sie werden zu oft als offizielle Verlautbarungen verstanden.«

»Ihre Meinungen könnten aber schwerlich abwegiger sein als der offizielle Mist, den wir bis jetzt gehört haben. Warum *haben* Sie einen Landungsversuch mit einem Aufklärungsschiff auf der Soldi-Ebene unternommen?«

Einer der Adjutanten sprang hoch, aber Cirona brachte ihn mit einer Geste wieder zum Sitzen. Während die Menge murmelte und feixte, tippte Becket ihre Gegenstrategie ein, eine orangerote Blockade. Patriotismus konnte manchmal direkt nützlich sein.

»Meine Regierung ist in dieser Affäre ziemlich offen gewesen.« Der Oberst wurde leicht verunsichert. »Wir wissen nichts über eine Bruchlandung, weder in Ihren Bergen noch sonstwo. Wenn ihr Frauen durch Gerüchte nicht so leicht aus der Fassung geraten würdet ... entschuldigen Sie, bitte. Das war unangebracht. Darf ich vorschlagen, Bürgerin Bluegreen, daß wir unsere Gegnerschaft auf das Spiel beschränken?«

»Aber natürlich.« Becket lächelte und schickte ihre Blockade los. »Wie unfreundlich von mir!«

Das Duell ging weiter. Sogar die Musiker, die es leid waren, nur für sich zu spielen, hockten am Bühnenrand und schlossen untereinander Wetten ab.

»Nun gut, Herr Oberst«, sagte schließlich Becket. »Es wird allmählich spät, und ich habe Lust zu tanzen. Ich werde *so* leicht abgelenkt. Sollen wir einen letzten Einsatz wagen? Alles oder nichts?«

Sie zählte alle ihre Jetons zusammen und schob sie Haufen für Haufen dem erstaunten Croupier entgegen. Lila schloß die Augen und stöhnte, und einer der Adjutanten erstickte fast an seinem Bier.

Cirona runzelte die Stirn. Ganz offensichtlich war seine Barschaft knapp, aber er hielt die stärkere Position. Becket konnte fast seine Gedanken lesen, während er über die Demütigung nachdachte, von einer Frau ausgetrickst zu werden. *Tu es,* bedrängte sie ihn lautlos, *Tu es.* Sie setzte einen selbstsicheren Gesichtsausdruck auf, ließ jedoch ihre Hände hinter der Konsole nervös flattern, als ob sie nicht wüßte, daß er sie sehen konnte. Manchmal konnte sie sogar Lila damit überlisten. *Tu es.*

Die ineinandergewobenen Farben schwebten über Cironas Kopf und schimmerten einen Augenblick lang heller auf, während der Schatten eines Haifisches vorüberglitt. Cirona ließ seinen Blick durch den ganzen Raum schweifen. Jede Frau im Kasino starrte ihn an. Seine Adjutanten betrachteten den Boden mit eingehender Intensität.

»Bürgerin Bluegreen, ich fürchte, ich muß Ihre Gastfreundschaft strapazieren. Wenn Sie ...«

»Keine Schuldscheine«, sagte die Aufseherin unmißverständlich.

»Wenn Sie es akzeptieren«, fuhr er fort, »werde ich Ihre Wette annehmen, indem ich Eigentum setze. Ich besitze eine kleine Jacht in Portcenter, die ich für Privatreisen während meiner Dienstaufenthalte auf Startover benutze. Sie ist nagelneu, in einem absolut makellosen Zustand, und ihr Wert beträgt wesentlich mehr als neuntausend Startzüge.«

Er hielt einen Schlüsselwürfel hoch. Becket tat ihr Bestes, um ihre Gier nicht zu zeigen. *Eine Jacht!* Ein kleiner Diplomatenkreuzer. Sie und Lila könnten nach Northside zurückkehren, wo sie hingehörten, und einen ehrlichen Lebensunterhalt mit Passagierbeförderungen über die Berge verdienen. Oder einen *unehrlichen* durch Frachtschmuggel. *Ihr Göttinnen, steht mir bei! Zum Teufel;* **Götter** *auch. Egal, wer!*

»Warum nicht«, sagte sie und begann das Spiel.

Als Bühnenshow war das Finale ihres Spiels ein absoluter Hit. Als Krieg der Geister war es ein Geniestreich. Cirona warf seine letzten Reserven von Karminrot in die Luft, Becket räumte das Feld mit Säulen aus Grün, er konterte mit einer Bahn Violett, sie überlistete ihn mit Finten aus ihrem wenigen Blau. Zum Schluß riskierte sie einen unmöglichen Zug mit einem Stich aus gelbem Licht, und das Spiel war vorbei.

Während eines glorreichen Augenblicks war es im ›Aqua‹ absolut still; jedes Gesicht nach oben gewandt, jeder Atemzug angehalten; dann brach ein Höllenlärm los.

»Doppelte für alle«, schrie die Barkeeperin. »Bluegreen gibt eine Runde aus!«

Die Hälfte der Besucher nahm die Einladung an. ›Not A Bad Chance‹ blies einen Triumphmarsch, und Lila kippte den Tisch voll Spieljetons um, während sie mit der Aufseherin einen Fandango tanzte. Becket erhaschte einen letzten Blick auf Cirona, bevor sie in einer Sturmflut von Besuchern zur Bar gezogen wurde: Sein verknotetes Gesicht war ein Bild verletzten Stolzes. Sie grinste und winkte, während er mit seinen Adjutanten das Lokal verließ, aber innerlich mußte sie zusammenzucken.

Becket wurde immer hohl und etwas wackelig auf den Beinen nach einem großen Risiko. Nicht wie Lila, die immer *vor* einem Spiel nervös wurde, und niemals danach; diese tanzte eine Stunde lang ohne Pause, außer, um Becket zuzuprosten und mit der Band zu singen. Endlich wirbelte sie von der Tanzfläche weg und blieb lachend vor Beckets Tisch an der Bar stehen.

»Hallo, Beck!«

Die ruhende Lila sah aus wie ein Engel, aber Lila in einem roten Kleid, glühend vom Tanz und angeregt vom Wein, sah aus wie das Paradies in einer Samstagnacht. Nicht zum ersten Mal mußte sich Becket an den berauschenden Sommer vor zwei Jahren erinnern, als Lila und sie ein Liebespaar gewesen waren. Aber bis zu dem folgenden Herbst hatten Lilas Bedürfnis nach Alleinsein und Beckets Schürzenjägernatur eine Geschäftsverbindung realistischer aussehen lassen als eine Liebesbeziehung. War es der glücklichste Sommer in ihrem Leben gewesen, oder lediglich der täuschendste? Becket zuckte mit den Achseln und beugte sich über den Tisch näher zu Lila hinüber, damit ihre Stimme nicht in der lauten Musik unterging. Lila roch nach Sommer, wie immer.

»South Alley, in einer halben Stunde. Ich rufe uns ein Taxi zum Hafen.«

Lila runzelte die Stirn und drehte sich weg, aber Bekket wußte, sie würde kommen. Darum funktionierte ihre Partnerschaft so gut: Falls eine von ihnen Zweifel hatte, kooperierte sie zuerst und stellte später die Fragen. Viel vernünftiger. Wenig Geziere.

Aber später hatte Lila *reichlich* Fragen. Sie waren aus dem Taxi ausgestiegen, um die restliche Strecke zum Portcenter-Landefeld für terranische Unterlichtgeschwindigkeitsboote zu Fuß zu gehen.

»Warum müssen wir das mitten in der Nacht tun, Becket? Wovor hast du Angst?«

»Ich will unsere neue Jacht an einem sicheren Ort unterbringen, das ist alles.« Becket hielt den Atem an, während sie den Schlüsselwürfel der Jacht in die dafür vorgesehenen Schlitze des Sicherheitstors steckte, aber das Tor summte nur, gab den Schlüssel zurück und ließ die beiden Frauen ohne weiteres passieren. Die Sicherheitsvorkehrungen waren beim Überlichtantriebslandefeld wesentlich strenger. Trotzdem fand es Becket merkwürdig, daß keine Terraner zu sehen waren. »Ich hoffe, du kannst das verdammte Ding fliegen.«

Lila schnaubte. »Hast du jemals ein Boot gestohlen, das ich *nicht* fliegen konnte?«

»Nein — es sei denn, diesen alten Schleppkahn damals bei ... was heißt hier *stehlen?* Die Jacht habe ich *gewonnen!*«

»Ich weiß, daß du sie gewonnen hast, aber glaubst du nicht, daß es ein bißchen zuviel des Guten ist, einen Terraner beim Chroma-Spiel zu beschummeln?«

»Beschummeln! *Beschummeln?* Das war die brillanteste Spielstrategie, die mir jemals in meinem ganzen Leben gelungen ist! *Niemand* schummelt beim Chroma-Spiel, das weißt du doch! Ich habe alle gefragt, die mir eventuell hätten beibringen können, wie man möglicherweise schummeln könnte. *Niemand weiß es.* Ich habe sogar versucht ...«

»Becket, halt's Maul und sieh dir das an!« Lila starrte an einem Stapel Kisten und einigen Schleppkähnen vorbei auf ein kleines, schwarzes tränentropfenförmiges Boot, das in einem beleuchteten Parkkreis alleine stand. »Gehört das *uns?* Ist das Cironas Jacht? Das ist eine ADk Sieben!«

»Ist das gut?«

»Gut?« Lila streckte die Arme weit aus, als ob sie das Schiff umarmen wollte, und umarmte statt dessen die verdutzte Becket. »Das ist die *absolut* schnellste, wendigste Jacht in der AD-Klasse, die die Terraner je gebaut haben! Sie hat einen Dacres-Antrieb, sie hat ...«

»Verschone mich«, bat Becket. »Du weißt, daß ich dir nicht folgen kann, wenn du über die Technik sprichst. Kannst du sie fliegen oder nicht?«

»Aber sicher! Ich habe mit allen Betafrequenz-AD-Texten gearbeitet, die ich kriegen konnte. Abgesehen davon, wurde die Jacht für Privatbesitzer konzipiert, nicht für Profis. Ich könnte wahrscheinlich sogar *dir* alles spielend beibringen.«

»Keine Drohungen, bitte. Laß uns an Bord alles anschauen. Hier draußen ist mir unheimlich. Wo *sind* sie denn alle?«

»Wen kümmert's. Wie heißt die Jacht, Becket? Kannst du den Namen übersetzen?«

Becket starrte die eleganten silberfarbenen Buchstaben an. Sie haßte es grundsätzlich, Unwissenheit zugeben zu müssen. »Schauen wir mal ... *Enrico Caruso* ... das heißt, ähem ... ›Reicher Kreuzer‹ ... so ungefähr.«

»Hört sich gut an. Laß uns an Bord gehen.«

Drinnen bot die Jacht ungefähr das Dreifache an Luxus, als die beiden je gesehen hatten. Während Lila die Steuerkonsole mit einem Gesichtsausdruck studierte, für den Leutnant Daltic beide Arme geopfert hätte, wenn sie ihn hätte inspirieren können, ging Becket durch die leere, aber vielversprechend ausgestattete Schiffsküche in die Passagierkabine. Es gab sechs flauschige Couchs, die neuesten Musik- und Holographiegeräte und eine Bar aus echtem Holz, ausgestattet mit Alkoholika, die Becket nur dem Namen nach kannte.

»Ich wette, die Couchs lassen sich zu einem Bett zusammenbauen«, rief Becket Lila zu.

Lila schaute hinein. »Darauf schlafen sie? Jeweils einzeln?«

»Aber sicher. Wußtest du das nicht?«

»Ich habe es nie geglaubt«, sagte Lila traurig. »Warum sollte jemand alleine schlafen, wenn auch andere da sind?«

»Die Terraner sind nicht sehr umgänglich. Sie trauen einander nicht. Sie schlafen nur zusammen, wenn sie Sex haben wollen ... so habe ich das jedenfalls gehört ... komm, laß uns wegfliegen.«

Lila prüfte die Instrumente.

»In Ordnung, Genie der Chroma-Spieler. Wohin?«

»Erst mal von diesem vermaledeiten Landefeld weg.« Becket schnallte sich im Cockpit neben Lila an. »Wie wär's mit den Bergen südlich von Soldi? Dann können wir in Ranni landen, sobald die Luft rein ist.«

»Nichts einfacher als das.« Lila erbat per Funk vom Turm die Starterlaubnis und vollführte einen sanften Abflug. Der Hafen wurde zu einem glitzernden Netz aus Lichtern, und New Seattle schrumpfte unter ihnen weg, verschönert durch die Strahlen des Doppelmondes. Mond Eins war bereits untergegangen, aber die helleren Monde, Zwei und Drei, schwebten gerade auf der Höhe der gezackten Bergspitzen. Lila seufzte. »Das macht fast soviel Spaß, als hätten wir sie wirklich geklaut. Stell dir vor, unsere eigene, legale ...«

Das Kommunikationsgerät summte.

»Oberst Cirona an die Bürgerin Bluegreen an Bord der *Enrico Caruso* ... Bürgerin Bluegreen?«

Becket tauschte einen erschrockenen Blick mit Lila aus, dann tastete sie einen Moment lang über die ungewohnte Konsole.

»Hier spricht Becket Bluegreen. Was wollen Sie, Herr Oberst?«

»Bürgerin, ich muß Sie bitten, sofort nach Portcenter zurückzukehren.« Das Kommgerät war von bester Qualität, sie konnte sogar die Sorge in der widerhallenden Stimme Cironas heraushören. »Mein Stab hat einen Fehler begangen. Sie brauchen sich um die Einzelheiten nicht zu kümmern ..., aber ich muß mein Schiff sofort zurückhaben. Ich werde Ihnen selbstverständlich die volle Summe dafür bezahlen — und einen Extrabetrag für Ihre Mühe.«

Lila schüttelte energisch den Kopf, aber Becket ignorierte sie. »Über welche Summe sprechen wir?«

»Wären viertausend Startzüge zufriedenstellend?« Cirona hörte sich erleichtert an.

»Vielleicht. Bleiben Sie einen Augenblick dran, Herr Oberst.« Sie schaltete auf Unterbrechung. »Warum nicht, Lila? Geld bleibt Geld. Wir könnten ein anderes Schiff dafür kaufen und hätten trotzdem noch was übrig!«

»Nicht ein *solches* Schiff. Nicht auf Startover! *Kreuzer* ist der Traum jeder Pilotin! Abgesehen davon — warum will er es plötzlich zurückhaben?«

»Ist doch egal! Für viertausend Startzüge ... na *gut*. Wir behalten dein neues Spielzeug.« Becket lächelte ihre Partnerin an. Lila war die geborene Fliegerin. Sie sollte ihren Traum haben.

»Es tut mir leid, Herr Oberst. Nichts zu machen.«

»Ich muß leider darauf bestehen, Bürgerin ...«

»Nein, Herr Oberst, das müssen Sie nicht. Auf Startover stehen wir zu unseren Wettschuldenabkommen.

Das ist eine traditionelle Stammessitte der Eingeborenen. Sie müssen sich damit abfinden. Ende.«

Sie brach die Kommverbindung ab, trotz des zornigen Einwands Cironas, und sie flogen in die Nacht hinaus.

»Weißt du, eigentlich hast du recht«, sagte Becket nach einer Stunde Unterricht von Lila in der Kunst des Navigierens. »Warum sollte Cirona den *Kreuzer* so dringend zurückhaben wollen? Vielleicht habe ich seinen Stolz verletzt, aber daß er mir Geld anbietet, ändert auch nichts daran.«

»Vielleicht hat er etwas Wertvolles an Bord vergessen?«

»Wir könnten nachsehen. Gibt's einen Autopiloten?«

»Natürlich.«

»Dann stelle ihn ein, und laß uns nachschauen.«

Der kleine Frachtraum war leer, und die Passagierkabine verbarg auch nichts Großartiges. Blieb nur noch die Küche. Die Vorräte sahen völlig normal aus. Becket schob einen Karton Kalbfleisch *Marsala* zur Seite und drehte einen Wasserhahn auf. Nichts geschah.

»Ich dachte, der Wassertank sei voll.«

»Das ist er auch«, sagte Lila ruhig.

»Womit ist er dann voll, wenn kein Wasser drin ist?«

Lila war bereits dabei, die Schalthebel zu untersuchen, noch bevor Becket ausgeredet hatte. Ein Paneeldeckel glitt zurück und gab den ungewöhnlich großen Wassertank frei. Becket schluckte Luft und öffnete die Tankverschlüsse.

Einen kurzen Moment lang passierte nichts, dann öffnete sich der Tank, und eine merkwürdige Person in einer terranischen Uniform fiel zu Boden. Der … Mann … hatte zwei Daumen an jeder Hand und dunkelblaues Haar auf dem Kopf. Er war noch schöner als Lila. Und er war tot.

»Beck, ist er …«

»Und er sieht aus wie …«

Nach den unsinnigen Satzfetzen verstummten sie. Gleich darauf wurde die Stille im Schiff gebrochen. Jeder Computer an Bord fing an auf englisch, italienisch — oder in beiden Sprachen abwechselnd — herauszuschreien, daß die Jacht angegriffen wurde.

»Komm!« Lila rannte zum Cockpit, aber Becket blieb und beugte sich zu dem Leichnam hinunter. Absurderweise fragte sie sich, was für eine Augenfarbe er gehabt hatte. Während sie eine Hand ausstreckte, um seine Haare zu berühren — sie sahen aus wie Pelz —, hüpfte plötzlich das Schiff, und sein Kopf drehte sich zur Seite. Seine Wange war klamm. Sie zog schnell die Hand zurück und zitterte.

Niemand sieht so aus, dachte sie. Niemand auf Terra, niemand auf Mars, und …

»Verdammt, Becket! Wo bleibst du denn?«

Das riß sie aus ihren Gedanken. Lila fluchte nur dann, wenn sie entweder total besoffen war oder wirklich Angst hatte. Ein Blick durch das Sichtfenster des Cockpits erklärte alles. Die Landschaft war ein friedliches Bild von Mondlicht auf Getreidefeldern, aber aus dem Himmel rasten drei Kampfschiffe auf sie zu. Ein gelbes Licht explodierte vor ihrem Blickfeld, und die Jacht hüpfte abermals.

»Warnschüsse«, sagte Lila. »Behalte die Pufferschirme im Auge. Sie dürfen nicht über zweihundert steigen. Ich hoffe, daß wir die Gebirgsausläufer bald erreichen.«

»Haben wir keine Waffen?« Becket versuchte, alle Anzeiger auf einmal zu beobachten, während sie die Frage stellte.

»Wüßtest du, wie man damit umgeht, wenn wir welche hätten?«

»Deine Logik ist unschlagbar. Aber was tun wir, wenn …«

»*Caruso!*« Eine startoveranische Stimme stolperte über den terranischen Namen. »Hier spricht Leutnant Daltic von der Schutzpatrouille. Sie werden hiermit aufgefordert, sofort nach Portcenter zurückzukehren, das Schiff zu verlassen und sich zu ergeben. Andernfalls werden wir Sie zur Landung zwingen. Bestätigen Sie, *Caruso.*«

Eine erneute Lichtexplosion, diesmal näher. Lila arbeitete verzweifelt an der Kontrolltafel; farbige Lichter spiegelten sich auf ihren Händen und ihrem Gesicht. Fragmente von Funkübertragungen zwischen den Schutzpatrouillenschiffen knisterten und starben.

»... antworten nicht, Leutnant. Wenn sie das Gebirge ...«

»... überschreitet meine Autorität. Sie könnten die Geisel vielleicht töten, wenn wir ...«

Dann eine männliche Stimme.

»Hier spricht Oberst Cirona, ebenfalls auf Verfolgungsjagd. Wir haben Grund zu der Annahme, daß man bereits Major Botticelli umgebracht hat. Wir bieten unsere Hilfe an, falls Gewalt notwendig wird, um ...«

Becket und Lila schauten sich an. Cirona?«

»Diese *Hure*«, sagte Becket.

»Beck, wir müssen umkehren. Ich kann nicht drei Verfolger abschütteln, schon gar nicht mit einem Schiff, das mir nicht vertraut ist.«

»Cirona muß gewußt haben, daß der Leichnam an Bord war, als er die Jacht im Spiel eingesetzt hat. Jetzt schiebt er uns die Schuld in die Schuhe! Er muß diese arme, bizarre Person ermordet haben, bevor ...«

»Nein? Nicht, ähm, wahrlich?«

Noch eine männliche Stimme — aber diesmal ohne Funkstörung. Becket spürte, wie sich ihr die Nackenhaare aufstellten, während sie sich im Sitz umdrehte. Der Mann mit den blauen Haaren stand hinter ihnen.

»Sie ... Sie ...« Das Schiff sprang heftig, und der Backbordpufferschirm spielte verrückt. Die Stimme Daltics sagte irgend etwas Bedrohliches über Funk, aber Becket ignorierte sie.

»Später zu erklären?« sagte der Mann freundlich.

»Sie zwei, Sie fliegen ... gut genug zu ... ähm ... entkommen?«

Becket konnte ihn nur anstarren, aber Lila schaffte es, den Mund zu schließen und mit dem Kopf zu schütteln: Nein.

»Ähm, ich tue?« Mit einer sanften Geste bedeutete er Lila, ihm den Pilotensitz zu überlassen — Becket mußte von allen seinen Daumen wegschauen —, und begann, sich mit der Schaltkonsole zu beschäftigen. Lila tastete sich zu Becket, und sie hielten sich fest, mehr aus Gründen der Vernunft als der Sicherheit wegen.

»Zu Berge?« fragte er, und während sich die drei Verfolger zu einem Punkt auf dem Schirm vereinigten, breitete er die Hände über die Kontrollen aus und lächelte.

Was sich danach ereignete, war der erstaunlichste Flug, den Becket jemals in ihrem Leben unternommen hatte. Sie war noch nie so gründlich und unwiderruflich luftkrank gewesen; noch würde sie es jemals wieder sein. Im Cockpit spielten die Hände der ehemaligen Leiche mit den Kontrollen wie auf einer Vielzahl Geigen, während draußen der Horizont Dinge tat, für die Beckets Augen weder Verständnis noch Erfahrungswerte hatten. Daltics Stimme mischte sich mit den empörten Schreien des Jachtantriebs, die Berge rasten auf das Schiff zu, und Beckets Magen bemühte sich, alle in der Mitte zu treffen. Am Ende fiel sie schließlich in Ohnmacht, entweder wegen der Beschleunigung oder aus Verzweiflung. Das erste, was sie sah, waren die Gletscher und Sterne, die an Lilas erstauntem Profil vorbeisausten, und das zweite war ein Eimer, dessen Inhalt aus ihren letzten beiden Mahlzeiten bestand. Lila tätschelte ihr sanft den Rücken, während die Sonne aufging.

»Gut so, Beck. Laß alles raus. In ein paar Minuten wirst du dich wieder wohl fühlen.«

»Wo ...?« krächzte sie.

Wir sind auf einem Schneefeld, ungefähr in dreitausend Meter Höhe und westlich von Mount Anthony.

Nah genug an der geothermischen Zone, um ihre Suchstrahlen für eine Weile durcheinanderzubringen.«

»Nein ... wo ist *er*?«

»In der Passagierkabine. Er lernt gerade Englisch mit den Schlafkassetten. Er ist ein *Außerirdischer*, Becket.« Lila machte eine dramatische Pause, aber Becket hatte noch mit ihren Ersteindrücken zu kämpfen.

»Er ist nicht tot?«

»Nein. Er sagt, er war getarnt.«

»*Tot* ist *getarnt*?«

»Hörst du nicht zu? Er ist ein Außerirdischer! Er möchte mit uns beiden sprechen, aber er sagt, daß er uns nicht alles sagen darf. Wir müssen ihm helfen, Beck. Das ist die aufregendste, wichtigste geschichtliche ...«

Becket würgte trocken. »Wann wird es mir besser gehen, Lila?«

»Bald, das verspreche ich dir. Komm mit in die Kabine.«

Die Sichtfenster in der Passagierkabine waren offen. Als der Fremde aufstand, wurde er von Sonnenlicht umrahmt. Becket, voller Verdacht, Fragen und Übelkeit, vergaß zu atmen. Er war die schönste Person, die sie jemals gesehen hatte. Seine Haare waren indigo, seine Augen von dem perlenartigen Blau des Gletschereises, und seine blau-weiße Haut sah poliert aus. Sie wollte diese Haut berühren. Viel davon. Und sofort. Lila hustete.

»Ach, ja. Ich heiße Becket Bluegreen.«

»Antonio Alessandro Botticelli.«

»Aha.«

»Das ist sein Name«, sagte Lila ungeduldig. »Becket, bist du in Ordnung?«

»Wie? Ja.«

»Es ist ein terranischer Name, den er selber gewählt hat. Ich nenne ihn Tonio. Weiter sind wir bis jetzt nicht gekommen.«

»Tonio. Wunderbar.« Becket atmete tief ein, seufzte und setzte sich schnell und nachlässig auf eine Couch. »Tonio, was zum Teufel ist hier los?«

»Ich weiß nicht ›Teufel‹?« sagte er. Er hatte eine klare Tenorstimme und die Tendenz, die meisten Sätze als Fragen zu betonen. »Hier los, heißt geschehen? Was ist geschehen, Männer glauben, sie bringen mich um. Frauen wollen, mich umzubringen. Ich bin Botschafter. Ich brauche, ähm, Hilfe?«

»Natürlich«, sagte Lila.

»Vielleicht«, sagte Becket. Lila funkelte sie böse an. »Wo kommen Sie her?«

Aber Tonio konnte anscheinend nicht genau erklären, woher er gekommen war, nicht mit seinem augenblicklichen Sprachschatz. Er nannte ihnen die Namen seiner Sonne und seines Planeten; sie hörten sich an wie Oboenmusik mit Fragezeichen. Viel weiter weg, als von der Erde bis Startover, aber ›schneller dazwischen‹, was auch immer das heißen sollte. Höflich, aber bestimmt, weigerte er sich zu sagen, wo sich sein Mutterschiff befand, und wer an Bord war — außer, daß die Crew aus Männern *und* Frauen bestand. Zumindest sagte er ihnen — obwohl es eine Weile dauerte, seine Worte zu enträtseln —, daß sein zerstörtes Boot nach ähnlichen Prinzipien wie die *Caruso* funktionierte, wenn es innerhalb des ›langsamen Weltraums‹ — wie er es nannte — flog.

Er war allein an Bord seines Bootes gewesen, als er Startover mit der Erde verwechselt und seine bedauerliche Bruchlandung erlitten hatte. Tonio war nicht verletzt worden, aber sein Boot wurde pulverisiert.

»Das war aber ein ziemlich grober Fehler«, sagte Bekket mißtrauisch.

»Systeme sind sehr nah in schneller Weltraum?« sagte Tonio freundlich. »Wir wissen nicht andere, ähm, menschliche Orte. Wir finden … Nachrichten, Nachrichtengeräte nur von Erde.«

»Richtig!« sagte Lila. Sie war sogar noch strahlender als sonst. »Die Terraner schossen vor einigen Jahren eine Sonde in den Raum. Ich kann mich noch an die Aufnahmen erinnern. Stell dir vor, sie hat tatsächlich funktioniert!«

»Ja, stell dir das vor«, sagte Becket mißvergnügt. »Es ist so, Tonio: die Terraner haben die ganze wichtige Hardware, aber es gibt viele Planeten mit menschlicher Bevölkerung. Was haben Sie auf diplomatischer Ebene mit ihnen vor?«

Die perligen Augen blinzelten vor Verwirrung.

»Kümmern Sie sich nicht darum. Erzählen Sie Ihre Geschichte weiter.«

Die Geschichte war, daß Tonio von Cirona entdeckt und von ihm in die terranische Botschaft gebracht worden war, wo er eine Woche lang einem äußerst eindringlichen Verhör unterzogen worden war. Aber Tonio mochte es nicht, versteckt gehalten zu werden, und er gab Cirona wenig Information. Als die Befragung *zu* eindringlich wurde, hatte er zuerst Krankheit und dann den Tod simuliert. (»Sehr leicht zu tun.«) Cirona wußte, das Mutterschiff würde bald nach dem Botschafter suchen, also beschloß er, die Schuld auf Startover zu schieben, indem er die Leiche heimlich bei einer neuen Senatorin, die in einigen Tagen ankommen sollte, zu verstecken versucht hatte.

»Sehr einfach«, sagte Becket. »Wir kriegen die Schuld, es gibt ein politisches Durcheinander, und die Terraner intervenieren. Cirona wird zum Gouverneur einer neuen Kolonie *und* führt die Verhandlungen mit dem Mutterschiff. Ein toller Karrierezug!«

Aber der Plan wurde dadurch vereitelt, daß die Schutzbehörde während Cironas Anwesenheit im Kasino die Botschaft nach Beweisen eines Invasionsplans der Terraner durchsuchte. Während sie durch die Vordertür einmarschierten, schlich ein überkluger terranischer Offizier durch die Hintertür und versteckte Tonios

›Leiche‹ an Bord von Cironas Jacht, bevor die Terraner zurück in die Botschaft kamen.

»Darum war kein Wachpersonal am Landefeldtor!« rief Lila.

Die *Caruso* schien eine gute Versteckmöglichkeit zu sein — bis sie abflog. Jetzt war die Leiche hier; und ihre Englischkenntnisse wuchsen von Minute zu Minute. Tonio schien mit den Resultaten seines Coups zufrieden zu sein; und mit den augenblicklichen Umständen auch. Er hatte ein wunderbares Lächeln.

»Und was wollen Sie von *uns?*« fragte Becket, während sie gleichzeitig versuchte, zu denken und ihre Lust im Zaum zu halten.

»Ich muß ... zurückkehren? Zurückkehren nach Soldi. Es gibt, ähm, Gerät. Ich lasse fallen, ließ Gerät fallen, zu kommunizieren mit anderen von mich? Anderen *wie* mich.«

Es gab viel zu enträtseln, bis Lila und Becket verstehen konnten: unmittelbar vor der Bruchlandung hatte Tonio eine Art Suchstrahl hinausgeschickt, um seinem Mutterschiff etwas zu signalisieren. Aber er mußte entdecken, daß der Strahl nicht richtig zielte — er zeigte den beiden Frauen einige implantierte Schaltkreise unter seinem linken Augenlid (wobei Becket sich fast wieder übergeben mußte) — und so mußte er ihn finden und korrigieren.

»Und was dann?« fragte Becket.

Tonio sah von ihr zu Lila und zurück. »Was Sie erwarten? Mein Schiff wird kommen, wir werden sprechen von Freundschaft, Handel, diplomatischen Sachen. Ich bin außerirdischer Botschafter. Ähm, bitte, ich nicht weiß, was Sie sind.«

Gute Frage: was *waren* sie? Wie erklärt man einem Botschafter von den Sternen, was Kasinogaunerinnen sind? Die Partnerinnen sahen sich an, während sich Becket der beiden Wahrheiten bewußt wurde: Dies war in der Tat ein geschichtliches Ereignis, und sie war ihm nicht gewachsen. Sie, Becket Bluegreen, war in der Lage, die zukünftige Beziehung zweier sich fremder Rassen zu beeinflussen. Sie könnte sowohl das Schicksal der siebzehn von Menschen besiedelten Planeten bestimmen, als auch das von einer unbekannten Zahl fremder Planeten. Sie könnte eine Heldin werden.

Oder sie könnte langsam auf Tonio zugehen, ihm die Arme um den Hals schlängeln und einen feuchten, leidenschaftlichen Kuß geben, um zu sehen, was dann geschähe. Das würde Lila nicht weiter stören — oder vielleicht *doch,* aber ...

Der Recorder ratterte im Cockpit los. Lila setzte ihre Kapitänsstimme auf und sagte: »Vorhin habe ich den Recorder eingestellt, um sämtliche Nachrichten über uns aufzuschnappen. Tonio, wir müssen unser Wassersystem wieder starten. Würden Sie bitte den Tank, aus dem Sie gefallen sind, mit Schnee auffüllen?«

»Natürlich! Ich bin ... Glücklichkeit? Zu helfen?«

»Becket ...?«

»Ich komme schon.«

Sie spulten den Recorder zurück und hörten sich die Nachrichten an. Es war eine spannende Sendung. Während der paar Stunden, seit Becket und Lila Leutnant Daltic verlassen hatten, hatte die terranische Botschaft die Entführung und mögliche Ermordung eines wichtigen Offiziers gemeldet, die Startover-Schutzbehörde hatte der Botschaft übertriebene Reaktionen vorgeworfen, die ganz offensichtlich nur dazu dienten, um von dem Aufklärungsschiff in Soldi abzulenken, obendrein suchte die Schutzbehörde nach den Entführern und mobilisierte gleichzeitig alle verfügbaren Schiffe für den Fall, daß die ganze Episode nichts anderes als ein terranisches Komplott war, und die Bischofin von Newer York gab bekannt, daß sie für die unsterblichen Seelen der Entführer beten würde.

Becket schaute durch das Cockpit-Sichtfenster auf Tonio, der draußen Schnee schaufelte.

»Und das war nur, was für die Öffentlichkeit bestimmt ist«, sagte sie. »Der Himmel allein weiß, was sie wirklich *tun* werden. Abgesehen davon, daß die Bischofin für uns vielleicht doch betet.«

»Und was werden wir tun? Wir werden ihm helfen, oder?«

»Wenn du unter Hilfe verstehst, daß wir ihn in der Nähe irgendeiner Stadt aussetzen und dann wie die Teufel rennen werden, ja. Wenn du unter Hilfe irgend etwas *anderes* verstehst, nein.«

»Aber wir können nicht einfach ...«

»Lila. Siehst du das? Das ist mein Körper. Es ist der einzige, den ich habe, und ich möchte ihn noch eine Weile genießen. Es kümmert mich einen Dreck, daß Tonio die Koordinaten zu kennen meint; dieser Sender könnte überall zwischen hier und dem Pol sein. Es könnte *Wochen* dauern, bis wir ihn finden. Du hast die Sendung gehört. Findet Cirona heraus, daß Tonio noch lebt, dann *muß* er uns beseitigen, um sich zu decken. Die Schutzbehörde ist jetzt schon schießwütig und rast auf der Suche nach Spionen herum. Wenn sie nur einen Blick von Tonio erhaschen, sind wir Kompost.«

»Aber was passiert mit Tonio, wenn wir ihn sitzenlassen? Du hast es doch selber gesagt: Die Hälfte der Bevölkerung von Startover hat Invasionsangst. Alle denken, er sei ein terranischer Spion. Er hat keine Chance!«

»Gut, wir können ihn auch irgendwo stranden lassen — hier, zum Beispiel — und eine anonyme Botschaft schicken, in der wir erklären, wer er ist.«

»Und wem schicken wir sie? Den Terranern oder dem Senat? Wem können wir ihn anvertrauen?«

»Weiß *ich* doch nicht! Ich dachte, *wir* seien hier die Verbrecherinnen! Wieso sind wir plötzlich die Filmheldinnen? Es gefällt mir nicht!«

»Becket, du winselst.«

»*Natürlich* winsele ich! Das ist *genau das,* was Feiglinge in einer Situation wie dieser tun!«

Sie trabte in die Kabine und lehnte sich gegen ein Fenster. Tonio stand draußen, nah an der Luke, und schaufelte noch mehr Schnee. Während sie ihn ansah und feige Gedanken dachte, glitt ein Gletscherfalke wie eine scharlachrote Klinge hoch über ihm vorbei. Er blickte den Falken mit bewundernden Augen an, sah dann Becket am Fenster und lächelte sie an. Sie spürte ihr Herz kurz flattern. Entgegen allen Gerüchten hatte sie noch nie einen Mann gehabt. Aber Tonio *war* gar kein Mann, oder? Er war ein Geschenk von den Sternen.

»Becket, hör zu. Das hier ist ungeheuer wichtig.« Lila hatte sich zu ihr ans Fenster gesellt. »Eine fremde Rasse kommt her, um sich mit uns zu treffen. Es wird unser aller Leben verändern! Und auch, wenn dir *das* nichts bedeutet, bleibt Tonio eine unschuldige Person in Gefahr, und ...«

»Und er hat *unwiderstehliche* Pheromone.«

»Becket!« Lila schritt zurück und gaffte sie an. »Das ist doch nicht dein *Ernst*.«

»Na, *irgendwas* hat er im Überfluß! Heilige Mutter, Lila, wenn ich ihn bloß *anschaue*, fängt mein Blut an zu kochen. Ich kann mir vorstellen, was ...«

»Beck, er ist ein *Mann*. Und ein *Außerirdischer*!«

»Niemand, der so schön ist wie er, ist außerirdisch, Kleine.« Becket drehte sich bedauernd vom Fenster weg und grinste sie an. »Spürst du *wirklich* nicht mal ein bißchen ...?«

»Natürlich *nicht*!«

»Lila Never niemals ...«

»Becket Bluegreen vielmals.« Es war ein alter Witz zwischen ihnen, und Lila lachte, aber sie gab nicht auf. »Wir werden ihm doch helfen, oder?«

»Werden wir?« Beck versuchte, sich wie eine Heldin zu fühlen, konnte sich aber nicht ganz überzeugen. »Es muß doch eine andere ... **RUNTER!**«

Cirona war plötzlich hinter Lilas Rücken erschienen.

Becket stieß sie aus der Schußlinie, aber Cirona reagierte nicht, denn er war gar nicht vorhanden. Es war nur ein Holobild, ungefähr in halber Lebensgröße. Es schwebte in der Luft und wurde abwechselnd blasser und schärfer. Cirona saß hinter einem Schreibtisch mit einem unlesbaren, höflichen Ausdruck im Gesicht.

»Wo ist unser Projektor?« flüsterte Becket und ließ ihren Blick durch den Raum schweifen. Das Flüstern wäre nicht nötig gewesen. Cirona könnte sie nur hören, wenn sie auch ein Holo sendeten. Lila deutete auf eine hochentwickelte kleine Holobox, die in der Bar eingebaut war.

»Rühr sie besser nicht an«, sagte sie. »Vielleicht kann er uns orten, wenn wir ihm antworten.«

Wie aufs Stichwort begann der Oberst zu sprechen.

»Bürgerin Bluegreen?« sagte er, den Blick in die Luft über Lilas Kopf gerichtet. »Dies ist ein diplomatischer Kanal, der weder vom Sender- noch vom Empfängerterminal aufgespürt werden kann. Wir müssen die Lage *privat* bereden. Bitte, antworten Sie.«

»Lila, lügt er?«

Lila verschwand kurz im Cockpit, kam aber gleich zurück. »Ich glaube nicht. Sollen wir es riskieren?«

Becket trommelte mit den Fingern gegen die Bar. »Ich glaube, das müssen wir. Wir können hier nicht ewig sitzen. Wir brauchen mehr Information. Und ich glaube nicht, daß er es riskieren kann, uns der Schutzbehörde zu verraten. Aber während ich mit ihm verhandele, bereite du das Schiff auf eine schnelle Flucht vor, in Ordnung? Und schließ die Sichtfenster. Er muß nicht unbedingt die Landschaft sehen.«

Lila machtete sich an die Arbeit, und Becket schaltete das Gerät ein, während sie sich in die richtige Position für die Kamera stellte. Sie hatte bisher nur zweimal in ihrem Leben holographiert und spürte jetzt absurdes Lampenfieber. Dann fand sie sich plötzlich mit Cironas Holobild direkt konfrontiert.

»Ah, da sind Sie ja, Bürgerin Bluegreen! Ausgezeichnet. Es ist immer klug zu verhandeln, wenn man dabei ist, das Endspiel zu verlieren.«

»Das hier ist nicht Chroma, Oberst«, zischte sie. »Und wir haben das einzige As im Spiel.«

»Das ist sicher.« Cirona lächelte. »Ich hatte angenommen, daß Botschafter Botticelli doch noch am Leben ist, nachdem ich die Flugweise der *Caruso* beobachten konnte, aber ich danke Ihnen für die Bestätigung meiner Vermutung. Ich bin darüber natürlich höchst erfreut. Übrigens, ich hoffe, daß Sie mein Schiff sorgfältig behandeln.«

Becket wurde rot. »*Mein* Schiff, meinen Sie. Sie haben es verloren — zusammen mit ihrer Leiche. Dieses Spiel habt ihr Terraner gründlich versaut, meinen Sie nicht auch?«

Aber Cirona zuckte lediglich mit den Achseln. »Was geschehen ist, ist geschehen. Meine einzige Sorge jetzt gilt der sicheren Rückkehr des Botschafters, damit die terranische Regierung ihn gebührend willkommen heißen und die Verhandlungen mit ihm und seinem Volk aufnehmen kann.«

»Und ich nehme an, Sie möchten eine Anklage wegen Mordes nebenbei vermeiden — das heißt, versuchten Mordes.«

Cirona schüttelte den Kopf. »Es gibt keinen Grund, melodramatisch zu werden, Bürgerin. Wir wollten dem Botschafter nichts antun, das wissen Sie. Sie wissen ebenfalls, daß er bei uns — oder auf einem Schiff unterwegs nach Terra — sicherer ist als bei der Schutzbehörde. Ihre einflußreichsten Senatorinnen sind überzeugt, daß der Botschafter den Vorboten einer Invasion darstellt — zusammen mit Ihrer verräterischen Hilfe. Sie werden ohne Zweifel alle drei bei der ersten Sichtung getötet.«

Er hatte recht. Becket und ihre zitternden Knochen wußten, daß er recht hatte. Selbst wenn Tonio sein

Mutterschiff herbeizaubern könnte, würde die Schutzbehörde das als terranischen Angriff interpretieren und einen Krieg anfangen. Aber wenn Cirona die Zügel in der Hand hielt, würde er es verstehen, die Sympathie Tonios für die Zwecke der Erde zu gewinnen. Sie versuchte, ein Chromagesicht zu behalten. »Wir sagen Ihnen die Wahrheit. Sie werden zuhören.«

»Zuhören? Zwei Schmalspurverbrecherinnen; eine von ihnen eine mutmaßliche Heterosexuelle? Kaum.« Seine Stimme wurde einen Augenblick lang härter. »Es geht hier um ein Ereignis von größter Wichtigkeit für die gesamte menschliche Rasse, Bürgerin. Wenn Sie nur ein Quentchen Ehrgefühl haben, werden Sie mir den Botschafter überlassen und sich aus Affären, denen Sie nicht gewachsen sind, heraushalten. Wir können Sie für Ihre Mühe selbstverständlich gut bezahlen.«

Becket fragte sich, wie gut die Bezahlung wohl wäre. Ein Stich aus ihrem Gewissen schürte ihren Zorn. Tonio von ihr *kaufen,* als ob er nur ein Haufen Chroma-Jetons wäre, und sie eine gewöhnliche Kasinobetrügerin?

»Ich werde Sie eher in der Hölle sehen«, sagte sie seinem Holobild. »Lila und ich sind genauso berechtigt wie *Sie,* ein Wörtchen mitzureden! Wir werden Ihnen schon zeigen, was Ehre ist, Sie dreckiger ...«

Sie erstickte schier an ihren eigenen Worten, bevor sie die Verbindung abbrach.

»Lila!«

»Ich bin soweit.« Sie strahlte ihre Partnerin an. »Ich habe Tonios Koordinaten eingegeben. Ich bin stolz auf dich, Beck.«

»Warte damit, bis wir diese blöde Schweinerei erst überlebt haben, *falls* wir überleben, was wahrscheinlich nicht der Fall sein wird, und wenn doch ...«

»Becket, Herzchen?«

»Was?«

»Halt's Maul und schnall dich an.«

»Da«, sagte Lila.

Weit unter den Tragflächen der *Caruso* schimmerte das Meer um eine kleine Inselgruppe. In nur noch geringer Entfernung ragte vor ihnen eine bogenförmige Küste mit steilen Klippen unglaublich hoch in den Himmel und fing die Nachmittagssonne auf wie eine goldene Wand: die Soldi-Ebene.

»Wurde auch Zeit«, grummelte Becket. Sie gähnte ausgiebig und versuchte, ihren besten Anzug glattzustreichen. Jetzt war er auch ihr einziger Anzug. »War es wirklich nötig, wie auf einer Achterbahn herumzuwirbeln? Ich *hasse* Fliegen und Schlafen.«

»Du haßt Fliegen«, gab ihr Lila zurück. »Das war kein ›Herumwirbeln‹, sondern ein Ausweichmanöver; und es ist zufällig auch der Grund dafür, daß sie uns bis jetzt nicht aufspüren konnten, vielen Dank auch!«

»Sie hassen *Fliegen*?« Tonios Stimme war eine Flötentonfolge der Verwunderung. Er hatte das Bett überhaupt nicht aufgesucht — eine Tatsache, die Becket zutiefst bedauerte —, aber seine Augen waren trotzdem so hell wie Gletscher. Lila in ihrem roten Kleid sah eher nach Ehrengast aus als nach Flüchtling. Die zwei Piloten schauten sich an und lachten. Becket fand nichts zum Lachen.

»Tonio hat mir beigebracht, ohne das automatische Ausgleichsgerät zu fliegen.«

»Sie lernt so schnellich!«

»Ja, das tut sie«, knurrte Becket. »Dazu verhilft ihr ihre unverbindliche, objektive Einstellung. Weiter so, Lila. Wer weiß, was du dann *noch* alles lernst?«

Lila bedachte ihre Partnerin mit einem Rasiermesserblick, aber sie mußte die Kontrollanzeigen im Auge behalten. Sie führte die *Caruso* in einem breiten Bogen über die Ebene, eine enorme Fläche von Gras und Steinen mit Wänden, die Hunderte von Metern zu der donnernden Brandung hinabfiel. Tonio war sicher, daß der Sender dort lag, auf einer bestimmten Bergspitze. Bekket staunte, während Lila eine perfekte Landung auf kleinstem Raum vollbrachte, und machte sich Sorgen über die Wirkung, die Tonio auf sie selber ausübte. Lust war gut und schön, aber Eifersucht war häßlich. Sie seufzte und bereitete sich auf die Suche vor.

Sie suchten bis zum Sonnenuntergang. Aus der Nähe war die Bergspitze rauh und zackig, mit bewachsenen Klüften, die abwärts von ihrem Landeplatz verliefen. »Tonio«, fragte Becket, als sie das Areal durchforschten, während Lila im Schiff Wache hielt, »sind Sie sicher, daß er hier ist? Vielleicht ist er ins Meer gefallen oder an den Klippen zerschellt.«

»Warum?«

Er war unheilbar optimistisch, und unheilbar schön; seine sanften blauen Hände bewegten sich durch die Grashalme, und der Wind spielte kokett in seinem indigofarbenen Haar.

»Was, warum?«

»Warum sollte Gerät fallen oder zerschellen? Gutes Gerät, meines.«

Becket dachte über diese Bemerkung nach, bis sie jaulte, als sie auf einen scharfen Stein trat. Aber es war kein Stein. Es war ein Sender, der aussah wie ein Stein, und der wie eine Taube gurrte, als ihn Tonio aufhob, und der wie ein Stern funkelte, als Tonio ihn vor sein linkes Auge hielt.

»Jetzt repariert«, sagte er lächelnd. »Botschaft unterwegs.«

»Darf ich mir das Ding ansehen?«

Becket streckte eine Hand danach aus, aber Tonio zerquetschte den Sender zwischen den beiden Daumen seiner rechten Hand und warf ihn über den Klippenrand.

»Verbraucht, nicht mehr kann gebrauchen«, sagte er. Er trug diesmal einen Gesichtsausdruck, den sie nicht ergründen konnte. »Jetzt zu warten.«

Becket war nicht auf eine Warteperiode vorbereitet, aber natürlich sah sie ein, daß man ein Sternenschiff nicht wie ein Taxi heranwinken konnte. Tonio sagte ihr, daß es vielleicht mehrere Tage dauern könnte. Die Sonne ging in Pracht unter, die Monde stiegen am Himmel auf, und Becket schritt in der Kabine nervös auf und ab, sich alle möglichen Katastrophen ausdenkend, womit dieses hirnrissige Abenteuer wahrscheinlich zu Ende ginge: Cirona würde das Schiff finden, Becket und Lila töten und Tonio entführen. Die Schutzbehörde würde dem Oberst zuvorkommen, Tonio töten und Becket und Lila ins Gefängnis werfen. Tonios Schiff würde kommen und *alle* töten. Becket würde sich selbst töten, weil sie ihr Verlangen nach Tonio nicht mehr aushielt.

»Mir scheint«, flüsterte sie Lila zu, während Tonio die Küche inspizierte, »daß ich, wenn wir sowieso zum Tode verurteilt sind, diesen Tonio zumindest über die Sexpraktiken auf seinem Planeten *ausfragen* könnte. Nur zu meiner Information.«

»*Mir* scheint«, sagte Lila mit ihrer Kapitänsstimme, »daß du lieber draußen auf und ab laufen und dich beherrschen solltest.«

»Mich beherrschen?« Beckets Stimme rutschte in die Höhe. »Ich bin hier mit zwei der schönsten Menschen in der Galaxis auf einem Planeten zusammengesperrt und werde bald sterben, und du willst, daß ich mich beherrsche?«

Die letzten vierundzwanzig Stunden voll Luftkrankheit, gespielter Tapferkeit und Lüsternheit holten Becket ein. Sie verfluchte Lila, Tonio und alle anderen, einschließlich Cirona und der Bischofin von Newer York. Sie beendete ihre Tirade damit, daß sie eine Flasche Madeira von der Bar schnappte und sie gegen das größte Fenster warf, das sich in der Kabine befand. Weder die Flasche noch das Fenster waren zerbrechlich, natürlich, und die Flasche sprang wie ein Tennisball zurück (nur um einiges schwerer) und versetzte ihr einen heftigen

Schlag gegen das Knie. Sie ließ sich jaulend auf eine Couch fallen, dann sah sie Tonio mit einem Karton voll Vorräte in der Tür stehen.

»Geh raus«, sagte Lila. »Wir rufen dich, sobald das Essen fertig ist.«

Draußen ließ das Mondlicht die Vegetation wie frostige Halme und das Meer wie Quecksilber aussehen. Während sie durch die Landschaft hinkte und ihre Wut sich allmählich legte, begann Becket, optimistischere Gedankenbilder zu sehen ... Ein riesiges, prachtvolles Sternenschiff, bemannt mit zahlreichen Variationen von Tonio. Die Frauen wären sicher schön, aber könnte es wirklich eine ganze männliche Bevölkerung geben, die so köstlich wie Tonio wäre?

Auf jeden Fall, das Sternenschiff: die wunderbare Mannschaft, das freudige Wiedersehen mit ihrem Botschafter, das erste offizielle Treffen mit Menschen. Und dann? Der Verfolgungswahn der Schutzbehörde? Die raffinierten Pläne Cironas? Waren die führenden Köpfe der Menschen dieser historischen Aufgabe besser gewachsen als Becket?

Ein fremder Geruch in der Seebrise unterbrach ihre Gedanken: Kalbfleisch Marsala. Wieviel Zeit war vergangen, seitdem sie zuletzt gegessen hatten? Schlagartig halb verhundert, raste Becket zurück in das Schiff, wo sie in der Kabine mit Tonio zusammenstieß und ihn beinahe samt den acht oder neun gefüllten Tellern, die er trug, umrempelte. Aber dank seiner doppelten Anzahl von Daumen gab er einen exzellenten Kellner ab. Nichts ging verloren. Lila hatte mehrere Sofakissen kreisförmig auf den Boden zusammengelegt und ruhte darauf. Becket seufzte wehmütig, als sie an das erste Mal dachte, da Lila dieses rote Kleid getragen hatte. Sie half Tonio dabei, das Essen abzusetzen und seufzte noch mal, als sie seine feingliedrigen Hände sah. Sogar seine Daumen fand sie attraktiv.

»Warm hier drin«, murmelte sie.

»Konzentriere dich aufs Abendessen«, sagte Lila und bewegte sich näher an Tonio heran.

»Du auch, Partnerin«, antwortete Becket und dachte an das Gelächter in der Kabine. »Oder hast du Appetit auf fremde Kost? Bist du nicht mehr so allergisch gegen exotische Spezialitäten?«

Tonio sah verwirrt aus. »Lila ist krank?«

»Nicht so krank wie Becket«, sagte Lila. »Ihr ist dauernd schwindelig wegen ihres Appetits auf ... aua!«

Becket hatte sie mit zwei Tortellini getroffen. Lila erwiderte das Feuer mit einem Reiskuchen, den Becket mit einer Hand abwehrte. Er landete auf Tonios Schoß, und er lachte unsicher. Becket konnte der Versuchung nicht widerstehen, noch einen nach ihm zu werfen, aber sie verpaßte seine Reaktion, während sie einer Salve Oliven auswich. Lila kicherte wie eine Schwachsinnige, anfällig für die Sorte Ventil, die Beckets Tirade ausgelöst hatte. Sie ließ eine Olive von der Nase ihrer Partnerin abprallen, und plötzlich war alles irrsinnig komisch.

»En garde!« schrie Becket. Sie hielt ein Kissen als Schild vor sich, während sie eine Handvoll kleinerer gebratener Dinge warf. Die meisten davon blieben malerisch am Fenster hinter Lila kleben. Diese antwortete mit einer Ladung Currykrabben, und die Schlacht war in vollem Gange, bis die Munition erschöpft war und die Kriegerinnen, halb erstickt vor Lachen, einen Waffenstillstand einlegen mußten.

Aus Tonios Mund erklangen *staccato* Flötentöne. Er hatte den Witz verstanden. Auf konventionelle Waffen verzichtend, katapultierte er einen Löffelvoll Granatapfel-Pudding auf Lila. Das Geschoß landete mit einem nassen ›Platsch‹ zwischen ihren Brüsten und blieb dort schimmernd hängen. Becket sah zu, wie sich die Masse mit jedem Atemzug Lilas hob und sank, rosa auf rosa zwischen ihrer Haut und dem roten Kleid. Niemand sprach. Sie konnte den Wind, die Brandung und den

Atem dreier Menschen hören. Erinnerungen an den duftenden Körper Lilas unter ihren Händen überfluteten ihre Gedanken, und sie konnte die gleichen Erinnerungen in Lilas Augen sehen.

Beide Frauen sahen Tonio an.

»Ähm«, seufzte er. »Bitte.«

Er beugte sich elegant vor, stützte eine Hand auf Bekkets Oberschenkel und leckte den Pudding auf.

Und das war der Anfang. Kleider, Teller und Currykrabben flogen überall herum: blaue Hände, weiße Schultern und ein blaugeschlagenes Knie glitzerten im Mondlicht, das durch das mit kleinen gebratenen Dingen beklebte Fenster fiel, und Becket verlor sich in einem Strudel der verwirrendsten, euphorischsten und glücklichsten Sinneseindrücke, die sie jemals empfunden hatte. Sie dachte, sie könnte nie wieder zu Atem kommen, sie dachte, Tonio sei wie ein Flug in den Weltraum, sie dachte, Lila sei wie ein Flug nach Hause nach langer Abwesenheit, dann hörte sie überhaupt auf, zu denken.

Sie teilte Lila mit Tonio, sie und ihre Partnerin verdauten ihn schier, sie kämpfte gegen Lila und Tonio und anschließend ergab sie sich. Alles geschah auf einmal, aber langsam, und dann geschah nichts mehr, und sie hörte wieder nur die Brandung und den Atem dreier Menschen.

»Was war das?« fragte Tonio höflich, als sie sich wieder aufrechtsetzte.

»Was war was?« Becket kuschelte sich tiefer in die Kissen.

»Die … Kontraktionen? Der Muskeln? Das du gleich tatest, und dann wieder, nachdem wir …«

»Ich äh, hatte einen Orgasmus. Oder zwei.«

»*Sehr* angenehm«, sagte er. »Tu es wieder, bitte?«

»Nicht jetzt im Augenblick, nein.«

Eine enttäuschte Oboentonfolge.

»Vielleicht später.«

Noch eine Tonfolge.

»Tut mir leid.«

Tonio zuckte, eine komplizierte Geste, die fast seinen ganzen Körper in Anspruch nahm. Becket sah zu und wollte gerade ihrerseits eine anatomische Frage stellen, als Lila sprach. »Tonio? *Ich* könnte … ich meine …«

»Du tust auch? Wie Becket?«

»Ja, sie tut auch.« Sie schob Tonio sanft zu Lila. »Es fiel dir nur nicht auf, weil du zu beschäftigt warst. Übrigens«, sagte sie ihm schläfrig, »ich mag deine Ohrringe. Das wollte ich dir schon früher sagen.«

»Danke. Ich mag dein Auge? Das Grüne?«

»Danke *dir*«, sagte sie und schlief ein.

Viel später wünschte sich Becket oft, sie wäre in jener Nacht wach geblieben, nur um mit Tonio zusammen zu sein vor dem Ende. Nur einige Momente schienen zu vergehen, aber es mußten Stunden gewesen sein, als ein merkwürdiges Licht sie störte, während sie mit einem Arm um Lilas Taille Wange an Wange mit Tonio dalag. Es war das linke Augenlid Tonios. Es glühte mit orangefarbenem Licht.

»Ja!« sagte er. »Ja!« Während der nächsten zehn Minuten sprach er ausschließlich Oboentöne in Schnellfeuergewehrgeschwindigkeit. Bis sich er und sein Augenlid beruhigt hatten, war die Sonne fast aufgegangen, die Frauen waren aufgestanden und angezogen, und Lila hatte die automatischen Suchschirme im Cockpit dreimal überprüft.

»Ich sehe nichts Außerirdisches«, sagte sie, »aber Tonio muß es wissen, nehme ich an. Es gibt ein schwaches Signal, das von der Schutzbehörde stammen könnte. Oder von Cirona. Eure Leute sollten sich lieber beeilen, Tonio.«

»Wir sind bald hier«, sagte Tonio mit einer schwachen und traurigen Stimme. »*Sie* sind bald hier. Aber bin ich sie? Ich bin nicht euch.«

Becket sah ihn ahnungslos an, dann verstand sie.

»Du gehörst zu deinen Leuten, Tonio. Aber wir drei gehören jetzt auch zusammen. Wir werden bei dir bleiben, wenn dein Schiff ankommt. Wir werden dich nicht verlassen.«

»Verlassen? Verlassen ist laufen weg?«

»Ja.«

Tonio warf Becket und Lila einen langen, tragischen Blick zu.

»*Ich* verlasse euch«, sagte er und stöhnte einen Oboenton. »Das Schiff kommt nicht? Ich gehe. Es war Lüge.«

»Was war eine Lüge, Tonio?« Becket führte ihn zur Couch, und alle drei setzten sich. Ich will es nicht wissen, dachte Becket. Ich bin sicher, daß ich es nicht wissen will.

»Botschafter war Lüge. Diplomatisches Sprechen, Lüge? Ich Koch.«

»Wir wissen, daß du kochen kannst«, sagte Lila und tätschelte seine Hand.

»Ich *bin* Koch«, sagte Tonio.

Sie starrten ihn an.

»Ich sagte Botschafter für Sicherheit? Vielleicht Koch ist nicht wichtig, ist getötet. Botschafter ist wichtig. Alle helfen Botschafter.«

Becket produzierte ein Würgegeräusch.

»Aber wie bist du überhaupt hierhergekommen?« Lila berührte seine Hand, aber die blauen Daumen schlossen sich zur Faust.

»Ich fliege das Boot — Rennboot, nicht Kundschafterboot — für Vergnügen. An ... Antriebfehler? Boot gefallen und zerbrochen.« Er sah sie beschämt an. »Lüge für dich, mein Becket, für dich, mein Lila.«

Becket schwankte hin und her zwischen Tränen, Gelächter und Mordlust.

»Du bist *Schiffskoch?*« Ihre Stimme brach mehrmals. »Du hast eine Spazierfahrt unternommen und bist abgestürzt. Und jetzt jagt uns die halbe Planetenbevölkerung. Und in Kürze landet dein Schiff, und ein Krieg fängt an. Wegen eines Kochs. Eines *Kochs.*«

Tonio nickte zuerst, dann schüttelte er den Kopf in einer heftigen Verneinung.

»Schiff *nicht* kommt. Wir nicht kommen zu Menschen für lange Zeit? Am meisten lang? Es war ... Fehler? Ich gehe zurück.«

Dann stückelten sie alles wieder zusammen. Der Sender war ein Notruf, und Tonio würde abgeholt werden. Er konnte auf englisch nicht erklären, wie das vonstatten gehen sollte. Es würde zu keiner Landung kommen, und seine Rasse plante erst *weit* in der Zukunft, Kontakt zu den Menschen aufzunehmen, falls überhaupt.

»Aber ich werde sprechen von *euch*. Euch beiden.« Er sah so verloren aus und so schön, daß Becket bereit war, die Orgie zu wiederholen. Sie hatte auch eine Vision von Tonio im Gespräch mit seinen Freunden und Vorgesetzten: nicht in seinem gebrochenen Englisch, sondern mit seiner eigenen musikalischen Eloquenz. Geschichten über die Fremden. Sie wollte ihm alles über die Menschen erzählen, alles auf einmal, aber der Empfänger der *Caruso* begann zu schnattern, Tonios Augenlid glühte wieder, und es gab keine ruhige Minute mehr.

»Kampfkreuzer der Schutzbehörde!« Lila beobachtete bereits die Suchgeräte, während alle in das Cockpit eilten. »Und ein terranisches Schiff; viel schneller als es aussieht. Es wird ankommen, bevor die Kampfkreuzer hier sind, und die *Caruso* ist nicht schnell genug, um ihm zu entkommen.«

»Cirona«, sagte Becket. »Tonio, es wird hier gleich Metall regnen. Vielleicht sollten wir ...«

Aber sie hatte zu seinem Rücken gesprochen. Tonio rannte aus dem Schiff und in die Dämmerung hinaus. Becket wollte ihm folgen, aber Lila hielt sie zurück. »Setz dich, Partnerin. Er muß nach Hause.«

Sie konnten es nicht wagen, abzufliegen, solange Tonio so nah an der *Caruso* war. Sie hätten es sowieso nicht ertragen können, ihn nicht bis zum letztmöglichen Moment zu sehen, also beobachteten sie ihn durch das Cockpit-Sichtfenster. Später waren sie sich nicht mehr sicher, was sie gesehen hatten. Ein großes *Etwas* sank langsam vom Himmel herab. Tonio rannte darauf zu und spielte mit einigen Stäben und breitete irgendwelche Flächen aus. Dann kam eine lange, tiefe Vibration, wie von tausend Fagotten, und Tonio bestieg das Etwas. Er wickelte sich darin ein, was aussah, als ob sich eine Blüte schloß. Es hob ab und blieb erst bewegungslos in der Luft schweben. Dann schoß es auf einer flachen Flugbahn über dem Meer an der Sonne vorbei und verschwand, bevor sie sehen konnten, ob es an Höhe gewann.

»Aber es muß aufgestiegen sein«, sagte Lila. »Seine Leute müssen irgendwo da oben sein, und jetzt ziehen sie seinen ›Rettungsring‹ ein.«

»Später«, sagte Becket, während sie auf die Suchschirme schauten. »Wir reden später darüber. Cirona wird in zwei Minuten hier sein.«

Was konnten sie schon mit zwei Minuten anfangen? Becket strich sich die Haare zurück. Sollten sie einen Fluchtversuch unternehmen, würden sie abgeschossen werden. Versuchten sie dagegen, nicht zu fliegen, landeten sie im Gefängnis — oder noch etwas schlimmeres geschah. Zeit, den Tatsachen ins Auge zu sehen.

»Lila?«

»Hier.«

Sie sahen einander nicht an.

»Lila, ich weiß, daß *ich* diejenige bin, die mit dem Blödsinn, ›ausschließlich Geschäftspartner‹ angefangen hat, und ich weiß, ich habe kein Talent für die Monogamie — nicht, daß ich in Einzelhaft viel Gelegenheit haben werde, herumzuspielen —, aber ich liebe dich doch, und wenn wir jemals hier herauskommen, was unwahrscheinlich ist ...«

»Becket?«

»Was?«

»Halt's Maul und küß mich.«

Das tat sie, und damit war die zweite Minute beendet. Cirona war gelandet und kam mit einer bewaffneten Eskorte auf das Schiff zu.

»Er ist weg, Herr Oberst.« Becket sprach, ehe Cirona fragen konnte. Er befahl seinen Männern, die *Caruso* zu bewachen, und damit waren sie außer Hörweite.

»Er ist auf sein Schiff zurückgegangen«, fuhr sie fort und schluckte ihre Tränen hinunter, »und das Schiff ist nach irgendwo zurückgeflogen, und sie werden niemals wiederkommen. Nichts, was Sie uns antun, kann daran irgend etwas ändern.«

Sie erzählten ihm die ganze Geschichte — fast —, während der Tag um sie herum immer heller wurde. Cirona zitterte, blickte lange Zeit zum Horizont und steckte seine Waffe weg. »Zumindest hat er etwas über uns gelernt.«

»Vielleicht allzuviel«, sagte Becket und wurde rot. Sie faßte sich wieder. »Er hat gelernt, daß die terranischen Peiniger alles unternehmen würden, um die Ereignisse zu ihrem eigenen Vorteil zu manipulieren.«

»Zu unserem Vorteil? Ist es das, was Sie denken? Bürgerin Bluegreen, die Erde ist und wird *immer* die führende menschliche Gesellschaft sein. Der Botschaf ... der Außerirdische, Botticelli, hätte auf die Erde kommen sollen. Nicht auf diese bizarre kleine Provinz und zu ...«

»Zu uns bizarren kleinen Landpomeranzen?« sagte Lila. »Ich glaube, wir haben uns besser verhalten, als Sie und Ihre komplottschmiedenden ...«

»Ich gebe zu, ich habe Sie unterschätzt, und ...«

»Später. Wir können später darüber reden«, sagte Becket. Hatte sie das nicht irgendwann vorher bereits gesagt? Sie war sehr müde. »Sehen Sie, wer uns besuchen kommt.«

Es waren die Schutzbehördenkreuzer. Einer landete etwas weiter weg, während die anderen zwei kreisten. Leutnant Daltic ging vorsichtig von Bord.

»Ich gab ihnen mein Wort, daß Ihr — mein — Schiff nicht mit Waffen bestückt ist«, sagte Cirona, während sie zusahen, wie die Soldaten auf sie zumarschierten. »Und ich habe erklärt, daß ›Major‹ Botticelli ein krimineller Verrückter war, der Ihre Jacht entführt hatte.«

Sie sahen ihn verständnislos an. Bald würde Daltic in Hörweite kommen.

»Mein Plan war, ihn zu ›verhaften‹, um ihn in Sicherheit zu bringen. Angesichts der augenblicklichen Situation glaube ich, daß er Selbstmord beging, indem er von der Klippe sprang, meinen Sie nicht auch? Übrigens, ich nehme an, Sie haben die *Caruso* gut behandelt. Ich verabscheue es, meine Besitzgüter nicht in bester Ordnung vorzufinden.«

»*Selbstmord?*« sagte Lila. »Wir sollen so tun, als wäre Tonio nur irgendein verrückter Terraner? Um *Sie* zu dekken ...«

»Wir haben alle etwas, was sich zu decken lohnt«, sagte Cirona und wandte sich an Becket. »Oder? Sobald ich zur Hauptstadt zurückkehre, habe ich einen Termin mit den Besitzern des ›Aqua‹.«

»Sie haben es *jetzt schon* entdeckt?« Becket stöhnte.

Lila drehte sich schnell zu ihr um. »Du hast gesagt, du hättest nicht geschummelt.«

»Das habe ich auch nicht.«

»Dann hast du die Jetons *gestohlen?* Becket, du hast mir *versprochen* ...«

»Ich habe sie nicht gestohlen.« Daltic kam immer näher. »Ich habe sie gemacht.«

»Du hast *WAS?*«

»Na ja, ich habe sie nicht selbst gemacht. Ich habe sie in der Fabrik meiner Cousine in Ranni machen lassen, als ich den Fusel zur ›Space Bar & Grill‹ in Newer York gebracht habe. Wie sind sie nur so schnell dahintergekommen? Ich dachte, sie brauchen mindestens einen ganzen Tag, um die Bücher zu prüfen, und ...«

»Du hast Jetons im Wert von fünftausend Startzügen *gemacht*, und du hast sie im größten Kasino in Noose *eingesetzt*, und du hast mit ihnen eine Privatjacht von einem terranischen Offizier gewonnen?«

»Vielleicht war es ein bißchen unüberlegt.«

»Unüberlegt? Du glorreiche Idiotin, es war grandios! Wir können sogar jahrelang im Gefängnis darüber lachen.«

»Nicht unbedingt.« Cirona behielt seine Würde, sogar während er zum Schnellsprechkünstler wurde. »Wenn Sie meine Geschichte bestätigen und damit einverstanden sind, Ihre Beobachtungen des Außerirdischen aufzunehmen — schauen Sie mich nicht so an — und irgendwo an einem sicheren Ort zu deponieren, werde ich einem meiner Adjutanten die Fälschung gestehen lassen und ihn dann zur Erde schicken. Sie würden beide alles tun, um zur Erde zurückkehren zu können. Das würde alle ... Und Sie *wissen*, daß Ihnen niemand die Wahrheit abnehmen würde.«

»Na gut«, sagte Becket, während Lila zustimmend nickte, »wir sind in schlimmeren Situationen gewesen und haben blödere Geschichten erzählt. Packen wir es an.«

Sie hob die Stimme genügend an, daß Daltic sie hören konnte. »Danke, Herr Oberst, vielen Dank! Wir waren halb wahnsinnig vor Angst!«

Cirona sah sie ungerührt an, und Lila murmelte: »Trage nicht zu dick auf, Beck.«

»Und da ist Leutnant *Daltic!*« fuhr Beck fort. »Dem Himmel sei Dank, daß wir gerettet sind. Sag Leutnant Daltic danke, Lila.«

Cirona übernahm das Spiel mit einer müden Gewandtheit, die Becket veranlaßte, darüber zu rätseln, wie oft er im Lauf seiner Karriere seine Fehler bereits unter offiziellen Erklärungen vergraben hatte.

»Keine Ursache, Bürgerinnen. Ich bin froh, daß Ihnen Botticelli nichts angetan hat.«

Er drehte sich um und grüßte die Schutzbehördenoffiziere militärisch. »Es tut mir schrecklich leid, sollte ich Ihre Rettungsoperationen gestört haben, Leutnant, aber ich fühlte mich für diesen schrecklichen Zwischenfall verantwortlich. Meine Regierung bedauert zutiefst ...«

Es funktionierte — mehr oder minder —, und alle versuchten, höflich zu sein, bis Cirona vorschlug, daß Lila und Becket mit Daltic zur Stadt zurückkehren sollten.

»Wir nehmen einfach die *Caruso*«, sagte Becket. Aber sie wußte, was darauf folgen würde.

»Sie vergessen unsere Abmachung, Bürgerin.« In Cironas kultivierter Stimme schwang eine Warnung mit. »Ohne Zweifel haben die Entführung und alle damit verbundenen Ängste Ihr Erinnerungsvermögen ein wenig getrübt.«

Leutnant Daltic runzelte die Stirn. »Irgendein Problem hier? Wem gehört die Jacht?«

Becket und Lila sahen zuerst sich und dann den blauen Himmel an, den sie nach einer Verurteilung wegen Fälschung nicht sonderlich oft zu sehen bekommen würden.

»Ihm.«

»Ihm.«

Cirona ging an Bord der *Caruso,* während Becket und Lila Daltic folgten. Becket legte einen Arm um Lilas zitternde Schulter.

»He, Kleine«, flüsterte sie, »weine nicht!«

»Tue ich nicht. Ich stelle mir nur Cirona an Bord seiner Jacht vor, die sich in ›makellosem Zustand‹ befindet.«

»Wie meinst du das?«

Lila grinste sie schief an. »Wir haben nach der Krabbenschlacht nicht aufgeräumt ...«

»Nach dem Dessert auch nicht!« lachte Becket. »Vergiß das Dessert nicht!«

Sie vergaßen es niemals.

Originaltitel: ›Joyride‹
Aus ›Isaac Asimov's Science Fiction Magazine‹, Februar 1990

Deutsche Übersetzung von Vincenzo Benestante

Eileen Gunn

PERFEKTE PERSONALPLANUNG

Unsere Vettern, die Insekten, besitzen ein äußeres Skelett aus glänzendem braunen Chitin, einem Material, das besonders leicht auf die Erfordernisse der Evolution reagiert. Genau wie die Biotechnologie unserem Körper neue Formen gab, hat die Evolution die Kauwerkzeuge der frühen Insekten zu Fühlern, Saugrüsseln und Stacheln umgestaltet und aus dem Chitin spezialisierte Werkzeuge entwickelt — Taschen, um Pollen zu transportieren, Kämme, um Facettenaugen zu säubern, Rillen, um Musik zu spielen.

Aus der populärwissenschaftlichen Reihe
Das Insektenvolk

Als ich heute morgen erwachte, entdeckte ich, daß die Biotechnik mich über Nacht verändert hatte. Meine Zunge hatte sich in einen Saugrüssel verwandelt, und meine linke Hand bestand aus einem kleinen Chitinkamm, mit dem ich ein Facettenauge hätte säubern können. Da ich keine Facettenaugen habe, hielt ich dies für die Vorboten einer noch nicht abgeschlossenen Veränderung.

Ich schob mich aus dem Bett und überlegte, wie ich mit einem Stachel meinen Kaffee trinken sollte. Muß ich jetzt mein Frühstück erbeuten und den Kaffee vergessen? Hoffentlich verwandelte ich mich nicht in ein Geschöpf, dessen Überleben davon abhing, daß es früh am Morgen schon aktiv war. Mein biologischer Tagesrhythmus würde sich zweifellos allen physischen Veränderungen anpassen, doch meine unterentwickelte Seele erschauerte beim Gedanken, daß ich fröhlich im Morgengrauen erwachen und Hunger auf ein zappelndes kleines Geschöpf verspüren sollte, das womöglich noch früher aufgestanden war.

Ich blickte zu Greg, der noch schlief. Er hatte sich unsere rotweiße Bettdecke bis zum Kinn hochgezogen. Auch sein Mund hatte sich über Nacht verändert; er schien eine Art langen gerollten Rüssel zu bergen. Entwickelten wir uns auseinander?

Ich streckte meine unveränderte Hand aus und berührte sein Haar. Es war immer noch glänzend und braun, weich und voll. Doch auf der Wange unter dem Bart ertastete ich Verhärtungen, wo das noch weiche Chitin in seiner Haut langsam zu einem Panzer erstarrte.

Er öffnete die Augen und starrte mich verschlafen an, ohne den Kopf zu bewegen. Ich sah, wie er vorsichtig die Wangen aufblies und die Veränderungen in seinem Gaumen untersuchte. Er drehte den Kopf, blickte zu mir hoch und drückte den Kopf leicht gegen meine Hand.

»Zeit zum Aufstehen?« fragte er. Ich nickte. »Mein Gott«, sagte er. Er sagte es jeden Morgen. Es war wie ein Gebet.

»Ich mache Kaffee«, sagte ich. »Willst du auch?«

Er schüttelte langsam den Kopf. »Nur ein Glas Aprikosensaft«, sagte er. Er rollte die lange rauhe Zunge aus und schielte sie an. »Das ist wirklich interessant, aber es stand nicht im Katalog. Ich werde wohl bald mein Mittagessen aus Blumen saugen. Damit werde ich im *Duke's* bestimmt auffallen.«

»Ich dachte, man erwartet ohnehin von leitenden Angestellten, daß sie ihr Mittagessen in flüssiger Form zu sich nehmen«, sagte ich.

»Aber nicht aus einem Blumenstrauß ...«, erwiderte er. Er erforschte immer noch seinen verformten Mund. Dann blickte er zu mir auf und streckte die Arme aus. »Komm her!«

Es war schon eine Weile her, fiel mir ein, und ich mußte zur Arbeit. Doch er roch schrecklich attraktiv. Vielleicht entwickelte er anregende Duftdrüsen. Ich kroch wieder unter die Decke und drückte mich an ihn. Unsere neuen Chitinknospen und Verwachsungen waren im Weg. »Wie soll ich dich mit einem Stachel im Mund küssen?« fragte ich.

»Es gibt noch andere Möglichkeiten. Eine neue Ausrüstung eröffnet uns neue Möglichkeiten.« Er schob die Decke zurück und glitt mit den unveränderten Händen von meinen Schultern bis zu den Schenkeln hinunter. »Sag's mir, wenn meine Zunge zu rauh ist.«

Sie war nicht zu rauh.

Ich stieg etwas benommen zum zweiten Mal aus dem Bett und wanderte in die Küche.

Während ich die Kaffeebohnen in die Mühle schüttete, wurde mir klar, daß ich an Kaffee nicht mehr interessiert war. Doch es machte Spaß, die Bohnen mit meinem Stachel aufzuspießen. Aber wozu war das Ding gut? Ich war nicht sicher, ob ich es überhaupt wissen wollte.

Ich stellte die Kaffeemühle weg und goß eine Dose Aprikosensaft in ein schmales hohes Glas. Flache Gläser sind jetzt für Greg ein Problem, dachte ich. Ganz zu schweigen von fester Nahrung.

Mein Problem, abgesehen von der Frage des Frühstücks, bestand darin, rechtzeitig zur Besprechung um zehn Uhr ins Büro zu kommen. Vielleicht sollte ich das Frühstück auslassen. Ich zog mich rasch an und eilte hinaus, bevor Greg aufstand.

Dreißig Minuten später war ich mehr oder weniger wach und saß mit dem neuen Marketingdirektor im Konferenzzimmer. Er trug seine Pläne für den Vertrieb des Modells 2000 vor.

Harry hatte sich bei seiner Bioumwandlung für eine spezialisierte Primatenversion entschieden, Biotech-Option Nr. 4. Er sah aus wie ein Musterexemplar aus dem Biologiebuch: Klein und langgliedrig, nach vorn gerichtete Augen, mit denen er Entfernungen schätzen konnte, und lange Greiffinger, damit er nicht vom Baum fiel.

Er trug einen dreiteiligen Nadelstreifenanzug, der hervorragend zu seinem Affenkörper paßte. Ich fragte mich, welche Aufschläge er für diese Sonderanfertigung bezahlte. Oder kannte er ein Versandhaus, das sich auf Primaten spezialisiert hatte?

Ich hörte zu, wie er aufgeregt von einer lächerlichen Marktstrategie zur nächsten sprang. Er bemühte Mathematik und Technik, um seinem Vortrag Glaubwürdigkeit zu verleihen, und warf mit Fachausdrücken um sich (›kybernetisch gesteuerter Produktionsfluß‹, ›Feinparametrierung des Medieneinsatzes‹), ohne mit der Wimper zu zucken.

Harry war erst seit ein paar Monaten bei der Firma, er war direkt von der Wirtschaftsfachschule gekommen. Er betrachtete sich selbst als den langersehnten Talentschub. Ich mochte ihn nicht, doch ich beneidete ihn um die Fähigkeit, sein Unterbewußtsein durchzuwühlen und eine halb ausgegorene Idee nach der anderen auszuspucken. Er nahm es mir sicher übel, daß ich mich nicht beteiligte und ebenfalls einige Marktstrategien aus dem Ärmel schüttelte.

Ich hielt nicht viel von seiner Strategie. Seine Werbung war wie aus dem Lehrbuch, Theorie ohne praktische Grundlage. Ich hatte zwei Möglichkeiten: Ich konnte ihn zu einer Lösung zwingen, die funktionieren würde, oder ich konnte ihm zustimmen, bis es ihn den

Hals kostete, und dafür sorgen, daß alle erfuhren, von wem die Idee stammt. Ich wußte, welchen Weg ich einschlagen würde.

»Yeah, das können wir für Sie übernehmen«, sagte ich. »Kein Problem.« Wir würden schon sehen, wer von uns überleben und wer in eine evolutionäre Sackgasse rennen würde.

Harry hatte seinen Punkt gemacht, doch er strampelte weiter. Meine Aufmerksamkeit irrte ab — ich kannte diese Spielchen zur Genüge. Seine Stimme war wie das Raunen einer Klimaanlage, ein vertrautes und kaum noch bemerktes Hintergrundgeräusch. Ich döste, und neue Emotionen regten sich in mir: die Sehnsucht, in einem feuchten Luftstrom zu schweben, auf hellen Oberflächen zu landen, in warmer, feuchter Nahrung zu versinken.

Mitten in meinen Insektenträumen bemerkte ich plötzlich die nackte Haut von Harrys Arm zwischen der goldenen Uhr und dem hochgerollten Ärmel, als er die Papiere auf dem Konferenztisch ordnete. Er roch schrecklich köstlich, wie eine Pepperonipizza oder ein auf Holzkohle gebratener Hamburger. Mir war klar, daß er wahrscheinlich nicht halb so gut schmecken würde, wie er roch, doch ich war hungrig. Meine stachelähnliche Zunge hatte einen Sinn, und es ging dabei bestimmt nicht um das Aufspießen von Tofuwürfeln. Ich beugte mich über seinen Arm, hielt seine Hand fest und suchte mit meinem Stachel eine Kapillare.

Harry bemerkte, was ich tat, und gab mir eine Ohrfeige. Ich wich zurück, bevor er noch einmal zuschlagen konnte.

»Wir sprechen über die Präsentation des Modells 2000. Haben Sie das schon vergessen?« fragte er, während er sich den Arm rieb.

»Entschuldigung. Ich hab heute morgen das Frühstück ausgelassen.« Es war mir peinlich.

»Mensch, lassen Sie doch Ihre Hormone justieren!«

Er war wütend, und ich konnte es ihm nicht verdenken. »Lassen Sie uns zum Medieneinsatz zurückkommen, wenn Sie sich darauf konzentrieren können. Ich habe um elf einen Termin in Haus Zwei.«

Fehlanpassungen bei der Nahrungsbeschaffung waren in der Firma nicht selten, und die Diskretion der Mitarbeiter ließ es manchmal zu, daß kleinere Verstöße ohne Folgen übergangen werden konnten. Natürlich durfte ich jetzt nicht mehr hoffen, daß er mir dabei helfen würde, etwas Geld aus der Portokasse umzuschichten ...

Gegen Ende der Sitzung wanderte mein Blick immer wieder durch die offene Tür des Konferenzraums zu einer großen Zierpflanze im Flur; es war eine dieser grünen Oasen, die der Verschönerung der Firmenlandschaft dienten. Sie sah nicht sehr saftig aus — offenbar wäre sie nicht sonderlich appetitanregend gewesen, hätte ich nicht solchen Hunger gehabt —, aber ich war fast sicher, daß ich das Zeug vertrug.

Als wir das Zimmer verließen, schnappte ich mir eine Handvoll der breiten Blätter und nahm sie mit in mein Büro. Ich suchte mit der Zunge nach einer Ader im dicksten Teil eines Blattes. Gar nicht schlecht. Es schmeckte grün. Ich saugte die Blätter aus und warf die Reste in den Mülleimer.

Ich hatte immer noch Hunger, um es vorsichtig auszudrücken — Mückenweibchen sind keine Vegetarier. Ich war noch nicht ganz zufrieden ...

Ich besorgte mir aus der Küche eine Tasse Kaffee, damit ich nicht allein war, setzte mich in mein Büro, schloß die Tür und überlegte, was mit mir los war. Der Zwischenfall mit Harry verunsicherte mich. Verwandelte ich mich in eine Mücke? Und wenn ja — wozu sollte das gut sein? Die Firma brauchte keine Mitarbeiter, die um Lampen summten.

Es klopfte an der Tür, und mein Chef steckte den

Kopf um die Ecke. Ich bat ihn mit einem Nicken herein. Er setzte sich auf den Besucherstuhl vor meinem Schreibtisch. Sein Gesichtsausdruck verriet mir, daß Harry schon mit ihm gesprochen hatte.

Tom Samson war ein älterer Herr aus der Zeit vor der Biotechnik. Er kannte sich mit Reiz-Reaktions-Techniken gut aus, doch irgendwie hatte er es nicht bis zur Spitze geschafft. Ich mochte ihn, und genau das beabsichtigte er. Ohne seine Autorität zu mindern, hatte er seine Erscheinung, seine Gesten und seinen Tonfall zum freundlichen Ende des Spektrums verschoben. Es funktionierte, obwohl ich genau wußte, was er tat.

Er sah mich mit einem Blick an, der Mitgefühl heucheln sollte, der in Wirklichkeit aber ein gezielter Reiz war, um mir die Kampf- oder Fluchtreaktion zu nehmen. »Sind Sie wegen irgend etwas besorgt, Margaret?«

»Besorgt? Ich bin hungrig, das ist alles. Ich werde schnell unruhig, wenn ich Hunger habe.«

Vorsicht! dachte ich. Er hat den Zwischenfall nicht erwähnt; soll er ihn zur Sprache bringen. Ich leerte meinen Geist und zwang mich, seinen Blick zu erwidern. Ein unsicherer Blick ist ein schuldiger Blick.

Tom sah mich an, ließ sich Zeit, wartete, ob ich zur Sache käme. Mein Kaffee roch abgestanden, doch ich steckte die Zunge hinein und tat so, als wollte ich trinken.

»Ich fühle mich erst als richtiger Mensch, wenn ich morgens meinen Kaffee getrunken habe.« Es klang falsch. Halt den Mund! dachte ich.

Das war die Einleitung, auf die Tom gewartet hatte. »Darüber wollte ich mit Ihnen sprechen, Margaret.« Er saß entspannt vor mir, wie ein Berggorilla, der keine natürlichen Feinde hat. »Ich habe gerade mit Harry Winthrop gesprochen. Er meinte, Sie hätten bei einer Konferenz über die Marktstrategie versucht, bei ihm Blut zu saugen.« Er hielt für einen Augenblick inne, um meine Reaktion abzuwarten, doch ich hatte meine Mimik in der Gewalt und schwieg. Sein Gesicht veränderte sich und zeigte Enttäuschung. »Wissen Sie, als wir bemerkten, daß Sie drei Körpersegmente ausbildeten, hatten wir große Hoffnung. Doch Ihr Verhalten steht im Widerspruch zu der sozialen und organisatorischen Entwicklung, mit der wir rechneten.«

Er hielt inne, und nun war es an mir, etwas zu meiner Verteidigung vorzubringen. »Die meisten Insekten sind Einzelgänger. Vielleicht war es ein Fehler der Firma, auf eine Termite oder eine Ameise zu hoffen. Dafür bin ich nicht verantwortlich.«

»Aber Margaret«, sagte er, und seine Stimme klang etwas vorwurfsvoll, »wir leben hier nicht im Dschungel. Als Sie die Zustimmungserklärung unterschrieben, erklärten Sie sich damit einverstanden, sich von dem BT-Mittel in eine nützlichere Firmenangestellte umwandeln zu lassen. Aber hier wirkt nicht die Natur, sondern wir Menschen gestalten die Natur um. Die alten Regeln gelten nicht mehr. Sie können sein, was Sie wollen. Aber Sie müssen mitarbeiten.«

»Ich bemühe mich nach Kräften«, sagte ich sehr kooperativ. »Ich arbeite achtzig Stunden die Woche.«

»Margaret, die Qualität Ihrer Arbeit steht nicht in Frage. Sie müssen an Ihrem Umgang mit anderen arbeiten. Sie müssen lernen, als Teil einer Gruppe zu arbeiten. Ich kann solche Entgleisungen nicht zulassen. Ich werde Arthur beauftragen, für Sie einen Termin beim BT-Berater zu vereinbaren.«

Arthur war sein Sekretär. Er wußte alles, was in der Abteilung geschah, und hielt meist den Mund.

»Wenn es nach mir ginge, wäre ich ein soziales Insekt«, murmelte ich, als Tom mein Büro verließ. »Aber ich war schon immer eine Einzelgängerin.«

Zum Mittagessen traf ich mich mit Greg und unserem Freund David Detlor in einem vegetarischen Restaurant, das in seiner Werbung fünfzig Sorten Fruchtsaft versprach. Wir hatten dort noch nie gegessen, doch Greg war sicher, daß es ihm gefallen würde. David war hier Stammkunde, und er besaß noch alle Zähne; also nahm ich an, daß es für uns auch in Ordnung sei.

David war schon da, als ich kam, doch Greg fehlte noch. David arbeitete in einer anderen Abteilung der Firma. Er zeigte sich gegenüber den Schmeicheleien der Firma erstaunlich widerstandsfähig. Er hatte noch nie eine BT-Behandlung über sich ergehen lassen und besaß auch keinen Dreiteiler. Heute trug er zerknitterte Jeans und ein grellbuntes Hawaiihemd, das seit mindestens zehn Jahren außer Mode war.

»Warum läßt deine Chefin zu, daß du dich so kleidest?« fragte ich.

»Wir haben eine Abmachung. Ich erzähle ihr nicht, daß ich eine Beförderung erwarte, und sie erzählt mir nicht, was ich tragen soll.«

David hatte eine völlig andere Lebensperspektive als ich. Ich glaube, das hatte nicht nur damit zu tun, daß er in der Lagerverwaltung arbeitete und ich in der Werbung — es war etwas Grundsätzliches. Er sah die Welt als Haufen hübscher, aber nicht unbedingt notwendiger Rätsel, die zu seinem Vergnügen da waren. Ich aber sah sie — nun ja, als Herausforderung.

»Was gibt's Neues bei euch?« fragte er, während wir auf einen freien Tisch warteten.

»Greg verwandelt sich in einen Schmetterling. Letzte Woche hat er sich ein Dutzend italienischer Seidenhemden gekauft. Das wird der Firma nicht gefallen.«

»Er arbeitet auch nicht bei der Firma, Margaret.«

»Warum macht er dann die Behandlungen, wenn er sie nie verwerten will?«

»Er verkleidet sich. Er will einfach nett aussehen. Wie Michael Jackson, weißt du?«

Ich war nicht sicher, ob David mich auf den Arm nahm. Dann erzählte er von seiner Musik, von dem Barbershop-Quartett, in dem er sang. Beim nächsten Wettbewerb wollten sie schwarzes Leder tragen und Shell Silversteins ›Come To Me, My Masochistic Baby‹ singen.

»Das wird die Leute umhauen«, strahlte er. »Wir haben ein phantastisches Arrangement.«

»Glaubst du, daß ihr damit gewinnt, David?« Es schien mir zu ausgeflippt, um den Preisrichtern zu gefallen.

»Ist doch egal«, sagte David. Er schien sich keine Sorgen zu machen.

Greg kam. Er trug ein kobaltblaues Seidenhemd mit kupfergrünem Muster. Italienisch. Und er trug klimpernde Ohrringe, die wie hellblaue Flugzeuge geformt waren. Wir wurden zu einem Tisch in der Nähe einer Vitrine mit geputztem Gemüse geführt.

»Das ist gut«, sagte David. »Alle wollen am Gemüse sitzen. Dort sitzt man, wenn man in diesem Laden gesehen werden will.« Er nickte Greg zu. »Ich glaube, das macht dein Hemd.«

»Es ist der Schmetterling in meiner Persönlichkeit«, sagte Greg. »Früher haben Oberkellner nie so was für mich gemacht. Ich hab immer den Tisch neben der Kaffeemaschine bekommen.«

Wenn Greg sich darüber auslassen wollte, welche Vorteile es brachte, ein Schmetterling zu sein, dann war es Zeit, das Thema zu wechseln.

»David, warum hast du dich immer noch nicht für eine B-E vormerken lassen?« fragte ich. »Die Firma zahlt die Hälfte dazu, und es werden keine Fragen gestellt.«

David verzog den Mund, hob die Hände ans Gesicht und machte winzige zuckende Insektengesten, als wollte er sich Nase und Augen putzen. »Ich bleib lieber, wie ich bin.«

Greg kicherte, aber mir war es ernst. »Mit einer kleinen Anpassung kämst du schneller voran. Natürlich müßtest du auch die entsprechende Einstellung an den Tag legen.«

»Ich werde jetzt schon schneller befördert, als mir lieb ist — es sieht aus, als könnte ich die drei Monate Ferien in diesem Sommer vergessen.«

»Drei Monate?« Ich staunte. »Hast du keine Angst, daß du keinen Job mehr hast, wenn du zurückkommst?«

»Damit könnte ich leben«, sagte David ruhig, während er die Speisekarte aufklappte.

Der Kellner nahm unsere Bestellungen entgegen. Wir saßen eine Weile in entspanntem Schweigen, in der meditativen Stille, die auf eine hochkarätige Bestellung folgt. Dann erzählte ich von dem Zwischenfall mit Harry Winthrop.

»Da stimmt was nicht mit mir«, sagte ich. »Warum sollte ich sein Blut saugen? Warum soll das gut für mich sein?«

»Tja«, sagte David, »du hast dich ja selbst für diese Behandlungsreihe entschieden. In welche Richtung sollte es denn gehen?«

»Nach dem Katalog«, sagte ich, »soll die Insekten-Option Nr. 2 mich in eine erfolgreiche Bewerberin um eine Nische im mittleren Management verwandeln, zusätzlich ausgestattet mit raschen Reaktionen, die beim Eintritt in höhere hierarchische Ebenen hilfreich sein können. Zitat Ende.« Natürlich war das nur die Werbung — ich erwartete nicht, daß alles eintreten würde. »Das will ich auch. Ich will Verantwortung tragen. Ich will der Boß sein.«

»Vielleicht solltest du zur B-E gehen und noch mal von vorn anfangen«, meinte Greg. »Manchmal bewirken die Hormone nicht ganz das, was erwartet wird. Sieh dir zum Beispiel mal meine Zunge an.« Er klappte sie vorsichtig auf und rollte sie in den Mund zurück. »Aber so langsam gefällt sie mir.« Er saugte mit widerlichen Schlürfgeräuschen seinen Drink. Er brauchte keinen Strohhalm mehr.

»Halt dich nicht damit auf, Margaret!« riet David entschieden, während er seinen Hagebuttentee vom Kellner in Empfang nahm. »Die Biotechnik ist eine Zeit- und Geldverschwendung und stellt Millionen von Jahren der Evolution in Frage. Wenn menschliche Wesen dazu gedacht wären, Manager zu sein, dann hätten wir eine Nadelstreifenhaut entwickelt.«

»Klug gesagt«, gab ich zurück, »aber völlig falsch.«

Der Kellner brachte unser Essen, und während er die Teller vor uns abstellte, schwiegen wir. Es wirkte wie das erwartungsvolle Schweigen drei sehr hungriger Menschen, doch es war in Wirklichkeit das höfliche Schweigen dreier Menschen, die gut genug erzogen sind, um nicht in Gegenwart außenstehender Lauscher zu streiten. Als er fort war, nahmen wir unsere Diskussion wieder auf.

»Ich meine es ernst«, sagte David. »Abgesehen von den zweifelhaften Überlebensvorteilen des Managements ist die Biotechnik nicht der Mühe wert. Harry Winthrop zum Beispiel braucht überhaupt keine Biotechnik. Er kommt frisch von der Wirtschaftsschule, strotzt offensichtlich vor Unternehmensgeist und freut sich auf seine Spitzenposition. Im Grunde drückt er sich nur herum, bis irgendwo ein Präsidentenposten frei wird. Und was ihm dir gegenüber einen Vorteil verschafft, sind seine Jugend und seine Unerfahrenheit und keine spezialisierte Primatenadaption.«

»Nun«, sagte ich etwas schroff, »er wird nicht durch das Wissen um die Dinge behindert, die in der Vergangenheit fehlschlugen. Aber das löst noch nicht mein Problem, David. Harry hat unterzeichnet. Ich auch. Die Veränderungen sind im Gange, und ich habe keine Wahl mehr.«

Ich drückte aus einer Plastikflasche, die wie ein Teddybär geformt war, einen großen Klecks Honig in meinen Tee. Ich trank einen Schluck; der Tee schmeckte nach Minze und war sehr süß. »Und jetzt verwandele ich mich in die falsche Sorte Insekt. Damit ist meine Fähigkeit, im Marketing zu arbeiten, zum Teufel.«

»Ach, hör doch auf!« rief Greg plötzlich. »Es ist so langweilig. Ich will von diesem Firmen-Hickhack nichts mehr hören. Laßt uns über etwas Lustiges reden!«

Ich hatte genug von Gregs schmetterlingshaftem Konzentrationsmangel. »Etwas Lustiges? Ich habe meine ganze Zeit und den größten Teil meines genetischen Materials in diesen Job investiert. Das ist überhaupt nicht lustig.«

Mir wurde heiß vom gesüßten Tee. Der Magen schmerzte mich — ich fragte mich, ob ich allergisch reagierte. Ich kratzte mich, nicht besonders diskret. Als ich die Hand unter dem Hemd hervorzog, hatte ich wächserne Schuppen unter den Fingernägeln. Verdammt, was ging da unten vor? Ich kostete eine der Schuppen; eindeutig Wachs. Wurde ich eine Arbeitsbiene? Ich konnte nicht anders — ich steckte mir das Wachs in den Mund.

David war mit seinen Alfalfa-Schößlingen beschäftigt, doch Greg verzog angewidert das Gesicht. »Das ist eklig, Margaret«, sagte er. Er verzog das Gesicht und streckte die Zunge ein Stück heraus. Das mußte gerade er sagen! »Kannst du nicht bis nach dem Essen warten?«

Ich tat nur, was mir völlig natürlich vorkam, und ließ mich deshalb zu keiner Antwort herab.

Zum Nachtisch gab es Bienenpollen. Ich nahm einen Löffel, mischte ihn mit dem Wachs und schmatzte laut. Ich hatte einen anstrengenden Morgen hinter mir, und der Streit mit Greg machte den Tag nicht angenehmer.

Außerdem zeigten weder er noch David Respekt für meine Position in der Firma. Greg nahm meinen Job überhaupt nicht ernst. Und David tat einfach, was er wollte, ganz egal, ob er selbst oder jemand anders damit Geld verdiente. Er hielt mir einen Vortrag über das Thema ›Zurück zur Natur‹, doch dazu war es viel zu spät.

Das ganze Essen war eine Zeitverschwendung. Ich war es leid, ihnen zuzuhören. Ich spürte einen starken

Drang, mich wieder auf meine Arbeit zu stürzen. Ein paar rasche Stiche lenkten sie ab; das Überraschungsmoment war auf meiner Seite. Ich aß noch etwas Honig und wachste sie rasch ein. Bald darauf schliefen sie in zwei großen achteckigen Zellen.

Ich sah mich im Restaurant um. Die leicht nervösen Gäste taten so, als hätten sie nichts gesehen. Ich rief den Kellner und gab ihm meine Kreditkarte. Er winkte einige Pagen mit einem abdeckbaren Wagen heran, die Greg und David fortrollten. »Am Donnerstagnachmittag werden sie sich herausfressen«, sagte ich zu ihm. »Lagern Sie sie in einem trockenen warmen Raum auf der Seite.« Ich gab ihm ein großes Trinkgeld.

Ich kehrte ins Büro zurück und schämte mich ein wenig. Ein paar Tage Schlaf würden Greg und David meinen Problemen gegenüber nicht gerade aufgeschlossener machen. Wahrscheinlich würden sie ziemlich wütend wieder auftauchen.

So was tat ich doch sonst nicht. War ich nicht früher viel geduldiger gewesen? Ich konnte doch sonst viel besser mit anderen Menschen umgehen. Früher war ich stärker an Sex und Fernsehen interessiert gewesen.

Der Job tat einem warmen, freundlichen menschlichen Wesen nicht gut. Das mindeste war, daß er mich in eine unangenehme Tischnachbarin verwandelte. Wie war ich überhaupt auf die Idee gekommen, ins Management aufzusteigen?

Vielleicht des Geldes wegen.

Aber das war nicht alles. Es war die Herausforderung, die Chance, etwas Neues zu tun und das Ganze zu kontrollieren, statt einen Teil eines Projektes zu übernehmen ...

Natürlich auch das Geld. Aber es gab noch andere Arten, zu Geld zu kommen. Vielleicht sollte ich den Job einfach an den Nagel hängen und noch einmal von vorn anfangen.

Ich sah mich in Toms Büro schlendern. Ich würde seinen Besucherstuhl herumdrehen und mich hineinfallen lassen. Die Worte ›Ich kündige‹ würden fast gegen meinen Willen herauskommen. Er würde mich überrascht ansehen — natürlich mit gespielter Überraschung. Aber da mußte ich durch. Vielleicht sollte ich die Füße auf seinen Schreibtisch legen. Und dann ...

Aber war es möglich, einfach zu kündigen und zu der Person zurückzufinden, die ich früher gewesen war? Nein, das konnte ich nicht. Ich würde nie wieder eine Management-Anfängerin sein.

Ich ging zum Personaleingang im hinteren Teil des Gebäudes. Ein Saugnapf neben der Tür beschnüffelte mich, erkannte meinen Geruch und öffnete die Tür. Drinnen stand eine Gruppe neuer Auszubildender an der Tür. Ein Personalsachbearbeiter führte sie der Geruchssperre vor und wartete darauf, daß sie ihre Gerüche registrierte.

Auf dem Weg zu meinem Büro mußte ich an Toms Büro vorbei. Die Tür stand offen. Er saß, über einige Papiere gebeugt, am Schreibtisch und blickte auf, als er mich bemerkte.

»Ah, Margaret«, sagte er. »Mit Ihnen wollte ich sowieso sprechen. Kommen Sie doch einen Augenblick herein!« Er schob einen großen Ordner über die Papiere auf seinem Schreibtisch und faltete die Hände darüber. »Ich bin wirklich froh, daß Sie vorbeigekommen sind.« Er nickte zu einem großen bequemen Stuhl. »Setzen Sie sich!«

»Wir wollen die Abteilung etwas umgestalten«, begann er, »und wir brauchen Ihre Hilfe dabei. Deshalb will ich Ihnen gleich sagen, was geschehen wird.«

Ich wurde sofort mißtrauisch. Wann immer Tom sagte: ›Ich brauche Ihre Hilfe‹, meinte er damit, daß er die Entscheidung schon getroffen hatte.

»Wir werden die ganze Abteilung umorganisieren«, fuhr er fort, während er kleine Kästchen auf ein weißes

Blatt malte. Er hatte es schon beim Abteilungsgespräch in der letzten Woche erwähnt.

»Ihre Gruppe ist funktionell in zwei Bereiche unterteilt, nicht wahr?«

»Nun ...«

»Ja«, sagte er nachdenklich und nickte eifrig, als hätte ich ihm zugestimmt, »so wäre es am besten.« Er fügte einige Linien hinzu und zeichnete weitere Kästchen. Nach allem, was ich sehen konnte, bedeutete die Neueinteilung, daß Harry die interessante Arbeit bekommen würde und daß ich seinen ganzen Müll aufräumen mußte.

»Das sieht aus, als hätten Sie die Bonbons aus meinem Bereich genommen und Harry Winthrop übergeben«, sagte ich.

»Oh, Ihr Bereich ist nach wie vor sehr wichtig, meine Liebe. Deshalb werden Sie auch nicht Harry unterstellt.« Er lächelte mich hinterhältig an.

Er hatte mich in einen goldenen Käfig gesteckt. Aber er war mein Boß. Wenn er mir den größten Teil meines Bereiches wegnahm — und anscheinend hatte er das vor —, dann konnte ich ihn kaum daran hindern. Und ich wäre besser dran, wenn wir beide so taten, als hätte ich keinen Statusverlust erlitten. Auf diese Weise behielt ich meinen Titel und mein Gehalt.

»Oh, ich verstehe«, sagte ich. »Stimmt.«

Mir dämmerte, daß die ganze Sache bereits entschieden war und daß Harry Winthrop vermutlich schon Bescheid wußte. Wahrscheinlich hatte er dabei sogar eine Gehaltserhöhung herausgeschlagen. Tom hatte mich hereingebeten, damit es beiläufig aussah, damit es aussah, als könnte ich dabei mitwirken. Man hatte mich hereingelegt.

Ich wurde wütend. Jetzt kam eine Kündigung nicht mehr in Frage. Ich würde bleiben und kämpfen. Meine Augen verschwammen, dann konnte ich wieder sehen. Es waren Facettenaugen! Das also hatte der kleine

Kamm in meiner Hand angekündigt! Ich spürte ein tiefes chemisches Verständnis für das ökologische System, zu dem ich jetzt gehörte. Ich wußte, wo ich mich einpassen konnte. Und ich wußte, was ich tun würde. Es war jetzt unausweichlich in meiner DNA festgelegt.

Die Kraft dieser Überzeugung löste eine weitere Veränderung im Chitin aus, und nun konnte ich tatsächlich die Umgestaltung meines Mundes und meiner Nase fühlen: ein betäubtes Kitzeln wie von Sprudelwasser. Der Stachel zog sich zurück, und Mandibeln bildeten sich aus. Ich bekam Wangen wie Katherine Hepburn. Form und Funktion verbanden sich in einem orgasmischen Taumel. Als mein Kiefer sich wie bei einer Gottesanbeterin vorschob, öffnete er sich unwillkürlich, ich sprang Tom an und biß ihm den Kopf ab.

Er sprang vom Schreibtisch auf und tanzte kopflos durch das Büro.

Ich hatte mich völlig in der Gewalt, während ich ihn beobachtete und die Unterhaltung fortsetzte. »Und nun zum Modell 2000«, sagte ich. »Wenn wir den Produktionsfluß kybernetisch steuern und uns um die Feinparametrierung des Medieneinsatzes kümmern, können wir der Marketingabteilung bis zum Wochenende einen hübschen Entwurf liefern.«

Tom sprang mit zuckenden Krämpfen umher und machte obszöne Bewegungen mit dem Becken. War ich für diese Reaktionen verantwortlich? Ich war mir keiner sexuellen Komponente in unserer Beziehung bewußt gewesen.

Ich stand vom Besucherstuhl auf, setzte mich hinter seinen Schreibtisch und dachte über die jüngsten Ereignisse nach. Keine Frage, daß ich mich über mein eigenes Verhalten wunderte. Ich meine, zornig sein ist eine Sache, aber anderen Leuten den Kopf abbeißen eine andere. Nach einigem Nachdenken mußte ich einräumen, daß die Strategie gar nicht übel war. Sie würde meine Beförderungsaussichten erheblich verbessern. Und sie war sicher produktiver, als den Leuten das Blut auszusaugen.

Vielleicht hatte Tom doch recht gehabt, als er über die Bedeutung der richtigen Einstellung gesprochen hatte.

Und als ich wieder an Tom dachte, war meine dritte Reaktion natürlich Bedauern. Er war eigentlich ein ganz liebenswerter Kerl gewesen, meistens jedenfalls. Aber geschehen ist geschehen, und man soll nicht alles wieder aufwärmen.

Ich rief über die Sprechanlage seinen Assistenten. »Arthur«, sagte ich, »Mister Samson und ich haben einen evolutionären Scheideweg erreicht. Lassen Sie ihn bitte umgestalten. Und stellen Sie's der Personalabteilung in Rechnung.«

Ich spüre jetzt ein seltsames Zwicken in Unterarmen und Schenkeln. Grillenbeine, mit denen ich ein Lied zirpen kann?

Originaltitel: ›Stable Strategies for Middle Management‹
Aus: ›Isaac Asimov's Science Fiction Magazine‹, Juni 1988

Deutsche Übersetzung von Jürgen Langowski

Nancy Kress

UND ZÜGELLOS WILD...

Der Dämon begegnete ihr zum ersten Mal in der langen Galerie von Hever Castle. Sie hatte sich dorthin begeben, um zu beobachten, wie Heinrich fortritt, eine stolze Gestalt auf seinem mächtigen Schlachtroß. Die Beine des Pferdes verschwanden in einer Wolke aus Sommerstaub, die das Gefolge des Königs aufwirbelte, aber Heinrich selbst war gut zu erkennen. Er richtete sich in den Steigbügeln auf und warf einen letzten Blick über die Schulter zurück auf die sonnenspiegelnden Fenster des Wohntraktes, um sich zu vergewissern, daß sie ihm nachblickte. Der verschmähte Liebhaber, der verstohlen beobachtete, welchen Eindruck sein Abgang machte. Sie wußte genau, wie seine Augen jetzt aussahen, die schmalen blauen Augen unter dem lockigen rotgoldenen Haar. Düster. Berechnend. Unbeirrt.

Anne Boleyn rührte das wenig. Ihretwegen konnte er ruhig fortreiten! Sie hatte ihn nicht nach Hever gerufen.

Als sie vom Fenster der Galerie zurücktrat, fiel ihr aus der anderen Ecke des Saales ein Lichtschimmer ins Auge, und da war er, der Dämon.

Er bestand ganz und gar aus Licht, was sie nicht weiter verwunderte. Wurde nicht der Satan selbst Luzifer genannt? Das Licht war ein Quadrat, ein vollkommen quadratischer Kasten, anders als jedes Licht, das sie kannte. Anne bekreuzigte sich und trat näher. Der Lichtkasten strahlte heller und erlosch.

Anne stand vollkommen still. Sie empfand keine Furcht. Es gab nur wenige Dinge, die ihr Furcht einflößten. Dennoch bekreuzigte sie sich ein zweites Mal und murmelte ein Gebet. Es wäre nicht gut, wenn sich auf Schloß Hever ein Dämon einnistete. Dämonen konnten gefährlich sein.

Wie Könige.

Lambert blickte von der Konsole auf und zu Culhane hinüber, der auf der anderen Seite des Raumes arbeitete. »Culhane — es hieß, sie sei eine Hexe.«

»Na und?« entgegnete Culhane. »Das ist nichts Ungewöhnliches. Im 16. Jahrhundert hielten die Leute jede starke Frau für eine Hexe.«

»Nein, es muß mehr als Aberglaube gewesen sein. Das Gerücht gab es schon, bevor sie an die Macht kam.« Culhane gab keine Antwort. Nach einer kleinen Pause setzte Lambert ruhig hinzu: »Sämtliche Rahvoli-Gleichungen deuten auf sie.«

Culhane erstarrte. »Zeig her!« verlangte er schließlich.

Er durchquerte den nüchternen kleinen Raum und blieb vor Lamberts Konsole stehen. Sie stabilisierte das Bild auf dem Zentral-Quadrat. Momentan erschien die Konsole in dieser Position als eine Serie ineinandergreifender, vom Boden bis zur Decke reichender Quadrate. Manche davon waren stabile Echtzeit-Mischungen, manche nur Holo-Simulationen, und manche schienen vorhanden zu sein, obwohl es sie überhaupt nicht gab, weder im Raum noch in der Zeit. Im Fokus-Quadrat des Projekts, das sehr wohl vorhanden war, stand:

ZEITRETTUNGSPROJEKT
WELTENVERBAND VON OBER-SLIB, ERDE
FOKUS: ANNE BOLEYN
SCHLOSS HEVER, KENT,
ENGLAND, EUROPA
1525:645:89:3
EINSTWEILIGE EINREISEGENEHMIGUNG # 4592
DER KIRCHE DER HEILIGEN GEISEL

Das Zeitsprung-Quadrat umrahmte ein junges Mädchen mit dunklem, fast vollständig unter einer Haube verborgenem Haar und einem langen zarten Hals; ihre Hand ruhte am Busenansatz, zum Zeichen des Kreuzes erstarrt.

»Sie hielt sich immer für eine gute Katholikin«, sagte Lambert halb zu sich selbst.

Culhane starrte das Bild an. Anläßlich seiner Ernennung zum Projektleiter hatte er sich den Schädel frisch rasiert. Er trägt seine neue Wichtigkeit wie ein hochempfindliches Implantat, das jeden Moment abgestoßen werden kann, dachte Lambert. Sie fand das rührend.

»Die Rahvoli-Wahrscheinlichkeit liegt bei 0,798«, sagte Lambert. »Sie ist eindeutig eine Schlüsselperson.«

Culhane sog die frisch bemalten Wangen nach innen. »Die andere auch«, entgegnete er. »Ich glaube, wir sollten das mit Brill besprechen.«

Die Dienerinnen waren endlich gegangen. Die Priester waren gegangen, die Ärzte, die Höflinge, die Amme und die Kinderfrauen. Sie hatten das Kleine mitgenommen. Selbst Heinrich war gegangen ... Wohin? Zum Kartenspiel mit Harry Norris? Zu seiner neuen Mätresse? Egal — sie waren endlich alle fort.

Ein Mädchen.

Anne wälzte sich in ihrem Bett herum und trommelte mit beiden Fäusten auf das Kissen. Ein Mädchen. Kein Prinz. Nicht der Sohn, den England brauchte, den *sie* brauchte ... Ein Mädchen. Und Heinrich, der mit jedem Tag kälter wurde. Sie spürte es, er begehrte sie nicht mehr, er liebte sie nicht mehr. Er teilte das Lager mit ihr — oh, das ganz sicherlich, wenn er dadurch zu einem Sohn kam, aber ihre Macht war im Schwinden. War geschwunden. Diese Macht, die sie gehaßt, verachtet hatte und die sie doch benutzt hatte, weil sie da war und weil Heinrich sie spüren sollte, so wie er sie seine Macht immer wieder hatte spüren lassen ... Ihre Macht war im

Schwinden. Sie war Königin von England, aber ihre Macht zerrann wie die Themse bei Ebbe, und sie konnte sie ebensowenig zurückholen wie die Gezeiten selbst. Nur ein Sohn hätte ihr die Macht erhalten können. Und sie hatte ein Mädchen geboren. Gesund und kräftig, mit Heinrichs rotblonden Locken — aber ein Mädchen.

Anne rollte sich unter Schmerzen wieder auf den Rücken. Elizabeth war bereits vier Wochen alt, aber ihr tat immer noch alles weh. Sie hatte sich eine Entzündung der Beckenvenen zugezogen, weit weniger gefürchtet als das Kindbettfieber, aber dennoch kräftezehrend, und hatte seit der Geburt ihr Schlafgemach nicht mehr verlassen. Bedienstete, Hofdamen und Musikanten kamen und gingen, während Anne fiebernd im Bett lag und einen Plan zu fassen versuchte ... Heinrich hatte bis jetzt nichts unternommen. Er hatte sich allem Anschein nach nicht einmal am Geschlecht des Kindes gestört. »Eine robuste Kleine, wie es aussieht. Ich bete zu Gott, daß er ihr einen ebenso kräftigen Bruder schenkt.« Aber Anne wußte Bescheid. Sie wußte immer Bescheid. Sie hatte Bescheid gewußt, als Heinrichs Blicke zum ersten Mal auf sie fielen. Hatte in den langen neun Jahren, die sie ihn warten ließ, stets über jede Nuance seiner Sehnsucht Bescheid gewußt: neun Jahre der Enthaltsamkeit, der Verweigerung. Hatte genau gewußt, wann der Moment gekommen war, in dem der harte Verstand hinter den schmalen blauen Augen entschied: *Die Sache ist es wert. Ich lasse mich von Katharina scheiden und mache sie zur Königin.* Und Anne hatte noch vor ihm gewußt, daß er die Entscheidung bereuen würde. Weil er einen zu hohen Preis dafür bezahlt hatte, daß er sie zur Königin machte. Sie war ihn nicht wert. Es sei denn, sie schenkte ihm einen Sohn.

Wenn nicht ...

In der Dunkelheit preßte Anne ganz fest die Augen zusammen. Sie litt nur an einem Anfall von Kindbett-Schwermut. Das hatte nichts zu bedeuten. Sie war nie ängstlich, sie nicht. Es war ein Alptraum, nichts weiter, und wenn sie die Augen öffnete, wäre der Spuk vorbei, mußte ganz einfach vorbei sein. Sie mußte weiterkämpfen, mußte sich mit einem Sohn schwängern lassen, mußte ihre Krone absichern. Und ihre Tochter. Es gab niemanden, der ihr diese Arbeit abnahm, und es gab keinen anderen Ausweg.

Als sie die Augen aufschlug, glühte das Lichtquadrat des Dämons in der Ecke ihres mit Vorhängen drapierten Himmelbetts.

Lambert senkte ehrfürchtig den Kopf, als die Hohepriesterin vorüberging.

Sie war hochgewachsen und trug keine sichtbaren Prothesen. Augen, Arme, Ohren, glattrasierter Kopf, die Beine unter der graugrünen Amtsrobe — alles echt, wie es die Satzung der Kirche der Heiligen Geisel vorschrieb. Lambert hatte Gerüchte gehört, daß sie früher strahlende violettverstärkte Augen und gammagesteuerte Arme besessen hatte, beides jedoch nach ihrer Wahl zur Hohenpriesterin entfernen und durch die Originale ersetzen ließ. Die freie Repräsentantin aller Geiseln im Sonnensystem konnte nicht mit Hochleistungs-Prothesen herumlaufen. Geiseln hatten natürlich das Recht dazu, aber die für ihr geistiges und materielles Wohl zuständige Priesterin mußte allen Schutzbefohlenen, denen sie einen Besuch abzustatten geruhte, vollkommen menschlich erscheinen. Das galt für den vierhändigen Raumfahrer, der in einer Null-G-Kammer auf dem Mars festgehalten wurde, ebenso wie für den genetisch veränderten Flieger von Ipsu, der in der Neuen Republik Trien als Geisel lebte. Und die einzige Möglichkeit, dies zu erreichen, war der Verzicht auf jegliche äußeren Prothesen.

Bei internen Zusatzaggregaten lag die Sache natürlich anders.

Neben der Hohenpriesterin ging Toshio Brill, der Direktor des Zeitforschungs-Instituts. Für *ihn* galt das Verbot externer Verstärker nicht: Brill trug vergoldete Sensoren in der kahlgeschorenen schwarzen Schädeldecke, eine Demonstration, die Lambert leicht übertrieben fand, vor allem da Brill sonst eher zurückhaltend wirkte. Vielleicht bemühte er sich nur, durch sein Verhalten den Status Ihrer Heiligkeit zu unterstreichen. Hinter Brill standen schweigend seine Projektleiter, darunter Culhane. Sie öffneten den Mund nur dann, wenn eine Frage an sie gerichtet wurde. Culhane wirkte nervös: Er war ehrgeizig, das wußte Lambert, und manchmal rätselte sie, warum ihr diese Eigenschaft fehlte.

»Bis jetzt bin ich beeindruckt«, sagte die Hohepriesterin. »Was die materielle Seite angeht, haben Sie tadellose Bedingungen für die Geiseln geschaffen.«

»Der geistige Aspekt ist natürlich problematischer«, murmelte Brill. »Die drei Festgehaltenen sind völlig verschieden, und selbst für Kultur-Experten und Historiker ... Die Geiseln treffen in einem Zustand hochgradiger Erregung bei uns ein.«

»Verständlich«, entgegnete die Hohepriesterin, ohne die Miene zu einem Lächeln zu verziehen. »Ihnen und mir würde es unter ähnlichen Umständen kaum anders ergehen.«

»Gewiß, Eure Heiligkeit.«

»Und nun beantragen Sie eine vierte Geisel — aus einem vierten Zeitstrom.«

»Ganz recht.«

Die Hohepriesterin ließ die Blicke langsam über die Hauptkonsole schweifen. Lambert bemerkte, daß sie am eigentlichen Zeitsprung-Quadrat vorbeischaute. Keine Übung in der peripheren Beobachtung. Aber sie betrachtete lange Zeit das Stasis-Quadrat. Das taten alle; Fremde zeigten sich meist über Gebühr beeindruckt von dem Gedanken, daß die gesamte Anlage zwischen Zeitströmen existierte. Vielleicht mißfiel Ihrer Heiligkeit aber auch nur die Tatsache, daß das Zeitforschungs-Institut — wie manche größeren, aber kaum reicheren Einrichtungen — von der Weltensteuer befreit war, die den Unterhalt der Kirche finanzierte. Grundbesitz jenseits der Zeit lag auch jenseits der Besteuerung.

»Ich kann meine Zustimmung zu einem derartigen Bruch unserer politischen Richtlinien nur erteilen, wenn ich die Angelegenheit bis in die kleinste Einzelheit verstanden habe«, erklärte die Hohepriesterin. »Erläutern Sie mir noch einmal Ihre Gründe!«

Lambert verkniff sich ein Grinsen. Die Hohepriesterin brauchte die Erläuterung nicht. Sie kannte die Argumente, hatte sie vermutlich seit Tagen immer wieder mit ihren Beratern diskutiert. Und sie würde zustimmen; warum auch nicht? Das Projekt konnte ihre Macht nur vergrößern. Brill wußte das. Die Aufforderung sollte lediglich demonstrieren, daß die Hohepriesterin ihn zwingen konnte, die Sache so lange zu erklären, bis sie — nicht er — die Entscheidung traf, daß die Gründe ausreichten und die Kirche der Heiligen Geisel die permanente Genehmigung zum Festhalten einer gewissen Anne Boleyn aus dem Zeitdelta England ausstellte — mit dem altruistischen Ziel, einen Krieg der Klasse Eins zu verhindern.

Brill ließ sich nach außen nicht anmerken, daß er gedemütigt wurde. »Eure Heiligkeit, diese Frau ist ein Dreh- und Angelpunkt. Die im vorigen Jahrhundert entwickelten Rahvoli-Gleichungen ...«

»Ich kenne die Rahvoli-Gleichungen«, unterbrach ihn die Hohepriesterin. Und lächelte honigsüß.

»Dann weiß Eure Heiligkeit auch, daß jede von diesen Gleichungen als Dreh- und Angelpunkt identifizierte Person direkt verantwortlich für den Verlauf der Geschichte ist. Selbst wenn sie in der lokalen Zeit keine Macht zu besitzen scheint. Anne Boleyn war die zweite Gemahlin von Heinrich VIII. von England. Um sie heiraten zu können, ließ er sich von seiner ersten Gemahlin, Katharina von Aragon, scheiden, und um diese

Scheidung durchzusetzen, sagte er sich und ganz England von der römisch-katholischen Kirche los. Der Protestantismus war ...«

»Und was verstand man darunter nun wieder?« fragte Ihre Heiligkeit, und sogar Culhane tauschte einen entsetzten Blick mit Lambert. Die Hohepriesterin spielte. Mit einem *Forschungsdirektor.* Lambert verbarg ihr Lächeln. Wußte Culhane, daß heiliger Ernst oft als wichtigtuerisch ausgelegt wurde? Vermutlich nicht.

»Der Protestantismus war ein weiterer Zweig des ›Christentums‹«, erklärte der Direktor geduldig. Bis jetzt war er der Stärkere, weil er sich nicht provozieren ließ. »Ebenso militant wie der Katholizismus. Um das Jahr 1642 kämpften verschiedene protestantische Gruppen sowie eine starke katholische Partei um die politische Macht in England. Das Königshaus war damals katholisch. Die Auseinandersetzungen führten zu einem Bürgerkrieg. Tausende von Menschen starben in der Schlacht, verhungerten, wurden als Verräter gehenkt, von den Feinden gefoltert ...«

Lambert sah, wie Ihre Heiligkeit zusammenzuckte. Sicher hörte sie solche Berichte ständig, das gehörte schließlich zu ihrem Amt. Dennoch wirkte die Geste echt.

Brill versuchte seinen Vorteil auszubauen. »Kinder verzehrten Ratten, um am Leben zu bleiben. In Cornwall hackte man Rebellen die Hände und Füße ab, auf den Marktplätzen wurden Galgen errichtet und Männer bei lebendigem Leib ...«

»Das reicht«, unterbrach ihn die Hohepriesterin. »Aus diesem Grund existiert unsere Kirche. Um durch die Festnahme Heiliger Geiseln solche Kriege zu verhindern.«

»Und genau das täten wir gern«, warf Brill hastig ein. »In anderen Zeitströmen, nun da unser eigener befriedet ist. Beispielsweise im Stromdelta, das erst das 16. Jahrhundert erreicht hat — Eurer Heiligkeit ist sicher bekannt, daß die relativen Geschwindigkeiten der einzelnen Ströme verschieden sind ...«

Die Hohepriesterin machte eine ungeduldige Handbewegung.

»... und diese Anne Boleyn ist eindeutig eine Zentralfigur. Wenn wir sie als Geisel nehmen — am besten nach der Geburt ihrer Tochter Elizabeth, die während ihrer langen Regierungszeit den Frieden erhalten wird, und vor Verkündung der Suprematsakte durch Heinrich, die der Religionsspaltung in England Tür und Tor öffnet —, läßt sich vermutlich eine Menge Blutvergießen vermeiden. Anhand der Rahvoli-Gleichungen liegt die Wahrscheinlichkeit, daß die Geschichte durch diesen Schachzug mehrere Jahrhunderte lang einen friedlicheren Verlauf nimmt, bei 79,8 Prozent. Religionskriege sind oft ...«

»Es gibt sicher blutigere Religionskriege zu verhindern als diesen englischen Bürgerkrieg.«

»Gewiß, Eure Heiligkeit«, entgegnete der Direktor unterwürfig. Zumindest verbreitete er den Anschein der Unterwürfigkeit, wie Lambert fand. »Aber unsere Wissenschaft ist noch jung. Das Erkennen fremder Zeitströme, die Fokussierung auf einen davon, die Konzentration auf historische Schlüsselpersonen — wir müssen erst unsere Erfahrungen sammeln. Aber im Namen des Friedens tun wir, was immer wir können.«

Alle Anwesenden setzten fromme Mienen auf. Lambert achtete darauf, daß ihr Gesicht ausdruckslos blieb. Im Namen des Friedens — und prestigehungriger Wissenschaftler, die auf üppige finanzielle Zuwendungen und noch üppigere akademische Lorbeeren hofften.

»Der Frieden liegt uns ebenso am Herzen wie der Kirche«, fuhr Brill fort. »Mit einer permanenten Geisel-Genehmigung für Anne Boleyn könnten wir zahllose Menschenleben in jenem anderen Zeitstrom retten — ähnlich, wie es die Kirche in unserem eigenen Sektor bereits tut.«

Die Hohepriesterin spielte mit dem Ärmel ihrer Robe. Lambert konnte ihr Gesicht nicht sehen. Aber als sie aufschaute, lächelte sie.

»Direktor, ich werde dem Forum Aller Welten empfehlen, die permanente Geiselnahme zu genehmigen. In zwei Monaten komme ich dann noch einmal vorbei, um mich persönlich vom Wohlergehen der Heiligen Geisel zu überzeugen.«

Lambert sah, daß es Brill nicht mehr ganz gelang, ein Stirnrunzeln zu unterdrücken. »In zwei Monaten? Bei den vielen Geiseln im Sonnensystem, die Sie inspizieren müssen ...«

»In zwei Monaten, Direktor«, bekräftigte Ihre Heiligkeit. »Eine Woche vor der Haushalts- und Steuerdebatte des Forums Aller Welten.«

»Ich ...«

»Und nun möchte ich gern die drei anderen Heiligen Geiseln sehen, die Sie ebenfalls aus altruistischen Gründen hier festhalten.«

»Seine Argumente waren nicht sehr überzeugend«, meinte Culhane später. »Man hätte das alles viel dringlicher darstellen können ... Und es *ist* dringlich. Die vielen Leichen, die in Cornwall verwesen ...» Er schauderte.

Lambert musterte ihn. »Es macht dir tatsächlich etwas aus.«

Er begegnete erstaunt ihrem Blick. »Dir etwa nicht? Obwohl du an diesem Projekt mitarbeitest?«

»Schon«, meinte Lambert. »Aber nicht auf diese Weise.«

»Auf welche Weise?«

Sie versuchte es zu erklären, ihm und sich selbst. »Diese Leichen ... Ich sehe sie. Aber das ist doch nicht unsere eigene Vergangenheit ...«

»Und wo liegt der Unterschied? Sie sind doch Menschen!«

Er war so ernst. Die Intensität brannte in ihm wie

Hautröter. Lambert fragte sich, ob Culhane solche Dinge überhaupt benutzte. Die Forscherkollegen bezeichneten ihn als Asketen, der seine gesamte Energie und Zeit dem Projekt widmete. Eine Frau aus seiner Wohneinheit hatte Lambert verraten, daß er sich für die Dauer seines Forschungsauftrags eine Freiwillige Zölibat-Mission auferlegt hatte und völlig enthaltsam lebte. Lambert war bis jetzt noch niemand begegnet, der so etwas tatsächlich durchzog. Es faszinierte sie.

»Ziehst du in Erwägung, Priester zu werden, sobald das Projekt vorbei ist, Culhane?« fragte sie.

Er errötete. Das Blut stieg von den Wangen auf, die er seit seiner Beförderung zum Projektleiter hellblau getönt trug. Die feine Haut an den glattrasierten Schläfen schimmerte rosa.

»Ich habe daran gedacht.«

»Und du bist im Moment auf Zölibat?«

»Ja. Warum?« Seine Stimme wirkte aggressiv. Zölibat-Missionen galten als leicht altmodisch. Lambert musterte seinen Körper: hochgewachsen, gut gebaut, kräftig. Irgendwie verstärkt? Die Muskeln vielleicht. Er hatte herrliche Muskeln.

»Einfach so«, entgegnete sie und beugte sich wieder über ihre Konsole, bis sie hörte, daß sich seine Schritte entfernten.

Der Dämon kam näher. Anne lag geschwächt in den Kissen. Sie wollte rufen, aber die Stimme versagte ihr — und wer hätte sie schon gehört? Die dichten Bettvorhänge dämpften jeden Laut. Ihre Hofdamen hatten sich zur Ruhe begeben, allein oder auch nicht. Die Wächter sprachen wohl dem Freibier zu, das Heinrich anläßlich der Taufe von Elizabeth in London ausschenken ließ. Und Heinrich selbst ... Er war nicht an ihrer Seite. Sie hatte ihm den Sohn versagt.

»Hebe dich von dannen!« befahl sie dem Dämon schwach. Er kam näher.

Man hatte sie eine Hexe genannt. Wegen ihres sechsten kleinen Fingers, wegen des Hundes namens Urian, weil sie Heinrich so lange in ihren Bann geschlagen hatte, ohne das Lager mit ihm zu teilen. Aber wenn ich tatsächlich eine Hexe wäre, dachte sie, könnte ich diesen Dämon vertreiben. Mehr noch — ich könnte Heinrich an mich binden, könnte ihn von dieser bleichgesichtigen Jane Seymour fernhalten, könnte ihn in mein Bett zurückholen ... Sie war keine Hexe.

Folglich konnte sie auch nichts gegen diesen Dämon tun. Wenn er gekommen war, um sie zu holen, dann sollte er sie eben holen. Wenn Satan, der Herr der Lügen, entschieden hatte, daß sie sein war, weil sie einer anderen Frau den Gemahl genommen hatte und ... Wieviel wußte ein solcher Dämon?

»Das alles geschah gegen meinen Willen«, sagte sie mit lauter Stimme. »Ich wollte eigentlich einen ganz anderen Mann heiraten.« Der Dämon kam immer noch näher.

Nun gut denn, sollte er sie mitnehmen. Sie würde nicht schreien. Sie hatte nie geschrien — darauf war sie stolz. Nicht, als man ihr erklärt hatte, daß sie Harry Percy niemals heiraten könne. Nicht, als man sie gezwungen hatte, den Hof zu verlassen, ohne jede Erklärung. Nicht, als sie den Grund dafür entdeckt hatte — daß Heinrich sie weit weg von London und Katharinas mißtrauischen Blicken haben wollte, um sie zu seiner Mätresse zu machen. Sie hatte nicht geschrien, als eine Horde von Huren in den Palast eingedrungen war, wo sie zu Abend speiste, und Nan Bullen zu sehen wünschten, die eine von ihnen sei. Mit einem Kahn war sie über die Themse geflohen, und nicht ein Laut war ihr über die Lippen gekommen. Alle hatten ihren Mut bewundert: Wyatt, Norris, Weston, Heinrich selbst. Sie würde auch jetzt nicht schreien.

Der Kasten aus Licht wurde größer, je näher er kam. Sie fand noch Zeit für die Worte: »Ich war stets eine treue und aufrechte Dienerin des Herrn sowie meines Gemahls, des Königs!« Dann hatte er sie erreicht.

»Der Ort, an dem ein Krieg ausbricht«, sagte Lambert in die Gesichter drunten im Saal der Zeit, »steht lange vor der ersten Rakete, der ersten Kugel oder dem ersten Speer fest.«

Sie musterte die Gesichter. Es gehörte zu ihren Aufgaben als Forschungsassistentin, eine Klasse von Jungen und Mädchen zu unterrichten, von denen einige später vielleicht selbst Historiker wurden. Die Vorlesung fand immer im Saal der Zeit statt. Die Kosten waren enorm. Man mußte den Saal fast eine halbe Stunde in Stasis halten, die Studenten durch das Kraftfeld hereinschleusen, alle Quadrate zugleich aktivieren. Der Vortrag, den sie hielt, wurde ihnen später noch einmal in einer Aufzeichnung vorgespielt, wenn sie sich besser konzentrieren konnten. Lambert nahm es ihnen nicht übel, daß sie im Moment kaum auf sie achteten. Warum sollten sie auch? Die Wände des kreisrunden Raumes, die nur in einem virtuellen Sinn existierten, waren mit Quadraten gesäumt, die es ebenfalls nicht wirklich gab. Die Quadrate zeigten echte Lokalzeit-Szenen von Kriegen, die stattgefunden hatten, jetzt stattfanden, irgendwo, in der Realität irgendeines Volkes.

In Agincourt wanden sich Männer sterbend im Dreck durchbohrt von Pfeilen, die ihnen in Kehlen, Gedärmen, Lenden steckten.

In Cawnpore warfen sich Frauen über die blutverschmierten Leichen ihrer Kinder.

In der heißen Sonne von Marathon saßen Fliegenschwärme auf den gespaltenen Schädeln der Helden.

Gestalten mit weggebrannten Gesichtern wankten fort von Hiroshima.

Körper, in denen noch Leben pulste, mit unversehrten makellosen Zügen, saßen in geordneten Reihen unter der zerfetzten Kuppel von Io-Eins, die Gehirne von Spekalin zu Brei zermalmt.

Nur ein Gesicht wandte sich Lambert zu, ruckartig, wie von einer Schnur bewegt, ein Junge mit großen violetten Augen, die seine Pein verrieten. Lambert tat ihm den Gefallen und begann noch einmal von vorn.

»Der Ort, an dem ein Krieg ausbricht, steht lange vor der ersten Rakete, der ersten Kugel oder dem ersten Speer fest. Es ist stets eine Reihe von Kräften, die einen Krieg auslösen — wirtschaftliche, politische, religiöse, kulturelle Faktoren. Dennoch besteht die große historische Entdeckung unserer Zeit darin, daß sich jeder Krieg auf einen Dreh- und Angelpunkt, einen Fokus, zurückführen läßt, wenn es gelingt, alle diese Faktoren zurückzuverfolgen — über Chroniken, Augenzeugenberichte, die gesamte Datenfülle, die nur die Rahvoli-Gleichungen durchdringen. Auf ein Ereignis, ein Werk, eine Person. Es ist wie ein binäres Baumdiagramm mit Abertausenden von Verzweigungsgenerationen: Irgendwo gab es eine erste Ja/Nein-Entscheidung. Dort begann der Krieg, und dort hätte man ihn verhindern können.

Die große Überraschung für die Mitarbeiter des Zeitrettungs-Projekts war, wie oft eine Frau im Mittelpunkt dieser Urentscheidung stand.

Männer griffen zu den Waffen, wenn es Kriege gab. Männer hatten die Macht über das Gold, die Waffen, die Wege- und Schiffahrtsrechte, die Religionen, die Kriege verursachten. Und Männer hatten die Gewalt über die Leiber jener, die den eigentlichen Kampf bestritten. Aber Männer sind Männer. Sie agierten am Dreh- und Angelpunkt der Geschichte, doch den Ausschlag für ihre Entscheidungen gab letztlich oft das, was sie liebten.

Eine Frau. Ein Kind. Das passive, machtlose Gewicht, das die Waagschale dennoch auf die eine oder andere Seite kippen ließ. Die Frau, nicht der Mann ist der Knotenpunkt, an dem sich der Entscheidungsbaum erstmals verzweigt und der Krieg beginnt.«

Der Junge mit den violetten Augen starrte sie immer noch an. Lambert schwieg, bis er sich abwandte und die Quadrate zu betrachten begann — der eigentliche Zweck, zu dem man ihn hierhergebracht hatte. Dann beobachtete sie ihn. Schmerzerfüllt, leidenschaftlich, durchaus in der Lage zu begreifen, was Krieg bedeutete — möglicherweise ein geeigneter Anwärter für das Zeitrettungs-Team, sobald er sein Grundstudium absolviert hatte. Er erinnerte sie ein wenig an Culhane.

Der als Projektleiter keinen Unterricht mehr erteilte, sondern in diesem Moment seine Fragen an die neue Geisel stellte.

Lambert unterdrückte ihren Anflug von Neid. Es war unwürdig. Und kurzsichtig. Sie erinnerte sich, was der Anblick menschlichen Elends vor drei Jahren für sie bedeutet hatte, als sie mit den anderen Historiker-Anwärtern hierhergekommen war. Sie hatte wochenlang unter Alpträumen gelitten. Sie glaubte, daß dies das Schlüsselerlebnis in ihrem Leben gewesen war, der Punkt, von dem an sie nie mehr sein würde wie früher. Wie konnte sie auch? Man hatte ihr gezeigt, wie tief die Menschheit ohne die Kirche der Heiligen Geisel und das Konkordat Aller Welten sinken konnte. Brennende Augenhöhlen, verstümmelte Genitalien, ein Feldherr, der auf einem Hügel stand und ausrief: »Wie liebe ich den Anblick umherfliegender Arme und Beine!« Es war erschütternd gewesen. Sie war erschüttert gewesen. Und das lag ganz in der Absicht des Einführungskurses.

Der Junge mit den violetten Augen weinte. Lambert hätte am liebsten das Podium verlassen und wäre zu ihm gegangen. Sie wollte ihn umarmen und seinen Kopf an ihre Schulter drücken ... Aus Mitleid oder wegen seiner violetten Augen?

Sie blieb auf ihrem Podium und rief ihm lautlos zu: *Das kommt wieder ins Lot! Die Menschen sind nicht so wandlungsfähig, wie du denkst! Wenn das hier vorbei ist, wird sich nichts in dir auf Dauer verändert haben!*

Anne schlug die Augen auf. Satan beugte sich über sie.

Sein Schädel war kahlgeschoren, und er trug ein seltsames Gewand in einem häßlichen Blaugrün. Seine Wangen waren gefärbt. In einem Ohr glitzerte und baumelte ein Gegenstand aus Metall. Anne bekreuzigte sich.

»Hallo«, sagte Satan, und seine Stimme war nicht die eines Menschen.

Sie richtete sich mühsam auf. Wenn das hier das Jüngste Gericht war, wollte sie es nicht im Liegen über sich ergehen lassen. Das Herz klopfte ihr bis zum Hals. Aber als sie aufrecht dasaß, hatte sie den Fürsten der Dunkelheit besser im Blickfeld, und ihre Augen weiteten sich. Er sah wie ein Mensch aus. Bemalt, verunstaltet, behängt mit Metallkästen, die das Werkzeug des Bösen sein konnten — aber ein Mensch. Ein Mann.

»Mein Name ist Culhane.«

Ein Mann. Und sie wußte, wie man Männern begegnete. Bischöfen, Adeligen, Kardinal Wolsey. Selbst Heinrich, dem Herrscher von England und Frankreich, dem Verteidiger des Glaubens, hatte sie mutig die Stirn geboten.

»Seien Sie unbesorgt, Mistress Boleyn. Ich werde Ihnen erklären, wo Sie sind und wie Sie hierherkamen.«

Sie sah jetzt, daß die Stimme nicht aus seinem Mund kam, obwohl er die Lippen bewegte, sondern aus dem Kasten, den er um den Hals hängen hatte. Wie konnte das zugehen? Saß etwa ein Dämon in dem Kasten? Aber dann fiel ihr etwas anderes auf, etwas Reales, an das sie sich klammern konnte.

»Nennt mich nicht Mistress Boleyn, sondern Eure Hoheit! Ich bin die Königin.«

Das Etwas, das hinter seinen Augen vorging, überzeugte sie schließlich davon, daß er ein Sterblicher war.

Sie war es gewohnt, in den Augen von Männern zu lesen. Aber weshalb schaute der hier sie so — mitleidig an? Oder bewundernd?

Sie versuchte sich von ihrem niedrigen Lager zu erheben. Das Bett war aus guter englischer Eiche geschnitzt. Der Raum hatte dunkle Holzvertäfelungen und Gobelins mit Wollstickereien. Durch die kleinen Fensterscheiben fiel helles Licht auf geschnitzte Stühle, einen Tisch und eine Truhe. Auf dem Tisch befanden sich ein Schreibpult und eine Laute. Beruhigt strich Anne das schwere Leinen ihres Nachtgewands glatt und stand auf.

Der Mann, der auf einem niedrigen Hocker gesessen hatte, erhob sich ebenfalls. Er war größer als Heinrich — sie hatte noch nie einen Mann gesehen, der größer war als Heinrich — und hatte prächtige Muskeln. Ein Soldat? Wieder flackerte Furcht in ihr auf, und sie griff sich an die Kehle. Dieser Mann, der sie beobachtete — ihre *Kehle* beobachtete. Sollte er sie etwa hinrichten? Hatte man sie betäubt, gefangengenommen und auf irgendwelchen geheimen Wegen in den Tower von London gebracht? Hatte jemand sie beim König angeschwärzt — oder wollte Heinrich sie schon jetzt loswerden, enttäuscht darüber, daß sie ihm keinen Sohn geboren hatte?

Anne unterdrückte ihre Schwäche, so gut sie es vermochte, und ging zum Fenster.

Sie sah weder die Tower-Brücke draußen im Sonnenschein noch den Fluß und die Giebeldächer des Greenwich-Palastes. Statt dessen breitete sich eine Art Hof aus, mit riesigen Tieren aus Metall, die leise grollten. Auf dem Rasen sprangen nackte junge Männer und Frauen auf und ab, schwenkten die Arme, liefen auf der Stelle, lächelten und schwitzten, als wüßten sie nicht, daß sie entweder nackt oder verrückt waren.

Anne umklammerte das Fensterbrett. Ihre Finger glitten ab, und sie sah, daß er überhaupt nicht aus Holz bestand, sondern aus einem Material, das eigens so gefertigt war, daß es Holz ähnelte. Sie schloß die Augen und öffnete sie wieder. Sie war die Königin. Sie hatte hart gekämpft, um Königin zu werden, hatte eine Tugend verteidigt, die sie nach Ansicht der anderen längst nicht mehr besaß, gegen einen Mann, der die Zerstörung dieser Tugend als Liebe bezeichnete. Sie hatte gesiegt, hatte die Krone zum Preis ihrer Tugend verlangt. Sie hatte einen König erobert, einen Kanzler von England zu Fall gebracht, über einen Papst triumphiert. Sie würde keine Furcht zeigen, weder vor diesem Mann, der ihr nach dem Leben trachtete, noch vor diesem sonderbaren Ort der Verdammten.

Mit hocherhobenem Kopf wandte sie sich vom Fenster ab. »Bitte, beginnt mit Eurer Erklärung, Master ...«

»Culhane.«

»Master Culhane. Was habt Ihr zu sagen? Wir warten mit Ungeduld auf Eure Worte.«

Sie raffte ihr langes Nachthemd wie eines ihrer Hofgewänder und nahm in dem Sessel Platz, der wie ein Thron geschnitzt war und doch nicht aus Holz bestand.

»Ich bin eine Geisel«, wiederholte Anne. »In einer Zeit, die noch nicht eingetreten ist.«

Lambert stand neben dem Fenster und beobachtete sie. Sie war fasziniert. Anne Boleyn hatte sich nach Culhanes Bericht die gesamte Erklärung zur Zeitrettung wortlos angehört, jene sorgfältig aufgesetzte und ein dutzendmal wieder verworfene Erklärung, in der man die Erkenntnisse des 22. Jahrhunderts dem Verständnis des 16. Jahrhunderts angepaßt hatte. Königin Anne war nicht in Hysterie ausgebrochen. Sie war weder in Ohnmacht gefallen, noch hatte sie geweint oder irgendwelche Zweifel geäußert. Als Culhane fertig war, hatte sie ruhig und mit bewundernswerter Würde nach dem Herrscher dieses Reiches und seinen Ministern verlangt. Toshio Brill, der die Szene auf einem Monitor mitverfolgte — da man die Erfahrung gemacht hatte, daß es für Geiseln leichter war, mit nur einem Forscher Kontakt aufzunehmen —, trommelte in aller Hast Lambert und zwei weitere Leute zusammen. Sie hatten die bodenlangen Roben angezogen, die sie im allgemeinen nur zu hochoffiziellen akademischen Festakten trugen. Und sie waren feierlich in den Raum marschiert, der die Atmosphäre des 16. Jahrhunderts imitierte und hatten sich verneigt.

Nur verneigt. Ohne Hofknicks. Anne Boleyn sollte die Erfahrung machen, daß kein Mensch mehr das Knie vor einem anderen beugte.

Insgeheim beobachtete Lambert die Neue, die sich so völlig von den anderen drei Zeitgeiseln unterschied. Sie hatte sich nicht von ihrem Thronsessel erhoben, aber selbst im Sitzen war sie eine winzige Person. Schmal, zierlicher Knochenbau, große dunkle Augen, eine Fülle von seidigem schwarzen Haar, das auf ihr weißes Nachthemd fiel. Sie entsprach nicht dem Schönheitsideal dieses Jahrhunderts; sie hatte nicht einmal in ihrer eigenen Zeit als schön gegolten. Aber es ging eine starke Wirkung von ihr aus, das mußte Lambert ihr zugestehen.

»Und ich bin Ihre Gefangene«, sagte Anne Boleyn. Lambert drehte das Übersetzungsgerät lauter. Die Worte klangen vertraut, ihr Akzent jedoch war so seltsam, daß sie den Sinn ohne elektronische Verstärkung nicht verstand.

»Keine Gefangene«, widersprach der Direktor. »Eine Geisel.«

»Lord Brill, wenn ich von hier nicht fort kann, bin ich eine Gefangene. Laßt uns die Dinge beim Namen nennen! Ich habe nicht die Möglichkeit, dieses Schloß zu verlassen?«

»Nein.«

»Nennt mich ›Eure Hoheit‹! Werdet Ihr Lösegeld für mich fordern?«

»Nein, Eure Hoheit. Aber Eure Anwesenheit hier bewirkt, daß Tausende von Menschen am Leben bleiben, die andernfalls den Tod gefunden hätten.«

Mit Entsetzen sah Lambert das leichte Achselzucken der Königin; das Sterben zahlloser Menschen interessierte sie ganz offenkundig nicht. Dann stimmte es also. Sie waren tatsächlich Barbaren, was die Moral betraf, selbst die Frauen unter ihnen. Das müßte man den Studenten zeigen. Dieses schwache Achselzucken sagte mehr als alle in den Zeitquadraten zur Schau gestellten Schlachten. Lambert spürte, wie ihr Mitleid für die Entführte schwand, ein rein körperliches Gefühl wie das Entleeren einer Blase, und sie war erleichtert, daß sie es spürte. Es bedeutete, daß sie, Lambert, immer noch ihr eigenes Moralempfinden hatte.

»Wie lange muß ich hierbleiben?«

»Bis ans Lebensende, Eure Hoheit«, sagte Brill unverblümt.

Anne zeigte keine Reaktion. Ihre Selbstbeherrschung war beeindruckend.

»Und wie lange wird das sein, Lord Brill?«

»Kein Mensch kennt seine Todesstunde, Eure Hoheit.«

»Aber wenn Ihr die Zukunft lesen könnt, wie Ihr behauptet, so müßt Ihr wissen, wie lange mein Leben gewährt hätte.«

Wir dürfen sie nicht unterschätzen, dachte Lambert. Diese Geisel ist nicht wie die anderen.

Mit der gleichen Offenheit wie vorher, die ein Kompliment an Annes rasche Auffassungsgabe war — wußte sie das eigentlich? —, sagte Brill: »Hätten wir Euch nicht hierhergebracht, so wärt Ihr am 19. Mai 1536 gestorben.«

»Auf welche Weise?«

»Das ist unwichtig. Ihr seid nicht mehr Teil jener Zukunft und der dortigen Ereignisse ...«

»Auf welche Weise?«

Brill gab keine Antwort.

Anne Boleyn erhob sich und trat ans Fenster. Lambert fand, daß sie in ihrem wallenden Nachtgewand absurd verloren wirkte. Über die Schulter hinweg fragte sie: »Liegt dieses Schloß in England?«

»Nein«, entgegnete Brill. Lambert sah, wie er und Culhane Blicke austauschten.

»In Frankreich?«

»Es liegt nicht auf der Erde«, sagte Brill, »obwohl man es von drei Orten der Erde erreichen kann. Es befindet sich außerhalb der Zeit.«

Sie konnte seine Worte unmöglich verstanden haben, aber sie schwieg und starrte nur weiter aus dem Fenster. Über ihre Schulter hinweg sah Lambert den mittlerweile leeren Sportplatz und die Antimaterie-Energie-Generatoren. Zwei Techniker inspizierten sie mit einem Roboter-Monitor. Wie interpretierte Anne diese Eindrücke?

»Gott weiß, ob ich den Tod verdient hatte«, sagte Anne. Lambert merkte, wie Culhane zusammenzuckte.

Brill trat vor. »Eure Hoheit ...«

»Laßt mich jetzt allein!« befahl sie, ohne sich umzudrehen.

Sie zogen sich zurück. Natürlich würde man sie ständig überwachen — von den Hirnstromkurven bis hin zu den Körperausscheidungen. Allerdings so, daß sie es nie erfuhr. Falls sich jedoch in dieser Frau, die fremdes Leben so gering achtete, ein Selbstmordgedanke regen sollte, wäre sie nie in der Lage, ihn in die Tat umzusetzen. Wenn Ihrer Heiligkeit je der Selbstmord einer Zeitgeisel zu Ohren käme ... Lamberts letzter Eindruck, ehe sich die Tür schloß, war Anne Boleyns Rücken, starr und aufrecht wie ein Speer, während sie aus dem Fenster eines Bauwerks, das sich in permanenter Stasis befand, auf eine Gruppe von Antimaterie-Energie-Generatoren starrte.

»Culhane, wir treffen uns in zehn Minuten«, sagte Brill. Lambert vermutete, daß der Direktor die kleine

Pause brauchte, um sich für die Arbeit umzuziehen. Toshio Brill wirkte nach dem Gespräch mit Anne Boleyn irgendwie verloren, ja beinahe klein und verzagt. Hätte das angesichts des winzigen Persönchens nicht umgekehrt sein müssen?

Culhane stand immer noch im Korridor vor Annes versperrtem Zimmer. (Würde sie die Türklinke herunterdrücken?) Lambert konnte sein Gesicht nicht erkennen. »Culhane … Du bist vorhin einen Moment lang zusammengezuckt«, meinte sie. »Als sie sagte, nur Gott wisse, ob sie den Tod verdient habe.«

»Es waren die gleichen Worte, die sie bei ihrem Prozeß sprach«, erklärte Culhane. »Als das Urteil verkündet wurde. Fast die gleichen Worte.«

Er hatte immer noch keinen Muskel des herrlichen Körpers bewegt. »Sie hat dich also beeindruckt«, meinte Lambert forschend. »Trotz ihres mickrigen Äußeren — und über das unleugbare Pathos ihrer Lage hinaus.«

Endlich sah er sie an, und seine Augen brannten — Culhane, die Forschungsmaschine. »Ich fand sie wunderbar.«

Sie lächelte nie. Darüber redeten sie, wenn sie unter sich waren. Sie wußte es, denn sie hatte zufällig ein Gespräch mitangehört, als sie in dem ummauerten Garten weilte. Anne Boleyn lächelt nie. Wenn sie allein waren, sagten sie nie Königin Anne oder Hoheit oder auch nur Marquise von Rochford — ein Titel, den Heinrich ihr verliehen hatte und der sie zur einzigen weiblichen ›Peress im eigenen Recht‹ machte. Nein, sie nannten sie Anne Boleyn, als habe ihre Hochzeit mit Heinrich nie stattgefunden, als habe sie Elizabeth nie geboren. Und sie stellten fest, daß sie nie lächelte.

Welchen Grund hätte sie zum Lächeln gehabt, an diesem Ort, der weder Leben noch Tod war?

Anne nähte mit geschickten Fingern an einem Stück bernsteinfarbenem Samt. Sie wurde nicht schlecht behandelt. Man hatte ihr eine Dienerin gewährt, Kleiderstoff — sie war stets gut in Handarbeiten gewesen, und sie hatte nichts davon verlernt, selbst als sie es sich leisten konnte, alle Gewänder, die sie sich wünschte, anfertigen zu lassen. Man hatte ihr Bücher gegeben, in lateinischer Schrift, aber mit sonderbar flachen Bildern, ohne erhobene Tusche oder Malereien. Sie durfte jeden unverschlossenen Raum des Schlosses betreten, die Gärten, die Höfe. Sie war eine Heilige Geisel.

Als das bernsteinfarbene Samtgewand fertig war, zog sie es an. Sie bekam einen Spiegel. Eine Laute. Schreibpapier und Federn. Was immer sie verlangte, sie waren so großzügig wie Heinrich in den ersten Tagen seiner Leidenschaft, als er sie von ihrer Liebe zu Harry Percy abgelenkt und zur Geisel seines Verlangens gemacht hatte.

Käfige gab es in vielen Größen. In vielen Formen. Und in vielen Zeiten — wenn das, was Master Culhane und Lady Mary Lambert sagten, der Wahrheit entsprach.

»Ich bin keine Lady«, hatte Lady Lambert protestiert. Dazu hätte es keiner Worte bedurft. Natürlich war sie keine Lady, sondern eine Bürgerliche wie die anderen. Und die Sitten an diesem Ort schienen so pervertiert, daß die Frau allen Ernstes gekränkt über die Anrede war. Diese Lambert mochte sie nicht, das wußte Anne, obwohl sie noch nicht herausgefunden hatte, weshalb. Sie war fast ein Mann, wie die anderen, die den ganzen Tag an ihren Büchern und Maschinen arbeiteten oder nackt Leibesübungen vollführten, in Gegenwart der Männer, die aus diesem Grund von ihren Körpern so wenig Notiz nahmen wie von denen ihrer Kampfgefährten im rauhesten Kriegslager. So machte es Anne Spaß, die Lambert eine Lady zu nennen, obwohl sie keine war — wie auch sie selbst nun so vieles war, was sie nie sein wollte. ›Anne Boleyn‹. Die nie lächelte.

»Ich mache Euch zur Lady«, sagte sie zu Mary Lambert. »Ich erhebe Euch in den Stand einer Baronin. Wer will es mir verwehren? Ich bin die Königin, und einen König, der über mir stünde, gibt es nicht an diesem Ort.«

Und Mary Lambert hatte sie mit den derben, unweiblichen Manieren einer Schlampe aus dem Volk angestarrt.

Anne verknotete den Faden und schnitt das Ende mit einer silbernen Schere ab. Das Gewand war fertig. Sie streifte es über den Kopf und plagte sich, die Knöpfe im Rücken zu schließen, anstatt das dumme Trampel zu rufen, das ihre Dienerin war. Das Mädchen konnte sie nicht einmal frisieren. Anne glättete ihr Haar selbst und schaute dann kritisch in den feinpolierten Spiegel, den man ihr gebracht hatte.

Für eine Frau, die noch vor sechs Wochen im Kindbett gelegen hatte, wirkte sie sehr kräftig. Sie hatten ihr, wie sie sagten, Arzneien ins Essen getan. Ihr kremig dunkler Teint, dessen Farbe sich nur selten änderte, kam durch das Bernsteingold vorteilhaft zur Geltung. Sie hatte oft Gewänder in Gold- und Brauntönen getragen. Das Haar, das sie offen trug, da sie weder Putz noch Kämme zum Hochstecken besaß, floß ihr über die Schultern. Die Hände, lang und schlank trotz des sechsten kleinen Fingers, hielten eine Rose, die ihr Master Culhane gebracht hatte. Sie spielte mit der Rose, um ihre schönen Hände zur Geltung zu bringen, und hob das Kinn.

Sie sollte eine Audienz bei Ihrer Heiligkeit, einer Päpstin, erhalten. Und sie hatte eine Forderung vorzutragen.

»Sie wird Einblick in die Zukunft verlangen, Eure Heiligkeit. In ihre eigene Zukunft — die Zukunft der Anne Boleyn in unserem Zeitstrom, nachdem wir sie ihrer Epoche entrissen und zur Geisel machten. Und in die Zukunft von England.« Brills Miene hatte sich verdüstert. Lambert sah, wie sehr er es haßte, seine politische Rivalin vorzuwarnen. Sie zu informieren, daß sich eine Geisel über ihre Behandlung beschweren würde. Eine *Geisel* — eine Person, die ihre persönliche Freiheit für den Weltenfrieden opferte und dadurch praktisch heilig wurde. Einmal hatte sich der in der Republik China als Geisel festgehaltene Tullio Amaden Koyushi von Mars Drei bei dem zuständigen Kirchenoffiziellen darüber beklagt, daß er nicht genug Bewegung bekam. Der Interwelten-Wirbel, den dieser Fall auslöste, hatte die Republik China zwei wichtige Handelsverträge gekostet. Es gab keine andere Möglichkeit, die notwendige Ehrfurcht vor dem politischen System der Geiselnahme aufrechtzuerhalten. Die Kirche der Heiligen Geisel war mächtig und mußte es bleiben, wenn man dem Sonnensystem den Frieden bewahren wollte. Brill wußte das.

Und Ihre Heiligkeit ebenfalls.

Sie trug an diesem Tag ihre Prunkrobe, verziert mit Hunderten von winzigen Spiegeln, die ihr die dankbaren Gläubigen von allen Welten schickten. Ihr Schädel war frisch rasiert. Perfekte synthetische Juwelen glitzerten in ihren Ohren. Als Brill sich im voraus entschuldigte, lächelte Ihre Heiligkeit. Lambert sah das Lächeln, und trotz der Entfernung spürte sie Brills mühsam unterdrückte Enttäuschung.

»Wenn das der Fall ist«, entgegnete Ihre Heiligkeit, »kann man Lady Anne Boleyn doch über ihre und Englands Zukunft aufklären, oder?«

Lambert wußte, daß die Hohepriesterin die Antwort bereits kannte. Aber sie wollte das Nein von Brill hören.

»Davon ist abzuraten, Eure Heiligkeit«, sagte Brill. »Die Erfahrung hat gezeigt ...«

»Ach ja, richtig, Ihre letzte Geisel. Ich werde diesmal selbstverständlich auch nach ihr sehen. Hat sich Königin Helenas Zustand gebessert?«

»Nein«, entgegnete Brill knapp.

»Und bis jetzt haben weder Therapien mit Hirndrogen noch elektronische Behandlungen geholfen? Der Wahnsinn, in den sie verfiel, als sie erfuhr, wo sie sich befand, läßt sich nicht heilen?«

»Bis jetzt nicht.«

»Sie wissen, wie sehr ich gezögert habe, Ihnen überhaupt noch eine Zeitrettung zu genehmigen«, erklärte Ihre Heiligkeit, und selbst Lambert unterdrückte einen empörten Ausruf. Die Hohepriesterin hatte überhaupt nicht die Befugnis, solche Entscheidungen zu treffen; nur das Forum Aller Welten konnte eine Geiselnahme genehmigen oder untersagen — ganz gleich, ob im Raum oder in der Zeit. Daß die Hohepriesterin sich eine politische Macht anmaßte, die sie gar nicht besaß ...

In den Augen des Direktors glomm Zorn. Aber ehe er antworten konnte, öffnete sich die Tür, und Culhane geleitete Anne Boleyn in den Raum.

Lambert preßte die Lippen zusammen. Die Frau hatte sich ein Kleid genäht, einen lächerlichen Fetzen aus bernsteinfarbenem Samt, mit einem bauschigen bodenlangen Rock und so eng um Busen und Taille, daß sie sicher kaum Luft bekam. Wie hatten Frauen ihr Leben in einem solchen Panzer verbringen können? Das Gewand verengte die Taille zu einem Nichts; die Schlüsselbeine über dem viereckigen Halsausschnitt waren dünn wie bei einem Vogel. Culhane spielte den großen Beschützer und wich nicht von ihrer Seite. Anne ging geradewegs auf die Hohepriesterin zu, kniete nieder und hob den Kopf.

Sie suchte nach einem Ring, den sie küssen konnte.

Lambert gab sich keine Mühe, ihr Lächeln zu verbergen. Eine Hohepriesterin trug keinen Schmuck außer Ohrringen, niemals. Die bombastische kleine Geisel hatte gegen die Etikette verstoßen, die in ihrer Zeit zweifellos eine große Rolle gespielt hatte.

Anne schaute lächelnd zu Ihrer Heiligkeit auf. Es war das erste Mal, daß jemand ihr Lächeln sah. Es verwandelte ihr Gesicht, erhellte es, verlieh den großen dunklen Augen Glanz und einen Hauch von Übermut. Ein Satz kam Lambert in den Sinn, ein Satz, mit dem der Dichter Thomas Wyatt seine Kusine Anne beschrieben hatte. *Und zügellos wild, so sanft ich auch scheinen mag.*

In der für sie so typischen Mischung aus Koketterie und kühler Arroganz sagte Anne: »Wir scheinen nach etwas gesucht zu haben, das es hier nicht gibt, Eure Heiligkeit. Aber der Fehler liegt bei Uns, und Wir hoffen, er wiederholt sich nicht, wenn Wir Unsere Bitte vortragen.«

Direkt. Anmutig und elegant, selbst durch das Übersetzungsgerät und trotz dieses lächerlichen Majestäts-Plurals. Lambert musterte Culhane, der Anne so ehrfürchtig wie eine seltene zarte Blüte betrachtete. Wie konnte er nur? Dieser spillerige Körper, ohne jede Muskelspannkraft oder gar Verstärker, das unscheinbare Gesicht, das Muttermal im Nacken ... Sie lebten doch nicht mehr im 16. Jahrhundert! Culhane war ein Idiot.

Der gleiche Idiot, der Thomas Wyatt gewesen war. Und Sir Harry Percy. Und Heinrich, König von England. Alle gefangen — nicht von ihrer Schönheit, sondern von diesem seltsamen, schwer zu fassenden Charme.

Ihre Heiligkeit lachte. »Erheben Sie sich, Hoheit. Wir beugen längst nicht mehr das Knie vor irgendwelchen Oberhäuptern.« *Hoheit!* Die Hohepriesterin redete die Geiseln zwar stets mit dem Titel an, der ihnen in der eigenen Zeit zustand, aber in diesem Fall konnte das Annes Anpassung nur verzögern.

Und was kümmert mich ihre Anpassung? spottete Lambert über sich selbst. Nichts. Was mich kümmert, ist Culhanes blinde Vernarrtheit, und das nur, weil er mich abgewiesen hat. Eine Abweisung scheint den Appetit gewaltig zu steigern — in allen Jahrhunderten.

Anne erhob sich. »Ich werde Ihnen jetzt einige Fragen stellen, Hoheit, die Sie ganz nach Ihrem Gutdünken beantworten können«, sagte Ihre Heiligkeit. »Meine Aufgabe ist es, einerseits sicherzustellen, daß Sie gut behandelt werden, und andererseits dafür zu sorgen, daß der edlen Wissenschaft der Kriegsvermeidung, die Sie zu einer Heiligen Geisel gemacht hat, Genüge getan wird. Verstehen Sie mich?«

»Wir verstehen Euch.«

»Haben Sie alles erhalten, was Sie zu Ihrem körperlichen Wohlbefinden benötigen?«

»Ja«, entgegnete Anne.

»Haben Sie alles erhalten, was Sie für Ihre geistige Erbauung brauchen? Bücher, Gesellschaft, sonstige Dinge?«

»Nein«, erklärte Anne. Lambert sah, wie Brill sich versteifte.

»Nein?« wiederholte Ihre Heiligkeit.

»Es ist für Unser geistiges — und körperliches — Wohlbefinden notwendig, die Situation, in der Wir Uns befinden, so umfassend wie möglich zu begreifen. Jedes vernunftbegabte Geschöpf würde vollständige Aufklärung fordern, um seinen Seelenfrieden zu finden.«

»Ich habe Ihnen alles Wesentliche zu Ihrer Situation erläutert«, warf Brill ein. »Was Sie darüber hinaus wissen möchten, betrifft Dinge, die nie geschehen werden, da Sie sich inzwischen hier befinden.«

»Dinge, die geschehen *sind,* Lord Brill, sonst wüßtet Ihr nichts darüber!«

»In *Ihrer* Zeitströmung werden sie nicht geschehen«, sagte Brill. Lambert hörte den unterdrückten Ärger in seiner Stimme und fragte sich, ob die Hohepriesterin ihn ebenfalls bemerkte. Anne Boleyn konnte nicht wissen, wie gravierend der Vorwurf Ihrer Heiligkeit war, man habe nicht alles getan, um einer Heiligen Geisel den Aufenthalt zu erleichtern. Wenn Brill ehrgeizig war — und weshalb sollte er es nicht sein —, konnten solche Anschuldigungen seiner künftigen Karriere schaden.

»Unsere Zeit ist nun Eure Zeit«, warf Anne rasch ein. »Das war nicht Unsere Entscheidung. *Ihr* habt es so gewollt. Und wenn Eure Zeit nun die Unsere ist, dann haben Wir ein Recht auf das Wissen, das Unsere Zeit begleitet.« Sie sah die Hohepriesterin an. »Um Unseres Seelenfriedens willen.«

»Eure Heiligkeit …«, begann Brill.

»Nein. Königin Anne hat recht. Ihre Argumente sind stichhaltig. Sie werden einen fähigen Wissenschaftler benennen, der ihr auf Wunsch bis ins kleinste Detail Auskunft darüber erteilt, wie sich ihr Leben abspielte und welchen Lauf die Ereignisse in England nahmen, als die Königin keine Heilige Geisel war.«

Brill nickte steif.

»Leben Sie wohl, Hoheit«, sagte Ihre Heiligkeit. »Ich werde in zwei Wochen wiederkommen, um mich nach Ihrem Befinden zu erkundigen.«

Zwei Wochen? Die nächste Inspektion der Hohenpriesterin war frühestens in einem halben Jahr fällig. Lambert warf einen verstohlenen Blick zu Culhane hinüber, um zu sehen, wie er diesen krassen Verstoß gegen die politischen Gepflogenheiten aufnahm, aber er starrte zu Boden, wo Anne erneut zu einem ihrer beschämenden Knickse zusammengesunken war, umflossen von den bernsteingoldenen Wogen ihrer weiten Röcke.

Sie schickten einen Bürgerlichen, der ihr erklären sollte, wie ihr Leben ausgesehen hatte, das Leben, das sie verloren hatte. Einen Bürgerlichen. Und er besaß die Unverschämtheit, sich in sie zu vergaffen. Anne merkte so etwas sofort. Sie ließ solche Tölpel gewähren — etwa jenen Emporkömmling Smeaton —, solange sie ihr von Nutzen waren. Sollte es dieser Master Culhane jedoch wagen, ihr eine Art Antrag zu machen, so würde sie ihm ebenso über den Mund fahren wie dem Hofmusiker Smeaton. Bei Leuten von niederem Stand konnte sie auf die Rücksicht verzichten, die sie dem Hofadel entgegenbrachte.

Er saß auf einem Stuhl mit gerader Lehne in ihrem Turmgemach und machte einen durchaus unterwürfigen Eindruck. Anne hatte in dem großen geschnitzten Thronsessel Platz genommen und preßte die Fingerspitzen aneinander, um das Zittern ihrer Hände zu verbergen.

»Berichtet mir, wie ich im Jahr 1536 zu Tode kam!« Beim Blute Jesu! Hatte ein Mensch je zuvor einen solchen Satz geäußert?

»Sie wurden enthauptet«, sagte Culhane. »Man sprach Sie des Verrates schuldig.« Er schwieg und errötete.

Sie wußte Bescheid. Eine Königin konnte nur aus einem Grund wegen Verrats angeklagt werden. »Er hat mich des Ehebruchs bezichtigt, um mich abzuschieben. Damit er sich erneut vermählen konnte.«

»Ja.«

»Mit Jane Seymour.«

»Ja.«

»Hatte ich ihm davor einen Sohn geboren?«

»Nein.« Culhane schüttelte den Kopf.

»Schenkte ihm Jane Seymour einen Sohn?«

»Ja. Edward VI. Aber er starb mit sechzehn, ein paar Jahre nach Heinrich.«

Das war strafende Gerechtigkeit, aber es reichte nicht aus, um die Übelkeit zu verdrängen, die in ihr hochkroch. Verrat. Und kein Sohn ... Dann mußte es mehr gewesen sein als der Wunsch, diese Seymour-Schlampe zu besitzen. Heinrich mußte sie gehaßt haben. Ehebruch ...

»Mit wem?«

Wieder errötete der Tölpel. »Mit fünf Männern, Hoheit. Alle wußten, daß die Anschuldigung falsch war, eine Ausrede für seinen eigenen Ehebruch — selbst Ihre Feinde erkannten Ihnen das zu.«

»Wer waren sie?«

»Sir Henry Norris. Sir Francis Weston. William Brereton. Mark Smeaton. Und — und Ihr Bruder George.«

Einen Moment lang glaubte Anne, sie müsse sich

übergeben. Jeder Name fiel auf sie herab wie ein Schlag, und der letzte wie das Henkersbeil selbst. George. Ihr geliebter Bruder, so musikalisch, so voller Temperament und Esprit ... Henry Norris, der Freund des Königs. Weston und Brereton, jung und leichtsinnig, aber ihr gegenüber stets respektvoll und auf Abstand bedacht ... Und Mark Smeaton, der Esel, den sie zum Höfling gemacht hatten, weil er das Virginal spielen konnte.

Die langen schönen Hände umklammerten die Seitenlehnen des Thronsessels. Aber der schlimme Moment ging vorüber, und sie konnte mit Würde sagen: »Sie wiesen die Anschuldigungen zurück?«

»Smeaton gestand, aber nur, weil sie ihn der Folter unterwarfen. Die anderen bestritten den Vorwurf voll und ganz. Henry Norris bot sogar an, Ihre Ehre im Zweikampf zu verteidigen.«

Ja, das sah Harry ähnlich; so altmodisch, mit so hohen Grundsätzen. »Sie mußten alle sterben«, sagte sie. Es war keine Frage: Wenn man die Königin des Verrats schuldig gefunden und getötet hatte, kannten sie nicht am Leben bleiben. Aber dabei war es sicher nicht geblieben, ganz sicher nicht. »Wer noch?«

»Wollen wir den Rest nicht ...«, begann Culhane.

»Wer noch? Mein Vater?«

»Nein. Sir Thomas More, John Fisher ...«

»More? Wegen meines ...« Sie brachte das Wort *Ehebruch* nicht über die Lippen.

»Weil er nicht auf die Suprematsakte schwören wollte, die den König anstelle des Papstes zum Oberhaupt der englischen Kirche machte. Diese Akte öffnete den Religionskriegen in England Tür und Tor.«

»Das stimmt nicht. Die Ketzer waren bereits vorher stark. Diesen Punkt kann mir die Geschichte nicht anlasten.«

»Nicht so stark, wie sie später werden sollten«, warf Culhane beinahe schüchtern ein. »Königin Mary erhielt den Beinamen ›die Blutige‹, weil sie alle verbrennen ließ, die sich unter Berufung auf die Suprematsakte von Rom lossagten — Eure Hoheit! Fühlen Sie sich nicht wohl ... Anne?«

»Rührt mich nicht an!« sagte sie scharf. Königin Anne. Darin hatte man ihre Tochter Elizabeth enterbt oder umgebracht ... War Heinrich wirklich so weit gegangen, ein Kind zu töten? Sein eigenes Kind? Es sei denn, er hatte geglaubt ...

»Elizabeth?« wisperte sie.

Verstehen dämmerte in seinem Blick. »O nein, Anne! Nein! Mary als die Ältere kam zwar zuerst an die Macht, aber als sie ohne Thronerben starb, war Elizabeth erst fünfundzwanzig. Elizabeth sollte die größte Herrscherin werden, die England je gekannt hatte! Sie regierte vierundvierzig Jahre, und unter ihrem Zepter entwickelte sich England zu einer Großmacht.«

Die größte Herrscherin. Ihre kleine Elizabeth. Anne spürte, wie sich ihre Hände von den Lehnen des häßlichen unechten Sessels lösten. Heinrich hatte Elizabeth weder verstoßen noch umbringen lassen. Sie war die größte Herrscherin geworden, die England je gekannt hatte.

»Deshalb hielten wir es für das beste, Ihnen alle diese Fakten zu ersparen«, sagte Culhane.

»Überlaßt es mir, das zu beurteilen!« entgegnete sie kühl.

»Verzeihung.« Er saß steif da und wußte nicht, wohin mit seinen Händen. Er sah wie ein Landmann aus, der hinter dem Pflug herstapfte, wie dieser Tölpel Smeaton ... Sie erinnerte sich, was Heinrich ihm angetan hatte, und ihr Zorn erwachte von neuem.

»Sie machten mir den Prozeß. Mit fünf Männern ... Mit George. Falschbeschuldigungen ...« Etwas in seinen Zügen veränderte sich. Anne sah ihn scharf an. »Oder — waren es keine Falschbeschuldigungen, Master Culhane? Ihr, der Ihr soviel über die Geschichte wißt — geht aus den Chroniken hervor, daß ...« Sie konnte den Satz nicht zu Ende sprechen. Diesen Mann um das Urteil der Geschichte zu betteln … Keine Demütigung war je größer gewesen. Nicht einmal durch den spanischen Gesandten, der sie als ›die Konkubine‹ bezeichnete, hatte sie sich mehr gedemütigt gefühlt.

»Die Geschichte bleibt zu diesem Thema stumm, Eure Hoheit«, sagte Culhane vorsichtig. »Euer Lebenswandel war … wäre … ist nur Euch bekannt.«

»Wie es sich geziemt. Er war … wäre meine Angelegenheit«, meinte sie boshaft. Sie ahmte seinen Tonfall perfekt nach. Er sah sie an wie ein treuer Hund, der einen Tritt erhalten hatte, wie dieser Rüpel Smeaton, wenn sie ihn zurechtgestutzt hatte. »Sagt mir noch eines, Master Culhane. Ihr habt, wie Ihr behauptet, den eigentlichen Verlauf der Geschichte abgeändert. Wird meine Tochter Elizabeth dennoch die größte Herrscherin sein, die England je gesehen hat — in *meinem* ›Zeitstrom‹? Oder wird auch das sich ändern — durch Euer Friedensstreben um jeden Preis?«

»Das wissen wir nicht. Ich erklärte es Ihnen bereits … Wir können nur beobachten, wie sich Ihr Zeitstrom jetzt entwickelt. Er hatte erst den Oktober des Jahres 1533 erreicht, weshalb wir nach der Analyse unserer eigenen Geschichte …«

»Das habt Ihr alles erklärt. Es müssen also sechzig Jahre von jetzt an vergehen, ehe Ihr mit Sicherheit sagen könnt, ob es meine Tochter auch diesmal zu Größe und Ruhm bringen wird. Oder ob Ihr auch das zunichte gemacht habt, als Ihr den Entschluß faßtet, mich zu entführen und mein Leben zu ruinieren!«

»Entführen! Sie standen im Begriff, zum Tode verurteilt und geköpft zu werden …«

»Und Ihr habt das verhindert.« Sie erhob sich, zorniger, als sie sich jemals gegen Heinrich, Wolsey oder sonst jemanden gezeigt hatte. »Damit habt Ihr mir meine letzten drei Jahre als Königin ebenso sicher geraubt, wie mich Heinrich meines Lebensabends beraubt hätte!

Und damit habt Ihr meine Tochter womöglich ebenso um den Thron betrogen, wie es Heinrich mit diesem Seymour-Bastard versuchte! Wo liegt für mich der Unterschied, Master Culhane, daß Ihr ein Heiliger seid und Heinrich ein Schurke? Er hielt mich im Tower gefangen, bis ich meine Seele in Gottes Hand empfahl; Ihr haltet mich hier in diesem Schloß gefangen, daß ich Euren Worten zufolge nie mehr verlassen kann, in dem es keine Zeit und vielleicht auch keinen Gott gibt. Wer hat mir das größere Unrecht angetan? Von Heinrich erhielt ich die Krone. Ihr — alles, was ich von Euch und diesem Lord Brill erhielt, war der lebendige Tod! Obendrein ist durch Euch die Krone meiner Tochter in Gefahr! Wer hat mir und Elizabeth das schlimmere Leid zugefügt? Und das alles unter dem Vorwand, Kriege zu verhindern! *Kriege!* Ihr bekriegt *mich!* Fort! Geht mir aus den Augen!«

»Eure …«

»Hinaus! Ich will Euch nie mehr wiedersehen! Wenn ich schon in der Hölle schmore, soll dort ein Dämon weniger sein!«

Lambert verließ ihren Platz am Monitor und lief den Korridor entlang. Culhane kam fluchtartig aus dem Raum gestürzt; hinter ihm knallte etwas Schweres gegen die Tür. Culhane sank gegen den Rahmen, trotz der gefärbten Wangen käsigweiß. Beinahe hätte Lambert Mitleid für ihn empfunden. Beinahe.

»Ich habe es dir gleich gesagt«, wisperte sie. »Sie benahm sich wie eine Verrückte.«

»Du hast gewußt, daß sie ausrasten kann. Das ist gut genug dokumentiert, Culhane. Ich lasse sie überwachen, weil sie mir momentan selbstmordgefährdet erscheint.«

»Ja. Gut. Ich … Sie benahm sich wie eine Verrückte.«

Lambert sah ihn von der Seite an. »Bist immer noch in sie vernarrt. Selbst jetzt noch!«

Das ernüchterte ihn. Er richtete sich auf und warf ihr einen eisigen Blick zu. »Sie ist eine Heilige Geisel, Lambert.«

»Darüber bin ich mir im klaren. Du auch?«

»Jetzt reicht es, *Assistentin* Lambert!«

Er wandte sich wütend zum Gehen. Lambert hielt ihn am Ärmel fest. »Laß es gut sein, Culhane! Ich hatte geglaubt, daß sich das sechzehnte Jahrhundert enorm von unserer Zeit unterscheidet, aber ...«

»Denkst du, ich weiß das nicht? Ich habe bereits Geschichtsforschung betrieben, als du noch lesen lerntest, Lambert. *Mich* brauchst du nicht zu belehren!«

Er entfernte sich mit steifen Schritten. Lambert unterdrückte mühsam ihren eigenen Zorn. Sie starrte auf Anne Boleyns verschlossene Tür, durch die kein Laut nach außen drang, und beendete ihren Satz:

»... aber manche Fallstricke ändern sich nie!«

Die Tür gab keine Antwort. Lambert zuckte mit den Schultern. Ihr war es egal, was mit Anne Boleyn geschah, in diesem oder jenem anderen Jahrhundert. Oder mit Culhane. Warum sollte sie sich aufregen? Es gab genug andere Männer. Sie würde ihre Welt nicht aus Leidenschaft zerstören wie dieser Heinrich VIII. Welchen Sinn hatte es, als Zeitforscher zu arbeiten, wenn man es nicht fertigbrachte, Lehren aus der Vergangenheit zu ziehen?

Sie lehnte nachdenklich an der Tür und versuchte sich an den Namen des hübschen Jungen in ihrem Einführungskurs zu erinnern, den mit den violetten Augen.

Sie stand immer noch da und dachte nach, als Toshio Brill eine Mitarbeiterkonferenz einberief und mit zornbebender Stimme verkündete, daß Ihre Heiligkeit von der Kirche der Heiligen Geisel beim Forum Aller Welten den Antrag gestellt hatte, das Zeitforschungs-Institut wegen der überwiegend religiösen Natur des Zeitrettungs-Programms von der Verwaltung des Forums abzutrennen und direkt der Kirche zu unterstellen.

Sie mußte nachdenken. Es war wichtig, kühlen Kopf zu bewahren, so wie damals, als sie Heinrich mit seiner stürmischen Leidenschaft abgewiesen hatte, und auch später, als diese Leidenschaft nachließ. Nachdenken war alles.

Sie konnte weder in ihr London noch zu Elizabeth zurückkehren. Das hatte man ihr gesagt. Aber wußte sie auch ganz sicher, daß das stimmte?

Anne verließ ihre Gemächer. Anstatt wie sonst die Treppe hinunterzugehen, die sie in den Garten brachte, blieb sie am oberen Absatz stehen, drehte sich um und schob eine andere Tür auf. Sie öffnete sich sofort. Anne schlenderte durch einen fremden Korridor. Offenbar dachte niemand daran, sie aufzuhalten.

Und wenn, was konnte man ihr anhaben? Folter und Schafott gab es nicht mehr; soviel hatte sie den Reden dieses Tölpels Culhane und dieser großen plumpen Frau, Lady Mary Lambert, entnommen. Sie glaubten nicht an Dinge wie Gewalt, Strafe oder Tod. (Wie konnte es geschehen, daß jemand nicht an den Tod glaubte? Selbst *sie* mußten eines Tages sterben!) Schlimmstenfalls würde man sie in ihren Gemächern einsperren, und darüber konnte sie sich beschweren, wenn diese Päpstin kam, um nachzufragen, ob man sie gut behandelte.

Im Grunde genommen waren sie machtlos.

Der Korridor war von Türen gesäumt; in den meisten befanden sich kleine Fenster. Sie spähte hinein: Räume mit Schreibpulten und Maschinen, Räume ohne Schreibpulte und Maschinen, Räume mit Menschen, die um einen Tisch saßen und sich unterhielten, Küchen, Vorratskammern. Niemand hielt sie auf. Am Ende des Korridors stieß sie auf einen Raum ohne Fenster und versuchte einzutreten. Die Tür war verschlossen. Aber noch während sie den runden Griff herumzudrehen versuchte, ging die Tür von innen auf.

»Lady Anne! Oh!«

Konnte sie niemand an diesem verdammten Ort mit

ihrem richtigen Titel ansprechen? Die Frau, die vor ihr stand war ohne Frage eine Dienerin, obwohl sie den gleichen häßlichen graugrünen Kittel trug wie alle anderen. Vielleicht mußte sie auch ihr Amt erst noch erlernen wie Lady Mary. Sie spielte keine Rolle, aber hinter ihr entdeckte Anne etwas, das sie zuallerletzt hier erwartet hätte — ein Kind.

Sie schob die Dienerin beiseite und betrat den Raum. Es war ein kleiner Junge mit einem seltsamen Gewand, das ganz sicher eine Art Uniform darstellte. Er hatte dunkle Augen, lockiges schwarzes Haar, ein strahlendes Lächeln. Wie alt? Vielleicht vier. Die Aura, die ihn umgab, war unverkennbar. Sie hätte ihr Leben verpfänden können, daß er von königlichem Geblüt war.

»Wer bist du, Kleiner?«

Er sprudelte seine Antwort in einer Sprache hervor, die sie nicht kannte. Die Dienerin eilte zu einem Gerät an der Wand; kurz darauf stand Culhane vor ihr.

»Sie sagten, daß Sie mich nie wieder sehen wollten, Hoheit. Aber ich befand mich in der Nähe, als Kitis Signal ertönte ...«

Anne musterte ihn. Sie hatte das Gefühl, bis in sein Innerstes zu schauen und darin alles zu lesen, woraus er bestand: das Verlangen, den Stolz auf sein armseliges fremdartiges Wissen und die Selbstzufriedenheit über diese heilige Mission, die ihr Leben zerstört hatte. Ihr Leben und womöglich das von Elizabeth. Sie sah die tiefe Überzeugung — die Culhane im übrigen mit Lord Direktor Brill und selbst einer Person wie dieser Lady Mary teilte —, daß das, was sie taten, recht war, weil sie es taten.

Sie kannte diesen Ausdruck gut: Kardinal Wolsey hatte ihn besessen, Heinrichs rechte Hand und Kanzler von England. Der Mann, der Heinrich geraten hatte, Anne von Harry Percy zu trennen. Und der Mann, der Heinrich geraten hatte, sich nicht mit ihr zu vermählen. Bis sie, Anne Boleyn, die machtlose Tochter des Emporkömmlings Tom Boleyn, Heinrich gegen Wolsey aufgestachelt und den Kardinal vor das Tribunal gebracht hatte. *Sie.*

In dieser Minute faßte sie ihren Entschluß.

»Ich war im Unrecht, Master Culhane. Meine Worte entsprangen dem Zorn. Verzeiht mir.« Sie lächelte und streckte ihm die Hand entgegen. Befriedigt sah sie, wie Culhane die Farbe wechselte.

Wie alt war er? Nicht mehr in der Blüte seiner Jugend. Aber das war auch Heinrich nicht gewesen.

»Natürlich, Eure Hoheit«, sagte er. »Kiti berichtete mir, Sie hätten mit dem Zarewitsch gesprochen.«

Sie verzog das Gesicht, immer noch lächelnd. Das hatte sie bei Heinrich auch oft getan. Sogar bei Harry Percy, vor so langer Zeit. Vor einem ganzen Leben ... Nein. Vor zwei. Leben. »Mit wem?«

»Dem Zarewitsch.« Er deutete auf das Kind.

War die Farbe auf seinem Gesicht permanent, oder ließ sie sich wegwaschen?

»Er ist ebenfalls eine Zeitgeisel.« Das war keine Frage, sondern eine Feststellung. »Selbst er, in seiner Winzigkeit, verhindert einen Krieg.«

Culhane nickte, offenbar verunsichert durch ihren Stimmungsumschwung. Anne betrachtete nachdenklich das Kind und wandte sich dann huldvoll Culhane zu. »Ihr müßt mir mehr über ihn erzählen. Welche Sprache spricht er? Wer ist er?«

»Russisch. Er ist — war — der künftige Herrscher. Er leidet an einer schlimmen Krankheit. Zu Ihrer Zeit nannte man Leute, die davon befallen waren, Bluter. Da sich seine Mutter, die Zarin, große Sorgen um ihn machte, geriet sie unter den Einfluß eines heiligen Mannes und traf eine Reihe von verhängnisvollen Entscheidungen, während ihr Gemahl, der Zar, auf dem Schlachtfeld weilte.«

»Und diese falschen Entscheidungen führten zu einem weiteren Krieg«, sagte Anne.

»Sie bewirkten, daß eine große Rebellion weit blutiger verlief als nötig.«

»Ihr verhindert nicht nur Kriege, sondern auch Aufstände? Aufstände gegen eine Monarchie?«

»Ja, es — die Geschichte entwickelte sich nicht zugunsten von Monarchien.«

Das ergab wenig Sinn. Wie konnte die Geschichte anders als zugunsten jener verlaufen, die göttlich gesalbt waren und die Macht in Händen hielten? Die Herrschenden trugen den Sieg davon. Am Ende trugen sie stets den Sieg davon.

Aber bis zu diesem Ende konnte es viele Tote geben.

Sie sagte mit dieser Kombination aus schwärmerisch dunklem Blick und kühler Haltung, die Heinrich so fasziniert hatte — und Norris und Wyatt und selbst den eitlen Laffen Smeaton, Gott verdamme seine Seele: »Es würde mich freuen mehr über diesen Knaben und die Geschichte seines Landes zu erfahren. Wollt Ihr mich unterrichten?«

»Gern«, entgegnete Culhane. Sie las sein Lächeln richtig: Er war erleichtert, immer noch unsicher, wie weit sie ihm verziehen hatte, eifrig darauf bedacht, es herauszufinden. Vertraut, so vertraut.

Sie achtete darauf, daß ihr Körper den seinen nicht berührte, als sie auf die Tür zustrebten, aber sie ging voraus, damit ihn der Duft ihrer Haare umwehte.

»Meister Culhane — die Dämonen-Maschine verzeichnet Euch als ›M. Culhane‹.«

»Die ... Ach so, der Computer. Ich wußte gar nicht, daß Sie je einen aus der Nähe sahen.«

»Ich warf vorhin einen Blick durch eines der Fenster.«

»Es ist kein Dämon, Eure Hoheit.«

Sie erwiderte nichts darauf. Mochte das Ding sein, was es wollte! Aber sein Tonfall verriet ihr, daß ihm daran gelegen war, sie zu beruhigen. In dieser Welt, in der Frauen die gleiche Arbeit taten wie Männer und weibliche Körper bei der Ertüchtigung der Muskeln so offen zur Schau gestellt wurden, daß es langweilig sein mußte, auch nur den Kopf nach ihnen umzuwenden, spielte dieser Tölpel den Kavalier.

»Was bedeutet das ›M‹?« fragte sie.

Er lächelte. »Michael. Warum?«

Als sich die Tür schloß, begann das gefangene Königskind wieder zu weinen.

Anne lächelte ebenfalls. »Ein plötzlicher Einfall. Ich überlegte, ob er für Mark stehen könnte.«

»Wie hat die Kirche ihren Antrag beim Forum Aller Welten begründet?« fragte einer der Forscher.

Brill entgegnete wütend, als sei das eine Antwort: »Wo ist Mahjoub?«

Lambert hob den Kopf. »Bei Helena von Troja, Herr Direktor, zusammen mit dem Arzt. Die Königin hatte letzte Nacht wieder einen Anfall.« Enzio Mahjoub war der unglückliche Projektleiter der letzten Zeitrettung.

Brill rieb sich mit der Hand über den Hinterkopf. Sein Schädel brauchte dringend eine Rasur, und die Wangenfarbe war schlampig aufgetragen. »Dann fangen wir eben ohne Mahjoub an«, entschied er. »Ihre Heiligkeit argumentiert zum einen, daß die Hauptaufgabe unseres Instituts nicht mehr in der reinen Zeitforschung, sondern deren praktischen Anwendung besteht und daß die primäre praktische Anwendung die Zeitrettung ist. Da wir also in erster Linie damit beschäftigt sind, Zeitgeiseln zu nehmen, sollten wir direkt der Kirche der Heiligen Geisel unterstellt werden. Und sie behauptet zum anderen, daß die Behandlung der Zeitgeiseln nicht dem in Paragraph 2154 des Kodex Aller Welten festgelegten Intersystem-Standard entspricht.«

Lamberts Blicke schossen durch den Raum. Cassia Kohambu, verantwortlich für den größten Erfolg des Instituts setzte sich kerzengerade auf und rief empört: »Die Behandlung unserer Geiseln — worauf stützt sie diesen ungeheuerlichen Vorwurf?«

»Bis jetzt hat sie keine offizielle Beschwerde eingereicht. Statt dessen fordert sie eine Untersuchung. Sie meint, wir hätten mit Hilfe der Rahvoli-Gleichungen Hunderte von potentiellen Geiseln lokalisiert, aber die von uns ausgewählten Personen erfüllen weder das gesetzliche Mindestmaß an innerer psychischer Stabilität, nach erhalten sie durch die Geiselnahme den Vorteil, der ihnen nach dem Kodex Aller Welten zusteht. Sie wirft uns vor, daß wir ohne die geringste Rücksicht auf das Wohl der Geiseln nur nach unseren eigenen Wünschen und Bedürfnissen gehandelt hätten.«

»Ohne die geringste Rücksicht!« Culhane war aufgesprungen, flammendrot unter der Farbschicht seiner Wangen. Lambert studierte ihn eingehend. »Wie kann Ihre Heiligkeit so etwas behaupten? Ohne uns hätte Zarewitsch Alexis ständige Qualen durch seine Krankheit gelitten, Königin Helena wäre entführt und vergewaltigt, Adolf Hitler mitsamt seinem unterirdischen Bunker in die Luft gesprengt und Königin Anne Boleyn enthauptet worden!«

»Sie kann es, weil der Zarewitsch ständig nach seiner Mutter weint, Königin Helena den Verstand verloren hat und Mistress Boleyn sich bei der Kirche beklagt, daß sie keinen Seelenfrieden findet«, entgegnete Brill trokken.

Blieb immer noch dieser Hitler, dachte Lambert. Sie war ebenso empört wie alle anderen über die Anklagen Ihrer Heiligkeit, aber Culhane hatte nicht nur gegen die Vernunft, sondern auch gegen die guten Manieren verstoßen. Brill schätzte es nicht besonders, wenn ihm jemand die Schau stahl.

»Nächsten Monat wird ein Untersuchungsausschuß vom Forum Aller Welten hier eintreffen«, fuhr Brill fort. »Er besteht lediglich aus drei Leuten — den Delegierten Soshiru, Vlakhav und Tullio. Wir treffen uns in drei Tagen um punkt sieben Uhr zu einer weiteren Mitarbeiterbesprechung. Bis zu diesem Zeitpunkt erwarte ich von jeder Projektgruppe zwingende Argumente, die für das Festhalten ihrer jeweiligen Geisel sprechen. Verwenden Sie die Begründungen der Voranfrage einschließlich aller mathematischen Modelle, aber dokumentieren Sie darüber hinaus, welchen Nutzen die Geiseln selbst seit ihrer Ankunft hier von dieser Maßnahme hatten. Gibt es noch irgendwelche Fragen?«

Nur eine, dachte Lambert. Sie stand auf. »Herr Direktor — wurden die drei Delegierten, die mit der Untersuchung beauftragt sind, vom Forum Aller Welten ausgewählt oder von Ihrer Heiligkeit bestimmt? Welcher Partei gehören sie an?«

Brill sah sie verärgert an. »Ich glaube, wir können davon ausgehen, daß die Delegierten des Forums Aller Welten objektiv berichten werden, Assistentin Lambert«, sagte er kühl. Lambert senkte den Blick. Offensichtlich hatte sie noch viel zu lernen. Es schickte sich nicht, eine solche Frage laut zu stellen.

Ob Mistress Boleyn das gewußt hätte?

Anne nahm den kleinen Jungen an der Hand. »Komm, Alexis«, sagte sie, »wir gehen spazieren.«

Der Prinz schaute zu ihr auf. Wie hübsch er war, mit seinem dichten Lockenhaar und den schönen Augen, fast so dunkel wie ihre eigenen. Wenn sie Heinrich ein solches Kind geboren hätte ... Sie schob den Gedanken beiseite. Sie hatte ein paar Brocken Russisch gelernt, um sich mit Alexis zu unterhalten, und ließ das Übersetzungsgerät unbenutzt, das ihr wie ein besonders häßliches Geschmeide um den Hals hing. Er antwortete mit einem Schwall von Worten, dem sie nicht folgen konnte, und sie wartete, bis der Kasten sie übertrug.

»Warum sollen wir spazierengehen? Mir gefällt es hier im Garten.«

»Der Garten ist sehr schön«, stimmte ihm Anne zu. »Aber ich möchte dir etwas Besonderes zeigen.«

Alexis trottete gehorsam neben ihr her. Es war nicht schwer, sein Vertrauen zu gewinnen — hatte hier keiner

Erfahrung mit Kindern? Es reichte, die unheimliche Wangenfarbe abzuwaschen, ihm Lieder auf der Laute vorzuspielen — einem Instrument, das verstand, im Gegensatz zu den erschreckenden Klängen, die aus einem anderen Kasten kamen, ohne daß man irgendwelche Musikanten sah —, ein paar Sätze in seiner Sprache einzuüben. Ihr war es immer leichtgefallen, fremde Sprachen zu erlernen.

Anne führte das Kind durch das Tor des von Mauern umgebenen Gartens in den Hof hinaus. Maschinen summten; nackte Männer und Frauen ›trainierten‹ gemeinsam im Gras. Alexis beobachtete sie neugierig, aber Anne schenkte ihnen keinen Blick. Lakaien. Ihre langen weiten Röcke aus brauner Seide schleiften über den Boden.

Am gegenüberliegenden Ende des Hofs ging sie den kurzen Weg entlang zu jenem anderen Tor, das am Nichts endete.

Königin Isabella von Spanien, das wußte sie von Heinrich, hatte einige Schiffe ausgesandt, die um die ganze Erde segeln und einen schnelleren Seeweg nach Indien suchen sollten. Das war ihnen nicht gelungen, aber ebensowenig waren sie vom Rand der Welt gestürzt, wie es viele prophezeit hatten. Anne hatte wenig Interesse für die Geschichte gezeigt, denn schließlich war Isabella die Mutter von Katharina gewesen. Der Rand der Welt.

Das Tor endete an einer Mauer aus Nichts. Nichts zu sehen, zu riechen oder zu schmecken — Anne hatte es ausprobiert. Doch die Hand, die das Nichts zu ertasten suchte, stieß auf Widerstand. Und auf ein schwaches Prickeln. Ein ›Kraftfeld‹, sagte Culhane. Außerhalb der Zeit, wie wir sie wahrnehmen; außerhalb des Raumes. Das Tor, eines von insgesamt drei, führte zu einem Ort namens Ober-Slib im einstigen Ägypten.

Anne nahm Alexis auf den Arm. Er war schwerer als noch vor einem Monat. Seit sie sich täglich um ihn kümmerte, hatte er mehr Appetit entwickelt. Er spielte wieder und weinte nicht mehr nach seiner Mutter. Außer nachts. »Fühl mal, Alexis, ein Tor!«

Der kleine Junge streckte die Hand aus und zog sie rasch zurück, als er das Prickeln spürte. Anne lachte, und nach einer kleinen Pause lachte Alexis ebenfalls.

Die Alarmanlage schrillte.

»Warum, Eure Hoheit?« fragte Culhane. *»Warum schon wieder?«*

»Ich wollte sehen, ob das Tor unverschlossen war«, entgegnete Anne kühl. »Wir beide wollten es sehen.« Das war eine Lüge. Sie wußte es — und er? Vermutlich noch nicht.

»Hoheit, ich erklärte Ihnen bereits, daß es kein Tor im eigentlichen Sinn ist, so wie Sie es kennen. Kein Tor, das man auf- und zusperren kann. Es muß durch das Stasis-Quadrat aktiviert werden.«

»Dann aktiviert es! Der Prinz und ich wünschen einen Ausflug zu machen.«

Culhanes Augen verdunkelten sich. Seine Pein wuchs mit jedem Mal. Und jedes Mal kam er gelaufen. Sosehr er sich bemühte, sie zu meiden, so oft er auch seine Gefolgsleute schickte, um mit ihr zu reden — sobald ein Notfall eintrat, mußte er selbst kommen, denn ihn hatte Lord Brill zu ihrem Gefängnisaufseher ernannt. Soviel war Anne im letzten Monat durch vorsichtige Fragen und Erkundungen klargeworden. »Ich sagte Ihnen bereits, daß Sie dieses Kraftfeld nicht überwinden können, Hoheit, ebensowenig, wie ich in Ihren Palast in Greenwich eindringen könnte. In dem Zeitstrom jenseits des Tores — *meines* Zeitstroms — existieren Sie nicht. In der gleichen Sekunde, da Sie das Kraftfeld hinter sich ließen, würden Sie sich in Nichts auflösen.«

Wieder das Nichts. Sie wandte sich an Alexis und sagte traurig in Russisch: »Er wird uns nie freilassen. Nie nie!«

Das Kind begann zu weinen. Anne drückte es an sich und warf Culhane einen vorwurfsvollen Blick zu. Sie spürte, wie seine Besorgnis in Ärger umschlug, und fing den Wechsel gerade noch ab. »Es ist nur so, daß wir in dieser Zeit, in die wir nicht gehören, so wenig tun können«, sagte sie mit unvermuteter Wehmut. »Das werdet Ihr doch verstehen, Master Culhane, oder? Wäre das für Euch am Hof von England nicht ähnlich?«

Widerstreitende Gefühle spiegelten sich in seinen Zügen. Anne legte ihm die freie Hand sanft auf den Arm. Er schaute nach unten: die langen schlanken Finger mit den zarten Sehnen, die goldbraune Seide gegen seine triste Uniform. »Ich tue alles, was in meiner Macht steht, Hoheit«, stieß er hervor. »Alles, was die Vorschriften zulassen ...«

Sie hatte ihn noch nicht so weit, daß er ›Anne‹ stammelte, wie an jenem Tag, als sie ihm den Kerzenleuchter nachgeworfen hatte.

Sie ließ ihn los, drückte das schluchzende Kind fester an die Brust und sagte etwas, so leise, daß er es nicht verstehen konnte.

Er beugte sich vor. »Wie bitte, Eure Hoheit?«

»Wollt Ihr heute abend kommen und mein Lautenspiel mit der Gitarre begleiten? Alexis und ich würden uns so freuen.«

Culhane trat einen Schritt zurück. In seinem Blick las sie, daß die Falle zugeschnappt war.

»Bitte, Master Culhane!«

Culhane nickte.

Lambert starrte in den Monitor. Er zeigte die Lazarett-Suite mit den vergitterten Fenstern und den niedrigen, weiß bezogenen Strohlagern, in der Helena von Troja lebte. Die Königin saß schweigend auf dem Boden, wie sie es fast immer tat — mit Ausnahme jener kurzen und entsetzlichen Momente, in denen sie zu toben begann und sich kreischend das unglaubliche Haar raufte. Sie hatte während dieser Ausbrüche nie auch nur ein verständliches Wort hervorgestoßen, nicht seit jenem Tag, da sie als Geisel erwacht war und man ihr erklärt hatte, wo sie sich befand und warum. Seit damals hatte Königin Helena auf keine Anrede mehr reagiert. Vielleicht war die empfindliche Psyche, unter dem Druck ihrer Affäre mit Paris bereits aufs äußerste angespannt, endgültig zerbrochen, und Helena hörte tatsächlich nicht mehr, was um sie vorging. Die Königin von Troja, dachte Lambert, war keine Anne Boleyn.

Anne saß dicht neben der wahnsinnigen Griechenkönigin. Ihre Seidenröcke breiteten sich halb über Helenas weiße Tunika, und sie beugte den schlanken Körper so weit vor, daß sich auch ihre üppigen schwarzen Locken mit dem Wasserfall von Helenas langen dunklen Haaren zu vermischen schienen. Unwillkürlich strich sich Lambert über den kahlrasierten Kopf.

Was versuchte Anne Helena zu sagen? Die Worte waren so leise, daß die Mikrophone sie nicht aufnahmen, und der doppelte Haarvorhang verbarg Annes Lippen. Dennoch war Lambert überzeugt davon, daß Anne redete. Und die schweigende, unbeteiligte Helena — konnte sie doch etwas hören? Aber was hätte das schon ausgemacht? Was nutzten Worte einer Sprache, die aus ihrer Sicht erst in zweitausend Jahren existieren würde?

Und doch besuchte diese Boleyn sie tagtäglich, sobald sie den Zarewitsch verließ. Wie gut verstand sich Anne, aus einer Zeit, die fast so barbarisch war die von Helena, auf die nichtverbale Beeinflussung der Verrückten?

Culhane trat ein, warf einen Blick auf den Monitor und zuckte zusammen.

»Du bist ein Narr, Culhane«, sagte Lambert ruhig.

Er gab keine Antwort.

»Du rennst, wann immer sie dich ruft. Du ...«

Plötzlich kam er mit langen Schritten quer durch den Raum. Er packte Lambert und riß sie vom Stuhl hoch. Einen verwirrten Moment lang glaubte sie tatsächlich, er werde sie schlagen — zwei Forscher, die sich *prügelten!* Sie spannte die Muskeln an, um sich zur Wehr zu setzen. Aber unvermittelt ließ er sie los und gab ihr einen kleinen Stoß, so daß sie ohne jede Grazie zurück auf ihren Stuhl plumpste.

»Du fühlst dich an wie ein fetter Stein!«

Lambert starrte ihn an. Gleichgültig schaltete er seine Konsole ein und begann zu arbeiten. Etwas stieg in ihr auf, so kalt, daß sich ihre Rückenwirbel wie in Eis gebettet anfühlten. Steif erhob sie sich von ihrem Platz, verließ den Raum und ging den Korridor entlang.

Ein fetter Stein. Schwer, massiv und doch teigig, das Fleisch weich wie bei einer Schnecke oder Made. Unförmig ohne Anmut, ohne Schönheit, praktisch ohne Individualität, so wie eben ein Stein dem anderen glich. Ein fetter Stein.

Anne Boleyn kam aus Helenas Raum. Im Korridor, mit dem Rücken den Monitor verdeckend, stand Lambert ihr gegenüber. Ihre Stimme war leise, wie ein unterirdisches Grollen. »Lassen Sie ihn in Ruhe!«

Anne musterte sie kühl. Sie fragte nicht, wen Lambert meinte.

»Wissen Sie nicht, daß Sie jede Minute überwacht werden? Daß Sie nicht einmal unbeobachtet Ihren Nachttopf benutzen können? Wie wollen Sie ihn unter diesen Umständen in Ihr Bett locken? Oder die arme Helena zu irgend etwas verleiten?«

Annes Augen weiteten sich. »Nicht einmal auf dem Nachttopf unbeobachtet?« fragte sie laut. »Versagt man mir selbst das, was den Tieren in Wald und Feld zusteht?«

Lambert ballte die Fäuste. Anne spielte Theater. Sie wußte bereits, daß sie überwacht wurde. Jemand hatte ihr Bescheid gesagt, oder sie hatte es selbst erraten. Lambert *sah,* daß sie Theater spielte — aber sie verstand nicht, *warum.* Ein Teil ihres Verstandes stellte kühl fest, daß sie bis jetzt noch nie den Wunsch gehegt hatte, jemanden umzubringen. Das also waren die Gefühle, die man dabei empfand, alle Emotionen, die sie über die Zeit hinweg studiert hatte: Wut und Eifersucht und Zerstörungsdrang. Emotionen, die Kriege entfachten.

Anne erhob die Stimme noch lauter. »Ich wollte, Ihr hättet mir diese Wahrheit erspart!« rief sie und rauschte ab zu ihren Gemächern.

Lambert kehrte langsam an ihren Arbeitsplatz zurück, ein fetter Stein.

Anne lag im Gras zwischen den beiden mächtigen Energie-Generatoren. Es war ein armseliger Ersatz für Gras — zwar durchaus grün, aber ohne jeden Duft. Kein Tau bildete sich darauf, nicht einmal nachts. Culhane hatte ihr erklärt, daß es sich um eine besondere Züchtung handelte, die widerstandsfähig gegen Pflanzenkrankheiten war, und daß sich kein Tau bildete, weil die Luft zu wenig Feuchtigkeit enthielt. Er hatte ihr auch erklärt, daß die Nacht von Menschen erzeugt wurde wie das Gras; es gab hier keine richtige Nacht. Heinrich hätte große Wißbegier für solche Dinge gezeigt; ihr waren sie gleichgültig. Aber sie hörte aufmerksam zu, wie bei allem, was Michael sagte.

Sie lag regungslos da und wartete. Schließlich spähte eine Forscherin um die Ecke der hochaufragenden Maschinen und kam zielsicher auf sie zu. »Eure Hoheit? Was tun Sie hier?«

Anne gab keine Antwort. Sie stand auf und schlenderte langsam zurück zum Schloß. Der Ort zwischen den Generatoren war also kein Versteck. Die Frau hatte von vornherein gewußt, wo Anne sich befand.

Die drei Delegierten vom Forum Aller Welten wirkten ängstlich, als sie im Zeitforschungs-Institut eintrafen. Lambert konnte das gut verstehen. Für Leute, die noch nie ihr Zeit-Raum-Kontinuum verlassen hatten, war es vermutlich eine große Sache, durch ein Kraftfeld zu treten und sich an einen Ort zu begeben, der im eigentlichen Sinn des Wortes nicht existierte. Die Delegierten musterten den Boden, inspizierten die Einrichtungen und stellten die gleichen Fragen wie alle Besucher, ehe sie mit ihrer Untersuchung begannen.

Sie erhielten eine einstündige Einführung in das Zeitrettungsprogramm, die der Direktor höchstpersönlich übernahm. Lambert, die an der Abfassung des Textes nicht mitgewirkt hatte, hörte sich die sorgfältig formulierten Gedanken an. Es ging um die Prävention von Kriegen, den Edelmut der Geiseln, das volle Verständnis, das die Zeitforscher für den Paragraphen 2154 des Kodex Aller Welten hatten, und die altruistische Ausweitung der Heiligen Friedens-Mission auf andere Zeitströme. Dann kam Brill auf die vier Zeitgeiseln zu sprechen, insbesondere auf die erste, die er mit großer Ausführlichkeit behandelte. In den vier Jahren seit der Geiselnahme von Herrn Hitler, so berichtete er, war die nationalsozialistische Partei in Deutschland zur Bedeutungslosigkeit herabgesunken. Präsident Paul von Hindenburg war planmäßig gestorben, und die neuen gemäßigten Kanzler schufen allmählich Ordnung im Land. Die Wirtschaft befand sich zwar immer noch in einer Krise, und die Stimmung war gereizt, aber niemand verhaftete Juden, Zigeuner, Homosexuelle, Zeugen Jehovas oder ... Lambert hörte nicht mehr zu. Die Delegierten wußten das alles. Das ganze System kannte die Geschichte. Hitler hatte dem Institut zu einer gewaltigen Popularität verholfen und sicherlich dazu beigetragen, daß die Forscher die Genehmigung für die drei nächsten Geiselnahmen erhielten. Herr Hitler befand sich in einer geschlossenen Suite und vertrieb sich die Zeit mit aktionsgeladenen Fantasy-Romanen, deren Autoren noch nicht auf der Welt waren, als der Berliner Kommandobunker in die Luft flog.

»Sehr eindrucksvoll, Herr Direktor«, sagte Goro Soshiru. Alles an ihm war klein, mager und irgendwie in die Länge gezogen — typisch für den Spacer, der den

Großteil seines Lebens in der Schwerelosigkeit verbrachte. Er hatte den Ruf, einen scharfen Verstand zu besitzen und absolut unbestechlich zu sein. »Können wir jetzt mit den einzelnen Geiseln sprechen?«

»Ohne Monitor-Überwachung«, warf Anna Vlakhav ein. »So lautet unser Auftrag.« Sie war das älteste Mitglied der Untersuchungsgruppe, eine schlanke grauhaarige Chinesin, die künstliche Körperhilfen strikt ablehnte. Ihre linke Hand zitterte ständig, wie Lambert feststellte. Sie gehörte zum Inneren Rat des Forums Aller Welten und war einst selbst drei Jahre lang Geisel gewesen.

»Bitte.« Soren Tullio lächelte. Er war jung, gutaussehend und schwerreich. Ersetzbar. Vom Forum ernannt, um den Ausschuß abzurunden, und bisher kaum mit eigenen Meinungen aufgefallen. Allerdings auch nicht als besonderer Verfechter der Kirche hervorgetreten. Ihrer Heiligkeit war es demnach nicht gelungen, die Mitglieder des Untersuchungsausschusses zu bestimmen — falls sie es überhaupt versucht hatte.

»Natürlich«, meinte Brill beflissen. »Wir haben Ihnen den privaten Konferenzraum reserviert. Er ist absolut abhörsicher und frei von Monitoren, wie es die Kirche verlangt. Für das Gespräch mit Herrn Hitler schlüge ich zwar die Anwesenheit eines Leibwächters vor, aber die Entscheidung liegt selbstverständlich bei Ihnen.«

»Der Leibwächter kann bleiben«, sagte Delegierte Vlakhav. »Unser heutiges Hauptaugenmerk gilt nicht Herrn Hitler.«

Sieh mal an — wem denn dann? dachte Lambert.

Die Delegierten hielten sich nur zehn Minuten mit Hitler und ganze drei Minuten mit der in ihrem Wahn gefangenen Helena auf. Die Königin hatte, wie sie sagten, kein einziges Wort mit ihnen gewechselt. Sie sprachen eine halbe Stunde mit dem kleinen Zarewitsch. Und sie verbrachten vier Stunden und dreiundzwanzig Minuten mit Anne Boleyn.

Ihre Miene war ruhig und ausdruckslos, als sie den abhörsicheren Konferenzraum verließ und sich in ihre Gemächer begab. Die drei Delegierten folgten ihr schweigend, mit zusammengepreßten Lippen. Anna Vlakhav, die frühere Geisel, sagte schließlich zu Brill: »Wir möchten gegenwärtig keinen Kommentar abgeben. Sie erhalten noch Bescheid.«

Brills Augen verengten sich. Er schwieg.

Am nächsten Tag erhielt Direktor Toshio Brill die gerichtliche Aufforderung, vor dem Forum Aller Welten zu erscheinen, um sich wegen des schlimmsten aller Delikte zu verantworten: der grausamen Behandlung von Heiligen Geiseln, die man in Gewahrsam genommen hatte, um den Frieden zu sichern. Die Jury sollte aus dem gesamten Inneren Rat des Forums Aller Welten bestehen. Da Direktor Brill das Recht hatte, seinen Anklägern persönlich gegenüberzutreten, sollte die Verhandlung im Zeitforschungs-Institut stattfinden.

Wie? überlegte Lambert. Für eine derart ungeheuerliche Anschuldigung würden sie sich nicht mit einer unbestätigten Aussage begnügen. Wie hatte die Frau das nur geschafft?

»Offenbar machen die Delegierten keinen Unterschied zwischen politischen Geiseln auf unserer eigenen Welt und Zeitgeiseln, die von irgendwelchen vagen Parallelwelten entführt wurden«, sagte sie zu Culhane.

»Warum sollten sie?« entgegnete Culhane kalt. Der Idealist. Und wohin hatte ihn das gebracht?

Lambert erhielt in dieser Nacht den Auftrag, den in seinem Kinderbettchen schlafenden Zarewitsch zu überwachen. Sie saß in ihrem Büro, richtete den Monitor auf Anne Boleyns Gemächer und beobachtete, wie sie auf der Laute spielte und leise die Lieder sang, die Heinrich VIII. für sie geschrieben hatte, als seine Leidenschaft noch neu und stark war — vor sechshundert Jahren.

Anne bestickte einen weiten Ärmel aus zimtfarbenem Samt. Mit schwarzer Seide arbeitete sie ein verschlungenes H und A ein: Heinrich und Anne. Sollten ihre Spionmaschinen daraus machen, was sie wollten!

Die Tür öffnete sich und Culhane stürmte herein, ohne ihre Erlaubnis abzuwarten. Neben ihrem Sessel blieb er stehen und schaute auf sie herunter, starrte ihr mitten ins Gesicht. »Warum, Anne? Warum?«

Sie mußte lachen. Endlich brachte er ihren Vornamen über die Lippen. Jetzt, da es absolut keine Rolle mehr spielte.

Als er sah, daß sie nicht bereit war, seine Frage zu beantworten, nahm er eine formelle Haltung ein. »Man hat einen Anwalt bestellt, der Ihre Rechte wahrnehmen soll. Er trifft morgen hier ein.«

Ihre Rechte wahrnehmen! Thomas Cromwell war Rechtsgelehrter gewesen, ebenso wie Thomas More. Tot, alle beide, hingerichtet auf Heinrichs Geheiß. Master Culhane selbst hatte ihr davon berichtet — und doch glaubte er immer noch daran, daß Gesetze Schutz bieten konnten.

»Der Anwalt wird sämtliche Monitor-Aufzeichnungen durchgehen. Was Sie taten, was Sie sagten, jede Minute Ihres Aufenthalts.«

Sie lächelte ihn spöttisch an. »Weshalb erzählt Ihr mir das jetzt?«

»Es ist Ihr Recht, es zu erfahren.«

»Und Ihr kümmert Euch um Recht und Gesetz. Fast so sehr wie um den Tod.« Sie verknotete das Ende des Fadens und schnitt es ab. »Wie kommt es, daß Ihr so viele Maschinen beherrscht, aber nicht über das Wissen gebietet, daß jeder Mensch sterben muß?«

»Das ist uns durchaus klar«, entgegnete Culhane kühl. Seine Leidenschaft war endlich erloschen; sie spürte seinen Rückzug. Sein Inneres war wie ein leerer Brunnen. Den allerletzten Tropfen Wasser hatte er verbraucht, als er sie beim Vornamen nannte. »Aber wir versuchen den Tod zu verhindern, wann immer wir können.«

»Ha, aber Ihr *könnt es nicht immer!* ›Den Tod verhindern‹ — als sei er ein Fieber! Ihr könnt ihn nur hinauszögern, Master Culhane, und Ihr habt Euch noch nicht einmal gefragt, ob das die Mühe wert ist.«

»Ich bin nur gekommen, um Ihnen wegen des Anwalts Bescheid zu sagen«, erklärte Culhane steif. »Gute Nacht, Mistress Boleyn!«

»Gute Nacht, Michael«, sagte sie und begann zu lachen. Sie lachte immer noch, als die Tür hinter ihm ins Schloß fiel.

Der Saal der Zeit, der bis zu dreihundert Leute faßte, war zum Bersten voll.

Lambert dachte an den Tag zurück, als sie den künftigen Geschichtsstudenten eine Einführung gegeben hatte, darunter jenem Jungen mit den violetten Augen. Zwanzig junge Leute inmitten von Quadraten, eng zusammengedrängt gegen das Entsetzen, virtuell und simuliert, nicht wirklich vorhanden. Heute fehlten die Quadrate, und die Mitte des Saales war leer, während alle vier Seiten von Tribünen gesäumt waren, auf deren polierten Bänken die Mitglieder des Inneren Rates Platz genommen hatten, die Erzbischöfe und Lamas und Schamanen der Kirche der Heiligen Geisel sowie Reporter von jedem größeren Nachrichtennetz des Sonnensystems. Ihre Heiligkeit, die Hohepriesterin, war umgeben von ihrem Gefolge und gab sich betont unauffällig. Toshio Brill saß allein auf einem Stuhl gegenüber Dagar Krenya vom Mars, dem derzeitigen Präsidenten des Rates Aller Welten.

Anne Boleyn wurde in den Saal geleitet. Ihre langen schwarzen Röcke schleiften über den Boden, als sie hocherhobenen Hauptes zu ihrem Sessel schritt.

Lambert erinnerte sich, daß Anne auch vor dem Tribunal des Jahres 1536 Schwarz getragen hatte.

»Die Untersuchung kann beginnen«, sagte Präsident Krenya. Er trug sein Haar schulterlang; offenbar hatte sich die Mode auf dem Mars wieder geändert. Lambert musterte die kahlrasierten Schädel ihrer Kollegen und die wallenden schwarzen Locken von Anne Boleyn. Leise sagte sie zu Culhane, der neben ihr saß: »Wir werden unsere Haare bald wieder wachsen lassen.« Er sah sie an, als sei sie verrückt geworden.

Und irgendwie *war* es verrückt, alles doppelt zu leben; einmal theoretisch, durch die Forschung, und einmal leibhaftig. Kam es Anne Boleyn ebenfalls so vor? Lambert wußte, daß ihre Frivolität fehl am Platze war, und sie dachte an Annes Frivolität im Tower, kurz vor ihrer Hinrichtung. »Es wird ihnen nicht schwerfallen, einen Namen für mich zu finden. Ich werde Königin Anne Ohnekopf sein.« Bei der Erinnerung brach Lamberts Haß erneut hervor. Sie hatte die Erinnerung, Anne dagegen nicht. Aber durch die Übertragung in die Zukunft und auf Lambert war die Szene zu einer Erinnerung aus zweiter Hand geworden. Das war Anne Boleyns eigentliches Verbrechen, für das man sie nie zur Rechenschaft ziehen würde: Sie hatte dieses ganze Verfahren, das so wichtig für Lambert und Brill und Culhane war, zu einer bloßen Wiederholung gemacht. Mit fertigem Drehbuch. Aus zweiter Hand. Sie hatte ihnen ihre eigene, unverbrauchte Zeit gestohlen.

»Die Anklage lautet auf fortgesetzte grausame Behandlung der Heiligen Geisel Anne Boleyn durch das Zeitforschungs-Institut«, sagte Krenya, »ein Vorwurf, der sich vor allem auf drei Punkte stützt. Erstens verstärkten die Forscher willentlich das seelische Leid der Geisel, indem sie ihr den Schmerz der bei ihrer Entführung Zurückgebliebenen vor Augen führten und bestimmte Aspekte ihres Gefangenendaseins erwähnten, die ihr emotionales Unbehagen weckten. Zweitens mißlang es den Forschern, eine Geisel auszuwählen, die tatsächlich jeden Krieg verhindern würde. Drittens mißbrauchten die Forscher eine Geisel wissentlich und willentlich zu ihrer sexuellen Befriedigung.«

Lambert spürte, wie sie erstarrte. Culhane neben ihr war aufgesprungen, doch nun setzte er sich langsam wieder, mit ausdruckslosem Gesicht. War es möglich, daß er ... Nein. Sie hatte ihn betört, aber nicht in dem Maße, daß er seine Karriere wegwarf. Er war nicht Heinrich, er ließ sich von seinen Gefühlen ebensowenig beherrschen wie sie selbst.

Unruhe erfaßte die Zuhörer. Es klang wie das auf- und abschwellende Summen einer defekten Maschine. Krenya klopfte auf den Tisch, bis wieder Stille einkehrte. »Direktor Brill — was sagen Sie zu diesen Vorwürfen?«

»Kein einziger davon trifft zu, Herr Präsident.«

»Dann beginnen wir mit der Beweisaufnahme.«

Anne Boleyn wurde in den Zeugenstand gerufen. Sie trat zu dem Stuhl, den Brill eben verlassen hatte, und setzte sich. *»Sie trat ein, als stehe ihr ein großer Triumph bevor und nahm elegant Platz«* ... aber das war die andere Zeit, die erste Zeit. Lambert tastete nach Culhanes Hand. Sie fühlte sich schlaff an.

»Mistress Boleyn«, begann Krenya — offenbar hatte ihm niemand gesagt, daß sie auf der königlichen Anrede bestand, und diese Unterlassung bereitete Lambert ein primitives Vergnügen, »wollen Sie uns sagen, auf welche Weise Ihre Pein durch Forscher dieses Instituts willentlich verstärkt wurde?«

Anne streckte die Hand aus. Zu Lamberts Verblüffung reichte ihr der Anwalt eine Laute. Bei einem offiziellen Untersuchungsverfahren des Forums Aller Welten — eine *Laute.* Anne begann zu spielen, eine hohe klagende Melodie. Ihr offenes schwarzes Haar fiel nach vorn; ihr zarter Körper bildete einen ergreifenden Kontrast zu der Qual in ihren Worten:

Entehrt ist mein Name, weh mir,
Durch grausamen Trug und Lug.
Hab nimmermehr Freude allhier,
Für immer vom Leben genug.

Wieg in den Schlaf mich, Tod.
Schenk Frieden mir und Ruh,
Erlös mich aus der Not,
Die mir das Herz schnürt zu.

Der Totenglocke Klang
raunt auf meinem letzten Gang:
Sterben ist Glück.
Es gibt kein Zurück.
Sterben ist Glück.

Die Melodie verklang. Anne sah Krenya in die Augen. »Ich schrieb dieses Lied in meinem anderen Leben, Mylords. Master Culhane spielte es mir hier vor, zusammen mit Todesliedern, die mein — mein Bruder geschrieben hatte ...«

»Mistress Boleyn ...«

»Laßt mich, es geht mir gleich besser. Die Melodien von George waren schwer zu ertragen, Mylords. Angeklagt und zum Tode verurteilt um *meinetwillen,* die ihn stets über alles liebte!«

Krenya wandte sich an den Rechtsanwalt, dessen Mitarbeiter während des vergangenen Monats jede Minute damit zugebracht hatten, die Monitor-Aufzeichnungen auszuwerten. »Culhane zwang sie tatsächlich, sich diese Lieder anzuhören?«

»Ja.« Der Anwalt nickte. Culhane saß regungslos neben Lambert.

»Fahren Sie fort«, sagte Krenya zu Anne.

»Er erzählte mir, daß ich mitansehen mußte, wie die mit mir zum Tode verurteilten Männer starben. Wie man mich zu einem Fenster oberhalb des Richtblocks führte, wie mein Bruder George niederkniete, den Kopf auf den Block legte, wie das Henkersbeil ...« Sie begann zu zittern und sprach nicht weiter. Ein Murmeln durchlief den Saal. Es klang nach Grausamkeit, dachte Lambert — aber *wessen* Grausamkeit?

»Am elendsten fühlte ich mich jedoch, als ich erfuhr, daß ich mein eigenes Kind zum Bastard erklärt hatte, Mylords«, berichtete Anne weiter. »Daß ich eine Urkunde unterzeichnet hatte, in der ich meine Ehe mit Heinrich für ungültig erklärte, da ich zuvor Sir Henry Percy versprochen gewesen sei. Daß ich damit meine Tochter Elizabeth als illegitim erklärte und von der Thronfolge ausschloß. Ich wurde verhöhnt, weil ich dies getan hatte. Immer wieder kam Master Culhane darauf zu sprechen, immer wieder ...«

»Wird diese Aussage von den Aufnahmen bestätigt?« fragte Krenya den Anwalt.

»Ja.«

Krenya wandte sich wieder an Anne. »Aber, Mistress Boleyn, das alles sind Dinge, die sich aufgrund Ihrer Zeitrettung *nicht* ereigneten. Die sich nicht ereignen *werden* — in Ihrem Zeitstrom. Wie sollten sie daher Ihren Schmerz um die zurückgelassenen Verwandten verstärken?«

Anne erhob sich. Sie trat einen Schritt vor und blieb stehen. Ihre Stimme war leise und leidenschaftlich. »Mein guter Lord — begreift Ihr denn nicht? Diese Dinge geschahen nur deshalb nicht, weil man mich hierherbrachte. Wäre ich meiner Zeit geblieben, *hätte ich die Verantwortung für all diese schändlichen Ereignisse getragen.* Für den Tod meines Bruders und der vier anderen tapferen Männer, für die Verstoßung meiner Tochter vom Thron, für die Qualen, die meine Lieder anderen bereiteten ... Ich bin ihnen nur durch *Euer* Zutun entronnen. Aber daß man sich nicht begnügte, mir die schlichten Fakten zu nennen — um die ich selbst gebeten hatte —, sondern mir in allen quälenden Einzelheiten meinen schlechten Charakter vorhielt, mir zeigte, daß *ich*, alleingelassen, jenen Leid zufügen würde, die ich am meisten liebe ... Und daß ich die Schlechtigkeiten in diesem Zeitstrom, in den man mich brachte, *tatsächlich* beging, sie fühlte, sie immer noch fühle ... Ihr habt bewirkt, daß ich mich schuldig fühle. Mylord Präsident, wart Ihr je selbst eine Geisel? Könnt Ihr Euch vorstellen, welche Qualen ein Mensch empfindet, wenn er an das Leid jener denkt, die ihn lieben? Und weiß, daß er dieses Leid *verursacht* hat — Blut und Tränen, Tod, Enterbung. Daß er dies alles verursacht hat und nun immer wieder vorgeworfen bekommt? In Worten, sogar in Liedern — könnt Ihr Euch vorstellen, was das für mich bedeutet, die ich nicht in meine Zeit zurückkehren kann, um jene zu trösten, denen durch mein Handeln Leid widerfuhr?«

Im Saal herrschte vollkommene Stille. Von wem, überlegte Lambert, konnte Anne Boleyn wissen, daß Präsident Krenya einst selbst als Heilige Geisel gedient hatte?

»Verzeiht, Mylords«, sagte Anne mit ermatteter Stimme, »ich vergesse mich.«

»Sie sind in Ihrer Zeugenaussage nicht an irgendeine äußere Form gebunden«, sagte Krenya, und Lambert glaubte Schatten und Tiefen in seiner Stimme zu spüren.

Die Befragung ging weiter. Eine Forscherin, beklagte sich Anne, habe sie damit verhöhnt, daß man sie sogar auf dem Nachttopf beobachte — Lambert beugte sich langsam vor —, was sie zu dem Ausruf veranlaßt habe: »Ich wollte, Ihr hättet mir diese Wahrheit erspart!« Seitdem, so fuhr sie fort, lasse die Scham sie zögern, der Natur zu gehorchen, »so daß es in meinen Gedärmen zu jeder Stunde höchst unangenehm wühlt und zwickt.«

Auf die Frage, weshalb sie der Meinung sei, das Institut habe die falsche Geisel gewählt, entgegnete Anne, das habe ihr Lord Brill selbst verraten. Im Saal wurde es laut, und Krenya mußte sich durch mehrfaches Klopfen Gehör verschaffen. »Das Videoband, bitte!« Auf einem Quadrat in der Mitte des Saales lief die Szene dreidimensional ab:

»Mylord Brill ... Gab es niemanden außer mir, den Ihr als Geisel nehmen konntet, um diesen Krieg zu verhindern, der Euren Worten nach noch hundert Jahre entfernt ist? Diesen Bürgerkrieg in England?«

»Die Berechnungen identifizierten Sie als die beste Geisel, Hoheit.«

»Die beste? Die beste wofür, Mylord? Hättet Ihr Heinrich selbst genommen, so wäre er nicht in der Lage gewesen, die Suprematsakte auszufertigen. Sein vermeintlicher Tod hätte Eurem Zweck ebenso gedient wie meiner.«

»Gewiß. Aber wenn Heinrich VIII. zu einem Zeitpunkt aus der Geschichte verschwunden wäre, als sein Erbe gerade einen Monat zählte ... Wir wußten nicht, ob das nicht ebenfalls einen Bürgerkrieg ausgelöst hätte — zwischen den Anhängern von Elizabeth und von Königin Katharina, die damals noch am Leben weilte.«

»Und was sagte Eure Mathematik dazu?«

»Daß es vermutlich nicht so weit kommen würde«, entgegnete Brill.

»Dennoch habt Ihr Euch für mich entschieden — und gabt damit Heinrich die Gelegenheit, eine weitere Gemahlin enthaupten zu lassen. Meine Cousine Catherine Howard, wie Ihr mir selbst sagtet ...«

Brill rutschte auf seinem Stuhl hin und her. »Das ist wahr, Hoheit.«

»Warum also nicht Heinrich an meiner Stelle?«

»Ich fürchte, Hoheit, ich müßte Ihnen die gesamte Wahrscheinlichkeitsrechnung erläutern, um das hinreichend zu erklären.«

Anne schwieg. Schließlich meinte sie: »Ich glaube, die Wahrscheinlichkeit ist die, daß es Euch leichter fällt, mit einer verstoßenen Frau fertigzuwerden als mit Heinrich von Eng-

land, dessen Zorn und Leidenschaft niemand zu widerstehen vermag.«

Brill gab keine Antwort. Das Videoband spulte weiter — zehn Sekunden, fünfzehn —, und er gab immer noch keine Antwort.

»Herr Präsident«, sagte Brill mit erstickter Stimme. »Herr Präsident ...«

»Sie erhalten in Kürze Gelegenheit, zu diesen Punkten Stellung zu nehmen, Direktor Brill«, sagte Krenya. »Und nun zu Ihrem dritten Vorwurf, Mistress Boleyn — sexueller Mißbrauch ...«

Der Begriff existierte im sechzehnten Jahrhundert nicht, dachte Lambert. Und doch verstand ihn Anne. »Ich war verängstigt durch die Fremdheit dieses Ortes, Mylord«, sagte sie. »Ich fürchtete um mein Leben. Und ich wußte zu diesem Zeitpunkt nicht, daß eine Frau das Recht hat, sich den Mächtigeren zu versagen, daß sie ...«

»Deshalb ist der sexuelle Kontakt mit Geiseln grundsätzlich verboten«, sagte Krenya. »Erzählen Sie, was Ihrer Meinung nach geschah!«

Nicht, was geschah — sondern was *Ihrer Meinung nach* geschah. Lambert faßte neuen Mut.

»Master Culhane bat mich um ein Treffen an einem besonderen Ort ... Ein kleiner Alkoven neben einer kurzen Stiege in der Nähe der Küchen ... Er bat mich, nachts zu kommen. In meiner Angst ging ich hin.«

»Video!« befahl Krenya mit gepreßter Stimme.

Das virtuelle Quadrat tauchte wieder auf. Anne, in dem gleichen weißen Nachtgewand, mit dem man sie entführt hatte, schlich aus ihrem Zimmer, den Korridor entlang, aufgezeichnet von Infrarot-Sensoren, die ihre Körperwärme registrierten. Die Treppe hinunter, zum Küchentrakt, in eine schmale Nische, die von einer Stiege gebildet wurde. Die Stiege hatte einen merkwürdigen Winkel, so als sei sie nachträglich gebaut oder irgendwann verändert worden ... Zu einem Zeitpunkt, da man das Monitorsystem bereits installiert hatte. Anne ging in die Knie, schlüpfte in den Alkoven neben den Stufen. Und war vom Bildschirm verschwunden.

Lambert keuchte. Eine Zeitgeisel wurde ständig überwacht, das war eine Grundbedingung, wenn die Kirche eine Genehmigung erteilte. Es gab für diese Hexe keine Möglichkeit, sich der Beobachtung zu entziehen. Und doch hatte sie es geschafft.

»Master Culhane war bereits da«, fuhr Anne mit leiser Stimme fort. »Er — er hat mich dort mißbraucht.«

Über das Stimmengewirr hinweg sagte Krenya: »Mistress Boleyn — es gibt keine Video-Aufzeichnung, die Master Culhanes Anwesenheit belegt. Er selbst schwört, daß er nicht da war. Haben Sie einen Beweis dafür, daß Sie an diesem Ort mit ihm zusammentrafen? Irgend etwas, das Ihre Aussage stützen könnte?«

»Ja. Zwei Argumente, Mylord. Erstens: Woher sollte ich wissen, daß sich nur in diesem verborgenen Alkoven keine Spionmaschinen befanden? Ich ließ dieses Schloß nicht entwerfen. Es gehört mir nicht.«

Kenyas Miene verriet nichts. »Und das zweite Argument?«

»Ich bin schwanger — von Master Culhane.«

Höllenlärm. Krenya klopfte energisch, um die Ordnung wiederherzustellen. Als es endlich still wurde, fragte er Brill: »Wußten Sie davon?«

»Nein, ich … Laut Gesetz kann eine Geisel medizinische Untersuchungen ablehnen, die sie als unzumutbar empfindet. Sie machte einen gesunden Eindruck …«

»Mistress Boleyn, man wird Sie unverzüglich einer Ärztin vorstellen.«

Sie nickte zustimmend. Lambert beobachtete sie aufmerksam. Es stimmte. Anne Boleyn war schwanger und hatte sich damit selbst besiegt. Aber das wußte sie noch nicht.

Lambert befühlte das Wissen, als sei es ein greifbarer Gegenstand, und fand es kalt wie Stahl.

»Wie können wir sicher sein, daß Sie nicht schon schwanger waren, ehe man Sie als Geisel nahm?« fragte Krenya.

»Das geschah einen knappen Monat nach der Geburt meiner Tochter Elizabeth, und ich hatte eine Beckenentzündung. Fragt einen Eurer Doktoren, ob eine Frau in diesem Zustand einen Mann empfänge! Fragt eine Frau, die sich mit den Frauenangelegenheiten meiner Zeit auskennt! Fragt Lady Mary Lambert!«

Die Köpfe im Saal drehten sich um. Fragt wen? »Wen?« erkundigte sich Krenya. Ein Adjutant wisperte ihm etwas ins Ohr, und er sagte: »Wir werden sie auf die Zeugenliste setzen lassen.«

»Ich trage Michael Culhanes Kind«, sagte Anne. »Ich, die ich dem König keinen Sohn mehr schenken konnte.«

»Letzteres hat gar nichts mit dieser Untersuchung zu tun, Mistress Boleyn«, entgegnete Krenya beinahe hilflos.

Sie schaute ihn nur an.

Brill wurde in den Zeugenstand gerufen, und er wirbelte Wolken von Wahrscheinlichkeitsgleichungen auf, die nichts zur Klärung der Frage beitrugen, weshalb man Anne und nicht Heinrich als Heilige Geisel ausgewählt hatte. Hatte die Frau recht? Hatte eine Mitarbeiterkonferenz stattgefunden, in der man alle von den Rahvoli-Anwendungen identifizierten Kandidaten unter die Lupe nahm, und hatte vielleicht jemand von zwei Kandidaten mit ähnlichen Voraussetzungen gesagt: »Wir sollten nicht nur die Auswirkungen auf die Geschichte in Betracht ziehen, sondern auch an die Folgen für unser Institut denken ...« Hatte sich jemand den Prozentsatz von Frauen angesehen, die den Lauf der Geschichte maßgeblich beeinflußt hatten, und daraus eine neue Theorie entwickelt? Besaß jemand eine besondere Vorliebe für diese Epoche und hatte sich bei der geplanten Korrektur der Geschichte von subjektiven

Gesichtspunkten leiten lassen? Lambert würde es nie erfahren. Sie war nur Forschungsassistentin.

Gewesen.

Culhane wurde aufgerufen. Er bestritt, Anne Boleyn verführt zu haben. Die Lieder auf der Laute, die Schilderungen vom Tod ihres Bruders, die Annullierung ihrer Ehe, die Elizabeth zum Bastard machte — alles geschehen, um sie davon zu überzeugen, daß das, *wovor* man sie bewahrt hatte, weit schlimmer war als das, *wohin* man sie gebracht hatte. Culhane befand sich in einem solchen Gefühlsaufruhr, daß er einen schlechten Zeugen abgab. Er stolperte über seine Worte und protestierte viel zu oft.

Lambert wurde aufgerufen. So neutral wie möglich erklärte sie: »Ja, Herr Präsident, aus den historischen Quellen geht klar hervor, daß Königin Anne nach der Geburt von Elizabeth an einer Entzündung der Beckenvenen litt. Eine typische Kindbettkrankheit. Die Beine schwellen an und verursachen starke Schmerzen. Das kann einige Wochen, aber auch Monate dauern. Wir wissen nicht, wie lange sich das Leiden bei Mistress Boleyn hinzog — hingezogen hätte.«

»Und hätte eine Frau mit diesem Leiden Lust auf Geschlechtsverkehr?«

»›Lust‹ — wohl nicht.«

»Ich danke Ihnen, Forscherin Lambert.«

Lambert kehrte an ihren Platz zurück. Der Ausschuß wandte sich erneut den Videobändern zu, stundenlangen Aufzeichnungen — Culhane, verliebt bis über beide Ohren, wie er sich bei Anne zum Narren machte. Anne mit dem kleinen Zarewitsch. Eine Frau im Exil versuchte ein Kind zu trösten, das man von seiner Mutter fortgerissen hatte. Helena von Troja, dem Wahnsinn verfallen, bedauernswert. Brill, der über sämtliche Nachrichtennetze des Sonnensystems verkündete, daß sich die Zeitretter, die Erlöser vom Übel des Krieges, strikt an den Paragraphen 2154 des Kodex Aller Welten hielten.

Und die ganze Zeit über, während der endlos langen Videovorführung, wartete Lambert darauf, was in diesem Saal allen außer Anne Boleyn bekannt war: daß sie in diesem Jahrhundert mit ihrer Lüge nicht durchkam wie zu Heinrichs Zeiten. Daß die Vaterschaft eines Kindes bereits während der Schwangerschaft genotypisch untersucht werden konnte.

Wer? Etwa doch Mark Smeaton? Eine weitere Fehlgeburt von Heinrich, zu früh gezeugt und beendet, ehe die Geschichte davon Kenntnis nahm? Thomas Wyatt, ihr getreuer Cousin und Kavalier?

Nachdem der Ausschuß glaubte, genug gesehen und gehört zu haben, wurden alle bis auf die Delegierten des Forums weggeschickt. In Annes Begleitung befand sich eine Ärztin. Lambert lächelte vor sich hin. Alles war gelaufen. Die Niederlage der Boleyn stand fest.

Der Untersuchungsausschuß des Forums Aller Welten beriet sich einen knappen Tag. Dann gab er eine Erklärung heraus: Das Kind, das die Heilige Geisel Anne Boleyn in sich trug, war nicht von Forscher Michael Culhane gezeugt. Sein Genotypus stimmte auch nicht mit dem eines anderen Angehörigen des Zeitforschungs-Instituts überein. In den beiden anderen Punkten hinsichtlich der grausamen Behandlung von Geiseln befand man das Institut jedoch schuldig im Sinne der Anklage. Damit erlosch die Konzession des Instituts als unabhängige, steuerfreie Organisation. Toshio Brill verlor seinen Posten ebenso wie Projektleiter Michael Culhane und Forschungsassistentin Mary Lambert. Die Verwaltung des Instituts wurde wieder der Kirche der Heiligen Geisel übertragen, wo es unter der direkten Obhut Ihrer Heiligkeit, der Hohenpriesterin, stehen sollte.

Lambert stahl sich durch das Ausgangstor in den von Mauern umgebenen Garten. Es dämmerte bereits. Auf einer Bank am anderen Ende der Anlage saß eine Gestalt mit weiten Röcken, eine dunklere Silhouette gegen den dunklen Wall. Anne schien nicht überrascht, als sie Lambert näher kommen sah.

»Culhane ist fort. Ich gehe morgen. Keiner von uns wird je wieder in der Zeitforschung arbeiten.«

Anne sah ruhig zu ihr auf. Diese großen dunklen Augen, der schlanke Hals, so verwundbar... Lambert preßte die Hände gegeneinander.

»*Warum?*« fragte Lambert. »Warum das alles noch einmal? Das erste Mal benutzten Sie einen König, um die Macht der Kirche zu zerstören, und jetzt benutzen Sie eine Kirche, um ... Damals gewannen Sie wenigstens eine Krone. Aber warum hier, wo es nichts für Sie zu gewinnen gibt?«

»Ihr hättet Heinrich nehmen können. Ihm wäre es recht geschehen. Mir nicht.«

»Aber wir haben Heinrich nicht genommen!« schrie Lambert sie an. »Warum also?«

Anne gab keine Antwort. Sie streckte eine Hand aus und deutete hinter sich. Ihr Ärmel rutschte zurück, und Lambert sah deutlich den kleinen sechsten Finger, der sie zur Hexe gestempelt hatte. Ein Techniker kam durch das Halbdunkel gelaufen. »Forscherin Lambert ...«

»Was gibt es?«

»Man braucht Sie drinnen. Alle. Die Königin — die andere, Helena — sie hat sich umgebracht.«

Der Garten verschwamm, nahm wieder feste Formen an. »Wie?«

»Erstochen — mit einer kleinen Nähschere, die sie in ihrem Gewand versteckt hatte. Es ging alles zu schnell, die Forscher sahen auf dem Monitor, wie es geschah, aber sie kamen zu spät.«

»Sagen Sie den anderen, daß ich komme.«

Lambert sah Anne Boleyn an. »Das haben Sie getan.«

Anne lachte. *Diese Lady,* schrieb der wachhabende Offizier im Tower, *sieht dem Tod mit viel Freude entgegen.*

»Lady Mary«, sagte Anne, »jede Geburt ist ein Todesurteil. Das hat man in Ihrem Zeitalter vergessen.«

»Helena mußte noch nicht sterben. Und das Zeitforschungs-Institut mußte nicht aufgelöst werden — man *wird* es nämlich auflösen. Vollständig. Aber irgendwo, irgendwann *werden* Sie Ihre Strafe bekommen. Dafür will ich sorgen!«

»Meine Strafe bekommen, Lady Mary? Und vielleicht enthauptet werden?«

Lambert musterte Anne: die wunderschönen schwarzen Augen, den sechsten Finger, den schlanken Hals. »Sie *wollen* Ihren Tod«, sagte Lambert langsam. »Genau, wie Sie ihn damals erlitten.«

»Was habt ihr mir denn gelassen?« fragte Anne Boleyn. »Außer der Macht, mein Leben so zu leben, wie es mir bestimmt war.«

»Das schaffen Sie nicht. Wir bringen hier niemanden um.«

Anne lächelte. »Wie wollt Ihr mich dann meiner ›Strafe‹ zuführen — ›irgendwann, irgendwo‹?«

Lambert erwiderte nichts. Sie kehrte durch den ummauerten Garten zurück zu dem Gebäude, das grau in die Dämmerung ragte, zu dem Gemach, in dem die andere tote Königin lag.

Originalititel: ›And Wild for to Hold‹
Aus: ›Isaac Asimov's Science Fiction Magazine‹, Juli 1991

Deutsche Übersetzung von Birgit Reß-Bohusch

Sharon N. Farber

WELTRAUMWESEN RETTETEN MEINE EHE

Als ich von der Arbeit nach Hause kam, saß Tim immer noch in der Küche, trank Kaffee und las den Sportteil der Zeitung. Freie technische Zeichner haben im Dezember wenig zu tun. Die Katze sprang auf mich zu, kaum daß ich zur Tür herein war, rieb sich an meinem Bein und schnurrte.

»Was denkst du, Liebling?« fragte ich, während ich das Tier streichelte. »Sollten wir Mittens zwei Namen geben? Ich meine, sie hat doch auch zwei Köpfe ...«

»Wie du willst«, antwortete Tim, aber Stacey hörte auf, mit dem Löffel in ihrem Count Chockula-Pudding zu rühren, und deutete auf jeden Kopf. »Muffin. Tiffany.«

»Sehr schöne Namen.« Ich goß Muffin und Tiffany eine Schale Milch ein. Wie gewöhnlich begannen beide Köpfe sofort die Milch aufzuschlecken.

»Hast du neue Zeitungen mitgebracht, Bobby June?«

Sobald die neuen Kurzzeitungen erscheinen, nehme ich die alten mit nach Hause. Natürlich habe ich sie schon gelesen. »Hier, hör mal: HAUSFRAU BEGEGNET ELVIS IM WASCHSALON. Das war hier in unserer Stadt!«

»Vergiß es«, meinte Tim. »Andauernd behaupten irgendwelche Leute, sie seien Elvis begegnet. Hat dieses Raumschiff — *Voyager* hieß es doch, oder so ähnlich — nicht auch sein Gesicht auf dem Mars entdeckt?«

Dies war die längste Unterhaltung seit damals, als wir Tante Martha in Austin besuchten und den Geist von Onkel Edgar im Kleiderschrank sahen. Der Zeitpunkt schien günstig, also rückte ich damit heraus: »Timmy-Schatz, morgen ist Heiligabend. Möchtest du nicht einige Verwandte zum Dinner mit uns beiden und Stacey einladen?«

»Nein«, brummte er nur und verschwand, um seine Zeitungen irgendwo anders zu lesen.

Ich habe Probleme mit dem Schlafen, wenn ich von der Nachtschicht komme. Deshalb griff ich mir Stacey und ging mit ihr Schuhe kaufen. Es ist unglaublich, wie schnell sie aus ihren Sachen herauswächst. Sie ist erst vier, trägt aber trotzdem schon die Erwachsenengröße 6. Ich glaube, sie hat die Füße ihres Vaters, aber zum Glück meine Nase.

Die Einkaufsstraße war ziemlich belebt — kein Wunder: zwei Tage vor Weihnachten. Wir erstanden die letzten Geschenke und kauften für Jesse, meinen Arbeitskollegen, gerade dieses hübsche Hund-und-Katze-Set als Salz- und Pfefferstreuer, als plötzlich eine Frau laut aufschrie.

»Großer Gott!« rief sie und zeigte auf ein schwarzes Samtbild von Elvis. Aus seinen Augen schienen Tränen zu rinnen.

»Warum weint er, Mommy?« fragte Stacey.

Ein Angestellter kletterte auf eine Leiter und nahm das Bild ab, um die Wand auf Nässe oder einen Rohrbruch zu untersuchen. Aber alles war trocken.

Die Frau, die das weinende Bild entdeckt hatte, streckte den Arm aus, berührte die Tränen und steckte einen Finger in den Mund. »Schmeckt salzig«, sagte sie. »Das sind echte Tränen!«

Ich betrachtete das Bild, und mir schien es, als ob die feuchten Augen tief in meine schauten. Und plötzlich war dieser Gedanke da, in meinem Kopf. *Du solltest schnellstens ins County Mercy General fahren. Dort gibt's einen Notfall.*

Im Krankenhaus schienen sie schon auf mich zu warten. Großmutter hatte wieder diese schlimmen Bauchschmerzen gehabt, und man befürchtete wohl, daß sie infolge eines alten Tumors, an dem sie schon lange laborierte, den man wegen ihres Alters nicht hatte operieren wollen und nun doch hatte operieren müssen, innerlich verblutete. Jedenfalls wollte mich der Arzt sofort nach der Operation dringend sprechen — vor der Tür des Operationssaales.

Er trug seine grüne Kluft, eine Papierhaube und Stiefel — fast wie im Fernsehen.

Er nahm kein Blatt vor den Mund, sondern kam gleich zur Sache. »Ihre Großmutter bekam ein Kind.«

»Aber das ist doch nicht möglich!« rief ich. »Großmutter ist achtundsiebzig!«

Seine Augen wurden schmal, sein Blick war streng — der typische Blick von Ärzten, die denken, man glaubt ihnen nicht. »Natürlich ist das möglich — es ist ein Faktum. Anscheinend ging Ihre Großmutter vor über fünfzig Jahren mit Zwillingen schwanger. Aber nur ein Kind kam damals tatsächlich zur Welt.«

Dann sprach er von Ovulation und Winterschlaf und ähnlichem komplizierten Zeugs, das ich wahrscheinlich deshalb nicht verstand, weil ich in der elften Klasse abgegangen war, um zu arbeiten und so. Langer Rede kurzer Sinn: Das Baby war über fünfundfünfzig Jahre in ihrem Bauch gewesen — war tatsächlich meines toten Vaters Zwillingsbruder. Sie hatten das Erbgut verglichen, und alles paßte zusammen.

»Aber das ist noch nicht alles«, fuhr der Arzt fort. »Ich habe schon viele seltsame Dinge erlebt, habe Babys zur Welt gebracht, die antike ägyptische Amuletts trugen oder Tätowierungen mit heiligen Symbolen aufwiesen. Einmal habe ich sogar erlebt, daß eine Frau eine

Cabbage-Flickenpuppe zur Welt brachte. Aber nie in meiner langjährigen Praxis als Arzt und Geburtshelfer ist es vorgekommen, daß eins meiner Neugeborenen schon im Kreißsaal gesprochen hat!«

»Was hat er gesagt?«

»Als ich ihm den üblichen Klaps auf den Hintern gab, verzog er keine Miene, sondern sah mich nur an und sagte: ›Der Zwilling kehrt zurück. Gebt ihm Liebe und seid nicht grausam zu ihm.‹* Mehr sagte er nicht, und jetzt verhält er sich wie ein ganz normales Baby.« Der Doktor nahm die Papierhaube ab und kratzte sich am Kopf. »*Der Zwilling.* Damit meint er sicherlich sich selbst, nicht wahr?«

»Nein, nein, das kann nicht sein.« Ich wußte damals nicht, was er damit sagen wollte, wußte nur, daß etwas Großes vorging oder geschehen würde.

Nachdem ich den ganzen Nachmittag über bei Grannie geblieben war und anschließend noch das Essen für Stacey und Tim bereiten durfte, blieben mir nur ein paar Stunden Schlaf, ehe ich wieder zur Arbeit mußte. Ich kam zwar etwas zu spät, doch Ralph deckte mich wie immer — er ist wirklich ein Schatz. Er ist dieser Veteran aus dem Zweiten Weltkrieg, der vierzig Jahre lang allein in einem Rettungsfloß im Bermuda-Dreieck umhertrieb, ehe man ihn fand. Doch seiner Einstellung gegenüber seinen Mitmenschen hat dies offenbar nichts anhaben können.

»Du kannst mir gratulieren. Ich komme in feste Hände«, erzählte Ralph, während er in seinen Mantel schlüpfte.

»In wessen Hände?« Ich wußte nicht mal, daß er jemals ein Rendezvous gehabt hatte. Soweit mir bekannt, war sein einziger Freund dieser Eddy, den er während

---

* *›Love me tender‹* und *›Don't be cruel‹*: zwei Hittitel von Elvis = *(Anm. d. Übers.)*

der Grundausbildung beim Militär kennengelernt hatte und der eines Tages aus heiterem Himmel bei ihm aufgetaucht war, nachdem er Ralphs Bild in der Zeitung entdeckt hatte.

»Ich heirate Eddy«, antwortete Ralph. Die Verlegenheit trieb ihm das Blut in die Wangen. »Natürlich nicht wirklich, es ist nicht so, wie du denkst. Sieh mal, letztes Jahr wurde er vom Blitz getroffen, und dadurch wurde er zur Frau!«

»Wow!« Ich hatte davon gelesen, aber nicht geahnt, wer die Person war. »Nun, dann viel Glück und das übliche!« Wir würden für ein passendes Hochzeitsgeschenk sammeln müssen.

Die ganze Zeit hatte Jesse im Nebenraum gearbeitet. Jetzt kam er herüber, um die Chips aufzufüllen. »Schon die Neuigkeit über Ralph und Eddy gehört?« Er besaß eine tiefe, samtige Stimme, aber ich habe nie seinen Akzent einordnen können.

»Ich hoffe, sie werden glücklich.« Automatisch dachte ich dabei an Tim und mich und mußte schlucken.

Jesse kam herüber und umarmte mich — wir sind nur alte Freunde, wirklich —, und ich erzählte ihm, daß Tim und ich offenbar nicht mehr miteinander reden konnten. Rasch wischte ich mir die Tränen ab und sah Jesse an. »He, du hast ja abgenommen!«

»Das macht diese Diät. *›Iß alles, was du magst, und nimm täglich ein Pfund ab.‹* Wirkte tatsächlich!«

Ein Kunde kam herein, um seine Tankrechnung zu bezahlen, und Jesse machte sich daran, die Oreos und Pecan-Sandies aufzufüllen. Der Kunde — er zahlte mit Kredit-Karte — sagte: »Ihre Hilfskraft sieht Elvis verdammt ähnlich, finden Sie nicht?«

»Nein, finde ich nicht.« Will sagen, ich habe in Jesse immer nur den Freund gesehen und sein Gesicht nie intensiver in Augenschein genommen — wenn Sie verstehen, was ich meine.

»Aber ja«, beharrte der Kunde und zeigte auf ein

Päckchen Zigaretten, so daß ich ihn neu abrechnen mußte. »Ja, überall haben sie Elvis gesehen — in der Post in Decatur, in einem McDonalds in Fresno, in der Baseball Hall of Fame ... Und jetzt begegne ich ihm hier in einem Supermarkt. Ich denke, jetzt komme ich auch in die Zeitung.«

Wir lachten beide.

Eine andere Kundin, die Milch und Brot kaufte, legte ihre Waren auf die Theke. »Lachen Sie nicht«, sagte sie. »Gestern hat mir meine Katze völlig überraschend ein altes Mono-Album ins Haus geschleppt. Es sah brandneu aus. Es war *Blue Hawaii!*«

Wir waren alle ziemlich beeindruckt von diesem seltsamen Erlebnis — Jesse eingeschlossen, der zu uns kam und lauschte. »Ich sage Ihnen, da braut sich was zusammen«, fuhr die Frau fort. »So was wie ein Sturm kurz vorm Ausbruch.« Dann bemerkte sie Jesse. »He, hat Ihnen schon mal einer gesagt, daß Sie wie Elvis aussehen?«

»Nein, Ma'am, dann schon eher wie Roy Orbison.«

Sie musterte ihn nochmals eingehend. »Yeah, vermutlich haben Sie recht. Wie auch immer — schöne Weihnachten allerseits.«

Die nächsten Stunden war wenig zu tun, und gegen Mitternacht kam Brian, der Nachtinspektor, um uns zu kontrollieren. Ich mochte Brian nicht sonderlich, weil er immer so tat, als verdächtige er uns, Geld aus der Kasse zu stehlen. Trotzdem war ich auch diesmal freundlich zu ihm und dachte mir nichts dabei, als er Jesse ins Lager schickte, um die Kekse und Sodas dort aufzulisten und festzustellen, was wir noch brauchten, um über die Feiertage zu kommen.

»Komm mal her!« rief Brian aus der hintersten Reihe, wo die Süßigkeiten- und Spielsachen-Regale waren.

Auweia! dachte ich. Wahrscheinlich waren wieder mal ein paar Kinder meiner Aufmerksamkeit entgangen, hatten Spielzeug stibitzt und die Plastik-Verpackungen liegenlassen. Das tun sie manchmal, wenn man nicht aufpaßt.

Doch im Neuheiten-Regal war alles okay.

»Stimmt was nicht?« fragte ich.

»Nein, nein, alles in Ordnung«, sagte Brian. »Ich wollte dir nur frohe Weihnachten wünschen.« Und er versuchte mich zu küssen.

»He!« rief ich, wobei ich so tat, als sei es ein Scherz. Verstehen Sie, ich brauchte den Job! »He, hier gibt's aber keinen Mistelzweig!« Damit stieß ich ihn von mir — und dabei öffnete er den Mund und zeigte solche Fänge, diese Dracula-Beißer aus Plastik, die man zu Halloween trägt. Nur waren seine echt.

»Brian, was zum ...?«

Plötzlich biß er mich in den Hals, und ich konnte nicht mehr um Hilfe rufen ...

Ich schien einen langen dunklen Tunnel hinabzugleiten. An seinem Ende schimmerte hell ein Licht. Meine Eltern und Großeltern (außer Grannie natürlich), meine Bekannten, die schon tot waren, einschließlich meines Freundes aus der neunten Klasse, der in den Dränagegraben gefallen war, und alle Hunde und Katzen, die ich je besessen hatte — alle waren da, um mich willkommen zu heißen. Als ich endlich das Ende des Tunnels erreichte, sah ich vor mir ein Bild, so groß wie eine dieser überdimensionalen alten Kinoleinwände, und es zeigte die Erde und diesen riesigen felsigen Asteroiden, der direkt darauf zuraste. Zuerst glaubte ich an einen Ausschnitt aus einem dieser alten Star Trek-Filme, doch dann bemerkte ich, daß es Wirklichkeit war. Plötzlich verschwand die Weltraum-Szenerie, und Elvis — Elvis in Person — lächelte mich an. Er lächelte nur. Und dann hob er eine Hand und sagte: »Geh zurück und warne sie!«

Als ich zu mir kam, lag ich wieder in unserem Quick-Stop-Shop auf dem Boden, und Jesse legte mir kühle Tücher auf die Stirn.

»Ich dachte schon, du wärst tot«, seufzte er erleichtert.

»Das war ich auch.« Ich wollte mich aufsetzen, schaffte es auch beim zweiten Versuch, und bemerkte, daß der ganze Boden voller Milch und schleimigem gelben und roten Gallert war, das ich nicht kannte und das entsetzlich stank. »Was ist passiert — sind das da die Überreste von Brian?«

Jesse nickte. »Ich habe ihn mit Milch bombardiert. Milch löst Vampire auf, läßt sie wegschmelzen. Zu gesund für sie oder so was. Weiß nicht genau, wie — wirkt aber jedesmal. Darfst aber nur Vollmilch nehmen. Fettarme Milch oder Magermilch nutzt da nichts.«

»Jesse, ich muß dir unbedingt den Traum schildern, den ich hatte.« Ich erzählte ihm von dem Tunnel, dem Asteroiden, von Elvis. Jesse lauschte aufmerksam und schaukelte dabei unablässig auf den Absätzen vor und zurück. Schließlich sagte er: »Das war kein Traum, Bobby June. Das war Wirklichkeit — und wir müssen rasch handeln, wenn wir diesen Planeten noch retten wollen.«

Ich war immer noch ziemlich benommen von dem Sterben und der Rückkehr und dem allen. Deshalb protestierte ich kaum, als er den Laden dichtmachte und mit mir losfuhr. Ich wußte nicht mal, wohin wir fuhren, sondern saß in eine Decke gehüllt — sein Pickup hatte keine Heizung — neben ihm und starrte aus dem Fenster auf den alten, vollen Mond.

»Siehst du, dies ist der Höhepunkt und Zweck meines Aufenthaltes auf der Erde«, sagte Jesse plötzlich.

»Wa-as?«

»Ich bin der Zwilling, der zurückgekehrt ist. Der, von dem dein Baby-Onkel im Krankenhaus gesprochen hat.«

»Wa-a-as?« Die Nacht war so schon seltsam genug, ohne daß mein alter Freund Jesse jetzt auch noch bizarre Sprüche auf mich losließ. Ich musterte ihn, als sähe ich ihn zum ersten Mal. Er sah tatsächlich aus wie Elvis. »Wer bist du?«

»Wie ich schon sagte, ich bin der Zwilling. Elvis' Zwillingsbruder Jesse, der angeblich bei der Geburt starb, in Wahrheit aber von dem Planeten entfernt wurde und in einem UFO aufwuchs.«

»Sprichst du von den UFO-Leuten, die verlorengegangene Kinder stehlen und sie dann auffressen?«

»Unsinn — die Typen sind von Andromeda.«

»Meinst du etwa die UFO-Leute, die einem die Schoßtiere oder Gartenzwerge klauen, um damit zu spielen, und sie dann ein Jahr später zurückgeben?«

»Nein — das sind die von Beteigeuze.«

»Und was ist mit denen, die vor deinem Fenster schweben und dich kein Pökelfleisch essen lassen?«

»Diese Typen, die sich überall einmischen? Nein, zu denen gehöre ich nicht. Mein UFO kam aus dem Kreuz des Südens, und die Leute dort sind voller Güte.«

Ich begann plötzlich zu schluchzen. »Armer Jesse. Seiner Familie entrissen zu werden, um dann bei irgendwelchen seltsamen Außerirdischen aufzuwachsen.«

Er nahm kurz die Hand vom Lenkrad, um mir die Schulter zu tätscheln. »Das war nicht so schlimm. Die Szenerie war sehr hübsch, und wir konnten uns Wiederholungen von Lucy im Radioteleskop anschauen. Außerdem bin ich selbst ein halber Außerirdischer, lebte also unter Verwandten.«

Ein Ausdruck von Trauer überzog sein Gesicht. »Armer Bruder Elvis! Er hatte nicht die geringste Ahnung von seiner Abstammung. Darum aß und trank er auch soviel und nahm Drogen. Das irdische Essen besaß eben nicht die lebenswichtigen Vitamine und Mineralien, die er brauchte.«

»Ach so!« Plötzlich ergab Jesses ständiges Lutschen von Tictac einen Sinn. »Deine Kügelchen für frischen Atem waren auch aus dem Weltraum?«

»Richtig. Sie sollten diätetische Mangelerscheinungen kompensieren und mich vor den schlimmen Auswirkungen der Umweltverschmutzung hier schützen.«

Vieles machte jetzt plötzlich Sinn. So zum Beispiel diese Elvis-Erscheinungen im ganzen Land. Immer war es Jesse gewesen, der umherwanderte und darauf wartete, das aufzuhalten — was immer es sein mochte —, weshalb er auf unseren Planeten entsandt worden war. Während der Fahrt erzählte er mir ein wenig — wie er umherreiste, den Reportern, dem KGB und den bösen Außerirdischen, die ihn an der Errettung der Erde hindern wollten, immer einen Schritt voraus.

Schließlich kamen wir dort an, wohin wir wollten: beim Observatorium in der Nähe der Universität. Seit meinem Schulausflug mit der zweiten Klasse war ich nicht mehr hiergewesen.

Jesse verschaffte uns Einlaß — manchmal ist seine Art recht beeindruckend —, doch die Eierköpfe dort waren ziemlich überheblich und wollten uns nicht glauben.

»Ein Asteroid, der die Erde zerstört? Das kann nicht sein! Einen Moment«, erklärte der diensthabende Teamleiter, ein Professor. Jesse nahm ihn kurzerhand beiseite und flüsterte ihm einiges ins Ohr. Als sie zurückkamen, war der Mann sehr blaß im Gesicht. »Dreht das Teleskop herum!« ordnete er an und begann den Himmel abzusuchen.

»Was hast du ihm gesagt?« fragte ich Jesse.

Er zuckte mit den Schultern. »Ich habe ihm ein paar Dinge von sich erzählt, die nur er selbst wissen kann — beispielsweise mag er Sushi überhaupt nicht, wäre lieber Feuerwehrmann geworden und hat eine heimliche Vorliebe für Vanna White.«

Es dauerte eine kurze Zeit, dann kam der Professor noch blasser zurück, sagte: »Sie lagen richtig!« und begann wie wild herumzutelefonieren ...

Schon bald — nun, tatsächlich waren einige Stunden vergangen, und ich hatte fast den gesamten Flug nach Washington geschlafen, war aber immer noch ziemlich benommen, als wir uns mit dem Präsidenten und seinen wichtigsten Abteilungsleitern trafen — befanden wir uns bei den Vereinten Nationen. Man hatte mich vom Weißen Haus aus Tim anrufen lassen, und die Präsidentengattin, eine sehr nette Person, ließ Tim und Stacey mit dem Flugzeug abholen, damit sie bei mir sein konnten.

So trafen wir uns alle bei den Vereinten Nationen. Zuerst gab der Professor seinen Bericht, und eine ganze Reihe anderer Professoren aus aller Herren Länder bestätigten seine Ausführungen. Danach geriet jeder in Panik, weil der Asteroid schon innerhalb eines Monats mit der Erde zusammenstoßen und uns alle zermalmen würde — und unsere Raketen waren nicht groß genug, um ihn aufzuhalten und aus der Bahn zu schleudern.

Ich war ziemlich bedrückt, daß Stacey nicht mal alt genug werden würde, um in den Kindergarten zu gehen, und sagte wütend zum Präsidenten: »Ich habe Ihnen meine Stimme gegeben, damit Sie das Geld für Bomben und anderes Zeugs ausgeben, und Sie können mit den Dingern nicht mal einen einzigen lausigen Asteroiden aufhalten?«

Daraufhin wirkte er ziemlich pikiert. Ich schämte mich für meine unüberlegten Worte und entschuldigte mich bei ihm.

»Schon gut«, meinte er, »wir sind wohl alle etwas aus der Fassung.«

Jesse stand auf und erklärte, er habe einen Plan. Doch dafür brauche er die Unterstützung aller. Dann erläuterte er seinen Plan. Der Professor stellte ein paar Berechnungen an und meinte schließlich, so könne es gehen. Die meisten Anwesenden aber glaubten nicht an Jesse und zeigten deutlich ihre Zweifel.

»Ich glaube, dann muß ich Sie anders überzeugen«,

sagte er, ließ sich eine Gitarre bringen und begann mitten im Plenum der Vereinten Nationen zu singen. Wahrscheinlich war seine Stimme nicht viel besser als die seines Bruders Elvis, der, wie Sie zugeben müssen, der größte Sänger war, der je gelebt hat. Aber Jesse war von Außerirdischen trainiert worden, und er benutzte die restlichen neun Zehntel des Gehirns, die bei dem Rest von uns brachliegen. Es war der beste Gesang, wie alle eindeutig bestätigten, den man je gehört hatte. Schon bald wußte niemand mehr, ob er lieber weinen oder Beifall klatschen sollte. Nachdem sich dann alle wieder etwas beruhigt hatten und die Sanitäter die Delegierten, die in Ohnmacht fielen oder einen Herzanfall erlitten, abtransportiert hatten, votierte jeder für Jesses Plan.

So kam der Heiligabend, und Jesse ging weltweit auf Sendung. Man fragte ihn, ob er Dolmetscher brauche, doch er lehnte ab. Und tatsächlich — als er zu den Menschen der Erde sprach, langsam und nur mäßig laut, verstand ihn jeder, ganz gleich, welche Sprache er sonst sprach.

»Ich möchte, daß jeder Mensch in der westlichen Hemisphäre, in Europa und in Afrika, ganz still steht«, sagte er in das Radiomikrofon. Ich empfand irgendwie Ehrfurcht bei der Vorstellung, daß jeder Mensch auf der ganzen Erde nur die Worte *meines Freundes* Jesse hörte. Und ihm vertraute, an ihn glaubte, weil er wie sein Bruder klang. Jedermann auf der Welt kannte Elvis. »Ich möchte, daß jeder Mensch im Osten, in China und Japan und ...«

Nun, ich lasse die Aufzählung der Länder hier weg, weil ich nicht mal weiß, wo die meisten liegen oder wie sie geschrieben werden »... und ich möchte, daß jeder von euch sich einen Küchenstuhl besorgt, der 18 Inches, das sind genau 64 Zentimeter, hoch ist ...«

Es war wirklich beeindruckend, wie smart Jesse wirkte.

»Ihr könnt ein paar Bücher oder Sperrholzbretter unterlegen, wenn die Sitzfläche nicht genau 64 Zentimeter hoch ist.

Und dann möchte ich, daß ihr auf den Stuhl steigt — jeder von euch. Jetzt!«

Er wartete ein wenig, damit auch die Alten und ganz Jungen oder die mit Rheuma und Arthritis auf ihren Stuhl klettern konnten. »Wenn ich dann sage: ›Springt‹ — noch nicht, erst wenn ich dieses Wort sage —, soll jeder springen. Okay, seid ihr bereit?«

Er warf mir einen Blick zu, und ich lächelte und drückte ihm die Daumen.

Er beugte sich dicht über das Mikrofon. »Okay, es geht los. Und jetzt — springt!«

Und überall in China und Japan und in allen anderen Ländern sprangen die Menschen von ihren Küchenstühlen.

Der Boden bebte ein wenig, und Stacey begann zu weinen. Ich nahm sie in die Arme, und Tim legte mir den Arm um die Schultern.

Der Professor hängte sich ans Telefon und sprach mit anderen Wissenschaftlern irgendwo auf der Welt. Dann legte er die Hand über den Hörer und rief: »Es hat gewirkt, es hat gewirkt! Als die Asiaten gesprungen sind, haben sie die Erde ein wenig aus der Umlaufbahn geworfen, so daß der Asteroid nun an uns vorbeifliegen wird. Wir sind gerettet!«

Alle lachten befreit auf und umarmten sich gegenseitig. Dann wurden wir plötzlich still, denn wir alle bemerkten das orangefarbene UFO vor den Fenstern, das taghell leuchtete.

Jesse kam zu mir herüber und ergriff meine Hände. »Du bist mir wirklich eine gute Freundin gewesen, Bobby June. Ich werde dich vermissen.«

»Du gehst weg von uns, Onkel Jesse?« fragte Stacey.

Er legte ihr eine Hand auf den Kopf — und seitdem hat sie hellblonde, natürliche Locken — und antwortete.

»Meine Aufgabe — und die meines Bruders — ist beendet, Stacey. Ich kehre nach Hause zurück. Aber zuerst ...«

Er zog Tim beiseite. »Also, Tim, ich weiß, du liebst deine Frau. Aber du mußt mit ihr reden.«

»Wenn ich das tue und sie erfährt die Wahrheit über mich, liebt sie mich vielleicht nicht mehr.«

»Du weißt genau, daß das nicht stimmt. Hab keine Angst«, sagte Jesse.

Tim wandte sich an mich. »Bobby June, ich könnte verstehen, daß du mich verläßt, wenn ich dir dieses erzählt habe. Der Grund, warum wir nie meine Verwandten besuchen und warum ich immer Schwierigkeiten habe, passende Schuhe zu finden — Schatz, um es kurz zu machen, ich bin Großfuß. Nun, ich bin nicht wirklich Großfuß, nur sein kleiner Bruder. Jetzt weißt du es.«

Ich sagte: »Liebling, mir wäre es auch egal, wenn du das Ungeheuer vor Loch Ness wärest. Du bist immer noch mein Mann.« Und ich umarmte Tim, und Stacey sprang fröhlich auf und ab, weil von jetzt an alles wieder in Ordnung sein würde.

Jesse ging zum Fenster und sprang auf den Anleger des UFOs. »Tim, willst du nicht mit deinen Angehörigen die Feiertage bei deinen Verwandten verbringen?«

»Würde ich schon gern«, antwortete Tim. »Aber am Heiligabend kriegen wir bestimmt keinen Flug mehr nach Oregon — und außerdem haben wir keine Geschenke.«

»Vergiß das Flugzeug«, grinste Jesse. »Wir können euch unterwegs absetzen. Und in der Untertasse finden wir bestimmt auch was, das ihr euren Leuten mitbringen könnt.«

Er winkte uns zu dem Anleger.

»O Mann!« schrie Stacey begeistert. »Das wird das schönste Weihnachten aller Zeiten. Und weiterhin prophezeie ich euch, daß es im Mittleren Osten zu einem größeren Konflikt kommen wird, daß Linda Evans eine unerwartete zweite Karriere bevorsteht, und daß alle Hunde in Denver die Haare verlieren, dafür aber sprechen lernen ...«

Originaltitel: ›Space Aliens Saved my Marriage‹
Aus: ›Isaac Asimov's Science Fiction Magazine‹, Dezember 1990

Deutsche Übersetzung von Peter Pape

Mary Rosenblum

SYNTHESE

David Chen stand auf einem Fels inmitten des präkambrischen Ozeans und hob die Arme wie ein Dirigent. Die Ursee zu seinen Füßen reagierte. Gesättigt mit den Möglichkeiten des Lebens, schwoll sie rings um die kahle Klippe an, auf der er stand. Zäher gelber Schaum klebte am Lavafels und an Davids nackten Füßen. Sein virtuelles Programm simulierte die Berührung des Schaumes in seiner Handfläche durch niederfrequente elektrische Impulse und deutete die feuchte Brise an, doch dies Stück war für das Netz. Man *roch* den Ozean nicht, noch fühlte man die feuchte salzige Liebkosung der Brise.

In einem stationären Stück konnte er komplexe Sinnesimpulse hinzufügen: die kalte Berührung des Schaumes, den scharfen Geruch der reichen See. Er konnte das Stück zum *Leben* erwecken. David unterdrückte einen Seufzer. Man brauchte eine Galerie, um eine stationäre Show zu bekommen. Chen BioSource, das Familienunternehmen, machte sich sehr gut an der Börse, jedoch nicht gut genug, als daß er seine eigene stationäre Show hätte herausbringen können. Dieses Stück würde morgen im Netz herauskommen. Morgen. Das ist ein ziemlicher Triumph, sagte er sich.

Morgen. Nervosität regte sich in David. Es war ihm gelungen, den Termin zu verdrängen, doch nun kehrte er in sein Bewußtsein zurück und tickte in seinem Hirn wie eine antike Uhr. Stirnrunzelnd sah er einen Wolkenstreifen aus Vulkanasche über den blassen Himmel ziehen. War er aus dem Gleichgewicht, oder war das nur ein Fall von Lampenfieber vor der Premiere? Der Wind heulte klagend über die See mit der einsamen Stimme von Holzblasinstrumenten und verkündete Wandel. David streckte einen virtuellen Arm aus, um die Aschefahne zu zwicken. Besser. Kein schlechter Prolog, sagte er sich und zählte rückwärts: drei, zwei, eins, *jetzt*.

Die See hob sich, schwanger mit Leben. Kreaturen wanden sich, schwärmten aus, vereinigten und teilten sich in einer ekstatischen Evolutionssymphonie. David stieg in die aufgewühlte See und ließ sich absinken. Schlammiges Wasser wirbelte ringsum auf, und das Gefühl der Bewegung war deutlich genug, um David leicht seekrank zu machen. Gut. Hier gab es für die kleinlichen Nörgler nichts zu mäkeln. Er hatte jede Spezies erforscht, bis hin zur letzten Zelle. David kletterte auf den Fels zurück und gestattete sich verhaltene Vorfreude. *Schöpfung* hatte er dieses Stück genannt, sein größtes bisher. Und es war — gut.

Ja, gut. Rings um ihn entwickelten kleine Schwimmpartikel Beine, Freßwerkzeuge und Flossen, die zu verbundenen Schwimmbeinen wurden. Die Erde wand sich und erschauerte in Geburts- und Todesspasmen. Unter dem Anschwellen der Begleitmusik schoben sich Berge aus dem brodelnden Wasser empor und durchstießen den gelblichen Himmel ... David erstarrte, als sich eine bedrohliche Finsternis langsam über den Himmel ausbreitete. Sie verdunkelte die Sonne und warf einen drohenden Schatten über die Landschaft. Eine Brise kräuselte das Wasser, und die Andeutung von Kälte verursachte David Gänsehaut im Nacken. Der erste zögernde Schwimmer platschte auf das felsige Ufer und kämpfte sich, mit rudimentären Lungen japsend, in die Brandungszone vor.

Das hätte nicht passieren sollen. »Pause!« schnauzte David, und die Szene gefror. »Gott verdammt!« Er betrachtete suchend die bewegungslose Landschaft aus Dünung und Wellenbrechern. »Wo zum Teufel steckst du *diesmal?*«

Ein spitzes Kanidengesicht lugte hinter einem Haufen schwarzer Lavabrocken hervor. Der amerikanische Rotfuchs. *Vulpes fulva,* und man sieht jedes Haar sich im Wind bewegen, dachte David neidvoll.

Der Fuchs, mit rotem Fell und spitzen Ohren, grinste und bleckte die weißen Zähne. Seine grünen Augen funkelten boshaft, und er machte ein sehr menschliches, sehr rüdes Geräusch.

Genug! David streckte die Hand aus. Eine Pistole erschien in seiner Faust, ein alter Westernrevolver mit Perlmuttgriff. Der Fuchs schlug rasch mit der weißspitzenen Rute, lachte ein Jungenlachen und flitzte über die statische See. Er löste sich in Luft auf, sobald David feuerte. Lange blickte David ihm finster nach. Dann warf er den Revolver in die Luft. Der verschwand augenblicklich. »Haus?« sagte er. »Habe ich getroffen?«

Tut mir leid. Die Stimme des Hauses kam flüsternd über sein Audio-Implantat. *Der Eindringling konnte sich aus dem Programm zurückziehen, bevor die Sicherheitsverfolgung andockte.*

David verzog das Gesicht, ein Schmerz nagte in seinem Hinterkopf. Erst gestern hatte er die Zugangscodes des Programms geändert und gedacht, daß er den lästigen Geist eine Weile nicht sehen würde. Das Stück kam *morgen* heraus. Beschädigt oder nicht. »Löscher«, preßte David zähneknirschend hervor. Er griff sich den übergroßen Wandtafelschwamm aus der Luft und hob die Hand, um den vom Fuchs hinzugefügten Schatten wegzuwischen.

Der leistete jedoch einen Beitrag zum Thema des Stückes — ein Hinweis auf kommende Schwierigkeiten. Eine unheilvolle Warnung. David tippte mit dem Zeh auf die erstarrte See. Stirnrunzelnd betrachtete er die Vorfahren des Landlebens, festgehalten in ihrem Bemühen, auf den schlammigen Ozeanrand zu kriechen. Die Erde würde nie mehr so sein wie zuvor. Der Schatten — paßte. Zum Teufel. »Sichern!« befahl David. Sobald die Szene sicher gespeichert war, wischte er die vom Fuchs geschaffene Dunkelheit mit ausladenden, zornigen Schwüngen fort.

Entschuldigung, unterbrach ihn das Hausprogramm. *Sie werden in einer Stunde im Apartment Ihres Vaters erwartet.*

Seufzend ließ David den Löscher verschwinden. Er wollte mehr Zeit haben, wollte jeden Augenblick dieses Stückes durch seine virtuellen Finger laufen lassen, um sich zu vergewissern, daß der flüchtige Geist keinen weiteren Schaden angerichtet hatte, daß Textur, Schattierung und Ton genau seinen Absichten entsprachen.

Er wollte heute abend *nicht* mit seinem Vater zusammentreffen.

David seufzte wieder. »Speichern und Austritt.« Er schloß die Augen gegen die momentane Desorientierung beim Zusammenfallen der virtuellen Welt.

Sein virtuelles Labor nahm ringsum Gestalt an; drei mal drei Meter mit teppichbelegte Wände, Boden und Decke. Er stand mitten im Raum, schlaksig und nackt bis auf sein Trikot. Die Silberdrähte seines interkutanen Kraeger-Netzes glitzerten im gedämpften Schein der fluoreszierenden Röhrenlampen und bedeckten jeden Quadratzentimeter seiner Haut. David rümpfte die Nase und roch den eigenen säuerlichen Schweiß. Sein Haar hatte sich aus dem Zopf gelöst und klebte ihm am Nacken. Er widerstand der Versuchung, das Stück erneut aufzurufen und einen Fehler im Hausprogramm für seine Verspätung verantwortlich zu machen, ging unter die Dusche und zog sich an.

Sein Vater weigerte sich, virtuelle Welten zu nutzen. Er würde nicht einmal einen Anzug virtueller Skinthins anziehen, obwohl er David vor der Geburt hatte vernetzen lassen. Typisch, dachte David, als er im Atrium vor dem Apartment seines Vaters zögerte. Sein Vater mochte die Technologie verachten, doch ein Kraeger war der letzte Schrei an Power-Outfit in der Geschäftswelt. Also ließ Fuchin David vernetzen. Zum Wohle der Familie. »Wir Chinesen sind besessen von der Familie«, murmelte David. Er strich eine imaginäre Falte aus seiner Tunika und wünschte, der alte Herr wäre nicht so eigensinnig, kompromißlos gegen Technologie. Im Virtuellen wäre viel leichter mit ihm auszukommen.

»*Bù yâu,* putz dich für mich nicht heraus«, sagte sein Vater, als David endlich den Raum betrat. Er sprach Mandarin. »Spar dir das für die Aufmerksamkeit einer zukünftigen Braut auf.«

Nicht das Thema schon wieder! »Hallo, Fuchin!« David neigte steif den Kopf und setzte sich in den angewiesenen Stuhl. Sein Vater hatte eine Schwäche für antike Lackstühle und eine Fülle bunter Stoffe. Tugenden preisende Kalligraphierollen hingen an den Wänden. Ein antikes Schreibset — Tintenfaß, geschnitztes Jadestück und Bürsten — lag ordentlich auf einem geschnitzten Schreibtisch aufgereiht. Die Vielzahl antiker Stücke verursachte David Klaustrophobie. »Wie geht es dir?« fragte er seinen Vater. »Shau Jieh sagte mir, daß du Schwierigkeiten mit dem Schlafen hattest.«

»*Chinq ni,* sprich Mandarin, bitte! Benutz Englisch fürs Geschäft. Deine jüngste Schwester macht sich zu viele Sorgen.« Davids Vater winkte mit der Hand. »Sie ist eine gute Tochter.« Er langte nach der Porzellankanne auf dem Tisch neben seinem Ellbogen und schenkte zwei Tassen blassen Tee ein.

Mein Vater sieht klassisch asiatisch aus, dachte David. Sein Gesicht könnte einer antiken Kwantung-Schriftrolle entnommen sein. Davids Gesichtszüge waren nicht so rein, Folge der Mischung mit dem kaukasischen Blut seiner Mutter. Seine älteste Halbschwester Dà Jieh erinnerte ihn gern an das Blutgemisch seiner

Mutter. Davids Mutter war Ursache eines Skandals gewesen, eine sehr spät genommene und sehr junge zweite Frau. Sie hatte David den Namen ihres Vaters gegeben, doch David erinnerte sich kaum an sie. Er betrachtete das starre Profil seines Vaters und preßte die Lippen zusammen, als er Zeichen des Zorns in die gealterte braune Haut eingeprägt sah. Was hatte er *diesmal* getan?

»Wie geht es Yu Hwa?« fragte sein Vater.

»Wir sehen uns nicht mehr. Wir haben uns miteinander gelangweilt. Mittlere Schwester schenkt dir *bald* deinen dritten Enkelsohn.« Èr Jieh hatte sich wieder für das ausgewählte Geschlecht entschieden — um Vater zu gefallen, da war er sicher. David seufzte. »Fuchin, wenn wir streiten müssen, können wir dann nicht wenigstens um das eigentliche Thema streiten, anstatt um meinen kinderlosen Status?«

»Probier einen von diesen Phönixaugen-Klößen. Sie sind mit Shrimps gemacht. Wild gefangene Shrimps, keine künstliche Paste. Ein Geschenk von Shau Jieh.« Sein Vater nippte am Tee. »Du hast kein Kind. Kannst du nicht an die Familie denken? Wer trägt den Namen weiter? Wer zündet Weihrauch für mich an?«

»Wir leben nicht im China des fünfzehnten Jahrhunderts.« David lehnte die angebotenen Klöße mit einem Kopfschütteln ab. »Chen BioSource ist ein Familienunternehmen, keine Dynastie.«

»Deine Kurzsichtigkeit ermüdet mich zu Tode.« Sein Vater furchte die Stirn noch mehr. »Wie ich höre, hast du mit einem Repräsentanten der Tanaka Corporation verhandelt. Warum hast du mich nicht zuerst gefragt?«

Aha. »Mein Job ist es, mit Unternehmensrepräsentanten zu verhandeln, damit *du* es nicht tun mußt.« David streckte die Handfläche aus, und die Silberfäden seines Netzes fingen das Licht ein. »Habe ich das mißverstanden?«

»Du hast deine Kompetenzen überschritten. Ich bin Leiter von Chen BioSource und Hauptaktionär.«

»Ich habe erst heute nachmittag mit Mr. Takamura gesprochen. Vor weniger als fünf Stunden.« Sie hatten sich in einem luxuriösen Tokioter Büro getroffen; im Virtuellen natürlich. Mr. Takamura hatte das virtuelle Gesicht eines populären japanischen Medienstars getragen, das Neueste an Power-Dreß. »Ich wollte es morgen in der Konferenz zur Sprache bringen.« Nachdem er *Schöpfung* beendet hatte. Nachdem es herausgekommen war.

»Das ist unangemessen.« Sein Vater schlug mit der flachen Hand so heftig auf den Lacktisch, daß die Teekanne zitterte. »Ich muß vor Verhandlungen jedweder Art unterrichtet werden. Wir werden keine Geschäfte mit Tanaka machen.«

»Fuchin.« David beherrschte sich mühsam. »Hast du das mit dem Rest der Familie diskutiert? Hast du mit Dà Jieh gesprochen, mit Ältester Schwester? Die Hälfte der genetischen Schablonen, die wir vermarkten, dienen der Verbesserung der Erbanlagen kommerziell genutzter Meeresfauna. Ich habe dir den Bericht über die bevorstehende Revision des Antarktisabkommens gegeben. Gerüchten zufolge ist Japan der gewinnende Bieter für die Ernterechte in antarktischen Gewässern. Tanaka ist die größte japanische Firma, die ernsthaft Aquakultur betreibt. Sie werden profitieren. Und sie haben uns ein herausragendes Angebot gemacht.«

»Ich habe alles riskiert, um Chen BioSource aufzubauen.« Sein Vater erhob sich steif. »Ich habe es für unsere Familie getan, für dich und deine Schwestern, für die Zukunft deiner Kinder. Ich habe es *nicht* getan, damit Tanaka profitiert. Ich habe es satt, von Tanaka zu hören. Du würdest alles wegwerfen, wofür ich gearbeitet habe, und es an Fremde abgeben. Du hast keinen Familiensinn.«

»Und ich frage mich, ob du Geschäftssinn hast«, sagte David auf englisch. Er ballte die Fäuste auf den Knien. »Ich wollte die Firma nicht verkaufen. Tanaka ist an einem langfristigen Vertrag interessiert, mehr nicht. Ich dachte, unsere Absicht sei es, Profit zu machen.«

»Es gibt solchen Profit und solchen.«

»Und Tanaka ist japanisch.« David erwiderte den tadelnden Blick seines Vaters. »Vorurteile sind ein antiquierter und teurer Luxus, Fuchin.«

»Und Loyalität ist unbezahlbar. Deine älteste Schwester ist einer Meinung mit mir. Tanaka ist eine Bedrohung unserer Unabhängigkeit.«

»Sie teilt deine Meinung?« David lachte, bis ihm die Kehle schmerzte. »Das ist ganz was Neues, wenn man bedenkt, daß ihre letzten drei Entwürfe ausschließlich für Tanakas Pazifik-Fischerei waren — *mit* deren direktem Input.« Er hätte so etwas erwarten müssen. Dà Jieh war immer bereit, gegen ihn Partei zu ergreifen, wenn ihr Vater beteiligt war. »Wenn ich so inkompetent und illoyal bin, warum feuerst du mich dann nicht und stellst jemand anderen ein?« fragte er bitter.

»Willst du dein Leben damit vergeuden, teure Spiele zu spielen?« Sein Vater schürzte die Lippen. »Du bist mein Sohn. Du bist ein *Chen*. Chen BioSource ist *dein* Erbe.«

»Und *deine* Dynastie.« David errötete. Er stand auf und starrte auf seinen Vater hinab. »Ich werde mich mit Mr. Takamura treffen und sein Angebot ablehnen. Hoffentlich bedauert die Familie das nicht.«

»Er-Dz!«

David wollte den Befehl seines Vaters mißachten, doch seine Muskeln gehorchten aus lebenslanger Gewohnheit, ließen David an der Tür verharren und drehten ihn um, so daß er seinen Vater ansah.

»Ich habe beschlossen, mich zurückzuziehen. In zwei Monaten von heute an.« Das Gesicht seines Vaters wirkte wie eine Maske, geschnitzt aus dunklem, bitterem Holz. »An jenem Tag geht Chen BioSource in deine Verantwortung über. Ab jenem Tag kannst du tun, was dir beliebt.«

David machte auf dem Absatz kehrt, ohne Verbeugung, ohne ein Wort. Er schritt durch den Vorraum in das große Atrium, das sein Vater sich mit Davids jüngster Schwester teilte. Sie erwartete ihn, auf einer gepolsterten Bank an einem kleinen Teich mit Wasserlilien sitzend. Ihr Haar war glatt aus dem breitflächigen Gesicht zurückgekämmt und im Nacken zu einem komplizierten Knoten geflochten. Sie trug eine bodenlange Tunika aus jadefarbener Baumwolle.

»Komm, setz dich zu mir!« bat sie in Mandarin und klopfte mit der Hand auf die Bank. »Fuchin fühlt sich heute sehr bedroht.«

»Wodurch, Shau Jieh?« David ließ sich neben sie auf den Sitz sinken.

»Weil er alt ist. Er weiß, daß er Fehler zu machen beginnt, und das ängstigt ihn.«

»Er kam mir nicht sehr ängstlich vor. Ich hatte den Eindruck, daß *ich* die Fehler mache.« David stieß einen polierten Kiesel vom Rand des Teiches. Er fiel leise platschend in das kristallklare Wasser. Goldene und weiße Koi flohen, die durchscheinenden Flossen wie Schleppen hinter sich herziehend.

»Fuchin sieht sich selbst in dir — vielleicht zu deutlich.« Sie lächelte über die größer werdenden Ringe auf der Wasseroberfläche. »Wie funktioniert das? Ich erkenne erst, daß das Wasser ein Hologramm ist, wenn ich es zu berühren versuche.«

»In jedem Kiesel steckt ein Chip.« David stieß ein weiteres Stück Achat in den holographierten Teich. »Das Programm spürt es und entwickelt die Kreise.«

»Es ist eine wunderbare Arbeit, Kleiner Bruder. Woran arbeitest du jetzt?«

»An einem Stück namens *Schöpfung*.« Davids Zorn verrauchte. Shau Jieh war nur vier Jahre älter als er und die einzige Schwester, der er als Kind nahegestanden hatte. Seine mittlere und die älteste Schwester waren Erwachsene gewesen — mißbilligende Erwachsene —

in seinen jungen Augen. Nur Shau Jieh hatte Fangen mit ihm gespielt oder Drachen mit ihm steigen lassen. »Es handelt vom Ursprung des Lebens auf der Erde«, erzählte er. »Eine Art Symphonie der Evolution. Es wird morgen im Netz gezeigt.«

»Wunderbar.« Sie klatschte erfreut in die Hände. »Ich werde im Netz eintreten. Hast du es Fuchin erzählt?«

»Was erzählt?« Bitterkeit stieg erneut in David auf. »Er mißbilligt meine *Spiele.* Und du — du wirfst hier dein Leben weg, Shau Jieh. Warum ziehst du nicht aus — oder ziehst mit jemandem zusammen, der dich zu würdigen weiß?«

»Ich lebe gern hier.« Sie errötete. »Fuchin meint es nicht so. Das mit deiner Kunst.« Sie berührte leicht Davids Arm und ließ die Fingerspitzen über die Silberfäden des Netzes gleiten. »Chen BioSource hat ihn aufgefressen«, sagte sie traurig. »Es ist seine Unsterblichkeit geworden, und in letzter Zeit fühlt er sich sehr sterblich. Dir liegt viel an deiner Kunst, und das macht ihm angst.«

»Du beschützt ihn zu sehr.« David lächelte, um seinen Worten die Schärfe zu nehmen. »Chen BioSource wäre schon vor Jahren auseinandergebrochen, wenn du uns hier nicht dazu gebracht hättest, miteinander im Gespräch zu bleiben. Manchmal wünsche ich allerdings ...« Er schüttelte ungeduldig den Kopf, da ihm die Worte fehlten. Was wünschte er sich eigentlich? Daß sein Vater in eines seiner Stücke eintrat. Es billigte? Wie kindisch! dachte David. Vater träte nicht einmal in eine virtuelle Welt ein, wenn es um einen wichtigen Kunden ging. »Solange du den Vermittler spielst, bitte Älteste Schwester, mich in Frieden zu lassen.« Er zog an seinem dicken Zopf. »Ich habe schon genug Probleme, ohne daß sie Vaters Vorurteile schürt.«

»Sei nicht böse. Dà Jieh liegt an ihren genetischen Entwürfen ebensoviel wie dir an deinen virtuellen Welten. Sie ist — eifersüchtig.«

»Worauf? Sicher nicht *auf mich*, ihren unfähigen kleinen Monsterbruder.« Er lachte, doch seine Schwester sah bekümmert aus. Sie war größer als er, wenn sie stand, sitzend jedoch verliehen ihr die großen Augen das Aussehen eines ängstlichen Kindes. David beugte sich hinunter und küßte den kerzengeraden Scheitel auf ihrem Kopf. »Ich werde versuchen, nicht wieder mit ihr zu streiten«, versprach er und fiel ins Englische zurück. »Aber ich wünschte, sie ließe mich in Ruhe. Ich schaffe mir selbst reichlich Probleme ohne ihre Hilfe. Warum können wir nicht miteinander auskommen?«

»Was bedrückt dich heute abend, Jüngerer Bruder?«

»Sieht man es so deutlich?« David blickte auf ihre Hand hinab. Diese dicken groben Finger wirkten so plump und konnten soviel Wärme vermitteln. »Fuchin sagte mir, daß er sich zurückziehen will«, sagte David langsam. »In zwei Monaten. Shau Jieh, ich bin durcheinander. Er beschuldigt mich, die Familie zu verraten, und erklärt mir im selben Atemzug, daß er mir die Firma übergibt.«

»Fuchin denkt, daß du deine Arbeit sehr gut machst«, sagte seine Schwester mit leiser Stimme.

»Denkt er das? Ich möchte das gern von *ihm* hören. Nur einmal.« David erhob sich abrupt. »Ich muß ein *Spiel* beenden.«

»Sei nicht verärgert.«

»Ich versuch's«, sagte David gepreßt. »Ich versuch's wirklich, Shau Jieh. Gute Nacht.«

»Gute Nacht«, sagte seine Schwester, doch ihre Augen waren traurig. Stirnrunzelnd blickte sie in die Tiefe des holographierten Koi-Teiches und blickte nicht auf, als David ging.

David nahm ein Taxi zu seinem Turm und erwischte den Lift in die mittlere Etage. Hinter den transparenten Wänden der runden Kabine versanken die Lichter von L.A., verstreuten Juwelen gleich, in der Dunkelheit. Seit

Jahrzehnten wartete die Stadt auf das Erdbeben. Auf das *Ganz Große.* Es hatte nicht stattgefunden. David stellte sich vor, wie die glitzernde City-Landschaft zerstört wurde, in Flammen aufging und Ruinen hinterließ. Aus dieser Höhe betrachtet, distanziert und abstrakt, gäbe es ein schönes, schreckliches Bild ab. Gewaltig. Der Lift hielt in seiner Etage, und David riß sich von dem Anblick los.

David bewohnte einen Raum neben seinem Labor. Es war kaum eingerichtet, das genaue Gegenteil vom überfüllten Raum seines Vaters. Ein paar Kissen lagen um einen niedrigen Tisch, und ein Futon auf einem Podest diente als Bett und Sofa. Sein überschüssiger Verdienst floß in den Kauf von Netzspeicherraum für seine virtuellen Welten. David bestellte sich eine Tasse Tee aus der Küchenwand und fühlte sich leicht desorientiert, als hätte sich der Raum während seiner Abwesenheit geringfügig verändert. Er hatte sich nie wirklich vorstellen können, Leiter von Chen BioSource zu sein, obwohl er gewußt hatte, daß er es eines Tages werden würde. David starrte in die Tiefen seines goldenen Tees. Der Rückzug seines Vaters war ihm so real und so irreal erschienen wie das vorausgesagte Große Beben, eine Drohung, die ewig hinter dem Horizont des Morgen lauert.

Morgen war jedoch da.

David ließ den Tee auf dem Tisch stehen und ging in sein Labor. Er zog die Tunika aus und warf sie in eine Ecke. Licht lief über die in seine Haut eingebetteten Silberfäden. Man mußte bereits *in utero* vernetzt werden, während der frühen fötalen Entwicklung. Diese Fäden übersetzten jede Muskelzuckung, jede biochemische Reaktion in sein virtuelles Programm. Das intrakutane Netz ermöglichte die weitreichendste Interaktion mit der virtuellen Welt.

Welche Ironie, daß es David möglich geworden war, virtuelle Kunst zu erschaffen. Zu *dem* Zweck hatte Vater sicher kein Chen-Geld ausgegeben. Es war eine Investition für das Geschäft gewesen, für die Familie. Essen und Familie, dachte David säuerlich. Unsere kulturellen Besessenheiten. »Studio!« kommandierte er und breitete die Arme aus.

Die Wände schimmerten und wurden zu den kraßweißen Wänden seines virtuellen Studios, zwei Stockwerke hoch, bis hinauf zu dem aus vielen Glasscheiben bestehenden Atelierfenster. In einer Ecke stand eine Staffelei. Auf einem farbbekleckslen Bord stand ein halbfertiges Gemälde, van Goghs *Sonnenblumen.* Eine Grünpflanze spreizte in einer Ecke die üppigen tropischen Blätter, und eine schwarz-weiße Katze putzte sich auf einem alten Dampfradiator zufrieden das Gesicht. Staubpartikel glitzerten in einem Sonnenstrahl, der seinen Weg durch das Dachlicht fand, und sanfte Zimbelmusik erfüllte die Luft.

Hier drinnen, in der virtuellen Zuflucht seines Studios, existierten weder sein Vater noch Chen BioSource: David ging hinüber zum Ständer mit Leinwänden an einer Wand. Er nahm *Schöpfung* heraus — grünes Wasser und schwarze Felsen, mit kräftigen, sicheren Pinselstrichen gemalt. Es war sein stärkstes Werk bisher. David zog an der Leinwand. Sie streckte sich in seinen Händen in die Länge und Breite bis auf Türgröße. Sie wurde zum Durchgang, der auf hohe Wellen und eine kleine schwarze Lavaklippe hinausführte. Kein Zeichen von Fuchsabdrücken. David wollte durch die Türöffnung treten, verharrte jedoch, da ein Zweiton-Gong durch sein Studio hallte. Nur wenige Freunde kannten den Eingangscode. »Komm herein!« sagte David und seufzte.

Eine Tür erschien in der Studiowand, ein glattes Türblatt aus handgeschliffener Birke. Es schwang auf, und ein großer schlanker Mann mit blonder Igelfrisur und dem Gesicht eines atemberaubend schönen Jungen erschien.

»Hallo, Beryl!«

»Du arbeitest, mein Lieber?« Beryl bewegte sich mit träger Grazie zur Leinwand-Türöffnung. Er warf einen Blick hindurch und zuckte die Achseln. »Dein Zeug ist gut, aber es ist zu subtil für mich. Ich mag ein bißchen rohe Gewalt hier und da.«

»Danke.« David schnippte mit den Fingern, und ein weißer Vorhang fiel vor die präkambrische Szene. Im Moment hatte er keine Lust, auf Beryls geschickte Sticheleien oder den neuesten Klatsch einzugehen. Er wollte nichts anderes, als durch jene Tür in sein Stück gehen und sich darin verlieren. »Was ist los?« fragte er knapp.

»Ich habe ein kleines Geschenk für dich.« Beryl griff in die Luft, und ein gepolsterter Stuhl erschien unter seiner Hand. »Ohne Berechnung für einen Freund.« Er schmiegte sich in den Stuhl und lächelte.

Beryls Körpersprache erinnerte David an eine Katze. Ein geschmeidiger, schnurrender Leopard. David fragte sich, wie Beryl in Wirklichkeit aussah — in Körperzeit. »Du stellst alles in Rechnung«, sagte David. »Auch wenn es nicht immer auf meinem Devisenkonto erscheint.«

»Du verletzt mich.« Beryl sah nicht verletzt aus. »Wer sind BioSources Feinde, mein Lieber?«

»Feinde?« David blinzelte. »Wir haben viele Rivalen auf unserem Gebiet; Antech und Selva Internacional sind vermutlich unsere größten Konkurrenten. Warum?«

»Jemand kauft Chen BioSources Sicherheitscodes im Netz.«

»Was?«

»Wann hast du dein Gehör verloren, mein Lieber?«

Sabotage? Piraterie? Die Möglichkeiten summten in Davids Kopf wie bissige Fliegen. Er wollte Zweifel anmelden, doch Beryl hatte sich seinen Ruf nicht durch den Verkauf falscher Informationen erworben. »Wir sind kein hochklassiger Betrieb.« David schüttelte langsam den Kopf. »Wir sind keine dicken Fische. Wer zum

Teufel sollte Gen-Schablonen klauen? Es wäre billiger, sie zu *kaufen.*«

»Ich habe dir gesagt, was ich weiß.« Beryl gähnte. »Finde heraus, wer kauft, und frag *sie.*«

Probleme, Probleme. Er würde den Rest der Familie warnen und Zeit opfern müssen, um das Sicherheitssystem auf Schlupflöcher zu überprüfen. Das bedeutete Aufregung, Aufbrausen der Temperamente und Vorwürfe. Sein Vater würde einen Wutanfall bekommen. Davids Kopfschmerzen waren wieder da: Wie lange noch, bis er jeden wachen Moment der Sorge um BioSource widmen würde?

»Ich bin weg. Edith schmeißt heute abend eine heiße Party. Kommst du?« Beryls Stuhl verschwand, sobald er sich erhob. »Nein? Zu schade. Also, wenn ich etwas über Chen-Codes flüstern höre, erfährst du es.«

»Für einen Preis?«

»Natürlich. War meine Information über das Antarktisabkommen nicht die Investition wert?«

Sie wäre es gewesen, wenn sein Vater zugehört hätte. David ballte eine Hand zur Faust, als sich die Birkentür hinter Beryl schloß und verschwand. Keine Zeit für *Schöpfung.* Er blendete sich über ein Fenster in das BioSource-Sicherheitssystem ein und rief einen schnellen Überblick der letzten zehn Tage auf. Niemand hatte versucht, einzudringen. David kaufte eine zusätzliche Schutzebene und zuckte zusammen über die Kosten. Nachdenklich nagte er an der Lippe. Er sollte Vater anrufen. Doch sein Vater würde Davids Quelle wissen wollen, und er mißbilligte Freiberufler wie Beryl. Somit würde sich die Familie einschalten, die Nacht mit hitzigen Debatten verbringen, und nichts würde geschehen.

Falls jemand die Codes bereits besaß und zu benutzen versuchte, würde die von ihm zusätzlich installierte Sicherheitsebene ihn alarmieren. Falls man schon in den Chen-Aktenspeicher eingedrungen war, war es zu spät.

Wer gab denn schon Geld dafür aus, eine Handvoll

genetischer Entwürfe zu stehlen? *Jemand* tat es. Er würde Älteste Schwester danach fragen. Morgen war früh genug. Genaugenommen zu früh.

Gegen Mitternacht blendete David sich endlich aus dem Sicherheitssystem aus. Müde, aber zu angespannt, um an Schlaf zu denken, schob er den Vorhang beiseite und stürzte sich in die Brandung des präkambrischen Ozeans. Das Leben bildete und erneuerte sich ringsum, Evolution in vollem Gang, ein Tanz der Ewigkeit. David beobachtete es von seinem Fels aus, ein Gefühl der Enttäuschung in der Magengrube. Heute nachmittag hatte es gut ausgesehen.

Jetzt fand er es nicht mehr gut. Es wirkte platt und überambitioniert, als hätte ein Kind versucht, die Mona Lisa mit Buntstiften zu kopieren. Technische Perfektion ohne Seele. Ein 3-D-Videospiel. Etwas Rostfarbenes stach ihm blitzartig in die Augen, und David drehte sich rasch um.

Der Fuchs saß auf einem Streifen schlammigen Strandes, Kopf schief gehalten, Blick fragend.

»Du kleiner Schnüffler.« David ballte die Fäuste. Alle großen und kleinen Unannehmlichkeiten dieser Nacht rumorten ihm im Magen und explodierten zu Wut. »Du verdammter Netzwerk-Geist! Bleib *zum Teufel* noch mal aus meinen Stücken heraus!« Er sprang von seinem Fels und schwankte im hüfthohen Wasser. »Ich verfolge dich. Ich *bringe dich um,* hörst du?« Keuchend kämpfte er sich ans Ufer.

Der Fuchs schlug kurz mit der weißspitzenen Rute und floh.

»Bastard!« schrie David hinter ihm her. Er stolperte, fiel im Schlamm auf die Knie, die Handflächen glitten aus, und er landete flach auf dem Gesicht. Zorn stieg in ihm auf wie eine Luftblase im Wasser. An diesem Strand hatte er allzu gute Arbeit geleistet. Hätte er den Schlamm nicht glitschig gemacht, läge er *jetzt* nicht auf dem Gesicht darin. Die Ironie ließ ihn auflachen, als er sich hochrappelte. Der Fuchs war verschwunden. David löschte den virtuellen Schlamm von der Haut und ließ das Stück weiter durchlaufen. Es gab keine Anzeichen für weitere Fuchsspuren.

Die Effekte, die er hatte erzielen wollen — die Harmonien und Dissonanzen, die feinen Kontraste in Textur und Atmosphäre —, waren noch vorhanden. Jedoch konnte er die Erregung nicht zurückholen, die er bei ihrer Erschaffung empfunden hatte. David setzte sich auf eine felsige Landzunge, müde und mit dumpfem Schmerz hinter den Augäpfeln. Lampenfieber, sagte er sich, doch es war mehr als das. Er hatte ein beklemmendes Gefühl im Hinterkopf, ein Gefühl von Sinnlosigkeit. »Anfang!« kommandierte er das Programm seufzend. »Laufen.«

Wieder einmal schwoll die See an, veränderte und vermehrte das Leben. Wieder steckten die Luftatmer die häßlichen Schnauzen suchend in den Schlamm der Brandungszone. David blickte stirnrunzelnd zum Himmel. »Pause.« Er holte die vom Fuchs veränderte Szene aus dem Speicher und legte sie darüber. Ja. Der Schatten war eine *Verbesserung.* Zum Teufel, dachte David und fügte die Überblendung ein.

Dies sollte sein letztes Stück sein, seine letzte Show. In zwei Monaten hatte er nicht mehr genug Zeit für solche Dinge. Sie würden zum Hobby werden, zum angenehmen Zeitvertreib. Falls er *überhaupt* dazu kam. David lief immer wieder durch *Schöpfung,* nicht zufrieden damit und unfähig, es in Frieden zu lassen. In den frühen Morgenstunden, zu betäubt vor Müdigkeit, um *irgend etwas* zu fühlen, überspielte er es in den Netzspeicher der Show.

»Ich habe keine Ahnung, hinter was die her sind.« Seine älteste Schwester, groß, schlank, beherrschte Energie verströmend, verschränkte die Arme auf dem Schreibtisch. »Die Sicherheit ist *dein* Problem, oder?«

»Ja.« David zwang sich zu lächeln. Wann hatte Dà Jieh begonnen, ihn ernsthaft abzulehnen? Eine neblige Erinnerung regte sich in seinem Hirn — ein offizielles Familienessen mit irgendwelchen Ehrengästen. David erinnerte sich an aufgetürmte Kissen unter sich, damit er den Tisch erreichen konnte, erinnerte sich an Vaters Hand auf seinem Kopf, während er mit seinen, Davids, Fortschritten im Privatunterricht prahlte. Er erinnerte sich an die Augen der ältesten Schwester, während sie ihm schweigend am Tisch gegenübersaß.

Mit zwanzig Jahren hatte sie bereits in Biochemie und Genetik mit Diplomen abgeschlossen, und das mit höchsten Ehren. Hatte sein Vater dem Besuch *das* gesagt? Aufgrund des kindlichen Narzißmus konnte er sich nicht erinnern. David schüttelte den Kopf. »Es brächte mich weiter, wenn ich wüßte, wo ich mit der Suche beginnen soll«, sagte er. »Was hast du in der Entwicklung?«

»Falls du die Unternehmensentscheidungen für Chen BioSource triffst, ist es ratsam, während der Konferenzen aufzupassen.«

David schluckte ein Stöhnen hinunter. Shau Jieh hatte es ihr verraten. »Du informierst uns bestens.« Er verfiel ins Englische. »Aber was ist mit Projekten im theoretischen Stadium? Dinge, an deren Entwicklung du noch nicht offiziell arbeitest? Hast du irgendwelche Anzeichen von Eindringen in deinen Aktenspeicher bemerkt?«

»Nein. Nichts ist komplett genug, um stehlenswert zu sein. Ich hoffe, dein Sicherheitsnetz ist so dicht, wie du behauptest. Hast du das mit unserem Vater besprochen?«

»Noch nicht. Wir stecken fest, bis wir entdecken, wer hinter uns her ist.« David seufzte, Sie trafen sich hier im virtuellen Büro seiner Schwester. Es war eine Pauschalarbeit, Standard und Plastik. Er hatte sich einmal erboten, ihr etwas Interessanteres zu entwerfen. Den Fehler würde er nicht wieder begehen. »Was ist mit dieser neuen Sorte Dorsch, an der du arbeitest?« fragte er.

»Tanaka ist die einzige Gesellschaft, die nennenswerte Farmen im offenen Meer unterhält.« Sie blickte stirnrunzelnd auf die Schreibtischplatte und fuhr sich mit langen Fingern durch das kurzgeschnittene Haar. »Sie haben den Kontrakt dafür bereits unterzeichnet. Warum sollten sie stehlen? Nein. Ich vermute, daß deine Piraten hinter dem Hochleistungsstamm ölproduzierender Getreidezellen her sind, die wir für die Faßkultur-Industrie bestimmt haben. Sie werden alles auf dem Markt Vorhandene übertrumpfen.«

Ihre Miene war ernsthaft, doch David furchte die Stirn. Sie agierte mit ihm in Echtzeit, und ihr Büro korrigierte ihre Körpersprache nicht. Ihre Haltung drückte — Ausweichen aus. »Dà Jieh, Älteste Schwester, ich wußte bis gestern abend nichts von Fuchins Plänen.« Er suchte nach den passenden Worten. »Ich bin nicht — glücklich über seine Entscheidung. Ich glaube, ich bin noch nicht bereit, das auf mich zu nehmen. Ich werde mein Bestes tun, aber ich brauche deine Hilfe. Ich brauche die Hilfe der ganzen Familie.«

»Vielleicht solltest du unserem Vater sagen, *ni bù néng,* daß du es nicht tun kannst.« Sie war zu Mandarin zurückgekehrt, kühl und förmlich im Tonfall.

»Ich habe Shau Jieh versprochen, nicht mit dir zu streiten.«

»Du würdest lieber deine wertvollen Spiele spielen.«

Vaters Worte. »Es sind keine *Spiele*«, sagte David.

»O ja. *Du* nennst es *Kunst.*« Seine Schwester lächelte kalt. »Du erinnerst mich sehr an deine Mutter. Shau Jieh sagt mir, daß sie irgendwo im Colorado-Naturschutzgebiet ist. Helicopter-Skifahren mit ihrem neuesten Liebhaber. Sie wollte immer nur Spiele spielen und Chen-Geld ausgeben.«

»Ich gebe dir den Bericht über den Stand der Sicherheit, sobald er fertig ist«, sagte David. Er verneigte sich, machte auf dem Absatz kehrt und trat in sein Studio. »Was *will* sie von mir?« fragte er. »Verdammt!«

Die Katze blinzelte ihm von ihrem Sitz auf dem Radiator aus zu, sprang herunter und schmiegte sich bukkelnd an seine Knöchel. David langte hinunter und kraulte ihr geistesabwesend die Ohren. Ja, seine Mutter war in Colorado. Er fragte sich, woher Shau Jieh es wußte — fragte sich, ob Jüngste Schwester sie verfolgte. Mutter hatte den völligen Bruch mit seinem Vater vollzogen, als sie ihn verließ, doch David hatte unerwarteterweise einen Anruf von ihr erhalten. Der Anruf war vor einem Monat gekommen, an seinem einunddreißigsten Geburtstag, eine fast vergessene Stimme aus einer fast vergessenen Vergangenheit. Sie hatte seinen Vater — und David — verlassen, als der zwei war.

Realität und Irrealität. David gab der Katze einen letzten Klaps und richtete sich auf. Speziallinsen in Augen ließen ihn eine Katze sehen. Er streckte Hand aus, und visuelle Suggestion veranlaßte seine Nerven, niederfrequente elektrische Impulse aus seinem Netz als warmes Fleisch und Fell zu interpretieren. Somit tätschelte er eine Katze, und es tröstete ihn. Im virtuellen Raum konnte man Sex mit einem perfekten unwirklichen Partner haben. Man konnte einen Feind bekämpfen. Der Körper konnte in Schock verfallen durch eine virtuelle Wunde. Vor einem Monat hatte er im Virtuellen in einem mondänen Kurort einer zierlichen Frau mit feiner, blasser Haut, chinesischem Gesicht und rötlichem Haar in deren Wohnzimmer gegenübergesessen. Seine Mutter hatte wie fünfunddreißig ausgesehen, nicht älter. Sie hatte ihn traurig und leicht verwundert angelächelt, als könnte sie sich nicht recht erinnern oder könnte nicht glauben, daß er tatsächlich ihr Sohn war. Sie hatten Kaffee getrunken, und sie hatte ihn nach seiner Kunst gefragt. *Ich konnte in der Welt deines Vaters nicht leben,* hatte sie gesagt, als beantworte sie eine Frage. *Ich habe es versucht, aber ich konnte nicht. Tut mir leid, David.*

Ich habe nicht gefragt, dachte David. Ich habe sie nie gefragt, warum sie fortging. Er sah die Katze auf den Radiator zurückspringen. Die fünfunddreißigjährige Frau auf dem virtuellen Sofa war so unwirklich gewesen wie diese Katze. In Körperzeit wäre seine Mutter Ende Fünfzig. Jene junge Frau auf dem Sofa war David realer erschienen als die vagen Erinnerungen, die manchmal durch seine Träume geisterten.

Die Grenze zwischen real und irreal war zerbrechlich. David rieb sich die Augen und dachte an jenes Familienessen zurück, wie er im Licht des väterlichen Stolzes gestrahlt hatte. Noch einmal versuchte er sich zu erinnern, ob Fuchin Dà Jieh gelobt hatte, doch alles, worauf er sich besann, waren ihre kalten zornigen Augen. »Zugang Hans Renmeyer«, sagte David und seufzte. »Halb förmlich.«

Das kantige grobe Gesicht seines Agenten erschien in der Luft vor David. »David.« Renmeyer lächelte, sichtbar nur von der Taille aufwärts. »Ich wollte dich anrufen. *Schöpfung* hat unter allen Stücken der MultiNetz-Show der letzten vierundzwanzig Stunden die größte Zahl an Eintritten erzielt.«

»Das ist großartig«, murmelte David. Dies war keine Echtzeit-Unterhaltung. Renmeyers Körpersprache war nicht ganz exakt. Man merkte immer, ob es eine Simulation war oder eine Echtzeit-Interaktion.

»Das Show-Komitee hat dir weitere drei Tage Ausstellung angeboten«, verkündete Renmeyers Simulation. »Sie überweisen dir deine Tantiemen-Rechnung nach Beendigung der Show auf dein persönliches Konto. Es ist der Standardvertrag. Ich habe ihn unterschriftsbereit, falls du zustimmst.«

Dann war *Schöpfung* also ein Erfolg. Geistesabwesend überflog David das übergroße Dokument, das vor ihm erschien, und legte die Hand gegen den Unterschriftenkasten. Es war denkbar, daß ein solcher Erfolg ihm die Einladung einer Galerie einbrachte. David betrat seinen

Wohnraum und bestellte eine Schüssel Nudeln und *bok choi*, die er eigentlich nicht wollte. Er sollte Triumph empfinden. Erfüllung. *Freude* zumindest.

Er empfand Müdigkeit.

David verbrachte den Morgen eingeblendet ins Sicherheitssystem, überprüfte Berichte und suchte nach ungewöhnlichen Strömungen im täglichen Informationsfluß. Er fand nichts Auffälliges. Falls jemand in das Chen-Sicherheitssystem eindrang, war er so gut, daß man ihn nicht entdecken konnte. Nachdenklich rief er die Akte mit den laufenden Firmenprojekten auf — Dà Jiehs Projekte. Sie war das kreative Genie, das Chen antrieb. Sie fand die Hintertürchen bei Projekten, die andere Ingenieure aufgegeben hatten.

Sie weiß, worauf unser Pirat aus ist, dachte David und fragte sich, warum er das dachte. Man konnte ihre Feindseligkeit auf ein Dutzend negative Weisen interpretieren. Irgendwann würde er ihre jüngste Schwester danach fragen. Shau Jieh würde es wissen. Als Kind hatte sie ihre glanzvolle große Schwester angebetet und war ihr wie ein Schatten gefolgt.

Mitte des Nachmittags verließ David endlich das Sicherheitssystem und verbrachte ein paar emsige Stunden damit, die Tagesberichte zu lesen. Chen BioSource war an der Börse gefallen, und es gab keinen Grund dafür. Er furchte die Stirn. Gerüchte wegen des Interesses eines Piraten? Er mußte Beryl danach fragen. Auf der anderen Seite der Wand wartete das Studio auf ihn. Er spürte seine lebendige Gegenwart, als er die ungegessenen Nudeln in den Recycler warf und ein Glas Wasser trank. *Schöpfung* war ein Erfolg mit verlängerter Showzeit zu seinen Ehren. Reichte das, eine Galerie zu interessieren? Reichte das, eine stationäre Show zu bekommen?

Es war nicht mehr wichtig.

Die Wände drangen auf ihn ein. David knallte das

Glas auf den Tresen, es kippte um und rollte herunter auf den teppichbelegten Boden. Es zerbrach nicht, und er hob es nicht auf. Er schnappte sich ein Jackett aus dem Schrank, ging zum Flur, nahm den Lift nach unten und trat auf die Straße hinaus.

Die Straßen der Stadt deprimierten ihn immer. Überfüllt, verunreinigt mit menschlicher Hinterlassenschaft aus Essensbehältern und Abfall, drängten sie ihm den Gedanken an Risse in der City-Realität auf, in denen sich Schmutz und Unrat sammelten. Schwarzmarktverkäufer verhökerten Essen, Chemikalien und Informationen aus Karren und Manteltaschen. Öffentliche Terminals und Kabinen für virtuelle Programme häuften sich an jeder Straßenecke.

Die Menschen auf den Straßen schoben sich auf ihrem Weg von *hier* nach *dort* in einem gesichtslosen Strom aneinander vorbei, Fleisch rieb Fleisch, ohne Blickkontakt herzustellen. Auf der Straße sind wir am isoliertesten, dachte David — wenngleich er in letzter Zeit das Gefühl hatte, jemand folge ihm, sobald er seinen Turm verließ. Er bemerkte nie jemand Bestimmtes, wenn er sich umdrehte, doch das Gefühl ließ ihn nicht los. Heute spürte er die Gegenwart seines Schattens jedoch nicht. Mit eingezogenen Schultern fädelte sich David durch die Menge und genoß das schmutzige klaustrophobische Gedränge. Hier unten konnte er nicht denken, und er *wollte* nicht denken.

Eine Menschenmenge füllte einen kleinen Platz am Ende des Blocks, drängte sich um einen lautstarken Evangelisten, Revolutionär oder verrückten Entertainer. Der Fußgängerverkehr blieb stecken, wogte zurück und ergoß sich auf die Straße. David ließ sich vom Druck der Menge in eine schmale Gasse zwischen zwei alten Bürogebäuden schieben. Ein kleines Geschäft fiel ihm auf: ein Designer für Maßkleidung. Die teure Hologramm-Dekoration und die verwahrloste Lage deuteten an, daß es sich um den Gipfel des Schicks handelte — momentan. Die Hologramme waren mittelmäßig. David betrachtete sie und bemerkte dann drei Gestalten in der schattigen Nische eines versiegelten Hauseingangs.

Zwei Jugendliche hielten ein Kind zwischen sich fest. Sie trugen schwarze Skinthins und Tätowierungen auf den kahlen Schädeln. Der Junge war etwa zwölf, ein zerlumpter Straßenbengel. Dies war eine weitere Realität der City, häßlich und allgegenwärtig. Menschen gingen, eilten oder schlenderten vorbei. Es waren hier weniger als auf der Hauptstraße, doch sie waren gleichermaßen blind; als gingen sie innerhalb getrennter virtueller Welten. Licht aus dem Hologramm des Schaufensters schien dem Jungen ins Gesicht, warm wie Nachmittagssonne. Seine grünen Augen funkelten. David zögerte.

Unter der schmutzigen Kleidung des Jungen lugten Skinthins hervor. Die Art, wie er den Kopf neigte und die Schultern unter den zupackenden Hände einzog, wirkt — vertraut. Im Geist legte David rotes Fell über das schmale Gesicht und fügte spitze Ohren hinzu. Der Junge zog die Lippen über den Zähnen zurück, und David sah ein Fuchsgesicht, ein Geistergesicht, das ihn mit funkelnden grünen Augen angelacht hatte.

»He!« sagte er und blieb stehen.

Der größere der Jugendlichen drehte sich um und blickte David an. Seine blassen Augen wirkten in dem ausdruckslosen Gesicht wie Glasmurmeln. Seine Haltung verriet, daß er David für keine Gefahr hielt; geschmeidig und gelassen wandte er sich wieder dem Jungen zu, packte dessen Handgelenk mit einer langfingerigen Hand und verdrehte es.

Der Junge schrie auf.

Immer noch ohne Eile ließen die beiden den Jungen los, schritten an David vorbei und verschwanden auf der Hauptstraße. David starrte ihnen nach, verblüfft über diese gleichgültige Gewalt. Eine rasche Bewegung am Rand des Blickfeldes riß ihn aus seiner Trance. Er drehte sich rechtzeitig genug um, um die schmuddelige Tunika des Jungen festzuhalten. »Nicht so schnell!« Die virtuellen Skinthins unter der schmutzigen Kleidung waren teuer und auf dem neuesten Stand. David drückte den Jungen gegen die Betonwand zurück und betrachtete ihn aus leicht zusammengekniffenen Augen, während der Junge das Kinn hochreckte. Ja, *er* war es. Der Fuchs-Geist. Seine Körpersprache verriet ihn. »Was zum Teufel hast du in meinen Stücken gemacht?« wollte er wissen.

»Nichts, Mann. Laß los! Du bist verrückt.«

»Komm mir nicht *so!*« David schüttelte ihn. »Du verdammter Vandale! Du warst *überall!* Hast du gedacht, das wäre lustig? Hat es dir Spaß gemacht, in meinen Stücken herumzuwuseln und alles durcheinanderzubringen. War es das? *War's das?*«

»Nein«, japste der Junge, »ich bin eingestiegen, weil du *gut* bist. Du bist der Beste.«

»Bockmist«, preßte David hervor.

»Kein Mist, Mann. Ich bin Künstler. Wie du.« Der Junge blickte zu ihm auf durch seine wirren, schmutzigen blonden Haare, die Fuchsaugen funkelten. »Ich bin gut. Aber du bist besser. Noch.«

»Dann mach deine eigenen Stücke.«

»Netzspeicherzeit kostet. Und ich wollte sehen, wie *du* die Sachen machst.«

Etwas Beunruhigendes wie Verehrung leuchtete in diesen grünen Augen. David runzelte die Stirn. Der Junge war dünn. Die Knochen drückten sich spitz durch die blasse Haut. Er hielt sich die Hand, die der Jugendliche ihm verdreht hatte, und ein Zug um den Mund deutete Schmerzen an.

»Der Bursche hat dir weh getan«, sagte David.

»Ich bin in das abstrakte Programm dieses Kerls eingestiegen. Was für ein Stück Scheiße!« Der Junge schürzte verächtlich die Lippen. »Aber er hat bessere Sicherheitsvorkehrungen als du. Vermutlich hat sich rumgesprochen, daß ich hinter deinem Zeug her bin, deshalb haben sie mich hier gesucht.«

»Dann bist du mir gefolgt, nicht wahr? Auf der Straße.«

»Ich wollte dich sehen. Das ist einfach 'ne Sache, weißt du? Echtzeit Fleisch, ich meine — ich mag das einfach. Du bist du selbst«, sagte er. »Du setzt kein anderes Ich auf, wenn du arbeitest.«

»Warum die Mühe?« David wandte den Blick von diesen funkelnden Augen ab. Er erkannte den *Hunger* in ihnen wieder. Jener Schatten hatte *Schöpfung* genau den richtigen Touch gegeben. David seufzte. »Jemand muß sich deine Hand ansehen«, sagte er. »Komm!«

Der Junge sprach auf dem Weg zur nahen Klinik kein Wort. David erwartete fast, daß er türmte, und wäre erleichtert gewesen, wenn er es getan hätte. Die Körpersprache des Jungen verriet Fluchtbereitschaft. Er ging angespannt und mißtrauisch, unentschlossen. Doch er floh nicht. In der Klinik führte eine Assistentin den Jungen auf Davids Bitten hin in eine Behandlungskabine. Er kauerte sich schweigend auf eine Bank, ein in die Enge getriebener Fuchs, und beobachtete David nicht mehr. Er gab keinen Mucks von sich, als ein gelangweilter medizinischer Assistent das gebrochene Gelenk mit einem einzigen drehenden Ruck richtete; doch seine Haut wurde leichenblaß und Schweißperlen glänzten ihm auf der Stirn. Der Assistent gipste das Gelenk ein, gab ihm zwei orangefarbene Kapseln gegen die Schmerzen und ging.

David ließ seine eigene Karte zur Bezahlung durch den Terminal laufen. Draußen folgte ihm der Junge blind, wie schlafwandlerisch. Der Plastikgips umgab seine Hand und Teile des Unterarms. Der Junge trug die verletzte Hand wie ein Stück Holz mit der gesunden. Am Eingang zu Davids Turm zögerte er, und etwas vom früheren Mißtrauen regte sich in den Tiefen der grünen Augen.

»Es ist in Ordnung«, sagte David, da der Blick des Jungen *irgendeine* Beruhigung erforderte.

Das Mißtrauen schwand nicht, doch der Junge nickte und trat durch die Tür in den Eingangsflur, als hätte David eine förmliche Einladung ausgesprochen.

David spürte wachsende Verunsicherung, als der Lift sie hinauftrug. Die Strahlen der Nachmittagssonne fielen schräg auf die emporragenden neuen Türme und die alten Bürogebäude und vergoldeten die Stadt mit Licht in der Farbe der Hoffnung. David hatte nicht vorgehabt, das zu tun — den Jungen mit heimzunehmen. Der bevorstehende Rücktritt seines Vaters trennte ihn von diesem Jungen mit den hungrigen Augen. David hatte einfach nur die medizinische Behandlung bezahlen wollen, um den Augenblick der Verehrung zu vergelten. Nun, was immer er vorgehabt hatte oder nicht, der Junge war *hier:* große, von Schmerzmitteln umnebelte Augen konzentrierten sich auf die ausgedehnte Stadtlandschaft, der enge Kabinenraum füllte sich mit dem atemberaubenden sauren Geruch ungewaschenen Fleisches. David rümpfte die Nase.

Füttere ihn, und schick ihn heim.

In seinem Apartment bestellte David dem Jungen ein Sandwich aus der Küchenwand und setzte sich ihm gegenüber an den kleinen Tisch, leicht angewidert von der Gier, mit der der Junge das Essen verschlang. »Wie heißt du?« fragte David, als sich der Junge die letzten Krumen von den Fingern leckte. »Wo lebst du?«

»Ich bin Flander.« Unaufgefordert bediente er sich mit Kaffee aus der Küchenwand und ließ sich auf der Tischecke nieder. Die schockbedingte Glasigkeit seiner Augen schwand, und er ließ einen Fuß baumeln, ruhelos und ein bißchen angespannt. »Ich lebe hier und da«, sagte er.

»Ganz allein?«

»Shy-Shy hält Kontakt.«

»Wer ist Shy-Shy?« fragte David. Er wollte es nicht

wirklich wissen. Er wollte diesen Jungen aus seinem Apartment heraushaben, nachdem alle Rechnungen beglichen waren.

»Sie ist 'ne coole Lady, die ich kenne. Ich bin viel mit ihr zusammen.« Flander klopfte stirnrunzelnd auf den glatten Plastikverband. »*Schöpfung* hat sich wirklich gut gemacht heute im Netz. Woran arbeitest du als nächstes?« Und dann: »Du hast ihn drin gelassen. Den Schatten.«

»Er war eine Bereicherung. Treffend.« David durchstreifte den Raum und wurde sich plötzlich bewußt, wie *klein* er war. »Ich — weiß nicht, woran ich als nächstes arbeiten werde.« Ich weiche aus, dachte David. Er war noch nicht bereit, es offen auszusprechen — daß er fertig war —, nicht vor sich selbst und ganz sicher nicht vor diesem Fuchs-Kind.

»Was ist mit diesem Vulkan-Stück? Es gefiel mir, und ich habe es eine Weile nicht gesehen. Ich kann an dein Zeug nicht ran, wenn es im Lager ist.«

»Sag das nicht so bedauernd«, brummte David. Nein, der Hunger in den Augen des Jungen verlangte nicht nach *Nahrung.* »Ich zeige es dir.« Er schob den Stuhl zurück. Dann wird dies der Schlußakt sein, entschied er. Sollte der Junge in dem Stück seinen Mist machen, er, David, war seit Monaten blockiert, und es kam jetzt ohnehin nicht mehr drauf an. Danach konnte er ihn heimschicken zu seiner Freundin mit dem seltsamen Namen Shy-Shy.

David ging ins Labor. Der Junge folgte, zog eine virtuelle Maske über den Kopf und zerrte sich einen Handschuh über die intakte Hand. »Studio«, sagte David und sah die Wände sich strecken und verblassen. »Nicht wieder den Fuchs!« Er blickte mißbilligend auf die spitzohrige Kreatur. »Das war schnell. Du kennst alle meine Codes, was?«

»Nicht alle. Ich sagte schon — ich komme nicht in dein Lager.« Der Fuchs ließ die Zunge heraushängen und grinste. »Mir gefällt dieses Ich. Es gibt Leute, die wissen möchten, wie ich in Körperzeit aussehe.«

»Du bist ziemlich selbstsicher, *wie?*« David griff nach den Leinwänden auf dem Ständer. »Was hätten die beiden gemacht, wenn ich sie nicht gestört hätte?«

Der Fuchs antwortete darauf nicht. David streckte die Vulkan-Leinwand und trat in die Szene ein. Der Fuchs eilte ihm voraus, die Nase im Wind, als schnüffele er die Brise. David bemerkte, daß er hinkte und die linke Pfote nicht auf den Boden setzte. Die Atmosphäre des Stückes umfing David, und er legte die Stirn in Falten. Er hatte mit Wut begonnen und sie mit sich auftürmender Asche und gnadenlosen dicken Strömen glühender Lava ausgeschüttet. Dann hatte er versucht, das Stück mit sanftem, mondbeschienenem Himmel und üppigen Blättern überlebender Tropenpflanzen umzugestalten. Das Ergebnis waren platte Realismus eines Lichtbildervortrags und das nagende Gefühl, daß es verdammt funktionieren *könnte.*

Stirnrunzelnd dämpfte David das heiße Glühen der Lavasäule, fügte, wo sie einen kleinen Strom berührte, Dampf hinzu und ließ ihn im Mondschein opalisieren.

»Du hast es gut, weil du vernetzt bist«, sagte der Fuchs mit Flanders Stimme. »Es ist schwer die wirklichen Feinheiten mit Skinthins zu machen. Wer hat das bezahlt dich zu vernetzen?«

»Unsere Firma.«

»Shy-Shy ist vernetzt.« Flander/Fuchs sprang dreibeinig an ihm vorbei und trottete in die geschwärzte Wüste hinter der kriechenden Lavazunge. »Wie ist es hiermit?« Er berührte die graue Asche mit der Nase, und winzige Blätter entfalteten sich.

Ja, so konnte man es machen ... Bekam vielleicht den richtigen Effekt. David nagte an der Unterlippe und wanderte am abkühlenden Lavafluß zurück. Versuch dies ... Er pflanzte Schößlinge und aufgehende Samen. Kleine Tiere eilten über das aschebedeckte Ödland, verbargen sich, paarten sich, lebten. Nach der Wut die Hoffnung ... Ja, das war ein schöner Kontrast, falls er ihn in die Balance bekam und ihn in den *Brennpunkt* rücken konnte. Er formte, löschte, was er gerade geschaffen hatte, fluchte und versuchte etwas Neues. Leben nach der Zerstörung? Hoffnung, die aus dem Aschehaufen der Verzweiflung sproß? Es konnte funktionieren, ja, es *funktionierte*. Erregung packte ihn und rann ihm wie flüssiges Gold durch die Adern.

David berührte, schuf und zerstörte, drehte und formte die feurige Welt in kreativer Ekstase.

Stunden später hielt Müdigkeit ihn endlich auf. David setzte den virtuellen Felsblock ab, den er hielt, leicht erstaunt über das Zittern seiner Muskeln. Er fragte sich, wie spät es war. Er fühlte sich gut, bestens. So gut hatte er sich nicht mehr gefühlt, seit *Schöpfung* Gestalt angenommen hatte. Die Knie zitterten ihm, und die Muskeln zwischen den Schulterblättern schmerzten, aber es war eine gute, eine willkommene Müdigkeit. »Speichern«, krächzte David mit trockenem Mund. Er sah sich nach dem Fuchs um. Schon vor einiger Zeit hatte er ihn aus den Augen verloren. »Ausgang Studio«, sagte er und taumelte, als ringsum das Labor wieder erschien.

Der Junge — Flander — lag in einer Ecke zusammengerollt, den Kopf auf den Arm gebettet, der Plastikgips ein weißer Fleck im gedämpften Licht. Er war eingeschlafen. »He!« rief David. Der Junge regte sich nicht.

Der Boden unter seinen Füßen versuchte immer noch zu kippen. David zuckte die Achseln, stolperte in den Nebenraum und trank mehrere Gläser Wasser. Draußen, in der schmutzigen Realität der Straßen, würde es jetzt hell werden. Bevor er auf sein Futon fiel, trug David eine Steppdecke ins Labor und breitete sie über Flander aus.

Es schienen nur Minuten vergangen zu sein, als das Haus ihn weckte. Es warf ihn nörgelnd aus dem Bett, mit Unterschalltönen und unerträglichen Witzen über Familie, Geschäft und die Erfordernisse des Terminplanes. David fühlte sich miserabel. Er war heute morgen nicht in der Stimmung für Witze und fragte sich, was zum Teufel in ihn gefahren war, ein so unreifes Weckprogramm zu entwerfen. Tee schien eine gute Idee zu sein, doch der sammelte sich wie geschmolzenes Blei im Magen.

Er hatte die Erinnerung an den Jungen verdrängt.

In der Tür zum Labor blieb David wie angewurzelt stehen. Flander schlief immer noch, eingerollt in die Decke, den verletzten Arm herausgestreckt, als gehöre er nicht wirklich zu ihm. David suchte nach einer Lösung für die Situation und fand nichts Praktikables. Seufzend setzte er sich auf einen Echtzeit-Stuhl, rief sein Büro auf und strich den Jungen aus seinen Gedanken.

Es wartete einiges auf ihn auf der polierten Jadeplatte, die seinen Schreibtisch bildete. Ein Hauptlieferant, Chem Suisse, hatte sie unerwarteterweise draufgesetzt. Während der Nacht war Chen BioSource weiter an der Börse gefallen. David wischte die niederschmetternden Berichte mit einer Handbewegung von der Jade und runzelte die Stirn, da strahlende rote Buchstaben an ihrer Stelle erschienen. Es war eine Nachricht von seinem Vater, daß er auf dem Weg zu ihm sei. In persona natürlich.

Ihr Vater ist da, verkündete das Haus.

David stöhnte und ließ seinen Vater ein.

»*Ni hăushiang bing.* Du siehst krank aus«, sagte sein Vater, sobald David die Tür öffnete. »Was hast du gemacht? Die ganze Nacht getrunken?« Er schritt in den Raum.

Älteste Schwester war bei ihm. Sie schenkte David ein unverbindliches Lächeln, durchquerte steif den Raum und setzte sich an den Tisch.

Vater schnalzte mißbilligend mit der Zunge über das

neben der Küchenwand gestapelte schmutzige Geschirr. »Kannst du mir nicht wenigstens Tee anbieten?«

»Darf ich dir Tee anbieten, Fuchin?« Resigniert bestellte David Kanne und Tassen aus der Küchenwand und trug sie zum Tisch. »Dies ist mein *Zimmer.* Es ist kein Büro.«

»Deine Gastfreundschaft läßt leider ebenso zu wünschen übrig wie dein Interesse an Familienangelegenheiten.«

»Fuchin, ich habe einen großen Teil der letzten sechsunddreißig Stunden damit verbracht, mich um Familiengeschäfte zu kümmern.« David bemerkte die erwartungsvolle Miene der Schwester, errötete und zügelte sein Temperament.

»Deine neue Sicherheitsebene kostet uns ein Vermögen.«

»Sicher hast du meinen Bericht über die Bedrohung durch Piraten gelesen. Hättest du lieber jemanden in unserem Aktenspeicher?«

»Du erwartest einen Diebstahl, nicht ich.« Sein Vater sah David scharf an. »Unsere Gewinnspanne wird durch die zusätzlichen Sicherheitskosten erheblich geschmälert. Ich bin hier, weil wir unseren Vertrag mit North America Aquaculture wahrscheinlich nicht einhalten können. Dà Jieh hat es mir gesagt.«

»Der Bericht liegt auf deinem Tisch. Du bist noch nicht dazu gekommen?« Der Ton seiner Schwester war nüchtern. »Der Vertrag basiert auf einem speziellen Lieferdatum. Wie du sicher weißt. Da Chem Suisse unserer Bestellung von Aminosäuren nicht nachkommt, können wir den Termin nicht halten.«

»Was willst du dagegen *unternehmen?*« Die Hand des Vaters klatschte auf die Tischplatte, so daß David hochfuhr.

»Ich werde Kontakt zu anderen Lieferanten aufnehmen.« David drehte die Teetasse zwischen den Fingern, bemüht, seine trägen Gedanken zu ordnen. »Wahrscheinlich bekommen wir, was wir brauchen von European Pharmaceuticals.«

»Wir haben nicht viel Spielraum«, wandte Dà Jieh ruhig ein. »Wenn wir zu weit ins Hintertreffen geraten, schaffen wir den Termin nicht, und North American kann den Vertrag legal annullieren.«

»Das werden sie nicht tun.« David stellte die Tasse heftig ab. »Sie haben uns schon früher Nachfristen für Termine gewährt.«

»Du hättest so etwas bedenken müssen«, unterbrach ihn sein Vater barsch.

Der Lieferausfall war eine Sache von Pech und schlechtem Timing, doch Fuchin wollte nie dem Schicksal die Schuld geben. Er *wollte* David die Schuld geben. Verärgerung saß wie ein Stein in Davids Brust, doch unter dem Ärger erkannte er sachlich, daß sein Vater teilweise recht hatte. Falls er *alle* Möglichkeiten bedacht hätte, hätte er im voraus Alternativlieferanten aufgelistet.

Ich habe auch nicht die Möglichkeit bedacht, daß das große Beben morgen stattfindet, überlegte David bitter. Er hob plötzlich den Kopf und fing den Blick seiner Schwester auf. Haß? David erschrak, doch ihre Miene glättete sich so rasch, daß er sich fragte, ob er es sich nur eingebildet hatte.

»Wenn ich die benötigten Lieferungen innerhalb einer Woche bekomme, kann ich den Produktionsplan beschleunigen«, sagte sie. »Vielleicht schaffen wir den Termin.«

»Ich hoffe, daß du nicht wieder so lax bist.« Vater stand auf. »Ich erwarte Kompetenz von dir. Zumindest das.« Er blickte stirnrunzelnd über Davids Schulter auf die Tür zum Labor. »Du kannst nicht deine Spiele spielen und gute Arbeit für deine Familie leisten.«

»Meine *Kunst* hat Chen BioSource sicher nie geschadet«, sagte David und geleitete seinen Vater aus dem Raum.

Die Worte klangen schwach, fand David, kümmerlicher Widerstand ohne echte Würde. Er preßte die Zähne zusammen und verneigte sich vor seinem Vater. Sobald die Tür sich fest hinter beiden geschlossen hatte, stampfte er ins Labor. Er hatte vorgehabt, sein Büro aufzurufen und bei Lieferanten anzufragen, doch eine virtuelle Welt war bereits offen. David strauchelte, als sein Netz ihn automatisch in eine vertraute Landschaft aus Lava und sich emporkämpfenden Pflanzen schnellte.

Der Fuchs lag auf einem Streifen schwarzen Lehmbodens und leckte sich die verletzte Pfote. »Pah, Mann!« Er schnappte mit dem Fang. »Du hast letzte Nacht wirklich gute Arbeit hieran geleistet.«

»Danke.« David bekämpfte einen Rest von Unmut. »Geh, spiel damit! Es gehört dir, okay?« Er rief eine Tür auf und öffnete sie in sein Büro.

»Was meinst du? Ich dachte, wir würden daran arbeiten!« Der Fuchs hinkte hinter ihm her, Ohren gespitzt. »Der alte Knabe hörte sich an, als würde er dich runterputzen. Warum hast du ihm und der Tussi nicht gesagt, sie sollen verduften?«

»Lauschen ist unfein. Der alte Knabe ist zufälligerweise mein Vater *und* mein Boß. Die Tussi ist meine Schwester. Geh spielen.«

»Ich habe nicht gelauscht. Ich verstehe die Sprache nicht, und schick mich nicht *spielen*, Mann! Du hättest ihm trotzdem sagen können, er solle verduften.« Der Fuchs sprang dreibeinig auf die Ecke des Jadeschreibtisches. Er streckte eine Pfote aus und fauchte rasch einen Befehlsjargon. Ein winziges perfektes Ebenbild von Davids Vater erschien auf der Schreibtischplatte und schritt steif über die glatte Fläche. Sein Gesicht wirkte wütend.

Es war eine herrliche Karikatur. Unwillkürlich lächelte David. »Du *bist* gut.« Sein Lächeln verblaßte. »Es ist eine lange Geschichte, Flander. Ich — habe keine Zeit mehr für solche Dinge. Der Vulkan ist zum Wegwerfen.« Er wandte den Blick ab. »Wenn du etwas damit anstellen möchtest, tu es.«

»Du bist verrückt, Mann.« Flanders Stimme schlitterte eine halbe Oktave hoch. »Du bist *gut*. Du kannst nicht einfach *aufhören*. Irgendeine Galerie macht dir sicher ein Angebot. Dieses Stück ist kein Abfall. Mann, wie du es letzte Nacht *verbessert* hast. Und ich habe *geschlafen*.« Der Fuchs legte die Ohren an.

Flander hatte recht. Das Vulkan-Stück *war kein* Abfall. Nicht mehr. David schloß die Augen und erinnerte sich an den Zauber der letzten Nacht. »Ich habe Arbeit zu erledigen«, sagte er. »Gönn dem Fuchs etwas Ruhe, ja?«

»Dann tu deine Arbeit. Ich warte, bis du fertig bist.« Der Fuchs verwandelte sich in eine fellbedeckte Jungengestalt, schüttelte das Fell über dem Schreibtisch ab und wurde Flander. Er blickte durch schmutzige Ponyfransen zu David auf. »Ich will nicht allein rumwursteln«, sagte er leise. »Ich will sehen, wie du das Stück zum *Leben* erweckt hast.«

Wie verweigerte man sich solcher Verehrung? David wandte den Blick von den strahlenden Fuchsgeist-Augen ab. Er *wollte* sich nicht verweigern. »Was ist mit dieser Shy-Shy?« feuerte er sein letztes Geschütz ab. »Macht sie sich keine Sorgen?«

»Ich habe sie von deinem Studio aus angerufen.« Flander grinste. »Sie sagt, es klingt, als seist du ein guter Mensch und daß ich Wahnsinnsglück hatte, dir zu begegnen, und ich soll dir hundertmal Dank sagen. Danke«, sagte er.

David seufzte. »Ich muß mich zuerst mit diesem Geschäftskram befassen. Geh, dusch dich! Du stinkst.«

David verbrachte den Morgen im Büro und benutzte das Sicherheitssystem, um den Aktenspeicher von Chen BioSource zu durchstöbern. Er fand nichts, doch die Kosten ließen ihn zusammenzucken. Er hätte besser den Beweis für einen Einbruch gefunden. Vater würde toben, und das nutzte ihrer wackeligen Position an der Börse nicht. Er stöberte Beryl auf einer seiner virtuellen Lagerstätten auf und befragte ihn wegen der mysteriösen Börsenschwäche.

Gerüchte, erzählte Beryl ihm. Er war heute ein gertenschlanker Junge mit kahlgeschorenem Kopf, doch sein Leopardenschleichgang verriet ihn. *Man hört, daß jemand darauf aus ist, Chen BioSource fertigzumachen. Tut mir leid, mein Lieber. Keine Namen, nur die Absicht.*

»Schick mir *dafür* keine Rechnung«, knurrte David angesäuert.

Er fand eine Alternativquelle für die Aminosäuren für Älteste Schwester und gab die Einzelheiten an seine mittlere Schwester weiter. Èr Jieh war für solche Dinge zuständig. Wenn sie mit der Entwicklung keine Schwierigkeiten bekamen, würde Chen BioSource den Vertragstermin einhalten können. Knapp, aber sie würden es schaffen. David streckte sich und verzog das Gesicht bei dem mahlenden Spannungsschmerz im Nacken. Ich brauche eine Dusche, entschied er und verließ sein Büro.

Statt in seinem Labor fand er sich in seinem Vulkan-Stück stehend. Flander — diesmal in menschlicher Gestalt — saß mit gekreuzten Beinen auf einem Flecken verbrannter, verwelkender Farne, das Kinn in den Händen, und starrte trübe auf die geschwärzte Zunge abkühlender Lava. »Ich sehe, was du verändert hast«, sagte er. »Ich begreife nicht, wie es das Stück lebendig macht.«

»Ich weiß es auch nicht. Ich spürte nur, daß es treffend ist.« David ließ sich auf den Boden nieder. »Das ist neu«, sagte er und deutete mit dem Kopf auf die Farne unter Flander.

»Mir war nicht danach, auf Fels zu sitzen. Das ist alles.«

»Sicher.« David prüfte die Büschel. Jedes zerdrückte, gebrochene Blatt war makellos, bis hin zum Schmierfilm aus Asche auf den grünen Wedeln. Flander gab an.

»Du hast unglaubliches Talent für Details«, sagte David. »Aber diese Farne gehören nicht hierher.«

»Ich weiß. Ich wische sie weg, wenn ich aufstehe.« Der Junge neigte den Kopf zur Seite, die Augen glänzten. »Bist du fertig mit dem Bürokram? Können wir eine Weile das hier machen?«

»Ja«, sagte David, weil er die Börse vergessen wollte, die Feindseligkeit seiner Schwester und die ewige Unzufriedenheit seines Vaters. Zum Teufel, warum *nicht* mit diesem Jungen spielen?

Sie arbeiteten zusammen. Zunächst sonnte David sich in der Erinnerung an den verehrenden Blick des Jungen und versuchte, die Rolle des Lehrers zu übernehmen. Das dauerte nicht lange. Der Junge war gut auf seine Art, schnell und aufnahmefähig, mit einem unkonventionellen Blickwinkel, der mit Davids Auffassung korrespondierte und ihn in einen Taumel der Inspiration stürzte. Nicht lange, und sie stritten über Details, veränderten und löschten und schufen das ganze Stück neu.

Überall waren Fuchsspuren.

»He, wir müssen aussteigen!« entschied David schließlich.

»Warum?« Flander warf eine Handvoll Kiesel in die Luft und verwandelte sie in einen Schwarm kleiner irisierender Vögel. »Ich bin nicht müde.«

»Du solltest dein Gesicht sehen. Hast du heute irgend etwas gegessen?« Zögernd ließ David das Stück wieder zu einer virtuellen Leinwand schrumpfen und hängte sie auf den Ständer. »Ich weiß, du hast nichts gegessen.«

»Du auch nicht.« Flander kratzte sich unter dem Gipsrand. »So spät ist es noch nicht.«

»Ich kann nicht noch eine Nacht durchmachen. Ich muß ein Geschäft leiten.« David trat aus dem Studio und trieb den Jungen voran in den Hauptraum. Er bestellte Sandwiches und Obst, während Flander Kappe und Handschuh auszog. »Iß das!« befahl David und reichte dem Jungen einen Teller. Schatten lagen unter Flanders Augen und machten sie allzu groß und allzu glänzend. »Dann gehst du heim und schläfst.«

»Warum will dein Dad, daß du mit der Kunst aufhörst?« Flander biß in eine Birne und wischte sich den Saft vom Kinn.

»Ich habe nicht gesagt, daß er das will. Es ist meine Entscheidung. Ich kann mit diesen Dingen nicht einfach *spielen*«, sagte David langsam. »Sie bedeuten mir zuviel. Ich werde nicht mehr die Zeit haben, sie so zu machen, wie ich sie machen möchte.«

»Also hörst du einfach auf. Und tust was?«

»Eine Familiendynastie leiten.« David nahm einen großen Bissen vom Sandwich. Es schmeckte wie Sägemehl.

»Hm.« Flander piekste in sein Sandwich und legte es weg. »Ich weiß nicht. Wenn Shy-Shy nicht gewesen wäre, hätte ich wahrscheinlich dumme Sachen gemacht — virtuelle Sexspiele für Sex-Shows oder virtuelle Gewaltszenarien oder so etwas. Sie hat mich die ganze Zeit gedrängt, mich immer wieder zu erinnern, was ich wirklich machen *will*.«

In seinem Tonfall lagen Verständnis und Mitgefühl. Der knochige, halbverhungerte Straßenjunge vergab David, daß er eine falsche Wahl traf. David verschluckte sich an seinem Bissen, gefangen zwischen Empörung und Gelächter. »Du hast Glück, sie bei dir zu haben«, sagte er, als er endlich wieder sprechen konnte. »Sie gibt dir eine Menge Halt.«

»Das tut sie«, sagte Flander ernsthaft. »Sie ist ein Knaller, und sie ist toll. Sie hat mich das erste Mal in den Netzspeicher dieses Künstlers eingeschleust. Sie ist immer für mich da — ich kann mich nicht erinnern, daß es vor Shy-Shy jemanden für mich gab. Ohne sie hätte ich es nicht geschafft.«

Der Ausdruck in Flanders Augen ließ David verstummen. Er nahm seinen Teller und verbarg einen unerwarteten neidvollen Stich. Wie wäre es, jemanden zu haben, der einen so ansah? David wickelte Flanders unangerührtes Sandwich in ein Stück Plastik und reichte es ihm. »Iß es später«, sagte er. »Wenn du zurückkommen möchtest, beenden wir dieses Stück.« Dann würde dieses Stück das letzte sein anstelle von *Schöpfung.* Ihm blieb noch ein bißchen Zeit. »Ruf mich vom Eingang des Turmes aus an, und ich lasse dich herein.«

»Das mache ich.« Flander grinste. »Danke.« Er schlüpfte aus dem Apartment, schnell wie ein dekkungsuchender Fuchs.

David hatte vorgehabt, Flander die meiste Arbeit an dem Vulkan-Stück zu überlassen, doch er konnte sich nicht heraushalten. Das Stück erwachte zum Leben und versprach kraftvoller zu werden als *Schöpfung.* David arbeitete daran, wann immer er Zeit dafür abzweigen konnte, und schob den Schlaf hinaus, bis er vor Erschöpfung taumelte. Indem er Flanders verrückte Inspirationsblitze als Sprungbrett benutzte, katapultierte er sich in kreative Höhenflüge. Die Milchstraße stürzte in einer Kaskade kalten Lichts in den brodelnden Vulkankessel, als umarme sich das Universum selbst und zöge sich in das urzeitliche Feuer zurück.

Sogar Beryl müßte das gefallen, dachte David und lachte laut auf. Er hatte ein neues Niveau in seiner Arbeit erreicht, und das war ein gutes Gefühl. Auch Flander hatte Anteil daran. Einen großen Anteil. David schickte Flander abends nicht mehr heim. Er durfte auf den Kissen im Hauptraum schlafen. Es war ihm schließlich gedämmert, daß der Junge auf der Straße lebte. Diese Shy-Shy war ihm vielleicht eine emotionale Stütze, doch in seinen körperlichen Bedürfnissen blieb er sich selbst überlassen. David drängte ihn zu essen, und Flanders Knochen setzten etwas Fleisch an.

»Wieso lebst du nicht mit ihr zusammen?« fragte David Flander eines Nachmittags. Die Wolke, an der er arbeitete, sah aus wie ein Haufen Hafermehl. »Macht sie sich keine Sorgen, weil du auf der Straße schläfst?« David blickte die Wolke finster an und löschte sie mit ärgerlichem Wischen aus.

»Sie lebt mal hier, mal da, okay? Sie bleibt nie lange an einem Ort. Weißt du, du klebst zu sehr an der Wirklichkeit.« Flander holte die Wolke zurück und kämmte sie zu einem glitzernden Kometenschweif. »Shy-Shy und ich passen aufeinander auf, und wir kommen gut zurecht.«

»Nur die Ruhe! Das war keine Kritik.« Es klang, als sei diese Shy-Shy eine aus Beryls Kohorte, die mit Schwarzmarktinformationen handelte. In dem Gewerbe verbarg man sein Echtzeit-, Körperzeit-Ich. David dämpfte den feurigen Kometenschweif zu einem Hauch von Eiskristallen.

Die Kommunikationsglocke unterbrach seine Gedanken. »Komm herein!« rief David, froh über eine Entschuldigung, das Ringen um Kometenwolken zu beenden.

Hans Renmeyers Torso nahm in Davids virtueller Tür Gestalt an. »David.« Er verneigte sich aus den unsichtbaren Hüften heraus. Der Besuch fand diesmal in Echtzeit statt. »Ich entschuldige mich für die späte Stunde. Ich störe deine Arbeit.«

»Schon in Ordnung.« David trat aus dem virtuellen Bild in sein Studio und bemerkte aus den Augenwinkeln, daß Flander wieder Fuchsgestalt angenommen hatte. »Was kann ich für dich tun?«

»Ich hoffe, du hast bald etwas Neues für mich. Inzwischen habe ich gute Nachrichten für dich.« Renmeyer räusperte sich und pausierte gewichtig. »Ich habe eine Anfrage der Roberts-Galerie in London. Sie sind interessiert, deinem Stück *Schöpfung* eine stationäre Show zu geben.«

Eine stationäre Show?

»Es ist keine große Galerie.« Renmeyer spreizte entschuldigend die Hände. »Aber sie hat relativ viel Prestige. Nach meiner Meinung als dein Agent, solltest du die Einladung sehr wohl in Erwägung ziehen.«

Von den Tausenden von Künstlern, die im Netz herauskamen, zeigte nur eine Handvoll stationäre Shows. Eine winzige Handvoll.

»Ich — nehme an«, sagte David.

»Gut, gut.« Renmeyers Lächeln wurde breiter, wärmer. »Ich überprüfe deren Vertrag und habe morgen etwas zur Unterschrift fertig. Ich wünsche dir weiterhin Erfolg«, sagte er, verneigte sich wieder und verschwand.

Fuchspfoten trafen David in die rückwärtige Taille. Er drehte sich um und fiel fast flach hin, als Flander, wieder in Jungengestalt, sich in Echtzeit-Masse und -Wucht in Davids Arme warf.

»Ich habe es dir gesagt, Mann!« schrie er fröhlich. »Ich habe dir *gesagt*, sie werden auf dich zukommen. Du bist gut. Du bist so verdammt *gut*.« Er wurde plötzlich ernst und blickte auf in Davids Gesicht. »Du machst jetzt nicht Schluß. Richtig?«

»Nein. Das — tue ich nicht.« David holte tief Luft. »Wir sind gut. *Wir werden* großartig sein.«

»Dein alter ... Dein Dad wird scheißwütend sein, was?«

»Ich bin nicht sicher, daß er je wieder mit mir spricht.« David verließ das Studio und fröstelte, als das Labor ringsum erschien. Ein Teil von ihm hatte diese Entscheidung geformt, wie Flander und er das Vulkan-Stück geformt hatten. »Chen BioSource ist sein Universum«, sagte David bedrückt. »Mein Vater hat sich einen Sohn entworfen, der in dieses Universum paßt. Der David Chen, den er sieht, ist eine virtuelle Gestalt — der Sohn, an den er glaubt, der nicht wirklich existiert. Ich bin nicht sicher, daß er jemals *mich* sehen wird oder versteht, wer ich bin.«

»Das ist hart, Mann.« Flander legte David eine Hand auf die Schulter in einer erstaunlich reifen Geste des Trostes. »Ja, das ist es.« Davids Stimme wollte brechen. Er legte seinen Arm um Flander und drückte warmes Echtzeit-Fleisch. »Ich meinte das ernst mit *wir*«, sagte er. »Wir arbeiten gut zusammen.«

»Das tun wir.« Flander grinste, die Fuchsaugen glänzten. »Warte, bis *dieses* Stück eine Galerie findet. Wie sollen wir es überhaupt nennen?«

»Ich weiß nicht. Mir ist noch kein Titel eingefallen.« David warf seinen gelösten Zopf über die Schulter zurück und seufzte. »Machen wir uns etwas zum Essen«, sagte er.

Das Hausprogramm unterbrach sie, als sie mit Brötchen, belegt mit Hühnerfleisch, feierten. *Verzeihung,* intonierte es entschuldigend. *Sie haben einen dringenden Anruf von Ihrer jüngsten Schwester. Sie sagt, es sei ein Notfall.*

Ein Notfall.

Vater. David wußte es, sobald er eine virtuelle Hand ausstreckte, um die Tür zu ihrem Apartment zu öffnen.

Sie war nicht da. Ein blasser stilisierter Karpfen mit schwebenden Flossen — das persönliche Siegel seiner Schwester — antwortete ihm. »Ich bin im Krankenhaus«, sagte er in ihrer Stimme. »Komm sofort, David. Selva Internacional hat uns wegen Piraterie verklagt, und Fuchin hatte eine Herzattacke. Bitte komm!«

David blinzelte, als sein Apartment wieder ringsum erschien. Seine Arme und Beine fühlten sich taub an, gefühllos, als hätte er Stunden bewegungslos am Tisch gesessen. Der Raum schien zu schrumpfen, schien sich um ihn zu schließen wie eine Faust. David drückte sich steif in den Stand hoch und atmete zu rasch, da der schrumpfende Raum ihm die Rippen preßte und die Lungen zusammendrückte.

»Was ist los?« fragte Flander und schob seinen Stuhl zurück, als David zur Tür ging. »Was hat sie gesagt?«

»Nichts«, sagte David und lief blindlings aus dem Apartment.

David stand dicht neben Shau Jieh am Bett des Vaters. Er hatte eine schlaflose Nacht im Hospital verbracht, in einem kahlen, nach Desinfektionsmitteln riechenden kleinen Warteraum sitzend, während Millionen Ewigkeiten langsam vorbeikrochen. Er hatte dort gewartet, gefangen in dem kahlen Würfel, weil es falsch gewesen wäre, zu Hause zu warten und das Krankenhaus auf virtuellem Wege zu besuchen. Falsch. Fuchin trüge nicht einmal Skinthins.

Schläuche führten in die Nase und in die Venen seines Vaters, die sich wie blaue Würmer unter der pergamentenen Haut wanden. Orangefarbene Kontaktplättchen entfernt stehender Monitore klebten ihm am Kopf, an der Brust, an Armen und Beinen. Jedes synaptische Zucken wurde aufgezeichnet, bewertet und beantwortet.

Die Medizin bürdet ihm den völligen Verlust von Privatsphäre auf, dachte David trübe. Sein Vater wirkte eingefallen, verwelkt, als entzögen die Schläuche ihm Blut, als wären die Monitore fremdartige Parasiten, die Leben und Substanz absogen. David legte seiner Schwester den Arm um die Taille und spürte sie leicht zittern. Am Fuß des Bettes schnüffelte die mittlere Schwester hörbar und vorhersehbar in ein Papiertaschentuch.

Dà Jieh stand hinter ihr. Sie hob den Kopf und blickte David kalt an. »Wenn du mehr Zeit aufs Geschäft verwendet hättest, wäre es nicht passiert.«

»Das ist *genug.*« Shau Jiehs Ton ließ alle aufmerken. »Wir werden an Vaters Bett *nicht* streiten.«

Dà Jieh zuckte die Achseln und preßte die Lippen zusammen. Stille erfüllte den kleinen Raum.

Diese Stille war wie ein Vorwurf. David senkte den Kopf, den Blick auf das gnadenlose Weiß des Krankenhauslakens gerichtet. Wenn er gestern abend in seinem Büro gewesen wäre, hätte er die Nachricht vielleicht gesehen, bevor sein Vater sie entdeckte, hätte sie vielleicht erledigen oder Vater zumindest vorbereiten können. Hätte vielleicht, hätte vielleicht ... David ballte die Hände zu Fäusten.

Wer immer Chen-Codes gekauft hatte, war hinein- und hinausgekommen, ohne über das Sicherheitssystem zu stolpern. Man hatte die Entwicklungsberichte seiner Schwester über die neue Dorschart kopiert und einige der Akten zerstört. Nun behauptete Selva Internacional, sie hätten die Schablonen als erste entwickelt, und die Gleichheit der Chen-Schablonen weise auf Piraterie hin. Chen BioSource besaß die Entwicklungsberichte nicht mehr, um Selvas Behauptung zu widerlegen.

Das war ein sehr gerissener Spionageakt. Falls Selva die Klage im ganzen gewann, mußte Chen BioSource Antrag auf Reorganisation stellen. Es war unwahrscheinlich, daß die Firma das überleben würde. Ich hätte sie fangen sollen, dachte David bitter. Ich hätte meiner Schwester nicht glauben sollen, daß ihre Berichte unangetastet waren.

Bei Einreichung der Klage war er mit Flander in seinem Studio gewesen, Spiele *spielen.* David wandte sich vom Bett ab.

»Er-dz? Mein — Sohn?«

Das trockene Flüstern klang schwach wie das Rascheln eines Insektenflügels. »Fuchin?« David beugte sich übers Bett und hockte sich nieder, da die Augen Vaters offenbar nicht imstande waren, sich auf sein Gesicht zu konzentrieren. »Ich bin hier«, sagte er. »Wir sind alle hier.«

»Rette uns!« flüsterte er. Seine verwelkten Finger zuckten und berührten Davids Hand. »Chen BioSource wird sterben. Die Familie wird sterben. Laß sie nicht sterben!«

»Fuchin, alles wird gut.« David nahm die Hand des Vaters und drückte sie sanft, erschrocken über die Schwäche dieser spinnenartigen Berührung. »Es sind nur Zahlen, Fuchin. Wie viele Jahre hast du mit Zahlen gespielt?« Er zwang sich zu einem Lächeln und legte die Hand des Vaters aufs Bett zurück. »Ich werde besser spielen als Selva, und alles kommt in Ordnung.«

»Das *muß* es.« Die welken Lippen des Vaters bebten. »Es *muß* in Ordnung kommen. Bitte versprich es mir ...«

Der Tod lauerte in den Augen des Vaters. David sah seinen Schatten. Seine Unsterblichkeit, hatte Shau Jieh Chen BioSource genannt. Nein, dachte David. Es ist sein *Leben*. Falls Chen BioSource stirbt, stirbt er. »Ich verspreche es«, flüsterte David.

Èr Jieh näherte sich ihm, jetzt offen weinend, und David nutzte den Augenblick, aus dem Raum zu schlüpfen. Am Ende des Flures standen öffentliche Terminals. Renmeyers Gesicht wirkte körnig und leblos auf dem flachen Bildschirm.

»Ich verstehe nicht.« Die klägliche Entschiedenheit verbarg seinen schockierten Ausdruck nicht. »David, *warum* willst du die Galerie-Show absagen?«

»Ich habe keine Zeit, die Sinneseffekte hinzuzufügen«, sagte David hölzern.

»Das kann nicht *soviel* Zeit erfordern. Ich verstehe nicht. Der von mir vorgelegte Vertrag war mehr als vernünftig.«

»Es liegt nicht an dir. Es liegt nicht am Vertrag. Schau, es tut mir sehr leid.« David unterbrach jäh die Verbindung.

Es war mehr als Zeitmangel, was ihn zur Absage der Show bewog. Es tat ihm *leid*. Bei wem hatte er sich entschuldigt? Bei Renmeyer? Bei Flander?

Bei sich selbst?

Shau Jieh holte ihn am Lift ein. »Junger Bruder, warte!« Sie packte ihn am Arm und zwang ihn, stehenzubleiben.

»Bleib du bei ihm. Ich kann nicht.« Er fuhr sich mit einer Hand übers Gesicht, da ihre Augen einen gekränkten Ausdruck annahmen. »Er hat mich *geschaffen,* ist dir das klar? Ich bin nicht mal sicher, daß es mich wirklich gibt.«

»Hör auf. Er liebt dich. Wirklich.« Ihre Stimme war voller Schmerz. »Wir Chinesen sind so besessen von Söhnen. Fuchin ist besessen davon — ich weiß, daß es nicht gut ist. Aber tu ihm nicht weh.« Sie klammerte sich an seinen Arm. »Verlaß ihn nicht, Kleiner Bruder! Nicht jetzt.«

»Es ist ironisch.« David hob langsam einen Arm und drehte ihn so, daß das Silbernetz das Licht einfing. »Es ist ironisch, daß er das hier für mich gekauft hat.«

»*Er* hat dich nicht vernetzt.« Seine Schwester wirkte erstaunt. »Deine *Mutter* hat es getan. Ich erinnere mich, wie sie darüber stritten. Sie hat virtuelle Welten entworfen. Bevor sie Fuchin heiratete. Ich dachte, das wüßtest du.«

»Ich wußte es nicht.« David fühlte sich betäubt. Ich habe nie gefragt, dachte er. Sie existierte nicht für mich. War es das, was sie ihm während des peinlichen Geburtstagsbesuches hatte erzählen wollen? »Keine Sorge«, sagte er bitter. »Ich bin Teil der privaten virtuellen Welt unseres Vaters. Ich kann nicht weggehen.« David kehrte ihren Tränen den Rücken zu und floh.

Sein Apartment erschien David fremd, als wäre er monatelang fortgewesen, anstatt lediglich ein paar Stunden. David blickte flüchtig ins Labor. Flander befand sich offenbar in irgendeiner virtuellen Welt. Ausgezogen bis auf seine Skinthins, saß er — ohne Rücksicht auf Davids Körperzeit-Gegenwart — mit Helm und Datenhandschuh im Schneidersitz auf dem Boden, die Augen auf eine ferne Wand gerichtet. Die gesunde Hand zuckte, als er irgend etwas in seinem unsichtbaren Universum tat. David beobachtete ihn für einen Moment. Jeder hat seine persönliche virtuelle Welt, dachte er bitter. Seine persönliche Realität.

Welches ist *meine?* fragte er sich.

David ballte eine Hand zur Faust. Er kehrte in den Hauptraum zurück und betrat sein Büro: Die Jadeplatte seines Schreibtisches erwartete ihn, mit ordentlichen Reihen fließender Schrift bedeckt. Es war die Essenz aus Selvas Klage, berichtet vom Firmenanwalt. Das vorausgesagte Ergebnis sah schlecht aus für Chen BioSource, ob sie sich verglichen oder nicht. Selva hatte sie in der Tasche. Es fragte sich nur, wie schwer Selva ihnen schaden wollte und wieviel sie zu diesem Zweck auszugeben bereit waren. Werkspionage und Piraterie wurden in den internationalen Gerichten streng geahndet. David starrte auf die Worte, bis sie zu bedeutungslosen Kringeln und Kritzeleien verschwammen. Ihre Botschaft änderte sich nicht.

Ich war gut, dachte David. Ich hab Talent. Ich war *gut*.

Eine Tür erschien in der Wand von Davids Büro. »David?« Flanders Stimme. Virtuelle Knöchel pochten auf virtuelles Holz.

Geh weg! dachte David, seufzte jedoch und öffnete die Tür. Flander war nicht allein. Eine große Frau stand neben ihm. Sie hatte silbriges Haar, das im Nacken zu einem modischen keulenartigen Zopf geschlungen war, und ein kraftvolles eckiges Gesicht. Sie war vernetzt.

Shy-Shy. Sie mußte es sein. Ich kenne sie irgendwoher, dachte David, aber die Erinnerung entglitt ihm.

»Hallo!« Ihre Stimme war tief und warm. »Tut mir leid, hier so hereinzuplatzen, aber Flander kennt die Bedeutung des Wortes Geduld nicht.« Sie zauste Flander zärtlich das Haar.

Flander grinste zurück, und angesichts der absoluten Einheit in diesem Augenblick wandte David rasch den Blick ab.

»Ich habe sie gebeten, hereinzukommen«, ergriff Flander das Wort. »Shy-Shy ist *toll,* Mann. Sie bringt mich *überall* rein, wo ich reinwill! Sie kann herausfinden, wer dir die Klage angehängt hat. Sie kann herausfinden, wer an den Hebeln sitzt, kein Problem.«

David kam sich vor, als stünde ihm der Mund offen. »Was hast du getan?« stieß er schließlich hervor. »Hast du die private Mitteilung meiner Schwester übersetzt?«

»Klar. Du warst ziemlich aufgebracht, Mann. Ich spreche die Sprache nicht, aber die Bibliothek spricht sie.« Er hob eine Schulter in lässigem Achselzucken.

David verzog das Gesicht und bekämpfte seinen Unmut über das *Eindringen.* Das ist der Fuchs, erinnerte er sich. Der Geist, der in seinen Stücken ein- und ausgegangen war. Flander war ein Straßenkind. Nichts war ihm heilig. David seufzte, unglaublich müde. »Du warst überall, nicht wahr? Sogar in meinem Büro.«

»Seien Sie ihm nicht böse.« Shy-Shy legte Flander die Hand fest auf die Schulter, doch sie schüttelte ihn nur sanft. »Sie waren gut zu ihm, und er war wirklich besorgt. Er akzeptiert kein Nein.« Sie lachte leise und wischte sich eine Haarsträhne aus der Stirn zurück. »Ich *bin* gut«, sagte sie. »Ich kann herausfinden, was Sie wissen müssen. *Wenn* Sie es wollen. *Er* muß entscheiden«, sagte sie zu Flander, da der den Mund öffnete. »Es ist seine Sache, auch wenn du bis zum Hals mit drinsteckst.«

»Tut mir leid, David.« Flanders Blick war besorgt. »Du hast mir nicht gesagt, daß ich nicht nachsehen soll.«

»Schon gut«, murmelte David. Shy-Shy wartete, eine lässig-besitzergreifende Hand immer noch auf Flanders Schulter. Sie war *angezogen;* echte Lederstiefel, Naturfaser-Tunika, Faser-Licht-Stickerei. Der ganze Krempel. Straßen-Power-Schick. Sie war nicht schmutzig, sie war nicht knochig. Warum zum Teufel *kümmert* sie sich nicht um ihn? dachte David ärgerlich. »Ich wär Ihnen für Ihre

Hilfe verbunden.« Er zwang sich zu diesen Worten. »Um meines Vaters willen.«

David blieb in seinem Büro, während Shy-Shy und Flander das Netz bearbeiteten. Sie arbeiteten zusammen, und er wollte nicht zusehen. Statt dessen holte er nach, was es an Aufträgen, Lieferproblemen und Berichten zu bearbeiten gab; alle diese öden Einzelheiten eines Geschäftes, das trotz der persönlichen Tragödie weiterlief — weiterlaufen *mußte*. Er erledigte, was zu erledigen war, und machte weiter, indem er sich mit unwichtigeren Kleinigkeiten befaßte, die sich wie Staub in den Ecken des Geschäftes angesammelt hatten. Er quälte sich, wußte es, und es war ihm egal. In dem privaten Krankenhauszimmer banden Monitorparasiten seinen Vater ans Leben. David spürte, wie die Zahlen, Projektionen und Sorgen sich wie Finger um ihn schlossen und erstarrten wie die Wände eines neu eröffneten virtuellen Raumes.

Als Flander blitzartig vor seinem Schreibtisch in Erscheinung trat, fuhr David zuckend zusammen. »Benutz die Tür!« schnauzte er.

»Tut mir leid. Ich habe es vergessen.« Flander grinste ihn an. »Mann, ich hatte *recht*. Ich habe es *geahnt*. Shy-Shy sagt, sie hätte doppelt so lange gebraucht, wenn ich ihr nicht den Tip gegeben hätte, wo sie anfangen soll.«

Also hatte die Wunderfrau mit dem Power-Dreß Selva geknackt. David streckte sich und fühlte sein Rückgrat krachen. Seine Muskeln schmerzten, und die Uhr auf seinem Schreibtisch schockierte ihn. Stunden waren vergangen. Ich habe mich versteckt, dachte David. »Zeig es mir«, bat er Flander.

»Worauf du wetten kannst, Mann. Shy-Shy hat das locker gepackt. Weil ich es teilweise geahnt habe.« Flander grinste immer noch, zufrieden mit sich und voller Stolz auf den Preis, den er David brachte. »Sieh einfach hin!« forderte er David auf.

David blinzelte, als die Lichter dunkler wurden. Eine ganze Wand seines Büros schimmerte und wurde zum Bildschirm. Ein Film lief darauf ab, ein flimmerndes Kaleidoskop antiker Cinemascope-Farben. Auf dem Boden davor befanden sich Reihen roter Samtsitze. Popcorn und zerknülltes Süßigkeitenpapier bedeckte den Boden, und ein Paar knutschte leidenschaftlich auf den Vordersitzen. David fragte sich gereizt, wie lange Flander gebraucht hatte, diese Details zu entwerfen. Er hob den Blick zur Leinwand, und ihm wurde kalt.

Dort oben auf dem Bildschirm, körnig und zweidimensional, wanden sich Beryl und seine älteste Schwester leidenschaftlich inmitten eines Wusts schwarzer Seidenlaken.

»Er nimmt *alles* auf, Mann! Du hättest *sehen* sollen, durch was Shy-Shy und ich waten mußten.« Flander wand sich wie ein junger Hund. »Aber es ist da. Sie übergibt ihm irgendein Zeug — Blätter mit Kopien —, und nachdem sie gegangen ist, läßt er es durch seinen Scanner laufen. Er denkt, er hätte *ziemlich* gute Sicherheitsvorkehrungen, Mann. Er hat noch nie mit *Shy-Shy* zu tun gehabt.« Das riesige Bett verschwand, und an seine Stelle traten weiße Blätter mit Kopien, ordentlich aufgereiht.

David starrte auf die hingekritzelten Zahlen und Symbole. Übelkeit befiel ihn, als er die handgeschriebenen Notizen seiner Schwester erkannte.

»Ich habe ihr Gesicht gesehen, als sie hier war. Sie *haßt* dich, Mann. Shy-Shy sagt, ein gerissener Piraterieakt kostet eine Menge. Wenn das große Geld nichts damit zu tun hatte, hatte die Sache vielleicht *persönliche* Gründe. Da kam ich drauf, daß ein Insider beteiligt war, und deine Schwester schien eine natürliche Verdächtige zu sein. Also hat Shy-Shy mich in ihre virtuellen Räume geschleust. Deine Schwester sucht nicht nach Geistern.« Er schürzte verächtlich die Lippen. »Sie ist heute abend zu diesem Kerl gegangen, während du Geschäftskram erledigt hast. Ich dachte, er setzt sie vielleicht unter Druck, aber sie schien recht erfreut, ihn zu sehen. Also sind wir in seinen Aktenspeicher eingedrungen und fanden das Zeug, das du haben wolltest. Sie ist 'ne echte Hexe, was?«

Dà Jieh. Älteste Schwester — stolze, verächtliche Dà Jieh. Die ganze Zeit war *sie* es. Sie hatte ihn tanzen lassen wie eine Marionette, und er hatte es zugelassen, weil sie zur *Familie* gehörte. Er war so realitätsblind gewesen wie ihr Vater, jedoch hatte ihr Vater den Preis dafür bezahlt. David hatte seine Galerie-Show für nichts und wieder nichts aufgegeben. Wenn Dà Jieh Chen BioSource vernichten wollte, konnte David nichts zur Rettung tun. Ein Teil von ihm hatte es geahnt. Vielleicht hatte er sich deshalb heute nachmittag ins Geschäft vergraben. Er hatte sich vor der Wahrheit versteckt, die Flanders wunderbare Shy-Shy zutage fördern würde.

David preßte die Zähne zusammen, bis die Kiefer schmerzten, und rang mit der tiefen Abneigung gegen die Fremde, die in das Leben seines Vaters getreten war und gleichgültig die häßlichen Risse in den Grundfesten der Familie *aufzeigte.*

»David?« Flander berührte seinen Arm, das Echtzeit-Fleisch unter seinen virtuellen Fingern war warm. »Es tut mir leid. Es tut mir wirklich leid, Mann.«

Echtzeit-, Körperzeit-Trost — und diese Shy-Shy sorgte nicht einmal für sein *Essen.* »Danke«, flüsterte David. Er konnte nichts tun. »Beryl ist der Schlüssel. Er handelt mit Informationen und Druckmitteln.« Es war egal. »Ich muß mit Beryl sprechen.« Es war scheißegal ... David drehte Flander den Rücken zu und stürzte in sein Büro.

Er verbrachte den Rest der Nacht damit, Beryl zu jagen, und verfolgte ihn durch einen wahren Irrgarten gesellschaftlicher und geschäftlicher Kontakte, sprang von

Party zu Party, von Achselzucken zu wissendem Achselzucken.

Ich weiß nicht. Ich habe ihn hier nicht gesehen.

Ich weiß nicht wo er lebt. Niemand weiß das, Mann.

Komm zur Besinnung, Chen!

Beryl wollte nicht gefunden werden. Zumindest nicht von David. In den frühen Morgenstunden gab David auf. Er verließ die sich auflösende Party, bei der er vorbeigeschaut hatte, und fand Flander in seinem Büro. Er saß auf dem Boden, die Arme um die angezogenen Knie geschlungen, und beobachtete David. David erinnerte sich vage, ihn jedesmal, wenn er in sein Büro zurückgekommen war, in dieser Haltung gesehen zu haben.

»Du siehst aus wie Scheiße«, sagte Flander leise. »Geh schlafen, Mann.«

»Shy-Shy«, sagte David. Die Worte kamen wie ein trockenes Krächzen heraus. »Hol Shy-Shy für mich. Sie kann Beryl finden.«

»*Ruh* dich *aus,* Mann!« Flander klang besorgt. »Er wird sich finden. Bring dich nicht um, okay?«

»Jetzt!« David ballte die Faust. Er *mußte* Beryl finden, mußte ihn zur Strecke bringen und zur Rede stellen, denn wenn er es *nicht tat* — mußte er Dà Jieh zur Rede stellen. »Hol sie!« verlangte er.

Shy-Shy sah nicht aus, als hätte Flander sie geweckt. Sie sah frisch und völlig gelassen aus, als wäre sie seit Stunden oder die ganze Nacht auf gewesen. Vielleicht braucht sie überhaupt keinen Schlaf, dachte David säuerlich. Wieder dieses stechende Gefühl von Vertrautheit — stärker diesmal. Er konnte sich fast erinnern. »Beryl«, sagte er und rang mit dem Nebel, der seinen Kopf füllte. »Der Bursche, mit dem meine Schwester — sich traf. Er versteckt sich vor mir. Ich brauche seine Adresse.«

»Sein Sicherheitssystem muß durch mein Eindringen eine Spur aufgenommen haben. Vielleicht vermutete er, daß Sie es waren.« Sie nickte. »Kein Problem. Nachdem ich da rauskam, habe ich seine Adresse in Ihren Büro-Aktenspeicher eingespeist. Tut mir leid. Ich dachte, Sie fänden sie.« Shy-Shy berührte seinen Arm. »Du siehst aus wie Scheiße«, sagte sie leise. »Geh schlafen, Mann!«

Genau Flanders Worte von vor einer Minute, in Flanders Phrasierung, Syntax und Modulation gesprochen. Trotz seiner Erschöpfung — oder vielleicht gerade deshalb — hörte David es. Die Unterschiede in Timbre und Tonhöhe waren irreführend, doch die Mechanismen waren — dieselben.

Vertraut. Shy-Shy war so verdammt *vertraut.* Kälte rann David den Rücken hinab und verursachte ihm Gänsehaut auf den Armen. Er sah sie forschend an, diesmal mit den Augen des Künstlers, und er *sah* sie. Verändere das Geschlecht, die Haare, die Augenfarbe, füge dreißig Jahre hinzu, und sie sieht aus wie — Flander. Sie konnte seine Mutter sein oder seine Schwester. Man konnte im Virtuellen sein Aussehen verändern, doch man bewegte sich wie immer, dachte wie immer und redete wie immer. Die Kälte breitete sich aus und füllte Davids Bauch mit Eis. *Sie* trug Power-Outfit, aber *Flander* schnorrte sich durchs Leben. Flander schlief auf der Straße. Wo schlief Shy-Shy?

Nun, da er gelernt hatte zu sehen, war es *klar.* Shy-Shy *war* Flander — und auch wieder nicht.

David fröstelte, und er klapperte mit den Zähnen. Sie war eine *Simulation,* eine autonome virtuelle Person. Sie *mußte* es sein, und sie *konnte es nicht sein. Niemand* konnte eine derart autonome Körpersprache erschaffen. Shy-Shy war hier im Büro mit Flander, aber jede ihrer Regungen war unabhängig und *perfekt. Niemand* hatte soviel Talent.

Flanders Fingerabdrücke waren überall auf ihr. David kannte seinen Stil inzwischen gut genug, um ihn zu erkennen.

Obwohl er es wußte, erschien sie ihm immer noch als *real.*

David besaß nicht das nötige Talent, um so etwas zu erschaffen. Er würde es *nie* haben. Taubheit kroch ihm in die Fingerspitzen und hinaus ins Hirn. »Shy-Shy ist eine Simulation«, krächzte David. »Mein Gott, du hast sie *gemacht*.«

»Ausgeschlossen, Mann.« Flander zuckte zusammen, lachte jedoch. »Shy-Shy, hör ihn dir an!«

In einer Finte blickte David Shy-Shy plötzlich ins Gesicht und beobachtete ihre unwillkürliche zuckende Reaktion, sah ihre Augen weit werden und die Pupillen sich verengen. *Perfekt*. Man konnte es nicht erkennen. Dagegen wirkte Renmeyers teure Simulation wie ein Automat.

Ich dachte, *ich* wäre gut. David starrte Shy-Shy ins Gesicht, sah, wie sie zornig wurde, und erkannte Flanders Körpersprache im Zusammenpressen der Lippen, im Anspannen der Schultern und in der Biegung des Rückgrates. Die Gewißheit, Talent zu haben, *großes* Talent, war für David stets ein Talisman gewesen.

Flander hatte ihm den Talisman soeben genommen.

Angabe. Flander *gab an* wie seinerzeit mit den Farnbüscheln. Der Junge hatte hier gesessen, zugesehen, wie er *litt*, und hatte sich ins Fäustchen gelacht, weil der dumme David eine Simulation nicht von einem virtuellen Bild in Echtzeit unterscheiden konnte. »Du kleiner Scheißkerl!« stieß David hervor. »Du gottverdammter *Mistkerl!*« Seine Faust traf Flander am Wangenknochen. Echtzeit-Fleisch quetschte Echtzeit-Fleisch.

Flander taumelte mit einem Schrei rückwärts und stürzte vor David nieder.

»Aufhören!« Shy-Shy fiel neben Flander auf die Knie, das zornige Gesicht zu David aufgerichtet. »Was zum Teufel ist los mit *Ihnen?*«

»Das Spiel ist vorbei.« David stand mit geballten Fäusten, schwer atmend, über Flander. »Du hast sie *gemacht. Schau* sie an! Man erkennt deinen Stil. Die Art, wie du Haut tönst. Die Art, wie du jedes Haar und jede

Falte detailgenau herausarbeitest. Sie kontrolliert ihre eigenen Bewegungen — aber es ist *deine* Körpersprache. Ich könnte euch nebeneinanderstellen; ihr seid gleich bis hin zur letzten Regung. Hast du gedacht, ich sei *komplett* verblödet?« fragte er bitter. »Ja, ich habe gedacht, sie wäre real. Hast du Spaß gehabt, zuzusehen, wie ich mich zum Narren mache? Du kleiner Straßenpunk! Du hältst dich für verdammt clever!«

»Ich habe es nicht getan.« Flander rappelte sich hoch mit wildem Blick und zitterte so sehr, daß er kaum aufstehen konnte. »Sie ist *real.* Sie *kümmert* sich um mich. Immer.« Am Boden knieend, verschränkte Shy-Shy die Hände. »Sie ist real!« schrie Flander. »Hörst du mich? Sie ist *real!*«

Shy-Shys Bild zerplatzte wie eine Seifenblase. Flander stieß einen rauhen tierischen Schrei aus und verschwand aus dem Büro.

»Flander!« schrie David. Stille. Sie drang in Davids Körper ein, während die Sekunden verstrichen, seinen Zorn abkühlten und in ein kaltes Elendsgefühl verwandelten. »Flander!« rief er. »Komm *zurück!*« Er verließ das Büro, und eine Vorahnung ließ seine Haut kribbeln, als hätte er Gänsehaut. Das Labor war leer. Ebenso der Wohnraum. Die Außentür stand offen.

Ich hätte es ohne sie nicht geschafft, hatte Flander von Shy-Shy gesagt. Sein Blick hatte Liebe ausgedrückt, wenn er sie ansah, und sie hatte ihn auch geliebt. Sie hatte einen Straßen-Power-Dreß getragen. Welches Kind würde einen Helden in Lumpen kleiden? David blickte den großen leeren Flur zum Lift hinunter. War das überhaupt möglich? fragte er sich. Konnte man eine so komplexe und vollständige virtuelle Person erschaffen und dann *vergessen,* daß man es getan hatte? Die Antwort machte ihm angst. Man mußte geisteskrank sein. Ernsthaft geisteskrank.

Vielleicht. Oder jemand war vielleicht so einsam, daß eine solche Schöpfung ihn *geistig normal* machte. Genügend Talent vorausgesetzt, konnte man in diese Person alle Liebe, allen Trost und alle Sicherheit legen, die in der Körperzeit Welt sonst nicht existierten. In gewisser Hinsicht konnte man diese Schöpfung zum Leben erwecken. Jedenfalls so lange, bis einem jemand klarmachte, was man getan hatte.

Realität und Irrealität. Wo hörte das eine auf, und wo begann das andere? Ich habe Shy-Shy *getötet,* dachte David, und plötzliche Trauer durchdrang ihn. Er blickte auf seine Hände hinab. Sie waren sauber. Keine Spur von Shy-Shys Blut verunreinigte sie. Er wischte sich die Handflächen an der Tunika ab und kehrte zurück in seine leeren Räume, um das Versprechen an seinen Vater einzulösen.

Die Adresse, die Shy-Shy — Flander — in den Akten hinterlassen hatte, führte David zu einem verfallenen Backsteingebäude. Es stand am Rande des verbrannten Schandflecks, der einst das Barrio von L.A. gewesen war, und sah aus, als wäre es mindestens ein Jahrhundert lang vernachlässigt worden. Alte Erdbebenschäden hatten die Betonfassade zerstört, und schwarze Risse zogen sich im Zickzack durch die verwitterten Steine. Der Eingang hatte kein Schloß. Drinnen roch es nach Pisse. David atmete flach. Das an die Lifttür geklebte Plakat *Außer Betrieb* sah so alt aus wie das Gebäude. David stieg die Treppe hinauf. Staub wirbelte aus dem schlammfarbenen Teppich auf, hing hinter David in der Luft und glitzerte wie Gold in den Sonnenstrahlen, die durch die schmutzigen stahlvergitterten Flurfenster fielen.

Beryl wohnte in der dritten Etage. David stand einige Minuten lang draußen im Flur, um zu Atem zu kommen, und wartete, daß seine Pulsfrequenz wieder normal wurde. *Keine nennenswerten Sicherheitsmaßnahmen,* hatte er aus den Aktennotizen erfahren. *Er ist in Sicherheit, weil keiner weiß, wo er lebt.* Shy-Shys Worte. Flanders

Stimme. David beugte sich nieder, um die Schlösser zu prüfen. Sie waren mechanisch. So alt wie das Gebäude. Gute Tarnung, dachte David kühl. Welcher Dieb würde sich die Mühe machen? Er schob die dünne Klinge des Patentschlüssels ins erste Schloß. Ein Schloß nach dem anderen klickte. David drehte den Knauf, drückte und trat ein.

Der Schmutz stoppte ihn auf der Türschwelle. Der vollgestopfte Raum roch schlimmer als der Flur; eine Mischung aus Schmutz, ungewaschenem menschlichen Fleisch und verdorbenem Essen. Verkrustetes Geschirr und Kleidung lagen überall verstreut. Ein zerwühltes Bett, ein Tisch und ein Stuhl nahmen den größten Teil des Raumes ein. Die Tischplatte war mit Staub bedeckt, durch den sich unleserliches Geschmier zog. Beryl saß auf der Bettkante, völlig nackt, die Augen weit und glasig.

Er war vernetzt wie David. Licht glitzerte auf den Silberfäden in seiner Haut. David bekam einen dumpfen Schock. Der Beryl, den er kannte, war ganz katzenhafte Anmut, Schönheit und verächtliche Selbstsicherheit. Der virtuelle Beryl. Der *Körperzeit*-Beryl war klein, mit weichen, schlaffen Muskeln, einer Speckkrempe um die Taille und hängenden Schultern. Im grellen Schein des Deckenlichtes wirkte seine Haut durchsichtig, kränklich blaß, einem höhlenbewohnenden Insekt vergleichbar.

Beryl fröstelte, als er seine virtuelle Welt verließ, und seine Miene erstarrte im Ausdruck von Überraschung und Angst. »Was zum *Teufel* tust du hier? Hinaus!« sagte er mit Beryls seidiger Stimme.

David blickte zu den schmutzigen Baumwollaken auf dem schmalen Bett und erinnerte sich an schwarze Seide und die glatten Schultern seiner Schwester. »Es war eine *virtuelle Szene*«, sagte er. »Flander hatte recht. Es war keine Erpressung.« Warum? David schüttelte leicht den Kopf. Um *ihn* dranzukriegen? Hatte sie bereitwillig die Firma aufs Spiel gesetzt, um ihn als unfähig hinzustellen? Es macht keinen Unterschied, dachte er bitter. Sein Vater würde nicht aufhören, an seinen virtuellen Sohn zu glauben, egal, was Dà Jieh tat. David tat einen Schritt auf Beryl zu, noch einen.

»He, Mann!« Beryl wich rasch zurück und stöhnte, als die Tischplatte ihn stoppte. »Kein Grund für Gewalt, okay?« stotterte er. »Schau, regeln wir das in Ruhe. Wie wäre es mit deinem Büro?«

»Ich denke, ich bevorzuge Körperzeit.« David machte noch einen Schritt, Hände an den Seiten. Schweiß glänzte auf Beryls Gesicht, und David roch den scharfen sauren Geruch der Angst. Er hat Angst vor *mir*, dachte David. Nicht, weil ich ihm weh tun könnte, sondern weil ich *hier* bin. »Also, erzähl's mir!« Er beugte sich vor und atmete Beryl ins Gesicht. »Erzähl mir alles!«

»Sicher, Mann. Was gibt es da zu erzählen?« Beryl lehnte sich zurück, weg von David, die Hände auf die Tischplatte gestemmt. »Es war nur ein kleiner geschäftlicher Handel. Eine nette Falle wenn du es genau wissen willst. Deine Schwester ist eine kluge Lady. Eine Macherin.« Er zuckte zurück, obwohl David keinen Muskel bewegt hatte. »Sie hat mir das Zeug gegeben«, sagte er atemlos. »Ich habe es lediglich an Selva weitergeleitet — ich kenne da jemanden — und die Details mit ihnen geregelt. Schau, *sie* hat den Plan entwickelt. Ich war nur der Laufbursche. Das ist die *Wahrheit*, Mann.«

Ja, es war wahrscheinlich die Wahrheit. Mehr oder weniger. »Du wirst die Sache bei Selva abblasen«, sagte David leise. »Sie werden die Klage fallenlassen.«

»Ausgeschlossen.« Beryls Stimme kletterte eine halbe Oktave in die Höhe. »Die wollen Knete machen, indem sie einen Happen aus Chen BioSource nehmen. Die werden das nicht einfach aufgeben.«

»Ich weiß, wo du *lebst*.« David lächelte nicht. Beryl schauderte. »Ich habe Kopien der gestohlenen Daten. Also ist ihr Happen keine so sichere Sache mehr. Ich werde etwas Geld einschießen, und du kommst mit dem

Rest des Preises rüber. Du wirst etwas zum Verhandeln finden. Du hast eine Stunde«, sagte er. »Danach wird deine Adresse veröffentlicht.«

»Also gut.« Beryls Arme zitterten. »Also *gut*, du Bastard.«

David setzte sich vorsichtig auf die Kante des gepolsterten Stuhls. Etwas mehr oder weniger Gelbes hatte sich auf die Armlehne ergossen und war angetrocknet. Es sah aus wie Erbrochenes. David sah weg und beobachtete Beryl, wie er seine virtuelle Welt betrat.

Jetzt konnte er den Beryl sehen, den er kannte. Die Körpersprache des Mannes änderte sich. Seine Gesichtsmuskeln wurden fest. Auf der anderen Seite einer unsichtbaren elektronischen Wand warf er den schönen Kopf zurück, schnaubte verächtlich und schlich wie ein grinsender Leopard durch irgend jemandes Tag. Sein Körper imitierte die Bewegungen. Welcher ist *real?* fragte sich David plötzlich. *Dieser* Beryl oder der *andere*. David wurde schwindlig. Der Geruch im Raum erdrückte ihn, und trockener Ekel regte sich in seinem Bauch.

»Es ist erledigt.« Beryl trat schließlich aus dem Virtuellen aus. Die Arme verschränkt, den Rücken an der Wand, blickte er David wütend an. »Check deine Post. Selva zieht die Klage zurück. Und jetzt hinaus!«

David checkte. Der Klage-Rückzug war da, bei den Akten und rechtskräftig. David stand auf, blickte in Beryls schlaffes zuckendes Gesicht und ging. Die schmutzigen Straßen der Stadt draußen kamen ihm wie das Paradies vor. Der Ekel saß immer noch wie ein Klumpen in den Eingeweiden. Beryl würde umziehen müssen. Seine Unsichtbarkeit war kompromittiert worden. David stellte ihn sich vor, wie er durch die überfüllten Straßen ging, gefangen in Echtzeit, während er sich woanders niederließ.

Beryl würde seine Strafe bekommen.

David winkte ein Taxi heran und gab die Laboradresse an.

Seine Schwester wartete auf ihn. Beryl hatte sie angerufen, natürlich. Sie begrüßte David gelassen und führte ihn in ihr Privatapartment in der zweiten Etage des Gebäudes, in dem das Labor lag. Das makellose, fast spartanische Dekor stand im krassen Gegensatz zu Beryls schmutzigem Durcheinander, an das David sich erinnerte. Er blickte auf das Profil seiner Schwester, glatt und perfekt wie Porzellan, und fragte sich, welche Bedürfnisse sie in Beryls virtuelles Bett gebracht hatten? Nur Sex? Oder etwas mehr?

»Ich habe nicht erwartet, daß du mein kleines Komplott entdeckst.« Sie stellte ein Tablett auf einem niedrigen Lacktisch ab. »Ich habe erwartet, daß du dich durch die von uns ausgestreuten Pirateriegerüchte irreleiten läßt. Tee?« Sie reichte David eine zarte Tasse.

Die Glasur war tiefenlos, glänzend schwarz. Eine winzige illusorische Perle schien auf dem Grund zu schimmern. »Du hast das nur getan, um mich schlecht zu machen«, sagte er. »Um Haaresbreite hättest du Chen BioSource zerstört. Unseren Vater zerstört. Ich habe es Fuchin nicht erzählt«, sagte er. »Noch nicht.«

»Versuch nicht, mich mit Vater unter Druck zu setzen. Ich habe die Nase gestrichen voll von ihm *und* von dir.« Ihre Augen funkelten, hart und tiefenlos wie die Glasur der Tasse in ihrer Hand. »Du machst dir nichts aus Chen BioSource. Es ist dir eine Last, eine Ablenkung von deiner sogenannten Kunst, Kleiner Bruder.« Ihre Lippen zuckten. »Ich *bin* Chen BioSource. *Ich* entwerfe die Schablonen, die wir verkaufen. Ich sorge mich mehr um die Firma, als unser Vater es je getan hat. Aber ich bin nur eine Tochter. Also mußte Fuchin eine Zuchtstute suchen und sich einen Sohn machen. Ich habe mein Leben dem Funktionieren von Chen BioSource gewidmet, und er will es *dir* übergeben. Weil du sein *Sohn* bist.« Ihre Stimme bebte. »Tanaka will einen neuen Krill, den ich gerade entwerfe. Die schätzen mich wegen meiner *Leistung*. Sie haben mir eine Position als Leiterin der Aquakultur-Design-Abteilung angeboten, und ich werde annehmen. Fuchin hat dann immer noch eine Firma, die er dir übergeben kann, aber sie ist nicht mehr viel wert ohne mich. Erzähl ihm, was du willst, Kleiner Bruder. Mir ist es egal.«

Dà Jieh. Älteste Schwester. David blickte hinab auf die Tasse in seiner Hand und erinnerte sich an ihre Augen, als ihr Vater gegenüber dem längst vergessenen Gast mit den Leistungen seines *Sohnes* geprahlt hatte. Die illusorische Perle schimmerte auf dem Boden seiner Tasse. Seine Schwester und sein Vater teilten dieselbe Leidenschaft, dieselbe virtuelle Welt. Chen BioSource: Unsterblichkeit. Dynastie. Leben. Aber Vater konnte es sich nur durch einen *Sohn* vorstellen.

David setzte sehr vorsichtig seine Tasse ab. »Ich bin egoistisch«, sagte er zu seiner Schwester. »Ich habe nicht verstanden. Es tut mir leid.«

Er ließ sie dort sitzen, die schwarze Tasse in der Hand, argwöhnisches Erstaunen auf dem Gesicht.

Davids Apartment war totenstill. Er durchstreifte den leeren Raum und lugte ins Labor. Er zog die Tunika über den Kopf aus, warf sie in eine Ecke und betrat sein Studio. Eine nach der anderen nahm er die Leinwände vom Ständer. Keine Zeichen neuer Fuchsspuren. David nahm das Vulkan-Stück heraus und streckte es. Flander war mit jeder Nuance des Stückes verwoben. David erkannte seine Handschrift in den zarten Schatten der Grashalme und im Schimmern des Lichts auf einem glatten Stein. Sterne stürzten in Kaskaden in den Vulkankessel und starben im funkelnden Licht.

Das Stück war ein Meisterwerk.

Wegen *Flander* — dem verrückten, talentierten Jungen, jetzt verschwunden, vielleicht für immer. Was würde mit ihm geschehen ohne Shy-Shy? Vielleicht konnte er sie neu erschaffen und sich irgendwie überzeugen, daß sie real war. Vielleicht konnte er es nicht.

»Löschen«, schrie David mit zittriger Stimme, »den ganzen Speicher tilgen!« Die sterbenden Sterne zitterten.

Sind Sie sicher, daß Sie das tun wollen? fragte das Studioprogramm.

David öffnete den Mund und schloß ihn. Das war das Werk meiner Schwester, dachte er und fühlte sich schwindlig. Eifersüchtig, gekränkt und zornig, hatte sie versucht, zu zerstören, was er liebte. David berührte einen Farnwedel und bemerkte die winzigen zimtfarbenen Flecken der Sporenkapseln an der Unterseite. Ich wollte das zerstören, dachte er, weil ich gekränkt bin und — eifersüchtig.

Eifersüchtig. Er würde *nie* so gut sein wie Flander. Früher oder später würde die Welt das wissen.

»Storniere das Tilgen«, sagte David. Er preßte die Szene auf Leinwandformat zurück und hängte sie vorsichtig auf den Ständer.

»Neue Leinwand«, sagte er und nahm das weiße Rechteck aus der Luft. Es streckte sich in seiner Hand, blendend leer. »Azur«, sagte David und wischte Himmel über das weite Nichts. Er dämpfte es zum Dämmerungsblau und schattierte Dunkelheit darüber; Abenddämmerung sickerte in das müde Ende des Tages.

David arbeitete in kreativer Ekstase weiter bis in die Nacht hinein. Er formte Shy-Shys Bild, erinnerte sich an die verlebten Züge ihres Gesichtes und an die Liebe und Wärme, die Flander in ihre Augen gelegt hatte. Er fügte die heimlichen gehetzten Spuren eines Fuchses hinzu und verschmolz alles zu einer Symphonie aus Liebe, Hoffnung und kompromittierten Träumen, aus Dunkelheit und Licht. Er stellte auch seinen Vater hinein, gab ihm blinde, alles sehende virtuelle Augen und ein trauerndes Gesicht. Realität und Irrealität verschlangen sich miteinander und wurden zum Gewebe aus menschlichen Hoffnungen, Ängsten und Wünschen.

Irgendwann, der nächste Tag hatte längst begonnen,

wurde David bewußtlos. Während er fiel und seine Glieder wie in Zeitlupe zu Boden glitten, entrollte sich das gesamte Stück in seinem Kopf. Es war gut. David empfand ein kurzes durchdringendes Triumphgefühl, dann berührte der Boden sein Gesicht, und Dunkelheit verschluckte ihn ganz.

Sie kamen alle vorbei, um Vater am Tag seiner Entlassung aus dem Krankenhaus zu sehen. Sie brachten Geschenke, Delikatessen in Form von frischem Obst und wild gefangenen Meeresfrüchten, und er sonnte sich in ihren Aufmerksamkeiten. Er sah so gut aus wie seit Monaten nicht mehr. Das war Familie, wie sie funktionieren sollte. Chen BioSource im Übermaß. Das virtuelle Bild war intakt. David blieb an der Peripherie, er war sich bewußt, daß Shau Jieh ihn im Auge hatte. Seine älteste Schwester nickte ihm zu, und ihr Gesicht verriet keine Reaktion auf ihr Gespräch. Falls sie besorgt war, David könnte ihren Part bei der Klage verraten, zeigte sie es nicht. Ihr Spionageakt war die zerschlagende Faust eines wütenden Kindes gewesen. Ihr Rückzug zu Tanaka war die kalkulierte Zerstörung einer Erwachsenen. In jedem Fall würde Chen BioSource sterben.

Sterben war das angemessene Wort. Fuchin *war* Chen BioSource. David hatte das im Krankenhaus begriffen, als er seinem Vater das Versprechen gab. David seufzte. Man konnte im Virtuellen töten. In illegalen Salons konnte man den Körper mit Drogen und irrealen Waffen töten. Man konnte die Seele töten. David versuchte, das Bild von Flanders Gesicht loszuwerden, als Shy-Shy aus seinem Leben verschwunden war. Wir umgeben uns mit Irrealität, dachte er. Nicht nur die Beryls, die sich aus der physischen Welt zurückgezogen haben, sondern auch Menschen wie mein Vater, die sich mit einer illusorischen, nach ihren Bedürfnissen gestalteten Realität umgeben.

Seine mittlere Schwester hatte ihre Jungs endlich aus

dem Raum gescheucht. Nur Shau Jieh blieb. David trat ans Bett. Er kniete nieder und nahm die Hand des Vaters in die seine. »Ich freue mich, daß du dich besser fühlst«, sagte er in perfektem, vorsichtigem Mandarin.

»Du hast getan, worum ich bat. Du hast Selva dazu gebracht, die Klage fallenzulassen. Ich bin stolz auf dich, Er-Dz.«

David wandte den Blick von der Zustimmung in den Augen seines Vaters ab. Ein Teil von ihm würde sich immer nach dieser Zustimmung sehnen. Ein Teil von ihm hatte dafür alles aufgeben wollen. David atmete tief durch. »Selva entschied, die Klage rechtfertige die Kosten nicht. Fuchin, ich verlasse Chen BioSource. Ich kann nicht mehr für dich arbeiten.«

»Was sagst du mir da?« Sein Vater richtete sich mühsam höher in den Kissen, die Wangen bebten. »Du redest Unsinn. Was willst du tun? Die Familie verlassen? Uns den Rücken zukehren?«

»Ich will euch nicht verlassen«, sagte David leise. »Ich bin immer noch dein Sohn, ich bin immer noch David Chen, aber ich kann die Firma nicht leiten. Ich möchte es nicht.«

»*Möchten* hat damit nichts zu tun. Du hast Verantwortung. Mir gegenüber. Der Familie gegenüber.«

»Die habe ich.« David stand auf. »Ich weiß, daß es Menschen gibt, die der Aufgabe besser gewachsen sind als ich. Ich denke ja *gerade* an die Familie.«

»Du denkst nur an dich.« Der Ton seines Vaters triefte vor Bitterkeit. »Wie deine Mutter.«

Vater hatte mit David nie zuvor über dessen Mutter gesprochen. Seine Stimme klang gekränkt. David streckte einen Arm aus und sah Licht über die in seine Haut eingebetteten Silberfäden laufen. Hatte sie Hoffnung implantieren lassen oder das Echo ihrer eigenen enttäuschten Träume? Ich werde sie fragen, dachte er. Ich *muß* sie fragen »*Dwèi bu chi*, es tut mir leid, Fuchin.« David streckte die Arme aus und berührte sacht die

Schultern seines Vaters. »Was ich tue, ist zum Besten. Ich hoffe, du verstehst das eines Tages.«

Sein Vater wandte das Gesicht zur Wand mit verschlossener Miene, hart wie Stein.

»Fuchin?«

Sein Vater ließ nicht erkennen, daß er gehört hatte. David blickte auf seine Hände hinab. Sie zitterten. Er ballte sie zu Fäusten und wandte sich ab. Dà Jieh war noch im Atrium, sie saß auf der Bank neben dem holographierten Teich und starrte auf die goldenen und weißen Fische.

»Realität und Irrealität sind nicht so leicht zu unterscheiden.« David blieb neben ihr stehen. »Manchmal hat das Irreale so viel Macht wie das Reale. Vielleicht mehr.«

»Versuchst du jetzt, Philosoph zu sein? Ich dachte, du wärst *Künstler?*« Ihr Ton war bissig.

»Ich habe meine Firmenanteile deinem Konto überschrieben.« David beobachtete das graziöse Schlagen und Wirbeln der schwebenden Koiflossen. »Das gibt dir eine starke Mehrheit.«

»Was sagst du da?«

Ihre Miene war argwöhnisch, als erwarte sie eine Falle. In gewisser Weise *war* es eine Falle. David seufzte. »Ich kann dich nicht davon abhalten, für Tanaka zu arbeiten. Ich kann dich nicht davon abhalten, Chen BioSource zu zerstören. Wenn du bleibst, wird Fuchin auf dich hören müssen. Ich denke, es wird ihm nicht gefallen, aber ich bin ausgestiegen. Das könnte seine Haltung ein bißchen verändern.«

»Du willst weggehen? Du übergibst einfach deine Anteile ohne Bedingungen?«

»Check dein Konto. Es ist geschehen. Ich kann es jetzt nicht mehr ändern.« Diese Anteile waren die Kette, die sie für immer anbinden würde. Chen BioSource lag ihr so sehr am Herzen wie ihrem Vater. David warf einen Kiesel ins Wasser und beobachtete, wie die Ringe sich formten, ausdehnten und einander auf der stillen Oberfläche jagten. Flander hatte recht. Er klebte zu sehr an der Realität. David hob den Kopf und sah in die schwarzen porzellanartigen Augen seiner Schwester. »Ich wünschte, ich hätte soviel Talent wie du«, sagte er leise.

Etwas flackerte in diesen tiefenlosen Augen, und sie senkte den Kopf. »Wenn das stimmt, was du mir erzählst«, sagte sie, »werde ich Tanakas Angebot ablehnen.«

»Das hoffe ich.« David ging davon.

Shau Jieh wartete beim Lift auf ihn. Sie sagte nichts, aber ihre Augen waren traurig.

»Unsere *Schwester* ist der Sohn, den Fuchin haben wollte«, sagte David zu ihr. »Das Geschlecht hat damit nichts zu tun. Glaubst du, daß er das jemals verstehen kann?«

»Ich weiß nicht«, sagte sie. »Es tut mir leid.«

»Mir auch.« Er hatte den David Chen zerstört, an den sein Vater geglaubt hatte. Er hatte es getan, um Chen BioSource am Leben zu erhalten, er hatte die kleinen Illusion zerstört, um die größere zu bewahren. Es gab keine Möglichkeit, die Schmerzen zu heilen, die er in seines Vaters Schlafzimmer hinterlassen hatte. Ein Teil von David würde immer um diesen verlorenen Vater trauern. David hob sacht die Hand der Schwester von seinem Arm, küßte sie und betrat den Lift.

»Dein Stück *Synthese* ist bemerkenswert. Dein Gebrauch des Vulkan-Themas ist meisterlich.« Hans Renmeyer, teuer gekleidet, schritt durch Davids Studio, die Hände auf dem Rücken verschränkt. »Ich nehme an, daß du bereinigt hast, was dir Sorgen — bereitete? Macht nichts, macht nichts.« Er spreizte lächelnd die Hände. »Deine Eintrittsquote liegt nach sieben Tagen im Netz immer noch hoch. Seit Monaten hat niemand eine so lange Showzeit bekommen.« Er hüstelte. »Vielleicht ist eine weitere Galerie interessiert. Ich habe — Gerüchte gehört.«

»Gut.« David streckte die Hand aus und streichelte die schwarz-weiße Katze. Ich habe Angst, dachte er. Nach den Zahlungen zum Auffinden von Beryl, den Bestechungsgeldern für Selva und seiner Anteilsüberschreibung besaß er nicht mehr viel Geld. Er hatte das nie für Geld gemacht, als Mittel, um von der Straße wegzubleiben. »Wenn du mir ein Angebot unterbreitest, nehme ich an«, sagte er. »Ich gebe dir mein Wort.«

»Gut, sehr gut. Sag mir ...« Renmeyer machte eine Pause, eine Hand auf der virtuellen Tür des Studios. »Warum hast du den Namen *Synthese* gewählt? Ich bin nur neugierig.«

Das Stück hatte sich selbst benannt. Es *war* eine Synthese, eine Mischung aus ihm selbst und Flander, aus Realität und Irrealität. »Wegen der Fuchsspuren«, entgegnete David dem verständnislosen Renmeyer und drängte ihn aus dem Studio.

Wieder allein, nahm er die Leinwand von Shy-Shy und seinem Vater vom Ständer und streckte sie. Er hatte seit jener Nacht der Ekstase nicht mehr daran gearbeitet. David lief langsam hindurch. Es *war* gut. Nicht perfekt, aber gut. »*Trauer*«, sagte David. »So werde ich es nennen.« Es war eine Hymne der Trauer um das, was war und was nicht sein konnte. Und um das, was hätte sein können.

Ein roter Blitz bewegte sich am Rand seines Blickfeldes. David drehte sich mit rascher klopfendem Herzen langsam um. Der rote Fuchs saß inmitten der Sterne. *Vulpes fulva* — und man sah jedes Haar sich im Wind bewegen. Er neigte den Kopf zur Seite, die grünen Augen argwöhnisch, die Ohren gespitzt.

»Du bist sehr gut«, sagte David. »Du wirst besser sein als ich.«

Der Fuchs legte die Ohren an und zog zähnefletschend die Lefzen zurück.

»*Zusammen*«, sagte David leise, »können wir hervorragend sein.«

Lange bewegte sich der Fuchs nicht, und David ertappte sich dabei, den Atem anzuhalten. Dann öffnete er den Fang, ließ die rote Zunge über die spitzen weißen Zähne heraushängen und trottete ins Zentrum der Szene. Er schlug kurz mit der Rute und verstreute Lichtreflexe über das Stück.

David breitete die Arme aus, und Flander kam herein, ein schmutziger, knochiger Straßenjunge, dessen zerlumpte Kleidung die modernsten Skinthins bedeckte. Er brauchte eine Dusche. David sah zu, wie sich die glitzernden Lichttropfen auf das Gesicht Shy-Shys und seines Vaters legten, wie vergossene Tränen, wie Vergebung.

Es war der perfekte Touch.

Originalititel: ›Synthesis‹
Aus: ›Isaac Asimov's Science Fiction Magazine‹, März 1992

Deutsche Übersetzung von Margret Krätzig

Irmtraud Kremp

JAHRE

Sie berührte die Hauswand, fühlte grobkörnigen Verputz, hart und fest. Es war kein Traum. Sie hatte die Zeit überwunden. Aber die Zeit war nicht ihr Problem. Jetzt nicht mehr. Ihr Problem war der Raum.

Auch die Zeit stimmte nicht ganz. Durch die Fensterhöhlen des Hauses, wo einst der Schuster wohnte, schien der Mond. Dies Haus brannte als erstes ab. Doch wann? Im März? Auf keinen Fall früher. Die Bäckerei an der Ecke stand noch. Sie wurde Anfang Mai zerstört. Eine Luftmine. Daran konnte sie sich erinnern. Auch auf der linken Straßenseite bemerkte sie keine Ruinen. Alles wies auf einen Zeitpunkt irgendwann zwischen März und Mai hin.

Er muß längst tot sein, dachte sie. Stalingrad ist seit Monaten gefallen. Oder lebte er noch? War es vielleicht so, wie ihre Mutter immer geglaubt hatte? »Er ist nicht tot«, hatte sie gesagt, »er lebt. Er ist gefangengenommen worden. Ich weiß es ganz sicher.« Ihre Mutter hatte einen Traum gehabt in jener Nacht, damals, als die Überlebenden der Sechsten Armee sich ergaben, und sie hatte Jörn gesehen, ganz klar, wie er sich in der endlosen Schlange der Gefangenen durch den Schnee schleppte. Immerzu hatte sie sein Gesicht gesehen.

Linda wurde jäh bewußt, daß *alle* noch lebten: ihre Eltern, die Verwandten der Kindheit und Menschen, die ihr später nahestanden. Die Erkenntnis, daß jeder, der im Lauf der Jahre von ihr gegangen und den sie betrauert hatte, lebte — in eben diesem Augenblick wieder zusammen mit ihr in der Welt lebte —, überwältigte sie. Der Gedanke erfüllte sie mit Verwirrung und Freude. Sie schaute an den Büschen der Vorgärten entlang und konnte kaum dem Drängen widerstehen, die Straße — ihre alte Straße — hinunter nach Hause zu gehen — zurück.

Wie spät mochte es sein? Kein Licht schimmerte. Also schliefen ... Doch dann entsann sie sich: Verdunkelung, natürlich. Vielleicht waren alle noch wach. Sie brauchte nur die paar Schritte bis zum Haus zu gehen, zu klingeln, und dann ... Mutter, dachte sie, Vater — vielleicht sogar Heinz. Vielleicht war er gerade auf Urlaub. War er damals auf Urlaub gewesen? Sie versuchte, sich zu erinnern. Auch ihren Bruder hatte der Krieg behalten — ›auf dem Feld der Ehre gefallen‹, wie es hieß. In diesem Frühjahr des Jahres 1943 jedoch waren seine Briefe noch regelmäßig gekommen.

Ihr fiel wieder ein, weshalb sie hier war. Sie hatte die Zeit überwunden. Diese Ungeheuerlichkeit verschlug ihr den Atem. Wie war das möglich? Sie hatte davon gehört, daß ungenutzte Psi-Kräfte, im Menschen verborgen, ihn unter Umständen befähigten, durch die Zeit zu reisen, aber ihr Verstand hatte gegen diese Vorstellung stets rebelliert. Eine wahnwitzige Hypothese, sonst nichts. Wie sollten Kräfte, welcher Art auch immer, feste Körper durch die Zeit bewegen? War die Vergangenheit nicht abgeschlossen, vorbei, für ewig unerreichbar, und blieb die Zukunft nicht verhüllt, bis sie zur Gegenwart wurde?

Aber etwas ähnliches hatte offenbar stattgefunden. Sie war hier, und es war Wirklichkeit. Nicht nur ihr Geist, ihre Gedanken, auch ihr Körper waren hier. Sie war als Erwachsene in eine Zeit eingedrungen, in der sie als Kind gelebt hatte, ja, sogar noch leben mußte.

Wenn sie in dieses Haus dort ginge, würde sie sich selbst treffen. Das Träumen und Sehnen des Kindes und dann jahrelang der ungebrochene Gedankenstrom zunächst des Mädchens und später der erwachsenen Frau zu einem Mann, der irgendwann während oder nach dem Fall von Stalingrad in den Eiswüsten Rußlands sinnlos und elend zugrunde gegangen sein mußte, hatten schließlich eine Kraft freigesetzt, die sie von einem Augenblick zum anderen in der Zeit zurückkatapultierte.

»Komm doch ...«, glaubte sie eine flüsternde Stimme zu hören, schwach, nur ein Wispern. Im gleichen Moment wußte sie, daß er lebte. Er war nicht gefallen. Ihre Mutter hatte recht gehabt. Zumindest *jetzt* lebte er noch, lebte und verharrte in diesem Kriegsjahr 1943 und rief, während das Leben der anderen vorwärtsfloß, einem Strom gleich, Jahrzehnt um Jahrzehnt; während sie selbst älter wurde und immer wieder in Gedanken — besonders wenn sie fror oder Schnee auf der Haut spürte — eine Verbindung schuf, ohne zu ahnen, daß zwei Kräfte von verschiedenen Seiten her langsam auf das gleiche Ziel hin wirkten.

Ihr Problem war nicht mehr die Zeit. Sie hatte sie überwunden, oder er hatte sie überwunden, wer auch immer. Ihr Problem blieb der Raum. Jörn lebte, aber er lebte auch jetzt noch irgendwo in Rußland verschollen. Zwischen ihm und ihr lag die gleiche Ferne wie damals als Kind.

Jörn — eigentlich Georg — hatte nur ein paar Türen weiter gewohnt, doch wenn Heinz nicht soviel älter als sie gewesen wäre, hätte sie ihn wohl nie näher kennengelernt. Nun aber kam er oft in das kleine Haus mit den lilafarbenen Fensterläden. Kein anderes Haus in der Straße hatte Läden von solch ungewöhnlicher Farbe, und Linda erinnerte sich dunkel, daß sie als kleines Kind, wenn sie an der Hand ihrer Mutter heimkam, diese Fensterläden gesucht hatte, um das Haus zu finden.

Solange sie denken konnte, waren Heinz und Jörn Freunde gewesen. Sie hatte ein verschwommenes Bild — sie mußte etwa zwei oder drei gewesen sein zu der Zeit —, wie sie am Tisch saß, einen gehäuften Teller mit etwas Grünem vor sich, und mit dem Löffel ununterbrochen hineinschlug und »Jörn, Jörn!« krähte. Nach allen Seiten war das grüne Zeug gespritzt, und jemand, wahrscheinlich ihre Mutter, sagte: »Hör auf zu brüllen!« Aber sie sah nur Jörn. Er stand da und schüttelte sich vor Lachen, und dann meinte er: »Na, du grüner Gartenzwerg, das macht Spaß, wie?« Und er hatte ihr einen Kuß gegeben, oben auf den Kopf, mitten in ihr wuscheliges Haar. Er war bloß ein Junge damals, aber größer als Heinz, und in dieser frühesten Erinnerung an ihn war er für Linda ein Mann, der sich zu ihr herabbeugte.

Heinz und Jörn waren gleichaltrig, von Linda jedoch trennten sie beinahe zehn Jahre. Daher gab es eigentlich wenig Dinge, die sie gemeinsam tun konnten. Linda entsann sich, wie Heinz nie wollte, daß sie mitspielte, wenn er und Jörn auf dem Boden vor der Eisenbahn lagen. Heinz fürchtete, sie könne etwas kaputtmachen. Auch hatte er keine Lust, mit ›Babys‹ zu spielen. Aber Jörn sagte: »Laß sie doch, Heinz! Sie kann die Güterwagen beladen.« Wie hatte sie ihn dafür geliebt.

So war es geblieben, auch als sie älter wurden. Stets hatte Jörn sich auf ihre Seite gestellt, die ›Kleine‹ in Schutz genommen, und die ganzen Jahre über hatte Linda Jörn bewundert wie niemanden sonst, war es für sie klar, daß sie ›später, wenn ich groß bin‹, Jörn heiraten würde. Ihre Eltern hatten gelacht und Heinz auch, doch Jörn hatte genickt und ernsthaft gemeint: »Sicher heiraten wir später, Linda. Wen sollte ich sonst heiraten? Sieh zu, daß du rasch wächst. Ich will nicht zu lange warten.« Er hatte noch so geredet, als er Soldat wurde. Und Linda war immer noch ein Kind.

Und dann kamen beide an die Front, Heinz und auch Jörn — und beide kehrten nicht zurück. Heinz fiel während der letzten Kriegswirren, und Jörn verschwand von einem Tag auf den anderen aus Lindas Leben. Sie war gerade zwölf geworden. Heute lag noch ein Brief von ihm im Kasten, und dann hörte man nie wieder etwas von ihm. Stalingrad, hieß es. Vermißt.

Das Kind Linda begriff die Tragik dieses Wortes nicht. Niemand wußte, wo er war — nun gut, er konnte nicht schreiben. Es war eben Krieg. Aber er würde zurückkommen. Sie glaubte fest daran. Er *mußte* einfach zurückkommen. Da war schließlich Mutters Traum. Ein Mensch wie Jörn — *ihr* Jörn — konnte doch nicht spurlos verschwinden.

Sie hatte auf ihn gewartet. Als die Nachricht kam, daß Heinz gefallen sei, weinte sie. Aber da ist ja noch Jörn, hatte sie sich getröstet. Er kommt zurück. Es wird wieder wie früher werden, zumindest fast wie früher. Und bald bin ich erwachsen.

Der Krieg ging zu Ende. Sie hörte auf, ein Kind zu sein, doch sie wartete noch immer.

Aber Jörn kehrte nicht zurück. Niemals. Als sie es endlich begriff, Jahre später, fragte sie sich, wo und wie er gestorben sei, im Schnee verblutet oder in einer Gefangenenbaracke erfroren. Und an frostigen Wintertagen, wenn sie die Kälte besonders spürte, dachte sie an ihn und wie sehr er gelitten haben mochte, bevor er starb. Dauernd fragte sie sich das gleiche. Die ganzen Jahre über.

Auch heute war nichts Ungewöhnliches geschehen. Nichts hatte darauf hingewiesen. Sie stand an der Bushaltestelle und fror. Sie hatte mit ihren Stiefeln den Schnee gestampft, um die Füße zu erwärmen, und zu dem riesigen weißsilbernen Hof aufgeschaut, der den Mond umgab. Der Frost biß ihr ins Gesicht und durch die Handschuhe hindurch. Es läßt sich ertragen, hatte sie sich eingeredet, wieviel mehr muß Jörn gefroren haben. Es waren die gleichen Gedanken wie sonst.

Und schon hatte sie an der Ecke der kleinen Straße gestanden, wo sie geboren und aufgewachsen war, der Straße, die es gar nicht mehr gab. Und sie fror nicht mehr. Es war Frühling. Alle lebten wieder, auch Jörn. Aber er war immer noch in Rußland verschollen.

Ruhig, dachte Linda, überlege. Du hast auf den Bus gewartet, an der Haltestelle, aber nicht hier. Du bist in einem anderen Viertel der Stadt gewesen, also ... Also ...

Sie hatte nicht nur die Zeit überwunden, sondern in gewisser Hinsicht auch den Raum. Bloß eine kleine Strecke Raum, aber Raum blieb Raum. Es war also möglich.

O Gott, flehte sie. Laß mich zu ihm. Welchen Sinn hat dieser Sprung in die Vergangenheit, wenn ich doch nicht bei ihm sein, ihm nicht helfen kann? Sie lehnte sich gegen die Wand und schloß die Augen. Von weit her tönte monoton das Auf- und Abschwellen von Sirenen. Sie dachte an Jörn, an Heinz, an die Kinderzeit und die Jahre danach und an die Sinnlosigkeit des Krieges, aller Kriege, die Leben auslöschten, bevor sie richtig begonnen hatten, gute Leben, die nie gelebt werden konnten, Talente, die niemals ihre Chance bekamen, Güte und Freundlichkeit, die einfach zerstört wurden.

Die Sirenen heulten jetzt auf, drohend. Menschen riefen. Linda hörte die hastenden Schritte, mit denen sie zum Bunker eilten. Die Flak begann zu schießen.

Ich werde wahrscheinlich hier sterben, dachte sie, von Trümmern verschüttet. Aber man wird mich nicht in der Zukunft vermissen — weil das Kind, das ich war, sicher im Bunker sitzt. Wir gingen immer in den Bunker am Ende der Straße. Dieses Kind wird heranwachsen, und es wird … Plötzlich begriff Linda, daß sie in einen Kreislauf geraten war. Auch dieses Kind würde Jahre später an einer Bushaltestelle stehen und warten und dann hierher zurückkehren. Über und über.

Tod also. Nur er bot Entkommen, hielt das Rad an. Durch ihn würde sie Jörn und alle ihre Lieben wahrscheinlich bald in einer anderen Welt wiedersehen — eine andere Überwindung der Zeit und eine andere Überwindung des Raums, dauerhafter, wirklicher. Was machte es schon aus, daß sie nicht wußte, wo Jörn war, nicht zu ihm konnte. Doch dann hörte sie wieder das Flüstern. »Komm doch …« und sie erkannte, daß es für sie vielleicht nichts mehr, aber für Jörn sehr wohl etwas ausmachte, denn er *lebte* noch immer dort draußen irgendwo in der Kälte, jetzt in diesem Augenblick, von allen, die ihn liebten, getrennt. Jörn, den alle gern hatten, Jörn, der immer freundlich war, immer fröhlich, immer hilfsbereit.

Linda spürte, wie ihre Wimpern schwer von Tränen wurden, wie das Naß unter ihren geschlossenen Lidern hervorquoll. Sie ließ sich an der Wand hinabgleiten, bis sie am Boden hockte, und legte den Kopf auf die Knie. Die Sirenen hatten aufgehört zu heulen. Auch die Flak schwieg. Linda fror. Sie achtete nicht darauf. »O Jörn«, stöhnte sie.

Die Kälte nahm zu, ständig. Sie wurde unerträglich. Linda öffnete die Augen.

Die Straße ihrer Kindheit war verschwunden. Finsternis umgab sie und eine übelriechende, drückende Luft. Als ihre Augen sich an die Dunkelheit gewöhnt hatten, erkannte Linda einen langen Raum mit schmalen schlitzartigen Fenstern, hinter denen ein kalter Nachthimmel hing. Sie hörte das Atmen vieler Menschen, unruhig, schwer. Schemenhaft hoben sich pritschenartige Gestelle von der Wand ab, und am Boden machte Linda die Umrisse von Gestalten aus, die dort dicht an dicht lagen. Es war klirrend kalt, und der Wind heulte.

Plötzlich glaubte sie zu wissen, wo sie war, hoffte, daß sie recht hätte, fürchtete, sie könne sich irren, dies wäre nicht Rußland, wäre nicht eine der Gefangenenbaracken, nicht die Baracke, wo ...

»Komm doch ... komm ...« Da war es wieder, das Flüstern, ganz nahe jetzt, dicht neben ihr, nur ein Hauch. Diese Stimme! Linda kniete nieder und rutschte über den steinigen Boden, tastete, fühlte den Körper eines Menschen.

»Jörn?« fragte sie heiser, wußte, daß er es war, und konnte es doch nicht glauben. Sie faßte seine Hand, über sein bärtiges, fiebriges Gesicht, feucht von Schweiß. Sie erkannte ihn sofort, trotz der Dunkelheit, trotz seines Aussehens, trotz all der Jahre. »Jörn«, schluchzte sie. »O Jörn, endlich habe ich dich gefunden!«

Hinter einem der Fensterschlitze zeigte sich der Mond, ein fahler Lichtstreifen fiel über den Boden. Der Mann öffnete die Augen, weit und starr. Linda konnte das Weiße darin sehen. »Mama?« fragte er. »Bist du da, Mama?«

Er spricht im Fieber, dachte Linda, er ist todkrank. Er hat keine Chance hier auf dem Steinboden. Doch dann wurde ihr bewußt, daß er sie auch nicht erkennen würde, wenn es heller Tag und er gesund wäre. Plötzlich verstand sie: Er war jung und sie alt. Für ihn waren nur wenige Monate vergangen seit dem Tag, da sie ihn zum letztenmal sah — sie aber hatte ein halbes Jahrhundert hinter sich.

»Ja, Jörn«, sagte sie, und ihr Herz zog sich zusammen vor Schmerz und Zärtlichkeit. Sie strich ihm das Haar aus der Stirn. »Ja, Jörn, ich bin da. Ich bin gekommen.«

Linda glaubte, ein Lächeln zu sehen, aber vielleicht täuschte sie sich. Sie kauerte neben ihm und fühlte, wie die Kälte vom Boden her in ihr hochkroch und wie ihre Finger starr und gefühllos wurden. Ich bin bei ihm, dachte sie, egal, für wen er mich hält. Er ist nicht allein.

Sie wußte, daß er sterben würde, bald, wahrscheinlich noch in dieser Stunde. Sie war sich ganz sicher. Aber er würde nicht einsam sterben, wie sie immer geglaubt hatte. Das allein zählte.

Linda zog den Mantel aus und breitete ihn über Jörn. Dann streifte sie ihren Pullover ab, faltete ihn und schob ihn unter seinen Kopf. Mehr konnte sie nicht tun. Sie wußte, daß die Kälte auch sie töten würde, aber es war ihr gleichgültig. Langsam legte sie sich auf den Boden, schob sich an Jörns Seite, umfing ihn, um ihn zu wärmen.

»Alles wird gut, mein Junge, alles«, sagte sie. Und während ihr Kopf an seiner Schulter ruhte und sie dem röchelnden Atem des Mannes lauschte, merkte sie, wie die Kälte von ihr Besitz ergriff. Sie wehrte sich nicht dagegen. Und bald fühlte sie die Kälte nicht mehr, nur Wärme, und sie sah die Bilder der Kindheit, ganz klar, ganz nahe: den Garten im Sommer, die rotbemalte Schaukel und Heinz und Jörn, die sie zum Schwingen brachten, und sich selbst in der Schaukel, wie sie höher und höher hinaufflog.

Die Autorin:
Irmtraud Kremp, geboren 1934 in Essen, begann nach mehrjährigem Aufenthalt in den USA, Erzählungen und Kurzgeschichten zu schreiben, die in zahlreichen Anthologien in Deutschland und im Ausland erschienen sind (Österreich, Bulgarien, USA). Sie nahm an Lesungen sowohl in Essen, Düsseldorf und Gelsenkirchen als auch am Essener Literaturtelefon teil und übersetzt Kurzgeschichten und Erzählungen aus dem Amerikanischen und Englischen. Seit 1976 arbeitete sie in der Literaturwerkstatt Essen mit und veröffentlichte in deren Bänden und Zeitschriften. 1980 wurde sie mit ihrer Erzählung ›Der Bronzespiegel‹ dritter Preisträger des Kurd Lasswitz-Preises.

Neuland

Heyne Science Fiction Band 2000
Autoren der Weltliteratur schreiben über die Welt von morgen.

Die Zukunft hat schon seit jeher die besten Autoren der Weltliteratur fasziniert. Gerade in jüngster Zeit hat sich dieses Interesse deutlich verstärkt. Etablierte Schriftsteller wie Doris Lessing, Patricia Highsmith, Fay Weldon, Lars Gustafsson, Friedrich Dürrenmatt oder Italo Calvino haben sich ebenso mit der Welt von morgen auseinandergesetzt wie die führenden Kultautoren der jüngeren Generation, z. B. Ian McEwan, Paul Auster, Martin Amis, Peter Carey oder T. C. Boyle.
Der vorliegende Sammelband bietet erstmals einen repräsentativen Überblick über einen bisher, sehr zu Unrecht, wenig beachteten Bereich der Weltliteratur. Erzähler aus Australien, Brasilien, Deutschland, Großbritannien, Italien, Kanada, Rußland, Schweden, der Schweiz und den USA versammeln sich hier zu einem Gipfeltreffen literarischer Imagination. Neuland – in jeder Beziehung.

Karl Michael Armer/Wolfgang Jeschke
Neuland
06/5000

Wilhelm Heyne Verlag
München